FÚRIA DE SANGUE

Universo dos Livros Editora Ltda.
Avenida Ordem e Progresso, 157 — 8º andar — Conj. 803
CEP 01141-030 — Barra Funda — São Paulo/SP
Telefone/Fax: (11) 3392-3336
www.universodoslivros.com.br
e-mail: editor@universodoslivros.com.br
Siga-nos no Twitter: @univdoslivros

J.R. WARD

FÚRIA DE
SANGUE

São Paulo
2021

Grupo Editorial
UNIVERSO DOS LIVROS

Blood fury
Copyright © 2017 by Love Conquers All, Inc.
Todos os direitos reservados.
© 2021 by Universo dos Livros
Todos os direitos reservados e protegidos pela Lei 9.610 de 19/02/1998.
Nenhuma parte deste livro, sem autorização prévia por escrito da editora, poderá ser reproduzida ou transmitida sejam quais forem os meios empregados: eletrônicos, mecânicos, fotográficos, gravação ou quaisquer outros.

Diretor editorial: **Luis Matos**
Gerente editorial: **Marcia Batista**
Assistentes editoriais: **Letícia Nakamura e Raquel F. Abranches**
Tradução: **Cristina Calderini Tognelli**
Preparação: **Alessandra Miranda de Sá**
Revisão: **Tássia Carvalho e Guilherme Summa**
Arte e adaptação de capa: **Renato Klisman**

Dados Internacionais de Catalogação na Publicação (CIP)
Angélica Ilacqua CRB-8/7057

W259f

    Ward, J. R.
       Fúria de sangue / J. R. Ward ; tradução de Cristina Tognelli.
    —– São Paulo : Universo dos Livros, 2021.
       384 p. (Legado da Irmandade da Adaga Negra ; vol. 3)

    ISBN 978-65-5609-134-1
    Título original: *Blood fury*

    1. Ficção norte-americana 2. Vampiros. Literatura erótica
    I. Título II. Tognelli, Cristina III. Série

21-3164   CDD 813.6

DEDICADO A:
JILLIAN E BENJAMIN STEIN,
QUE VIVEM UMA VERDADEIRA
HISTÓRIA DE AMOR.

Glossário de Termos e Nomes Próprios

Ahstrux nohtrum: Guarda particular com licença para matar, nomeado(a) pelo Rei.

Ahvenge: Cometer um ato de retribuição mortal, geralmente realizado por um macho amado.

As Escolhidas: Vampiras criadas para servir à Virgem Escriba. No passado eram voltadas mais para as coisas espirituais do que temporais, mas isso mudou com a ascensão do último Primale, que as libertou do Santuário. Com a renúncia da Virgem Escriba, elas estão completamente autônomas, aprendendo a viver na terra. Continuam a atender às necessidades de sangue dos membros não vinculados à Irmandade, bem como às dos guerreiros feridos ou dos Irmãos que não podem se alimentar de suas *shellans*.

Chrih: Símbolo de morte honrosa no Antigo Idioma.

Cio: Período fértil das vampiras. Em geral, dura dois dias e é acompanhado por intenso desejo sexual. Ocorre pela primeira vez aproximadamente cinco anos após a transição da fêmea e, a partir daí, uma vez a cada dez anos. Todos os machos respondem em certa medida se estiverem perto de uma fêmea no cio. Pode ser uma época perigosa, com conflitos e lutas entre os machos, especialmente se a fêmea não tiver companheiro.

Conthendha: Conflito entre dois machos que competem pelo direito de ser o companheiro de uma fêmea.

Dhunhd: Inferno.

Doggen: Membro da classe servil no mundo dos vampiros. Os *doggens* seguem as antigas e conservadoras tradições de servir seus superiores, obedecendo a códigos formais no comportamento e no vestir. Podem sair durante o dia, mas envelhecem relativamente rápido. Sua expectativa de vida é de aproximadamente quinhentos anos.

Ehnclausuramento: Status conferido pelo Rei a uma fêmea da aristocracia em resposta a uma petição de seus familiares. Subjuga uma fêmea à autoridade de um responsável único, o *tuhtor*, geralmente o macho mais velho da casa. Seu *tuhtor*, então, tem o direito legal de determinar todos os aspectos de sua vida, restringindo, segundo sua vontade, toda e qualquer interação dela com o mundo.

Ehros: Uma Escolhida treinada em artes sexuais.

Escravo de sangue: Vampiro macho ou fêmea que foi subjugado para satisfazer a necessidade de sangue de outros vampiros. A prática de manter escravos de sangue recentemente foi proscrita.

Exhile dhoble: O gêmeo mau ou maldito, o segundo a nascer.

Fade: Reino atemporal onde os mortos reúnem-se com seus entes queridos e ali passam toda a eternidade.

Ghia: Equivalente a padrinho ou madrinha de um indivíduo.

Glymera: A nata da aristocracia, equivalente à corte no período de Regência na Inglaterra.

Hellren: Vampiro macho que tem uma companheira. Os machos podem ter mais de uma fêmea.

Hyslop: Termo que se refere a um lapso de julgamento, tipicamente resultando no comprometimento das operações mecânicas ou da posse legal de um veículo ou transporte motorizado de qualquer tipo. Por exemplo, deixar as chaves no contato de um carro estacionado do lado externo da casa da família durante a noite.

Inthocada: Uma virgem.

Irmandade da Adaga Negra: Guerreiros vampiros altamente treinados para proteger sua espécie contra a Sociedade Redutora. Resultado de cruzamentos seletivos dentro da raça, os membros da Irmandade possuem imensa força física e mental, assim como a capacidade de recuperarem-se rapidamente de ferimentos. Não é constituída majoritariamente por irmãos de sangue. São iniciados na Irmandade por indicação de seus membros. Agressivos, autossuficientes e reservados por natureza, vivem apartados dos vampiros civis e têm pouco contato com membros das outras classes, a não ser quando precisam se alimentar. Tema para lendas, são reverenciados no mundo dos vampiros. Só podem ser mortos por ferimentos muito graves, como tiros ou uma punhalada no coração.

Leelan: Termo carinhoso que pode ser traduzido aproximadamente por "muito amada".

Lhenihan: Fera mítica reconhecida por suas proezas sexuais. Atualmente, refere-se a um macho de tamanho e vigor sexual sobrenaturais.

Lewlhen: Presente.

Lheage: Um termo respeitoso utilizado por uma submissa sexual para referir-se a seu dominante.

Libhertador: Salvador.

Lídher: Pessoa com poder e influência.

Lys: Instrumento de tortura usado para remover os olhos.

Mahmen: Mãe. Usado como um termo identificador e de afeto.

Mhis: O disfarce de um determinado ambiente físico; a criação de um campo de ilusão.

Nalla/nallum: Um termo carinhoso que significa "amada"/"amado".

Ômega: Figura mística e maligna que almeja a extinção dos vampiros devido a um ressentimento contra a Virgem Escriba. Existe em um reino atemporal e possui grandes poderes, entre os quais, no entanto, não se encontra a capacidade de criar.

Perdição: Refere-se a uma fraqueza crítica em um indivíduo. Pode ser interna, como um vício, ou externa, como uma paixão.

Primeira Família: O Rei e a Rainha dos vampiros e sua descendência.

Princeps: O nível mais elevado da aristocracia dos vampiros, só suplantado pelos membros da Primeira Família ou pelas Escolhidas da Virgem Escriba. O título é hereditário e não pode ser outorgado.

Redutor: Membro da Sociedade Redutora, é um humano sem alma empenhado na exterminação dos vampiros. Os *redutores* só morrem se forem apunhalados no peito; do contrário, vivem eternamente, sem envelhecer. Não comem nem bebem e são impotentes. Com o tempo, seus cabelos, pele e íris perdem toda a pigmentação. Cheiram a talco de bebê. Depois de iniciados na Sociedade por Ômega, conservam uma urna de cerâmica na qual seu coração foi depositado após ter sido removido.

Ríhgido: Termo que se refere à potência do órgão sexual masculino. A tradução literal seria algo aproximado de "digno de penetrar uma fêmea".

Rytho: Forma ritual de lavar a honra, oferecida pelo ofensor ao ofendido. Se aceito, o ofendido escolhe uma arma e ataca o ofensor, que se apresenta desprotegido perante ele.

Shellan: Vampira que tem um companheiro. Em geral, as fêmeas não têm mais de um macho, devido à natureza fortemente territorial deles.

Sociedade Redutora: Ordem de assassinos constituída por Ômega com o propósito de erradicar a espécie dos vampiros.

Symphato: Espécie dentro da raça vampírica, caracterizada pela capacidade e desejo de manipular emoções nos outros (com o propósito de trocar energia), entre outras peculiaridades. Historicamente, foram discriminados e, em certas épocas, caçados pelos vampiros. Estão quase extintos.

Transição: Momento crítico na vida dos vampiros, quando ele ou ela transforma-se em adulto. A partir daí, precisam beber sangue do sexo oposto para sobreviver e não suportam a luz do dia. Geralmente ocorre por volta dos 25 anos. Alguns vampiros não sobrevivem à transição, sobretudo os machos. Antes da mudança, os vampiros são fisicamente frágeis, inaptos ou indiferentes ao sexo, e incapazes de se desmaterializar.

Trahyner: Termo usado entre machos em sinal de respeito e afeição. Pode ser traduzido como "querido amigo".

Tuhtor: Guardião de um indivíduo. Há vários graus de *tuhtors*, sendo o mais poderoso aquele responsável por uma fêmea *ehnclausurada*.

Tumba: Cripta sagrada da Irmandade da Adaga Negra. Usada como local de cerimônias e como depósito das urnas dos *redutores*. Entre as cerimônias ali realizadas estão iniciações, funerais e ações disciplinadoras contra os Irmãos. O acesso a ela é vedado, exceto aos membros da Irmandade, à Virgem Escriba ou aos candidatos à iniciação.

Vampiro: Membro de uma espécie à parte do *Homo sapiens*. Os vampiros precisam beber sangue do sexo oposto para sobreviverem. O sangue humano os mantêm vivos, mas sua força não dura muito tempo. Após sua transição, que geralmente ocorre aos 25 anos, são incapazes de sair à luz do dia e devem alimentar-se na veia regularmente. Os vampiros não podem "converter" os humanos por meio de uma mordida ou transferência de sangue, embora, ainda que raramente, sejam capazes de procriar com a outra espécie. Podem se desmaterializar por meio da vontade, mas precisam estar calmos e concentrados para consegui-lo, e não podem levar consigo nada pesado. São capazes de apagar as lembranças das pessoas, desde que recentes. Alguns vampiros são capazes de ler a mente. Sua expectativa de vida ultrapassa os mil anos, sendo que, em certos casos, vai além disso.

Viajante: Um indivíduo que morreu e voltou vivo do Fade. Inspiram grande respeito e são reverenciados por suas façanhas.

Virgem Escriba: Força mística que anteriormente foi conselheira do Rei, bem como guardiã dos registros vampíricos e distribuidora de privilégios. Existia em um reino atemporal e possuía grandes poderes, mas recentemente renunciou a seu posto em favor de outro. Capaz de um único ato de criação, que usou para trazer os vampiros à existência.

Capítulo 1

QUANDO SE TEM TUDO no mundo, você nunca percebe que há chances a se perder. Oportunidades apenas temporárias. Sonhos que jamais poderão ser conquistados.

Enquanto Peyton, filho de Peythone, escondia os olhos atrás das lentes azuis, encarava o lado oposto da sala de descanso do centro de treinamento. Paradise, filha de sangue do Primeiro Conselheiro do Rei, Abalone, estava sentada a cento e oitenta graus, em uma poltrona nada elegante, as pernas pendendo de um dos braços e as costas apoiadas no outro. A cabeça loira estava abaixada, os olhos revisando suas anotações sobre AEI.

Aparelhos Explosivos Improvisados.

Saber o que havia naquelas páginas – a promessa da morte, a realidade da guerra contra a Sociedade Redutora, o perigo em que se colocara ao fazer parte do programa de treinamento de soldados da Irmandade da Adaga Negra – provocou-lhe o desejo de arrancar aquelas anotações e voltar no tempo. Queria que retornassem à antiga vida, antes de ela ter vindo para aquele lugar a fim de aprender a lutar... e antes que ele tivesse descoberto que ela era muito mais do que uma fêmea aristocrática com linhagem estelar e beleza clássica.

Sem a guerra, contudo, duvidava de que tivessem se aproximado.

Aquela noite terrível em que a Sociedade Redutora atacara as casas da *glymera*, dizimando famílias inteiras e legiões de criados, fora o catalisador para que os dois se aproximassem. Ele sempre fora um festeiro convicto, passando o tempo com os riquinhos que frequentavam as boates e os clubes humanos durante a noite e ficavam em casa fumando o dia inteiro. Mas depois dos ataques? Ambas as famílias tinham partido para casas seguras fora de Caldwell, e ele e Paradise haviam criado o hábito de telefonar um para o outro quando não conseguiam dormir.

O que acontecera o tempo todo.

Tinham passado horas ao telefone, conversando sobre nada e sobre tudo, do assunto mais sério ao mais frívolo.

Contara coisas a ela que jamais partilhara com ninguém: admitira que tinha medo e que se sentia sozinho e preocupado com o futuro. Dissera em voz alta, pela primeira vez, que acreditava ter problemas com drogas. Expressara a preocupação sobre se conseguiria ou não viver no mundo real sem o cenário das boates.

E ela estivera lá para apoiá-lo.

Fora a primeira fêmea que se tornara sua amiga. Sim, claro, transara com um número incontável do sexo oposto, mas, com Paradise, a questão não era a cama.

Embora a desejasse. Claro que a desejava. Ela era incrivelmente...

– Admita.

Quando Paradise falou, ele se ligou. Depois correu os olhos pelo entorno. A sala de descanso estava vazia, a não ser pelos dois; os demais ou estavam na sala de pesos, nos vestiários ou passando o tempo no corredor enquanto aguardavam para ir embora.

Portanto, sim, ela se dirigia a ele. E também olhava para ele.

– Vá em frente. – O olhar era muito, muito direto. – Por que não diz de uma vez por todas?

Ele não sabia como responder a isso. E, quando o silêncio se estendeu entre eles, sentiu como se tivesse feito uma carreira de droga, pois o coração acelerou, as palmas começaram a suar e os olhos piscavam sem cessar.

Paradise se endireitou na poltrona, virando as pernas para frente e cruzando-as, empertigada, na altura dos tornozelos. Fora um movimento reflexo, algo aprendido com a linhagem e a educação aristocrática: todas as fêmeas do calibre dela se sentavam adequadamente. Era o que se devia fazer, não importando o lugar em que a pessoa estava ou o que vestia.

Crate & Barrel ou Luís XIV. Lycra ou Lanvin. Etiqueta, meu bem.

Imaginou-a num vestido longo de festa, carregada com as joias da falecida *mahmen*, sob um lustre de cristal em um salão de festas, os cabelos puxados para cima em um penteado elegante, o perfeito rosto radiante, o corpo... movendo-se contra o seu.

– Onde está o seu homem? – ele disse com voz rouca; desejou que ela atribuísse a rouquidão ao uso de drogas.

O sorriso que iluminou o rosto dela fez com que ele se sentisse velho e chapado, embora tivessem a mesma idade e ele estivesse sóbrio.

– Está se trocando.

– Planos grandiosos para a noite?

– Não.

Hum, hum, claro. Aquele rubor lhe dizia exatamente o que fariam. E o quanto ela ansiava por isso.

Ergueu os óculos escuros e esfregou os olhos. Era difícil acreditar que nunca saberia como seria... tê-la sob si enquanto a cavalgava, o corpo nu dela para sua exploração, as coxas bem afastadas para que ele pudesse...

– E não mude de assunto. – Ela se virou de frente na poltrona. – Vamos lá. Pode dizer. A verdade o libertará, não é assim?

Quando o compressor atrás da máquina de refrigerantes deu sinal de vida, ele olhou de relance para a bancada, onde refeições e lanches eram oferecidos quando estavam em horário de aula e na academia. Embora os Irmãos estivessem permitindo que os trainees fossem a campo para enfrentar o inimigo, ainda tinham bastante teoria, treinos de combate e de armas realizados com regularidade ali no centro de treinamento.

De duas a três noites por semana, pelo menos, ele comia ali...

Uau. Confere. Estava tentando se esquivar.

Peyton voltou o olhar para ela. Deus, ela era tão linda, tão loira, e aqueles enormes olhos azuis... sem falar nos lábios. Macios, naturalmente rosados. O corpo se tornara um pouco menos curvilíneo, um pouco mais musculoso, visto que ela vinha se exercitando tanto, e aquela vitalidade era excitante.

– Sabe – murmurou ela –, houve uma época em que não escondíamos nada um do outro.

Não de verdade, ele pensou. Sempre mantivera essa atração debaixo do pano.

– As pessoas mudam. – Ele se alongou e as costas estalaram. – Os relacionamentos também.

– Não o nosso.

– De que adianta? – Balançou a cabeça. – Nada de bom pode vir de...

– Ah, pare com isso, Peyton. Sinto você me olhando na sala de aula, em campo. É tão enlouquecedoramente óbvio. E, escuta só, sei quais são seus motivos. Não sou tão ingênua.

Fúria de sangue · 15

A apreensão nela era evidente; os ombros estavam tensos, a boca afinara. E, vejam só, ele também detestava a posição em que os colocara. Se pudesse pôr um fim nisso, ele o faria, mas sentimentos são como animais selvagens. Eles fazem o que bem entendem e ao inferno no que tropeçassem, mordessem ou chutassem no caminho.

— Por mais que queira ignorar isso — ela passou o cabelo por cima do ombro —, e por mais que tenha certeza de que você gostaria de se sentir diferente, a verdade é essa. Acho que precisamos conversar a respeito para esquecer o assunto, entende? Antes que isso comece a nos atrapalhar ou afetar os outros em campo.

— Não sei se isso pode ser resolvido. — *Não a menos que queira entrar numa dieta para ficar com 127 quilos e perca seu companheiro.* — E não acho que seja importante.

— Eu discordo. — Ela estendeu as mãos para cima. — Ah, qual é. Passamos por tanta coisa juntos. Não há nada que você e eu não possamos resolver. Lembra aquelas horas ao telefone? Converse comigo.

Enquanto Peyton se perguntava por que diabos não levara o *bong* consigo, levantou-se e começou a andar em meio à mobília que fora ordenada com o cuidado e a precisão de um jogo de bolas de gude: os vários assentos, sofás e mesinhas tinham sido realocados por todo o espaço, resultantes de diferentes grupos de estudo e algumas apostas questionáveis de flexões, abdominais e combate corpo a corpo bagunçando todo o arranjo inicial.

Quando por fim parou, virou-se. E os dois falaram ao mesmo tempo:

— Tudo bem, estou apaixonado por você...

— Sei que ainda não aprova o fato de eu estar...

Em outro lance sincronizado, calaram-se juntos.

— O que você disse? — ela sussurrou.

Uma arma. Ele precisava de uma arma. Para poder se dar um tiro no pé, em vez de essa expressão ser apenas metafórica.

A porta da sala de descanso se abriu e o macho dela, Craeg, entrou como se fosse dono do lugar. Grande, musculoso e um dos melhores lutadores da turma de trainees, ele era o tipo de cara que poderia usar um prego enferrujado como palito de dentes enquanto suturava os próprios ferimentos dentro de um depósito em chamas com dois *redutores* indo em sua direção e mantinha um filhote de golden retriever debaixo do braço.

Craeg parou e olhou de um para o outro.
– Estou interrompendo alguma coisa?

Novo mal conseguiu chegar a tempo à lixeira industrial de metal desta vez. Ao se curvar e vomitar, nada além de água surgiu, e, quando a ânsia passou, ela rolou para longe da beirada e desabou sobre o tatame. Recostando-se na parede fria de concreto, esperou que o mundo parasse de girar ao redor.

O suor lhe descia pela face como lágrimas, e a garganta ardia – embora isso se devesse menos ao vômito que à respiração forçada enquanto executara levantamentos terra. Isso sem falar dos pulmões. Sentia-se como se estivesse tentando encontrar oxigênio em meio a fumaça ardente.

Claque. Claque. Claque...

Quando conseguiu, levantou a cabeça e tentou focar a visão. Do outro lado da sala de pesos, um macho imenso fazia exercícios no *leg press* de modo lento e controlado, os braços contraindo-se de onde ele segurava as manoplas junto aos quadris, os músculos das coxas entalhados em pedra, veias saltando por toda parte.

Ele a encarava. Mas não de uma maneira assustadora.

Era mais como se dissesse: "muito bem, está na hora de chamar o médico".

– Estou bem – ela disse, desviando o olhar. Embora, estando de fones de ouvido, ele por certo não a tinha ouvido.

Estoubem. Estoubem. Verdadeestoubem.

Inclinando-se para o lado, apanhou uma toalha limpa de uma pilha em um dos bancos e se enxugou. O centro de treinamento da Irmandade da Adaga Negra era um estudo de caso de melhor dos melhores, de última geração, profissional em todos os sentidos: desde aquele calabouço de ferro de dor autoinfligida de levantamento de pesos até a área de prática de tiros, as salas de aula, a piscina olímpica, a academia, passando também pela ala médica, pelas instalações de fisioterapia e salas de operação, nenhuma despesa fora poupada, e a manutenção era igualmente dispendiosa e meticulosa.

Com um *claque* final, o macho se sentou à frente e também enxugou o rosto. Tinha cabelos castanho-escuros recém-cortados, com as laterais quase totalmente raspadas e o alto da parte esquerda com fios mais compridos e lisos. Os olhos eram de algum matiz de castanho, e a aparência era a de um americano qualquer – bem, a não ser pelas presas, bem Bram Stoker, e o fato de que ele era tão americano e humano quanto ela. A camiseta regata branca que vestia estava completamente esticada no peitoral, em uma tentativa de cobri-lo, e a pele escura e sem pelos também era assim, beirando o rompimento diante do tanquinho e dos músculos laterais.

Não tinha nenhuma tatuagem. Tampouco um ar esnobe. Nenhuma roupa chique. E raramente falava – se abria a boca, era sempre por logística, por exemplo, qual máquina ela usaria em seguida, ou se aquela era a toalha dela. Era sempre muito bem-educado, distante como o horizonte e aparentemente alheio ao fato de ela ser uma fêmea.

Resumindo, esse desconhecido era seu novo melhor amigo. Apesar de não saber o nome dele.

E olha que passavam bastante tempo juntos. Ao fim de cada noite que os trainees passavam no centro de treinamento, os dois ficavam ali sozinhos, pois os Irmãos se exercitavam durante o dia e os demais trainees já estavam exaustos com o que sabe-se lá tivessem feito durante a aula.

Novo, no entanto, sempre tinha energia reserva no tanque.

Que se danem os suplementos alimentares para perda de peso. Demônios pessoais eram uma maneira muuuito melhor de fazerem você mexer o traseiro.

Ah, e também havia o outro motivo de ela preferir vomitar no saco de lixo a ficar com os outros enquanto esperavam pelo ônibus que os levaria montanha abaixo.

– Você está sangrando.

Novo levantou a cabeça em um rápido movimento. O macho estava de pé bem na sua frente e, quando ela franziu o cenho, ele apontou para suas mãos.

– Sangue.

Erguendo uma das mãos, ela viu que sim, estava sangrando mesmo. Esquecera as luvas, e a barra com a qual estivera levantando mais de duzentos quilos cortara-lhe a palma.

– Qual é seu nome? – ela perguntou ao pressionar a toalha nos machucados.

Cara, aquilo doeu.

Quando ele não respondeu, voltou a encará-lo. E foi nessa hora que ele levou a mão ao esterno e se curvou.

– Sou Ruhn.

– Não tem que fazer isso. – Dobrou a toalha ao meio e enxugou a testa de novo. – Essa coisa de se curvar. Não sou membro da *glymera*.

– Você é uma fêmea.

– E daí? – Quando ele pareceu francamente confuso, sentiu-se uma megera. – Deixa pra lá. Sou a Novo. E eu lhe daria a minha mão, mas, sabe...

Quando ela lhe mostrou o machucado que ele acabara de apontar, Ruhn pigarreou.

– Prazer em conhecê-la.

O sotaque dele era como o de Novo, sem a imponência e as vogais alongadas da aristocracia, e ela de pronto gostou ainda mais dele. Como seu pai sempre dissera, os ricos podiam se dar o luxo de falar devagar porque não tinham de trabalhar para se sustentar.

O que tornava aquele grupo superficial e arrogante muito difícil de respeitar e levar a sério.

– Vai participar do programa? – ela perguntou.

– Para...?

– O programa de treinamento.

– Não. Só estou aqui para me exercitar.

Ele lhe ofereceu um sorriso – como se isso abrangesse a história de sua vida inteira bem como os planos para o futuro – e depois foi para a barra de flexão. A quantidade de repetições que ele fazia era algo inacreditável. Rápido, mas controlado, de novo e mais uma vez, até ela perder a conta. E mesmo assim ele seguiu em frente.

Quando por fim parou, respirava profundamente, mas nada exagerado.

– Por que não?

– O quê? – ele perguntou com surpresa, como se talvez tivesse se esquecido de que ela ainda estava ali.

– O programa de treinamento. Por que não se junta a nós?

Ele meneou a cabeça com severidade.

– Não sou um lutador.

– Deveria ser. Você é muito forte.

– Só estou acostumado ao trabalho manual. É esse o motivo. – Fez uma pausa. – Você está no programa?

– Sim.

– Você luta?

– Ah, luto, sim. E gosto disso. Gosto de vencer e gosto de infligir dor em outros. Especialmente nos assassinos. – Quando os olhos dele se arregalaram, ela revirou os seus. – Sim, fêmeas podem ser assim. Não precisamos de permissão para sermos agressivas ou fortes. Ou para matar.

Quando ele lhe deu as costas, voltou a segurar a barra e retomou o treino, ela praguejou para si própria.

– Desculpe – murmurou. – Não foi direcionado a você.

– Tem mais alguém aqui? – ele perguntou entre as repetições.

– Não. – Levantou-se e balançou a cabeça. – Como disse, me desculpe.

– Tudo bem. – Para cima. E para baixo. – Mas... – Para cima. E para baixo. – Por que você não está... – cima; baixo – ... com eles?

– Com os outros trainees? – Olhou para o relógio na parede. – Eles ficam felizes em só relaxar antes de o ônibus chegar. Eu detesto perder tempo. Aliás, está na hora de ir. Até.

Ela estava na porta quando ele disse:

– Não deveria fazer isso.

Novo olhou por cima do ombro.

– O que disse?

Ruhn apontou para o lixo.

– Você vomita bastante quando treina. Não é saudável. Você se esforça demais.

– Você não me conhece.

– Não preciso.

Ela abriu a boca para lhe dizer que guardasse aquele complexo de Deus para si, mas ele se limitou a se virar e voltou a fazer flexões na barra.

Ah, tudo bem, ela pensou. *Tudo* maravilha. *Por que não me contento em assistir a vídeos de receitas no BuzzFeed e tirar selfies em poses de ioga?*

#zonalivredevômitos

Com a irritação surgindo, ela quis muito, mas muito mesmo começar uma briga com ele. Apesar de estar cansada a ponto de até o traseiro doer, e ele até poder ter razão em relação ao vômito, droga. Mas viva e deixe viver, não era assim?

Ou viva e se autodestrua.

Dava no mesmo.

Resolveu deixar para lá. Não havia motivos para discutir com um estranho sobre algo que não tinha intenção alguma de fazer de modo diferente.

No corredor, o ar estava mais frio – ou talvez fosse apenas uma questão de percepção, visto que a longa passagem de paredes de concreto que dava para a garagem fazia parecer que houvesse muito mais ar a ser inspirado. Forçando-se a andar adiante, seguiu na direção do vestiário que ela e Paradise, como únicas fêmeas do programa, usavam. E, no segundo em que empurrou a porta, fechou os olhos e considerou a possibilidade de voltar para casa suada e nojenta.

Filhadamãe.

Aquela maldita fragrância.

O xampu de Paradise era como tinta fresca nas paredes, carpete no piso, ventiladores de teto girando a mil por hora e luzes estroboscópicas num baile de discoteca: naquele espaço diminuto, ele tomava conta de cada centímetro quadrado.

E o pior? A fêmea não era detestável nem incompetente, tampouco uma boneca Barbie que pudesse ser desconsiderada como uma Taylor Swift num mundo só de Nirvana. Fora Paradise quem aguentara até o fim o teste de resistência dos infernos; ela era formidável em campo, com reflexos extraordinariamente rápidos e tiros tão certeiros que só vendo para crer.

Mas havia outra coisa na qual era boa.

E, embora Novo não tivesse nada com isso, nenhum motivo para notar, mas também não devesse nada a ninguém, era bem irritante ver Peyton lançar aqueles olhares mal disfarçados, ficar pairando nas soleiras e olhar duas vezes para trás toda vez que a fêmea ria.

A única outra coisa mais irritante? Que essa droga aparecesse no seu radar.

Peyton, filho de Peythone, não tinha nada que lhe interessasse. Afinal, algumas coisas, como não ser voluntário para a amputação de um membro, eram bem óbvias.

Além, claro, do histórico pessoal.

Não com ele em específico. Mas mesmo assim.

Portanto, o fato de ter notado a fixação que o cara tinha em relação à outra fêmea bastava para que ela quisesse chutar o próprio traseiro.

Quando se virou para ir para os chuveiros, captou seu reflexo no espelho de corpo inteiro – um objeto que ela tinha quase certeza de não existir no vestiário masculino.

O que era sexista pra caramba...

Seus pensamentos abandonaram as recriminações já conhecidas quando o reflexo foi percebido. Os olhos estavam fundos; o abdômen, desnudo entre o sutiã esportivo e as *leggings*, estava côncavo; e as pernas eram cobertas por músculos fortes, a não ser nos pontos ossudos dos joelhos.

Nada de quadril, nada de peitos, nenhum identificador feminino... até mesmo os cabelos longos estavam presos em uma trança como se batessem em retirada ao longo da coluna.

Novo assentiu para si mesma em sinal de aprovação.

Não queria que as coisas fossem diferentes.

Paradise que ficasse com todos os marcadores femininos e recebesse os olhares lânguidos do mundo. Muito melhor ser forte do que ser sensual. Esse último o fazia ser admirado...

O anterior o mantinha a salvo.

Capítulo 2

– Não. Não está interrompendo nada mesmo – disse Peyton.

Ao sorrir para Craeg, pensou: *Claro, está tudo a maior maravilha. Só acabei de contar à sua garota que a amo enquanto ela achava que eu ainda estava com a ideia fixa de que ela não deveria estar no programa de treinamento. Então, metaforicamente falando, acabamos de nos enfrentar em um duelo no qual ela portava uma pistola e eu, dois clipes e um elástico. Mas está tudo bem.*

Ainda que, já que estamos no assunto, talvez você queira fatiar o meu saco e guardar minhas duas bolas no seu bolso de trás, que tal? Porque não vou mais precisar delas depois disso.

Partindo em linha reta para a porta, não olhou para Paradise. De fato, a probabilidade de nunca mais olhar para ela era bem grande. Mas tomou o cuidado de se recompor ao passar por Craeg, dando-lhe um tapa no ombro.

– Mal posso esperar por amanhã em campo. – A menos que se enforcasse no banheiro de casa. Nesse caso, não poderia comparecer. – Bom treino hoje. Fantástico pra cacete.

Ainda mais se contassem a pancada que acabara de levar no ego. O coitado não se levantaria de novo. Provavelmente precisaria de uma cirurgia reconstrutiva e prótese.

No corredor, parou e praguejou. Deixara a maldita mochila na sala de descanso, mas de jeito *nenhum* voltaria para lá. Não mesmo. Não havia motivos para flagrar o beijo número 45.896 do reencontro Paradise/Craeg, que seria seguido por um "você não vai acreditar no que Peyton acabou de me dizer". A boa notícia? Craeg estava tão envolvido no programa e na liderança do grupo, e em lutar contra o verdadeiro inimigo, que havia uma forte possibilidade de que o macho vinculado não estivesse pegando a adaga neste exato momento.

Ainda assim, o melhor era seguir direto para o estacionamento. Nem que fosse só para ganhar certa vantagem no tempo de fuga.

Ele não era burro o bastante para enfrentar um macho vinculado. Ainda mais um treinado em matar.

Ao consultar o relógio enquanto se encaminhava para a porta de aço reforçado na extremidade oposta, deu graças a Deus. Quinze minutos e o ônibus à prova de balas estaria pronto na garagem para levá-los de volta ao local de desembarque. Se Craeg surtasse no trajeto de volta à cidade, por certo alguém o ajudaria. Boone era bom atirador e intercederia, talvez...

No mesmo instante seu corpo ficou em alerta máximo, a pele se aqueceu, os cabelos da nuca se eriçaram e o sangue começou a bombear forte, como se estivesse em uma corrida.

Parou novamente e se virou.

Novo saía do vestiário feminino, o corpo forte coberto por calças e jaqueta de couro, uma mochila da Nike pendurada em um dos ombros e os cabelos pretos penteados para trás e presos em uma trança que lhe descia pelas costas.

– Oi – murmurou quando ela o alcançou. – Você esteve bem hoje.

Ela sempre estava. E não só no combate direto.

– O que quer dizer – ela começou a dizer ao passar por ele – é que eu acabei com você.

– Não é assim que me lembro do fato.

– Hum. Então, acho que sofreu danos cerebrais quando o deitei de costas no chão.

Quando uma repentina excitação se fez presente sob a calça, Peyton disfarçou-a discretamente e seguiu o rastro dela. À frente dele, Novo se movia como a chefona que era, toda cheia de postura e competência, e, sim, claro que ele olhou para a bunda dela – e desejou pôr as mãos ali.

A boca também.

Algo nela trazia à tona sua fera interior, desde a primeira vez em que a vira. Não queria fazer amor com ela. Não estava interessado em sexo com ela. O que queria era uma bela trepada, do tipo que deixa marcas na pele, estraga a mobília e quebra abajures.

– Eu ganhei no fim – disse com a fala arrastada.

Desta vez, ela se deteve e girou, e a corda comprida formada pelos cabelos trançados girou junto e açoitou seu quadril.

– Porque escorreguei enquanto o submetia. Meu pé *escorregou*. Foi por isso que você ganhou a vantagem.

– Ainda assim, eu a prendi no chão no final.

– Eu o derrubei.

– Eu venci.

Quando o fogo se acendeu nos olhos azul-esverdeados e as presas desceram, Peyton concentrou-se na boca de Novo. Em sua cabeça, ele a empurrava com força contra a parede de concreto e ela lutava contra ele, e os dois se beijavam como se fossem morrer depois que acabassem de foder. Com selvageria. Fúria. Com orgasmos que alteram a química cerebral por noites seguidas.

– Você não ganhou – disse ela entredentes. – Eu *escorreguei*. E, se meu pé não tivesse cedido, você ainda estaria estendido naquele tatame como um carpete.

Peyton se aproximou e baixou o tom de voz.

– Desculpas, desculpas...

Analisando o modo como ela o encarava, era evidente que queria bater nele. Quebrar suas pernas. Esfaqueá-lo.

E ele também queria tudo isso. Era seu castigo pela bomba que lançara na sala de descanso. Era o autoflagelo imposto por outra pessoa, uma distração dolorosa e vital que desviaria sua mente do fato de que falara na real com a pessoa errada, no pior dos momentos.

Merda, confessara mesmo seu amor a Paradise?

– E aí? Quando é que a gente vai trepar? – disse numa voz rascante. – Estou pronto para deixar de ignorar esse fato.

Novo estreitou o olhar ainda mais.

– Nunca. Que tal para você?

– Você quer.

– Não com você.

– Mentirosa. – Inclinou-se um pouco mais para perto dela. – Covarde. Do que tem medo?

A mão livre de Novo partiu para a garganta dele, e a unha do polegar pressionou a jugular até interromper o fluxo sanguíneo.

– Cuidado, garotão. Ou vou acabar provocando danos estéticos que não poderão ser reparados.

Fúria de sangue · 25

Peyton fechou os olhos e cambaleou.

– Quero que faça isso.

Cobrindo-lhe a mão com a sua, forçou a unha dela a cortar sua pele até o sangue se empoçar. E, quando os olhos dela se arregalaram, ele a soltou e fitou a mancha rubra no polegar.

– Quer provar? – disse em uma fala arrastada, aproximando o sangue da boca dela. – Abra-a para mim.

Quando o maxilar de Novo se cerrou, ele esfregou o dedo dela no lábio inferior, apostando que a tentação ficasse grande demais para ela resistir...

A língua rosada se esticou para fora e Novo assumiu o controle a partir dali, sugando o próprio dedo e fazendo uma bela apresentação ao deslizá-la ao redor... até ele quase gozar dentro das calças.

Mas bem quando as coisas começavam a esquentar, ela recuou um passo de repente e desviou o olhar.

– Tempestade de neve, pessoal.

Ao som da voz masculina, Peyton lançou umas bombas F mentais. E depois encarou Axe, que saía do escritório.

– O que quer dizer com isso? – murmurou.

O colega trainee se aproximou. Axe era neogótico, metade tatuado e um cara legal – assim que você desconsiderasse sua aparência de assassino serial. Tinha acabado de se vincular a uma aristocrata, uma das primas de Peyton, portanto era considerado da família, por assim dizer, e Peyton estava feliz com isso. Do jeito que as coisas andavam pelo mundo, pelo menos sabia que Elise não era apenas amada, mas também estava protegida do inimigo.

– Estamos presos aqui. – Axe flexionou os braços como se estivessem doloridos. – Não vão conseguir nos levar. O ônibus foi cancelado.

– Mas que merda! – Peyton visualizou a erva guardada em seu quarto como se fosse um parente perdido há muito tempo. – Tenho planos.

– Vá reclamar com a gerência, amigo. Não tenho como ajudar você.

O problema era que não podiam tão somente se desmaterializar para fora da montanha. O complexo da Irmandade, que incluía aquele anexo subterrâneo, estava em uma localização altamente segura: primeiro, os trainees não sabiam onde ele se situava – o tipo de informação que ninguém queria ter, de qualquer modo. Quem precisava saber onde a Primeira Família morava? Isso só faria seu nome ser incluído em uma lista bem curta de alvos de tortura se houvesse uma tentativa de assassinato. Mas, mais precisamente, a propriedade era coberta pelo *mhis*, algo que tanto borrava o cenário em termos visuais quanto também tornava totalmente impossível para qualquer um que desconhecesse as coordenadas se desmaterializar para dentro e para fora dela.

Portanto, sim, ninguém da turma iria a porra de lugar nenhum.

Merda, pensara que o trajeto de volta a Caldwell seria ruim? Aquilo era um maldito pesadelo. Preso ali, com Paradise e Craeg, até, pelo menos, cinco ou seis da tarde do dia seguinte, quando estivesse escuro o suficiente para o ônibus partir? E ainda com a condição de que a tempestade já tivesse cessado até lá?

Peyton olhou para Novo. Ela e Axe conversavam sobre assuntos relacionados a AEI que Paradise estivera estudando, e, enquanto observava os lábios dela se moverem... pensou em todos os lugares que ela os poderia colocar em seu corpo.

Ah, tudo bem, pelo menos a Irmandade deixava o pessoal beber quando não estavam escalados para trabalhar. E com esse tipo de persuasão? Já passara da hora de ele e Novo encontrarem um pouco de privacidade e colocá-la em uso – e isso também o manteria afastado dos punhos voadores de uma das metades do Casal mais Feliz do Maldito Planeta.

Era uma oportunidade. Não um problema.

Maldição. O gosto dele era incrível.

Enquanto continuava a conversar com Axe, Novo apenas acompanhava em nível superficial o que mais se parecia com uma partida de tênis das palavras aprendidas na aula. Por sob todas aquelas sílabas partilhadas, ela voltava ao momento em que tivera uma parte de Peyton dentro de si... e gostara.

Ele ainda a encarava, o corpo posicionado como se estivesse pronto para levar o dela ao chão, e todo tipo de intenção erótica e sensual emanava dele como golpes que ela de fato sentia fisicamente na pele.

A agressividade e o desejo eram uma surpresa, considerando a linhagem refinada de Peyton, mas não um choque, visto quem ele era. Para um riquinho, ele se mostrara um lutador tenaz e habilidoso, forte e estranhamente destemido. Agora... a questão era se ela queria saber que tipo de amante ele era...

Fúria de sangue · 27

– ... aniversário da Paradise – Axe dizia para ele. – Elise me contou que vocês iam se encontrar para terminar de acertar os detalhes.

Novo voltou a prestar atenção enquanto Peyton assentia.

– Vou ligar para ela hoje à noite. Acho que já está tudo acertado.

– Quando será? – Novo se ouviu perguntando.

Enquanto data/horário/local eram partilhados e mais conversa sobre a comemoração era jogada fora, voltou a se retrair mentalmente.

É, aquilo não era para ela. Duzentos ou trezentos membros da *glymera* com idade inferior a um século, misturando-se com seus trajes Stella McCartney/Tom Ford, estimulados por bebidas alcoólicas de primeira, petiscos servidos em bandejas de prata e privilégios da aristocracia?

Atirem em mim agora mesmo, pensou ela.

E isso porque não havia ainda acrescentado Peyton fitando a aniversariante como se ela tivesse lhe roubado a alma e a guardado em sua bolsa Chanel.

– ... vem, certo?

Quando se fez uma pausa, ela olhou de relance para Axe.

– O que foi?

– Você tem que ir – murmurou o cara. – Preciso de alguém com quem possa conversar.

– Por que não deixamos passar essa e vamos ao The Keys?

– Ah, esses dias são passado para mim.

– É verdade. Você conseguiu o seu "felizes para sempre" e ficou bom demais para nós, os vadios.

E, não, não dava a mínima se parecia amarga.

Ah, tudo bem, talvez lamentasse estar sendo uma megera. Mas o cara fora uma lenda no mais infame clube de sexo de Caldwell. Por que alguém desistiria disso para ficar com apenas uma pessoa, ela não conseguia entender. E aquela coisa de colocar todos os ovos em um mesmo cesto? Aquilo não era para ela.

Só precisara lidar com aquilo uma vez para aprender a lição.

– Você vai sempre lá? – Peyton perguntou com uma expressão distante.

Quando ele estreitou o olhar em sua direção, foi tentador o pensamento de explicar ao Senhor Anacronismo que as fêmeas – que surpresa! – tinham permissão para dirigir, ter propriedades em seu nome e vestir calças. E que a civilização não se destruíra em uma colisão contra uma montanha chamada Tudo Era Melhor Antes.

– Sou membro. – Cruzou os braços diante do peito. – Algum problema com isso?

– Quando vai me levar?

Ela escondeu a surpresa.

– Você não daria conta.

– Como sabe disso?

Novo o fitou de cima a baixo.

– Não sei, mas você não é interessante o bastante para que eu queira descobrir.

Axe assobiou baixinho.

– Essa doeu.

Peyton o ignorou, e uma luz fria se infiltrou em seu olhar.

– Desafio aceito. Qual noite?

Novo meneou a cabeça.

– Não foi um desafio.

– Acho que foi. E, embora não tenha me feito nenhuma gentileza, vou deixar essa passar e não vou mencionar que está mentindo. Como fez um minuto e meio atrás, quando disse que não quer me foder. – Cobriu a boca com a mão. – Ops. Deixei isso escapar?

– Será que vocês dois podem parar com essa asneira toda de uma vez e encontrar um quarto? – Axe disse. – Não quero ofender, mas comédias românticas me deixam enjoado.

– Não é nada disso – Novo disse, rangendo os dentes. – Esta é uma história policial de homicídio com um final óbvio.

– Tenho que concordar com ela. – Peyton esticou a mão e percorreu a clavícula dela com um dedo. – Um bom orgasmo é conhecido como uma pequena morte. E estou mais do que disposto a morrer por você. Um pouco.

Antes que ela conseguisse tirar a mão dele com um tapa – ou provocar algum tipo de lesão corporal –, ele se afastou com um sorriso.

– Onde está o álcool? – perguntou por cima do ombro. – Preciso de uma bebida para poder ficar preso aqui com toda essa sua negação.

Novo cruzou os braços diante do peito.

– Ele é um babaca.

Fúria de sangue · 29

– Todo mundo precisa de um hobby. – Axe deu de ombros. – E o dele é irritar você.

– Se me disser para parar de encorajá-lo, vou te dar um soco no saco. Axe ergueu as mãos espalmadas.

– Não estou a fim disso. Além do que, a sua mera presença já basta como encorajamento. O que vai fazer a respeito, arrancar a própria pele?

– Ah, tá. É a Paradise quem ele quer, e não leia nenhum rancor nisso. Por mim, ela pode ficar nessa posição de exaltação. E ele também, se quiser continuar a bater nessa parede até desmaiar, que se divirta fazendo isso.

Axe a observou por um instante. Em seguida, estendeu a mão.

– Cem paus valendo que você é a escolha certa para ele.

– Não faço apostas.

– Covarde.

Ela empurrou a mão para a frente e agarrou a dele com força.

– Vá se foder. A aposta está de pé.

– Não pode fazer nada para dissuadi-lo.

– Esse é o meu padrão com esse maldito. Não vou parar agora.

– Não foi isso o que quis dizer. – Axe negou com um gesto de cabeça. – Isto está fora do seu controle. E do dele.

– Como se você fosse um perito no assunto.

– Eu sou. – O macho ergueu os ombros fortes. – Acabei de passar por essa situação. É por isso que sei qual será o resultado.

Enquanto o lutador se afastava, deteve toda a calma de alguém que conseguia prever o futuro, e Novo desejou que ele aproveitasse essa superioridade... enquanto ela durasse.

Adoraria gastar os cem dólares que ganharia dele.

Isso era certo para ela.

Capítulo 3

PARADO JUNTO À JANELA alta emoldurada por cortinas de veludo verde com borlas douradas e caixilhos enfeitados, Saxton fitava a tempestade de neve e se preparava para imergir naquele banho gelado. Tinha a maleta em uma das mãos, o cachecol Gucci na outra – e seu intenso desgosto pelo clima frio ao redor.

A mansão da Adaga Negra ficava no alto de uma montanha, e as rajadas de vento naquela altitude eram como um exército invasor atacando suas grandiosas paredes de pedra. O vento vinha em ondas e de diferentes direções, e, enquanto ele observava os flocos de neve flutuando à mercê delas, lembrou-se de cardumes indo de um lado a outro, num caos delineado.

Não quero mais isto, pensou.

Enquanto essa convicção ganhava o devido lugar, ele disse a si mesmo que esse enfado se devia ao mês de janeiro – o qual, no norte do estado de Nova York, era uma estação simplesmente miserável: fria, escura e perigosa, caso se ficasse exposto aos elementos por tempo demais. No entanto, ele temia que o motivo fosse outro que não a zona morta entre dezembro e fevereiro.

– Vai tentar ir para casa?

Olhou para o arco de entrada da sala de bilhar. Wrath, filho de Wrath, o grande Rei Cego, tinha chegado ao átrio. O macho era imenso, severo, aristocrático e absolutamente letal em seu couro preto – com o belo e simpático golden retriever ao lado.

Saxton pigarreou.

– Não tenho certeza, meu senhor.

– Você tem um quarto aqui.

– Muita gentileza sua. – Saxton ergueu a maleta, mesmo o Rei não conseguindo vê-la. – Mas tenho trabalho a fazer.

– Quando foi a última noite ou o último dia em que tirou uma folga?

– Não preciso de folga.

– Besteira. E eu sei a resposta e não gosto nada dela.

De fato, fazia uma eternidade. As audiências noturnas do Rei com os membros da raça demandavam muito trabalho de acompanhamento e documentação – e, além desse trabalho bastante justificado, também podia haver um pouco de procura por distração automedicada.

Como que em uma deixa, um par de vozes ecoou no espaço aberto, e Saxton inspirou fundo. Blay e Qhuinn desciam a escadaria graciosa, cada um deles carregando uma criança; o casal vinculado ria. Quando chegaram ao último degrau, Qhuinn pousou a mão nas costas de Blay, e este olhou para o Irmão, os olhos se demorando como se fosse capaz de encarar o belo rosto para sempre.

A lança dolorida que atravessou seu esterno era tão conhecida quanto a sensação de vazio nas entranhas, o golpe em dois tempos de Blay desferido com a escolha de "é ele quem eu quero e não você" tornando a ideia de enfrentar o vento do nordeste ainda mais atraente. Afinal, a alternativa seria se aproveitar do seu quarto sem uso ali e tentar dormir sob o mesmo teto que o feliz casal e seus dois belos filhos.

Às vezes, nada consegue nos fazer sentir mais velhos e cansados do que a felicidade alheia. E, sim, isso não era nada lisonjeiro, mas esse era o motivo pelo qual pensamentos deviam ser guardados conosco.

– Meu senhor, aproveite sua Última Refeição. – Saxton fixou um sorriso no rosto, ainda que, de novo, o Rei Cego não conseguisse enxergar. – Creio que irei...

– Juntar-se a nós? Maravilha. Venha comigo, vamos juntos.

Saxton pigarreou e fez menção de inventar algum compromisso, algo muito importante que não pudesse esperar, algo que não pudesse deixar passar...

– Estou esperando – murmurou Wrath. – E você sabe quanto adoro isso.

Com uma reverência, Saxton reconheceu que aquela era uma discussão perdida antes mesmo de ter sido iniciada. E também tinha ciência de que a paciência do Rei era tão curta quanto seu bom humor.

Depois desse leve aviso lançado à distância, o próximo movimento de Wrath podia muito bem ser um esquartejamento na neve.

– Mas é claro, meu senhor. – Saxton se curvou e começou a retirar seu casaco Marc Jacobs predileto. – Será um prazer.

Seguindo o Rei, atravessou o átrio e entrou na imensa sala de jantar, depositando a maleta, o cachecol e o casaco de caxemira numa cadeira junto a um dos aparadores. Com um pouco de sorte, um dos *doggens* não iria "ajudar", guardando suas coisas. Numa mansão daquele tamanho? Elas acabariam a um quilômetro de distância em algum armário.

E, com ou sem tempestade, assim que aquela refeição terminasse, ele iria embora.

Usando a visão periférica, localizou a alegre família composta de quatro e estrategicamente escolheu um lugar vazio numa cadeira Rainha Anne do mesmo lado da mesa enorme, mas na extremidade oposta. O resultado eram bem umas quinze pessoas entre eles – ou seriam, assim que todos se acomodassem. Nesse meio-tempo, propositadamente ajeitou os talheres já colocados à perfeição, demorando depois um tempo absurdo para explicar ao paciente *doggen* exatamente quanto de suco de oxicoco queria misturado à exata quantidade de água com gás que beberia.

Nada de álcool. O álcool o deixava, por falta de palavra melhor, excitado – e isso só o deixaria sexualmente frustrado. Não havia ninguém à sua espera em casa. Ninguém que ele quisesse chamar para lá. Nada a ser feito a respeito, a não ser...

Não quero mais fazer isso.

Quando tal pensamento voltou a acometê-lo, ele resolveu que talvez seu Rei estivesse certo. Talvez devesse tirar uma folga, nem que fosse para encontrar um pouco de alívio com algum desconhecido. Nunca seria mais que isso. Seu coração estava em outro lugar, jamais retornaria, e, às vezes, um corpo anônimo usado como equipamento de ginástica era só o que o destino tinha a oferecer...

Diretamente à sua frente, do outro lado da mesa, uma larga figura masculina puxou a cadeira e se sentou. E Saxton percebeu que se sentava mais ereto.

Era Ruhn. Tio consanguíneo da filha adotiva de Rhage e Mary, Bitty. Um membro novo na mansão. De modo geral, muito decente, um macho... muito... espetacular.

Fúria de sangue · 33

Estranho como alguém tão grande conseguia se movimentar com tamanho controle, de maneira tão compacta. Era como se ele comandasse não apenas as pernas e os braços, mas cada célula, até chegar às moléculas, numa série de ordens de ação separadas, porém coordenadas.

Incrível.

E, sim, as roupas simples combinavam com ele. Nada de ternos sob medida de tweed com camisas de alfaiataria, gravata, tampouco sapatos de pele de avestruz – o traje de trabalho típico de Saxton. Nada disso. Ruhn usava jeans e uma camiseta simples debaixo do suéter tricotado azul-marinho. O macho puxara as mangas do suéter e os antebraços eram testemunho tanto da força dele quanto de quão em forma ele estava. As mãos calejadas encontravam-se limpas, as unhas cortadas, mas não lixadas, e o peito era tão amplo que o pobre suéter estava...

– Oi, tio!

Enquanto Bitty se aproximava do tio saltitando ao longo da mesa, Saxton deixou de lado sua avaliação. Mas mesmo assim seus olhos logo voltaram para onde estavam antes.

– Olá, Bitty. – A voz de Ruhn era agradável, grave e ressonante, e o sotaque era o de um civil do sul. – Como você está?

Nada alto demais. E, quando a menina o abraçou, aquelas mãos imensas foram gentis e lentas; o abraço, cuidadoso, como se temesse esmagá-la.

E com aquela constituição? Com certeza ele poderia fazer isso.

– Tudo bem. Seu cabelo está molhado.

De fato estava, as ondas castanho-escuras penteadas para trás já se curvando graças ao ar aquecido.

– Acabou de se exercitar? – perguntou ela.

– Sim.

– Está ficando tão musculoso quanto meu pai.

– Longe disso.

Saxton sorriu de leve. O macho por certo estava ganhando massa; as tantas horas que passava puxando ferro no centro de treinamento acresciam músculos aos peitorais, aos ombros... àqueles braços. Mas era evidente que ele se deixava ofuscar do mesmo modo como tomava cuidado ao movimentar o corpo.

Quando a menina se sentou e continuou a conversa, Ruhn assentiu e sorriu um pouco mais, respondendo em poucas palavras as tantas perguntas feitas. Infelizmente, a mesa de doze metros logo ficou toda tomada, e Saxton já não conseguia mais ouvir a conversa.

Isso não significou que deixou de olhar. Enquanto Marissa se sentava a um lado seu e Tohrment do outro, e a comida era servida em bandejas de prata e tigelas fundas de porcelana, Saxton sustentou uma conversa agradável enquanto se permitia deslizar os olhos de tempos em tempos para o outro lado da mesa.

Ruhn comia com a testa crispada, como se estivesse concentrado em cada corte da faca e cada garfada. Era difícil precisar se isso se devia a estar morrendo de fome, determinado a não comer rápido ou ainda por temer deixar algo cair, mas Saxton imaginava que fosse essa última a razão.

Desde que Ruhn chegara à mansão, sempre fora educado e calado, o que era compreensível. Era como se imaginasse que alguém fosse pedir que partisse caso infringisse minimamente alguma regra, mas isso estava muito longe da verdade. Agora ele fazia parte da família, porque Bitty era da família; e, de fato, a maneira como o macho agira, tendo em vista o bem-estar da sobrinha, era de fato extraordinário. Com o falecimento da mãe dela, e Ruhn sendo o parente mais próximo, ele tinha todo o direito do mundo de aparecer e levá-la para longe de Rhage e Mary, que cuidavam dela em um arranjo provisório, embora com esperanças de adotá-la.

Contudo, em vez de marcar seu território, Ruhn fora abnegado, reconhecendo o amor profundo que aquela pequena família encontrara na companhia uns dos outros. O macho insistira que a adoção fosse adiante e assinara a papelada em que abria mão de quaisquer direitos parentais, sem querer nada em troca.

Se isso não era amor, Saxton não sabia o que era.

E, em retribuição a esse ato de compaixão, Ruhn fora acolhido por todos na mansão, não que o ajuste para morar em Caldwell e na mansão ainda não fosse árduo para o macho. Mas ele não tinha com que se preocupar no que se referia ao seu futuro sob o teto da Irmandade. Pelo tempo que desejasse, tinha um lar ali.

Saxton o vira pela primeira vez durante o processo de adoção. Contudo, depois que ajudara com a documentação oficial de adoção de Bitty, certificara-se de ficar longe.

Fúria de sangue · 35

Embora os atributos físicos do macho fossem numerosos, ele não dera nenhuma indicação de estar aberto sexualmente a machos – nem a qualquer um, para falar a verdade. E sabendo como o universo era regido? Ruhn só podia ser heterossexual, e Deus bem sabia que Saxton estava farto de desejar coisas além do seu alcance...

Olhos da cor de um delicioso bourbon o fitaram do outro lado da mesa sem sobreaviso, e o choque de se deparar com o olhar calmo e um tanto inocente de Ruhn fez Saxton deixar cair o guardanapo do colo. O que se mostrou uma bênção, pois assim tinha uma desculpa para se abaixar e sair de seu campo de visão.

Não. Definitivamente não passaria o dia ali.

Pouco se importava se acabasse caindo de cabeça no primeiro banco de neve por ter calculado mal ao se desmaterializar, de jeito nenhum ficaria preso sob o mesmo teto com seu amor não correspondido de um lado e uma atração sexual não retribuída do outro.

Isso simplesmente *não* aconteceria.

Deveria ter comido no quarto.

Quando baixou o olhar para o prato, Ruhn tentou engolir a ansiedade que surgia toda vez que essas refeições aconteciam. Tantos garfos e colheres ao lado do prato com ouro em todos eles. Tantas pessoas à vontade naquela grandiosa sala de jantar, mas não ele. Tantos alimentos servidos e criados e velas...

– Tio?

Ao chamado suave de Bitty, ele inspirou fundo.

– Pois não?

– Mais pãozinho?

– Não, obrigado.

Recusou o cesto de prata não por estar sem fome. De fato, estava faminto mesmo depois de ter limpado o prato, mas odiava o modo como as mãos tremiam, e se preocupava com a possibilidade de derrubar o cesto, quebrando todas as taças diante de si.

Por favor, mande isso para a outra direção – ah, graças a Deus! Rhage pegou o cesto de volta e o depositou entre o saleiro e o pimenteiro de prata e o candelabro dourado.

Ruhn não entendia como todos eles conseguiam ficar relaxados depois de terem terminado a entrada, conversando casualmente, com taças de vinho retidas na mão com confiança enquanto pratos eram recolhidos por todo o espaço ao redor, sobremesas sendo servidas em outros pratos...

Quando ergueu o olhar e se deparou com o advogado do Rei encarando-o do lado oposto da mesa, retraiu-se e quis berrar: *Sim, sei que meus modos à mesa são terríveis, mas estou fazendo o melhor que posso, e você ficar catalogando cada uma das ervilhas que caem ou o molho que escorre só está piorando tudo para mim.*

Em vez disso, baixou os olhos e ficou se perguntando exatamente quanto tempo mais teria de ficar ali antes que uma fuga para a saída mais próxima fosse aceitável.

Saxton, filho sem dúvida de um Aristocrata Muito Bem-Criado e de Linhagem Nobre, encarava-o insistentemente. Toda vez que passava por ele ou se sentava próximo ao macho, o que, felizmente, não acontecia com frequência, aqueles olhos o seguiam com desaprovação ou preconceito. Mas, em retrospecto, o advogado estava sempre muito bem-vestido, com ternos que se ajustavam à perfeição, como se tivessem sido costurados no corpo, e o macho estava sempre bem-arrumado, com os cabelos bem penteados para um lado, sem um fio fora do lugar, a barba sempre bem-feita, mesmo ao fim da noite, como se ele tivesse acabado de sair do chuveiro.

Para um macho como ele? Claro que alguém que chegasse à casa com apenas dois pares de jeans, uma camiseta boa, uma média e uma ruim, e um único par de botas de trabalho, seria um insulto. Acrescente-se a isso o fato de ele não saber escrever e não ter conseguido sequer assinar seu nome nos papéis de adoção de Bitty. Convenhamos. O desgosto era tão justificável quanto óbvio.

No entanto, talvez houvesse mais por trás disso. Talvez Saxton soubesse a verdade a respeito de seu passado.

Ruhn estremeceu ao pensar nisso. Fora franco em relação ao que fizera e de onde viera, e imaginava que nada escapasse ao advogado do Rei. Mas quem poderia ter certeza? Pelo menos, todos os outros pareciam aceitá-lo e, quando se deparava com Saxton, tentava se lembrar desse fato. Mas isso ainda o magoava e preocupava.

Nesse meio-tempo, tudo o que Ruhn queria era encontrar uma maneira de contribuir para a casa e ganhar seu sustento. O problema? Havia *doggens* em todos os lugares e, por mais que tentasse assumir alguns consertos básicos na propriedade ou trabalhar na cozinha, sempre era dispensado por todos eles.

Por isso levantava pesos na academia e fingia estar bem enquanto, dentro de sua cabeça, ele gritava e dizia a si mesmo que se relacionar com a filha de sua falecida irmã valia esse esforço.

Todavia, a cada dia e a cada noite, a situação ficava mais e mais difícil.

Por mais que detestasse admitir, chegava à conclusão de que tinha de ir embora. Não aguentava mais ser um peixe fora d'água.

As coisas não estavam dando certo.

– Eu te amo, tio – disse Bitty. Como se lesse seus pensamentos.

Fechando os olhos, estendeu o braço e pegou a mãozinha suave na sua. Deixá-la seria o mesmo que colocar o coração num depósito frio. Mas já fizera isso antes.

Conseguiria fazer de novo.

Capítulo 4

O GINÁSIO DO CENTRO de treinamento era tão grande que, caso fosse dividido na metade por uma parede de ar, ainda teria espaço para duas quadras de basquete de tamanho oficial. O teto tinha quinze metros de altura, a iluminação era de lâmpadas pensas envoltas em grades aramadas, e as arquibancadas se erguiam pelas laterais tais quais duas asas. Havia dois placares que podiam ser posicionados para jogos, bem como múltiplas cestas e suportes retráteis. Por fim, o piso era cor de mel, com verniz bem aplicado em tábuas de pinho demarcadas, do tipo que fazia os tênis guincharem.

Peyton estava à toa numa cadeira de metal dobrável bem junto à entrada com uma garrafa de Grey Goose numa mão e uma embalagem de Combos na outra. A primeira já estava na metade, da segunda ele pescava os farelos da maravilha processada que eram os nuggets com queijo cheddar e pretzels, sua Última Refeição.

Lamentava muito mesmo estar sem seu *bong*, mas os Irmãos não aprovavam drogas, sem falar que a vodca estava dando conta do recado, pois uma dissociação flutuante fazia com que sua cabeça mais parecesse um balão mal preso à coluna.

Também estava excitado pra cacete.

Boone, Craeg, John Matthew e Novo jogavam em pares, e os ecos dos dribles eram como uma banda que não acertava o ritmo. Paradise e alguns outros estavam na arquibancada, ela ainda ocupada com suas anotações, e era por isso que ele estava sozinho ali bem perto da saída: não havia como Paradise se aproximar para uma conversa reservada sem que o fato se tornasse óbvio – e ela queria falar com ele. Ficava olhando, tentando interceptar seu olhar.

Não.

Nas palavras do bom e velho Dana Carvey: *Não vou fazer iiiiisso.*

Felizmente, a fêmea tinha Zsadist bem ao lado, e a natureza estudiosa de Paradise não conseguiria deixar passar a oportunidade de fazer perguntas ao Irmão e discutir coisas que anotara e que gostaria que fossem explicadas em detalhes.

Era preciso respeitar isso nela. E, já que Peyton queria evitá-la pelo resto da vida, essa sua inclinação vinha bem a calhar.

Um grito chamou-lhe a atenção.

Novo tinha a posse de bola e seguia para a cesta, desviando-se de Boone e depois driblando por sob as pernas de Craeg. A enterrada dela foi ao estilo Michael Jordan dos anos 1990, só ar, nada além de rede, e esse ponto foi o vencedor da partida. Quando John Matthew se aproximou e estendeu a palma da mão para trocarem um cumprimento, ela sorriu.

Sorriu genuinamente.

Por um breve instante, pareceu ter a idade que tinha; os olhos cintilaram, o rosto se suavizou e a aura dela brilhou.

– Engulam essa, otários – disse ela, apontando para Boone e Craeg. – Engulam direitinho.

John Matthew e ela começaram a dançar bem no ritmo hammertime, com coordenação precisa dos corpos atléticos, e ela foi cantarolando o coro de #engulamessa enquanto os derrotados lançavam os braços para o ar, lamentando o deplorável destino.

De repente, Peyton se esqueceu de todo o restante. Interessante como você é capaz de perceber algo novo a respeito de uma pessoa que conhece já há algum tempo. E qual foi a revelação sobre Novo?

Ela era desesperadamente infeliz. De outro modo, esse breve vislumbre de uma vida normal não seria tão contrastante.

Mas, como era de se esperar, ela por acaso olhou na direção dele e encerrou a dança e a música da vitória, e a máscara de competência fria e severa voltou com tudo em suas feições. Virando-se de costas para ele, seguiu para onde Paradise estava sentada e pescou uma garrafa de água de sua mochila.

Mas não bebeu. Em vez disso, pegou o celular e franziu a testa para a tela.

Quando John Matthew se aproximou e cutucou seu ombro, ela se sobressaltou e deixou o aparelho cair.

A Irmandade recentemente melhorara a recepção nas instalações subterrâneas, por isso mensagens de texto e chamadas eram recebidas com muito mais confiabilidade. E isso era tanto uma bênção quanto uma maldição. Às vezes, era bom estar fora de área.

Meneando a cabeça para John Matthew, ela se afastou e foi para a sala de equipamento e fisioterapia, desaparecendo por trás das portas fechadas.

Enquanto o jogo seguinte era organizado e começava, Peyton acompanhou Xhex e Payne enfrentarem Butch e V. Mas não por muito tempo. Depois de cinco minutos de jogo, levantou-se e começou a andar na direção oposta, pela lateral da quadra... indo atrás de Novo.

Saxton mal conseguiu esperar que terminassem a sobremesa, e, assim que as *parfaits* e as frutas começaram a ser levadas embora, dobrou o guardanapo e depositou-o ao lado do doce intocado. Depois de desejar um bom-dia a quem estava ao seu lado, empurrou a cadeira e afastou-se da longa mesa junto de alguns outros que também saíam mais cedo: a Irmandade costumava se demorar depois da Última Refeição, relaxando e conversando enquanto tomavam café, vinho ou *apéritif*.

O que para ele estava mais para duas vidas completas e queimaduras de segundo grau em todo o corpo àquela altura...

— Vai mesmo voltar para casa nessa tempestade?

Saxton olhou por cima do ombro e tentou disfarçar sua reação. Blay se aproximara por trás, o guardanapo ainda na mão, como se tivesse se apressado em deixar a mesa.

Ah, era difícil não notar o quanto ele era bonito, generoso, inteligente e amoroso. Que atencioso.

— Ficarei bem — Saxton respondeu secamente.

Era difícil ter fé nisso, ainda mais estando tão próximo à fonte de seu sofrimento. O que ele queria dizer? *Sinto saudades. Quero te abraçar. Quero me sentir completo novamente, ter aquela sensação de propósito e...*

— O tempo está bem feio lá fora.

Saxton inspirou profundamente.

— Só vou levar um instante para chegar ao centro da cidade.

Blay franziu o cenho.

— Centro? Por que você... Desculpe, isso não é da minha conta.

– Eu me mudei há três meses.

– Hum, pensei que estivesse na sua Frank Lloyd Wright.

– Não. Eu a vendi e comprei a cobertura de Rehv no Commodore.

As sobrancelhas ruivas se ergueram.

– E o que aconteceu com a vitoriana?

– Eu a vendi também.

– Você amava aquela casa.

– Amo o meu novo canto.

– Uau. – Blay sorriu depois de um instante. – Está subindo de vida.

– Para um andar bem mais alto, com certeza. – Fez-se uma pausa.
E Saxton se sentiu compelido em dizer: – Seus filhos estão crescendo.

Blay olhou de relance para trás, para Qhuinn e as duas cadeirinhas
de balanço que tinham sido trazidas da cozinha.

– Eles são muito divertidos. Também dão muito trabalho, mas nós
quatro conseguimos dar conta. – O macho cruzou os braços diante do
peito, mas de modo relaxado. – Nossa, parece que faz uma eternidade
que não conversamos.

– Ambos andamos ocupados. – *E você ama outra pessoa.* – Estou feliz
por você. Tudo parece estar dando certo.

Claro, para Qhuinn.

– Para você também. Você e o Rei têm feito um trabalho incrível
juntos. O que me traz ao motivo de procurá-lo. Se importa se eu falar
com você a respeito de um assunto? Envolve uma vizinha dos meus pais.
Gostaria muito da sua opinião em relação a algo que vem acontecendo.

*Ah, então isso não tem nada a ver com o fato de eu estar voltando para
casa no meio de uma tempestade. É sobre trabalho.*

– Sim, claro – Saxton respondeu no que desejou ter sido um tom
equilibrado e tranquilo.

Enquanto Blay narrava os fatos, Saxton se sentiu tirado da realidade, uma parte íntima sua se retraindo até estar enterrado na mente
e no corpo, a quilômetros e quilômetros de distância dessa discussão
agradável e nada complicada sobre uma questão imobiliária.

A crueldade se faz presente de tantas maneiras, não? E Blay não
estava sendo cruel de propósito. Em toda aquela sua conversa casual,
descomplicada e calorosa, ele sem dúvida ficaria muito chocado se
descobrisse que abria um buraco na alma daquele macho triste e vazio
com quem conversava.

– Perdoe-me – Saxton o interrompeu. – Não tenho a intenção de dispensá-lo, mas talvez você possa resumir isso num e-mail que eu possa responder mais tarde? Se vou embora, é melhor que o faça agora.

– Ah, sim, claro, desculpe. A sua segurança vem em primeiro lugar. Não deveria ter iniciado o assunto agora. – Blay apoiou uma das mãos no ombro dele. – Tome cuidado na tempestade.

– Obrigado. – Embora fosse muito mais intolerável ficar debaixo daquele teto, Saxton acrescentou para si mesmo.

Com uma mesura automática, afastou-se do ex-amante e, ao se virar, ficou aliviado em ver que o casaco e a maleta ainda estavam ali onde os deixara, junto ao aparador. Vestindo o casaco, atravessou o átrio e saiu para o vestíbulo.

Momento em que parou e deixou a cabeça pender.

O coração estava acelerado e Saxton transpirava, mesmo no frio.

Aquilo não daria certo mesmo. Aquilo tudo ali em Caldwell. Amava o que fazia para o Rei, mas o peso de estar perto do que perdera e jamais recuperaria o exauria.

Blay, e tudo o que haviam partilhado por um breve instante, era o motivo de ele ter se mudado para a cobertura. A casa Frank Lloyd Wright não possuía as melhorias tecnológicas necessárias e os dois tinham passado muito tempo juntos na casa vitoriana – ela tinha sido o ninho de amor deles toda vez que saíam da mansão da Irmandade em busca de privacidade. Tinham feito amor na suíte principal. Deitado lado a lado diante da lareira. Conversado sobre assuntos íntimos e partilhado refeições. Lido livros e jornais. Cantado no chuveiro e gargalhado na banheira com pés em garra.

Tivera sonhos em que os dois morariam ali para sempre, criando uma família de algum tipo, apreciando os pontos altos da vida e superando os baixos.

Portanto, é claro que tivera que se mudar para algum outro lugar. Não queria ter vislumbres do macho a noite toda, e se preocupar com o fato de o guerreiro estar ou não em campo com a Irmandade, e lembrar-se de como era fazer sexo com ele... E ter que ir para casa e ficar preso lá onde a última dessas recordações tristes acontecera em cada superfície lisa e em boa parte das irregulares também...

Era o inferno...

Um som cadenciado chamou sua atenção, e ele franziu a testa.

Fúria de sangue · 43

Aproximando a orelha da porta externa do vestíbulo, não conseguiu identificar o som, mas tinha quase certeza de que, o que quer que fosse, estava bem diante da porta.

Se fossem *redutores*, já estariam socando a porta a essa altura, e aquilo por certo não era nada ensurdecedor nem urgente.

Apoiando a maleta no chão, enrolou o cachecol no pescoço, enfiando as pontas dentro do casaco, e fechou os botões em seguida.

Então, abriu a porta.

O vento o atingiu bem no rosto, trazendo consigo uma revoada de flocos de neve, e sua visão diminuiu no meio daquele açoite. Mas o ataque não durou muito. Na inspiração seguinte, o vento mudou de direção, e, como uma estrela do rock atraindo uma multidão de fãs, a neve seguiu o líder, deixando um vácuo que lhe possibilitou enxergar.

Schhht. Levantamento. *Schhht.* Levantamento. *Schhht.* Levantamento...

Ruhn atirava boas porções de neve cavada por cima do ombro, os movimentos fortes e sem nenhum sinal de cansaço, e o caminho que ele criava bem diante da entrada já tinha mais de um metro de altura de neve acumulada. Alguém poderia se perguntar por que ele se dava esse trabalho. Ninguém tentaria passar por ali antes do amanhecer, e certamente não depois disso, mesmo com o céu estando encoberto...

Que corpo vigoroso o dele.

Enquanto Saxton acompanhava os movimentos, a enfiada da pá, o lançamento para trás, de novo e mais uma vez, algo dentro dele renasceu... e foi uma surpresa. Desde que Blay passara por sua vida, deixando para trás um cenário arruinado e frígido, Saxton não notara ninguém, de verdade. Claro que fizera sexo, mas não demorara a descobrir que essa não era a solução para sua dor, e ninguém lhe causara um impacto profundo. Entretanto, ali estava ele no meio de uma tempestade, mensurando a largura de certos ombros, de certo tronco que se virava e girava, e certo par de pernas plantadas com muita firmeza.

Como se pressentisse sua presença atrás dele, o macho se virou.

– Ah, me desculpe. Estou no seu caminho.

– Nem um pouco.

Uma rajada de vento passou por entre os dois, com um redemoinho de flocos de neve em meio à distância que os separava. Em seguida, Ruhn recuou de modo abrupto, pisando na neve fresca e apoiando a ponta da pá junto aos pés. Abaixando a cabeça, dobrou as mãos sobre o cabo e assumiu a postura de um criado, preparado para esperar, se fosse necessário, até que o sol letal surgisse para que um superior seu passasse.

– Por que está aqui fora? – perguntou Saxton.

Os olhos de Ruhn se ergueram em sinal de surpresa.

– Eu... o caminho de entrada precisa ser limpo.

– Fritz tem uma máquina que faz isso.

– Ele está ocupado dentro da casa. – Os olhos se voltaram para o chão. – E eu gostaria de ajudar.

– Ele sabe que está fazendo isso?

Era uma pergunta tola. Independentemente da posição social de Ruhn antes de se mudar para ali, o macho agora era hóspede na casa da Primeira Família e, por isso, a ideia de que estivesse fazendo um trabalho manual em plena tempestade? O mordomo teria um ataque apoplético.

– Não conto para ninguém. – Saxton meneou a cabeça apesar de o macho não estar olhando para ele. – Prometo.

Os olhos cor de caramelo se ergueram mais uma vez.

– Eu não... não quero causar nenhum problema. Mas a verdade é que...

Outra rajada de vento os atacou, e Saxton teve que mudar de posição para não ser empurrado. Quando tudo se aquietou de novo, ficou esperando que Ruhn terminasse de falar.

– Pode conversar comigo – disse ele quando o macho continuou em silêncio. – Sou advogado. Estou acostumado a guardar fatos.

No fim, Ruhn acabou balançando a cabeça.

– É que isto não me parece certo.

– O quê?

– Estar aqui e não... fazer nada. – Os olhos do macho passaram pelo contorno de pedras da mansão. – Não é certo.

– Você é um hóspede respeitado.

– Não, não sou. Ou não deveria ser. E não desejo...

Quando o macho voltou a empacar, Saxton incitou-o:

– O que não deseja?

– Não ter um propósito. – O macho franziu o cenho. – Vai mesmo sair com este tempo?

– Pareço tão frágil assim?

Ruhn se encolheu.

– Perdoe-me. Não tive a intenção de ofender...

Fúria de sangue · 45

– Não, não. – Saxton deu um passo à frente e estendeu a mão, pensando em tranquilizar o macho. Mas se conteve. – Só estou brincando. Ficarei bem. No entanto, obrigado pela preocupação.

Fez-se uma pausa constrangedora. E, na verdade, foi impossível não notar que flocos se depositaram nos cabelos escuros, salpicaram os ombros largos... e havia uma fragrância no ar, pungente e sensual, de um macho saudável exercitando-se fisicamente... e, Deus, no meio de uma tempestade, aquele perfil austero era o tipo de coisa que dava a vontade de afrouxar o cachecol.

– Melhor eu ir – Saxton disse com brusquidão. – Mas fique aqui o tempo que desejar. Todos precisamos colocar os sentimentos para fora de alguma maneira.

Dito isso, desmaterializou-se na noite escura.

Em meio às suas moléculas espalhadas, teve o pensamento fugidio de que, quando voltasse na noite seguinte, o topo inteiro da montanha estaria desprovido de neve.

Ruhn por certo parecia ter a força necessária para isso.

Capítulo 5

NA SALA DE FISIOTERAPIA do centro de treinamento, Novo debatia-se enquanto segurava o celular junto ao ouvido e escutava uma avalanche de tagarelice.

– ...bom conversar com você! Ai, meu Deus, já faz taaaaanto tempo. Quero dizer, desde que você saiu de casa e...

Enquanto a voz aguda da irmã tocava um flautim pela conexão, Novo fechou os olhos e saltou em uma das mesas de massagem. A vantagem de retornar a ligação era ser a solução do tipo "arranque logo o bandeide" para um problema que não sumiria: o buraco no estômago que sentiria nas próximas noites caso postergasse o inevitável.

Quando Sophy queria uma coisa, podia ser muito tenaz.

A desvantagem? Bem, era óbvio. A fêmea nunca telefonava a menos que tivesse um motivo que a beneficiasse, e o ensaio meloso antes do pedido estava mais para uma novela piegas envolta em uma boa dose de narcisismo. E, ah, caso você pedisse à fêmea que parasse de dar voltas e fosse direto ao ponto? Aí você apreciaria uma hora inteira de lamúrias tão comoventes e autênticas quanto o perfil de um fantoche na internet.

Portanto, por mais doloroso que fosse, era muito mais eficiente deixar que Sophy valsasse em seu preâmbulo. O que fez Novo pensar nos comerciais de antiácido nos quais uma pessoa come algo que a agride e a detona. Só que, neste caso específico, era o seu Samsung dando uma de ninja na lateral da sua cabeça.

– ...mamãe e papai estão tão animados por Oskar e por mim. Bem, o que eu quero é que você seja minha madrinha.

Espere... *o que* ela disse?

Um jato frio atravessou o corpo de Novo – que é o que acontece quando sua irmã mais bonita liga para contar que está se vinculando ao seu ex –, mas se distraiu ao se aborrecer com a insistência de Sophy em se referir aos pais delas com aqueles ridículos títulos humanos. Fala sério. Você tem mesmo que fingir ser humana só porque acha isso descolado?

E madrinha? Mas que porra? Fariam uma cerimônia humana em vez de uma vampírica?

– Novo? Oi? Você me ouviu?

Ela pigarreou.

– Sim, ouvi...

– Sei que isso deve ter pegado você de surpresa. – A voz passou de Minnie Mouse a Michelle Tanner. – Novo, sei quanto isso pode parecer constrangedor. Mas você é minha irmã. Não poderia viver minha grande noite sem você.

Traduzindo: não seria nem metade tão divertido conseguir esse troféu sem você estar na cerimônia de premiação.

– Novo?

Por um momento, fechou os olhos e se imaginou conversando com a irmã de coração aberto: *Já sei que você ganhou. Você ficou com ele e pode ficar com ele. Que tal se a gente aceitar isso e agora seguir em frente?*

Ah, não era surpresa alguma. Não era sequer constrangedor. Na verdade, esse anúncio "feliz" era o ápice daquilo que Sophy colocara em movimento dois anos e meio antes. A única surpresa, de certo modo, fora ela ter demorado tanto para se vincular.

– Por favor, Novo. Você tem que estar lá.

Não, não tinha, não. O mais saudável a fazer seria recusar com educação o maldito convite, desejar tudo de bom para a fêmea e fingir que não estaria legalmente relacionada ao macho que a abandonara pela irmã.

Infelizmente, isso parecia um pretexto. Um recuo covarde. Grande parte daquilo que constituía Novo, a parte que nunca admitia uma derrota, que se recusava a se deixar abater, que aceitaria uma amputação em vez de ter o orgulho humilhado, exigia que ela fosse.

Só para provar a si mesma que estava errada. Incólume. Inteira.

A despeito da tragédia que lhe acontecera depois que Oskar desistira do relacionamento deles.

– Novo?

– Oi. Claro. Eu vou.

Deixa para lágrimas de felicidade. De gratidão. O tipo de emoção que aparece na *Cosmo*, no Instagratificação, no Falsobook: tudo fachada.

Quando a irmã disparou a discorrer sobre as responsabilidades de uma madrinha e os detalhes do chá de panela – de novo, para que toda aquela tolice humana? Ela iria se vincular, não se casar –, Novo balançou a cabeça.

– Tenho que ir.

– Como assim? Espere! Não pode fazer isso. Você tem um trabalho a fazer e precisamos discutir a respeito. Você tem que organizar o chá de panela e a minha festa de despedida de solteira, e precisamos escolher os vestidos...

– Festa de despedida de solteira? Chá de panela? Sophy, mas que porra é essa?

Fez-se uma pausa.

– Por favor, contenha sua língua.

Como se ela fosse a porra da Rainha da Inglaterra, Novo pensou.

– Nunca imaginei que você fosse preconceituosa – Sophy prosseguiu bufando. – Os humanos têm tradições que podem ser adaptadas às nossas cerimônias. Por que não? Isso só tornará a minha noite ainda mais especial.

Ceeeeerto. Porque o ponto crucial não era o macho com que ela se vincularia. Mas sim o que se pode publicar on-line para as pessoas verem.

– Farei o que puder. Mas estou trabalhando.

– Você tem uma responsabilidade comigo como irmã.

– Eu estou em uma guerra, Soph. Faz ideia do que é isso? Aquela coisinha irritante que vem matando pessoas como você e eu nos últimos séculos. E você quer que me preocupe com uma festa? Ah, peraí.

Outra pausa. E, quanto mais ela se estendia, mais Novo desejou chutar o próprio traseiro.

Quando se é esperto, não se dá munição à teatralidade. Mas, desta vez, ela desenrolou o tapete vermelho.

– Tenho que ir – Sophy disse em meio ao que pareceram ser fungadas. – Eu só... Esta é a minha vez de ser feliz, Novo. Não posso aceitar sua negatividade. Tentarei novamente quando estiver preparada.

Quando Sophy interrompeu a ligação, Novo afastou o celular do ouvido.

– Por que... por que eu não podia ser filha única?

Lidar com a irmã era o mesmo que lidar com uma montanha-russa ruim: você sabe para que lado ela vai virar e quantas vezes você vai ficar

Fúria de sangue · 49

de ponta-cabeça, as quedas livres e a altura grande demais para se sentir à vontade, porque consegue vê-las antes da hora. E, nesse meio-tempo, o seu cachorro-quente e a raspadinha de cereja encontram o caminho de volta garganta acima.

Se ao menos tivesse conseguido refrear a língua por mais um minuto e meio, teria evitado o que iria acontecer em seguida. Tinha chegado tão perto. Estivera quase lá desta vez. O problema era que a irmã desconhecia sofrimento real, sacrifício verdadeiro, perda de fato. E isso aliado ao narcisismo e à teatralidade? Bastava para que uma pessoa sã quisesse dar de cara no vidro de uma janela.

Passando o olhar pelo cômodo limpo e organizado, Novo descobriu que o passado fora substituído por banheiras de imersão, macas acolchoadas e prateleiras repletas de ataduras, tiras e tubos de gel.

Oskar também era loiro. Assim como Peyton. Não tão rico quanto ele, contudo.

E, quando Novo conhecera o macho, não fazia a mínima ideia de como as coisas dariam tão errado. Se tivesse tido uma pista? Teria derrubado bairros inteiros para fugir daquilo...

A porta da sala de fisioterapia se abriu e Peyton apareceu na soleira, uma garrafa de bebida na mão, uma ereção sob as calças e um olhar selvagem de alguém à beira de um despenhadeiro. Naquela encarnação atual, o macho tinha saído direto de um Catálogo de Más Ideias.

Mas sabe do que mais? Um macho loiro com um corpo hábil era exatamente o que ela queria em seu carrinho de compras virtual.

Parado à soleira da porta da fisioterapia, Peyton não notou nada do espaço clínico... e tudo a respeito da fêmea sentada numa das macas acolchoadas.

O corpo poderoso de Novo estava mais tenso que um cabo de aço, como se ela estivesse prestes a saltar ou, quem sabe, atacar algo: mãos agarrando a beirada da superfície acolchoada, pernas pendendo, músculos dos braços entalhados ao redor dos ossos que os sustentavam, graças a toda aquela pressão que ela canalizava para as mãos.

– Tudo bem? – perguntou com voz gutural.

– Me passa isso.

Quando Novo estendeu a mão, ele se entreteve com a ideia de que ela estivesse tentando alcançar seu pau. Mas não, ela queria a Goose. E quem era ele para lhe negar isso?

Ainda mais com aquele olhar velado que ela lhe lançava.

– Diga "por favor" – ele a provocou.

– Não.

Um jato de desejo desceu até seu sexo, e ele sorriu.

– Cuidado, vai fazer com que eu implore.

– Estou esperando.

Quando atravessou a sala, não fez nada para tentar esconder a excitação, e, se ela não tinha notado, cacete... Os olhos dela desceram até seu quadril e ali ficaram.

– Quem sou eu para negar algo a uma fêmea? – murmurou ao estender a garrafa para ela.

Novo bebeu direto da garrafa como quem sabe o que está fazendo, engolindo vodca como se fosse Sprite. E, quando abaixou a garrafa, assentiu para a ereção dele.

– Pra quem é isso?

– Você. Se quiser.

Novo deu mais uma golada, e ele ficou esperando que ela lhe dissesse, com toda a superioridade que sentia, que não queria. Quando só o que ele obteve foi silêncio, seu sangue correu ainda mais rápido.

– Isso é um "sim"? – perguntou, concentrando-se nos lábios dela.

– Não é um "não".

– Aceito o que posso ter.

– Ah, boa. – Novo sorriu com as presas à mostra. – Não pode ter quem quer de verdade e está preso aqui comigo durante o dia.

– Procurando elogios? Essa não é você.

– Apenas apresentando fatos. – Tomou mais uma dose de vodca. – Você também é minha única opção. Então, estamos nisso juntos.

– Você me faz corar com tantos elogios – murmurou ele. – Não, por favor, pare com isso. De verdade.

– Não gosta de ser usado? Hum, talvez essa seja uma lição de vida por causa de todas as mulheres e fêmeas que fodeu nas boates.

– Não se trata de usar alguém se há prazer envolvido. Mútuo, sejamos claros.

Novo gargalhou.

Fúria de sangue · 51

– Esta é a parte em que me diz que nunca recebeu reclamações sobre seu desempenho? Porque essa estatística seria bem mais impressionante se elas de fato tivessem algum modo de entrar em contato com você depois.

– Ora, ora, Novo, se não for boazinha, vou levar a minha vodca e o meu pau para outro lugar.

– Você está certo. Se continuarmos falando, isto não vai dar em nada.

Dito isso, ela esticou a mão livre e agarrou a frente da camisa dele, puxando-o para sua boca, segurando-o com firmeza no lugar quando os lábios se encontraram.

Colidiram seria o termo mais exato.

Não havia nada de romântico, nem uma tentativa de romantismo e também nada de "vamos nos conhecer" naquele contato. Uma força sexual potente explodiu entre eles, as línguas duelaram, as sensações os esmagaram, o instinto abafou o pensamento. O gosto dela era de ardor e Grey Goose; a fragrância, tão pungente quanto erva; e, cacete, ele pôde tocar nela – algo que vinha desejando há tanto tempo. Ergueu as mãos para os cabelos presos, para o pescoço, para os ombros; o coração latejava e ele estava pronto para penetrá-la ali, naquele minuto...

Fechara a porta direito?

Interrompendo o contato, arfou ao olhar por cima do ombro para fazer a porta se trancar com a mente. E, quando se virou de novo, ela colocara a garrafa no chão e já descia os shorts de nylon de treino...

Sem calcinha.

Caraaaalho, aquilo estava avançando bem rápido.

E, com essa observação, as mãos de Novo partiram para o zíper da calça dele, e, num instante, as calças elegantes estavam ao redor dos tornozelos. Também não vestia roupa íntima. Porque era por uma situação como aquela que vinha esperando. E, sabe do que mais, já tinha passado da hora. A coisa seguinte que ele percebeu foram as coxas da fêmea afastadas, e ela o agarrando pelo quadril, as unhas se enterrando. Num movimento brusco, ela o puxou, e Peyton se encaixou com destreza, pegando o pau e ajeitando o ângulo...

– *Cacete...* – ele gemeu quando se uniram.

Ela era tão apertada e quente que ele percebeu essa sensação em todo o corpo, arqueando-se sobre Novo quando ela se deitou na mesa de massagem. Com os pés no chão, ele não conseguia beijá-la, mas conseguia começar a bombear, com toda certeza. Apoiando as mãos no quadril dela, rolou para dentro, uma vez, duas, de novo, acelerando a cada investida, com força redobrada...

Difícil saber quando notou que ela só estava deitada ali.

Primeiro porque seu corpo estava todo voltado para o sexo, o sangue fluía trovejante, a vista do pau entrando e saindo embaralhou o que restava em sua mente desvairada. E, como consequência natural disso, ele também tentava se concentrar em não gozar logo – o que equivalia a extinguir o incêndio numa casa apenas com pensamentos. No entanto, mesmo em seu frenesi, e apesar do álcool no metabolismo, notou que as pálpebras dela estavam fechadas na máscara fria do rosto e que a respiração não estava nada alterada enquanto a cabeça se movia para cima e para baixo no ritmo em que ele a penetrava.

Peyton desacelerou. E parou.

Quando apenas ficou ali, parado, os pulmões gritando por ar e o suor ensopando a camisa de seda, ela abriu os olhos.

– O que foi? – Quando ele não disse nada, as sobrancelhas se ergueram. – Já terminou?

Peyton piscou.

E se retraiu.

Praguejando, inclinou-se e puxou as calças para cima.

– É – murmurou ao fechar o zíper. – Acabei.

– Não achei que fosse de desistir.

Ele desviou o olhar. Fitou-a de novo.

– Você alguma vez se importa com quem está?

Novo se sentou com rapidez.

– Está tentando fazer com que eu sinta vergonha? Sério? Pois se isso não é um típico "dois pesos e duas medidas", eu não sei mais o que é.

Ele apanhou a garrafa do chão e conseguiu sorver um gole ao se endireitar.

– Não, só quero que a fêmea que estou fodendo faça mais do que apenas ficar deitada, fazendo uma lista mental de compras.

– Ah, tá, entendi. Eu não estava desempenhando à altura. – Pousou a mão sobre o coração e fingiu estar morrendo de arrependimento. – Não fui o bastante para Peyton, filho de Peythone. – De súbito, deixou de atuar e se concentrou nele. – Pensei que fosse aceitar o que pudesse ter.

– Acho que não quero mais isso.

Fúria de sangue · 53

— Mentiroso. — Novo desceu da maca, e ele se virou enquanto ela puxava os shorts para cima. — Você é um tremendo mentiroso.

— Não. Não em relação a isto.

— Não vai começar a chorar pra cima de mim, vai? — ela zombou. — Olha só pra você, todo cabisbaixo.

— Estava tentando lhe dar um pouco de privacidade.

— Depois de ter estado dentro de mim?

Peyton foi para a porta, levando a Grey Goose consigo.

— Covarde — murmurou Novo.

Ele não respondeu ao chegar à saída. Quando pôs os pés para fora, odiou admitir a verdade sobre como se sentia.

Fraco. Tão malditamente fraco.

Mas, por alguma razão, seus sentimentos estavam feridos. O que era insano. O plano fora o de que se usassem mutuamente. Uma troca justa. Nenhuma emoção, apenas sexo.

Era sua moeda de troca habitual. Então, qual diabos era o problema?

Deixada a sós na sala de fisioterapia, Novo sentiu vontade de pegar as macas e bancos e atirá-los pelo cômodo até que não sobrasse nenhuma peça de equipamento, nenhum suprimento médico completamente destruído até um nível molecular. No entanto, havia problemas com essa estratégia. Primeiro, tudo com quatro pernas estava afixado ao chão. Segundo, ela não queria deliberadamente arruinar a propriedade de outra pessoa.

— Merda — disse ao encarar a porta fechada.

Entre as pernas, um zunido quente persistia, e, maldição, seu corpo ainda queria estar onde estivera: debaixo de Peyton, com o sexo dele enterrado no seu, aquela penetração potente eclipsando todos os gritos em seu crânio. Só que ele fora uma revelação. De uma maneira negativa.

O objetivo fora apagar Oskar de sua cabeça. Substituí-lo por um modelo diferente. Fazer com que um macho que não a queria — e que nem sequer saberia que o sexo estava acontecendo — sentisse ciúmes por ela estar com outro.

Céus, isso parecia insanidade. E, de todo modo, não funcionara, porque se descobriu desejando demais o que recebera: por baixo daquela compostura na qual se trancara, estivera à beira de um orgasmo.

Seus corpos tinham sido feitos para se encaixar.

– Tanto faz.

Andando de um lado para o outro, permitiu-se um tempo para que o cheiro de sua excitação sumisse. Por fim, surgiu no ginásio com o que esperava fosse uma atitude de que nada demais estava acontecendo. No fim das contas, nem precisava ter se preocupado com uma possível plateia. O lugar estava vazio.

Ao inspecionar a arquibancada deserta, as cestas imóveis, a quadra desocupada, seu celular começou a vibrar no bolso de trás e, quando pegou o aparelho, já sabia de quem se tratava. Sim. Isso mesmo. Era sua mãe. Pronta para reclamar que ela fora maldosa com Sophy, arruinando o que supostamente deveria ser um momento de alegria para todos.

Bem ao longe, um grito sinistro reverberou no silêncio como um presságio de morte.

Era aquele paciente, Assail. O que estava trancado num quarto. Desconhecia os detalhes, mas podia adivinhar, pelos sons que produzia, que devia estar enlouquecendo.

Talvez ela fosse a próxima da lista.

Com a opção de contrastar essa possibilidade de fato com tudo o que a irmã ansiava, considerou a ideia de ir para a sala de pesos para uma segunda sessão – quando o calendário apareceu em sua mente sem nenhum motivo aparente.

Fechando os olhos, sentiu-se tonta.

Engravidara há três anos, exatamente naquela data.

Quando Oskar, o macho com quem sua irmã se vincularia, lhe servira em seu cio.

Depois disso, ele logo a deixara para partir para outra, como se via agora. Naturalmente, Novo nunca lhe contara que estivera grávida, portanto ele não fazia a mínima ideia do que acontecera onze meses depois.

Quando seu estômago se contraiu e ela pensou em vomitar, relembrou todos aqueles acontecimentos, desde a gravidez até... até o pesadelo... tudo advindo dela como se tivesse acontecido com outra pessoa, com um desconhecido. Estava diferente de como costumava ser. Mais forte. Mais dura. Mais resistente. Entrar no programa de treinamento da Irmandade fora prova do quanto progredira, e lutar nas ruas de Caldwell era um lembrete diário de que não desistia.

Iria a essa cerimônia de vinculação. E seria a madrinha ou sei lá o que dos infernos.

Aquele era seu teste final. Se conseguisse sobreviver ao ritual que uniria o casal pelo resto de suas vidas, então a idiota que fora estaria verdadeiramente enterrada – e a perda que quase a matara enfim poderia ser esquecida para sempre.

Nenhuma fraqueza. Nenhuma piedade. Nenhum traço do que fora... e sem medo algum de que fosse magoada daquele jeito novamente.

Novo olhou para o placar que ainda mostrava o último resultado. Casa e Convidado. O time da casa ganhara com uma diferença de dez pontos.

Tudo daria certo, decidiu ao seguir para a saída.

E, ah, se esqueceria por completo de que sabia como Peyton era. Claro que sim.

Capítulo 6

Na noite seguinte, Saxton se materializou cedo diante da Casa de Audiências, retomando sua forma junto à garagem da mansão de dois andares ao estilo federal. Um *doggen* fora até lá durante a tarde e limpara a neve caída durante a tempestade, mas mesmo assim tomara cuidado ao andar até a porta da cozinha. Solas de sapatos Gucci eram mais escorregadias do que lampejos engraxados em qualquer superfície lisa de gelo – e ainda levando em conta com que perfeição Fritz insistia para que tudo fosse feito? O caminho para os carros e a área ao redor da garagem mais pareciam um bolo cuja cobertura fora feita pela mais caprichosa das confeiteiras.

Ao digitar a senha e abrir a porta, ele sabia que era o primeiro a chegar para o trabalho, mas não significava que não tivesse havido diversas pessoas entrando e saindo durante as horas do dia. De fato, quando se fechou ali dentro, havia pãezinhos e doces frescos em bandejas de prata, tudo cuidadosamente embalado em plástico filme para manter o frescor, uma cafeteira industrial já pronta para ser ligada à tomada na hora da coagem e cestos de bananas e maçãs já prontos para serem colocados na sala de espera.

As primeiras audiências não começariam antes das vinte horas, mas Saxton gostava de se certificar de que toda a papelada para cada uma das reuniões privadas com o Rei estivesse em ordem e de que tudo acontecesse sem contratempos, tanto para o bem de Wrath quanto dos seus súditos. Com até vinte assuntos diferentes por noite, havia muito a ser anotado. Certas audiências, como as que pediam a bênção ao nascimento de um bebê ou a uma vinculação, eram bem rápidas e simples. Outras, como as referentes à divisão de bens após um falecimento, disputas de linhagem ou incidentes que resultaram em danos físicos, podiam ser mais complicadas, demandando muita pesquisa e monitoramento após a reunião.

Seguindo pelo corredor da ala de serviço, abriu a primeira porta à direita e acendeu as luzes. Seu escritório era completamente desprovido de elementos decorativos; não havia nenhuma pintura ou desenho pendurado nas paredes, nenhum *objet d'art* na escrivaninha embutida, nada além de livros de Direito em estantes simples. Não havia sequer um tapete. Apenas duas cadeiras com rodinhas a cada lado da mesa de trabalho, um monitor no qual ele ligava o laptop a fim de não cansar a vista e uma série de gavetas trancadas nas quais ele guardava os documentos.

Todas as anotações das sessões eram feitas à mão, visto que o som das teclas sendo digitadas, mesmo que bem suave, simplesmente enlouquecia Wrath. Por isso, Saxton anotava tudo com sua Montblanc e mais tarde transcrevia as anotações, e até que havia um lado bom nesse trabalho duplicado. Primeiro, ele acabava ficando com uma cópia física de tudo para o caso de uma falha nos computadores – não que V. permitisse tal coisa com sua rede e seus equipamentos antiApple –, mas, mais importante que isso, enquanto digitava o que havia escrito em letra cursiva, Saxton reforçava tudo em sua cabeça.

Sentando-se, tirou o laptop da maleta e o ligou ao teclado colocado na prateleira deslizante abaixo do tampo da mesa e ao monitor que o impedia de ter dor de cabeça.

E empacou.

– Coragem – murmurou para si mesmo.

Ligando o Lenovo, entrou na sua conta do Outlook e foi recebido por uns vinte e poucos e-mails de trabalho, um folheto de exposição do Met, uma propaganda da 1stdibs e avisos do departamento de quadros da Sotheby's e de promoção on-line da Christie's.

Ignorou tudo isso.

A linha em negrito que saltou aos olhos e que se recusava a desaparecer era de Blaylock, e o assunto dizia *Detalhes daquele assunto*.

A mensagem chegara cerca de uma hora depois que ele deixara a mansão na noite anterior, mas fora incapaz de abri-la em casa. O simples nome do remetente fez com que sua solidão se condensasse numa lança de gelo que o atingiu em cheio no peito – e, de fato, ele teria preferido mover a mensagem para a lixeira e fingido nunca tê-la recebido. Evitar as tarefas legais, contudo, não era uma opção, nem mesmo com suas emoções misturadas àquele sofrimento ao qual já estava acostumado. E Blay evidentemente buscava uma solução legal para qualquer que fosse o problema.

Abrindo a mensagem, precisou de um minuto para se concentrar nas palavras que tinham sido digitadas, e a primeira coisa que notou foi que não havia erros de ortografia, nem gramaticais, e a pontuação era impecável nas orações. Mas assim era Blay. Um tipo de macho metódico e preciso, que gostava de fazer as coisas de maneira adequada, indo até o fim. E, como esperado, a forma com que apresentou os fatos e fez o pedido era lógica, respeitosa...

Saxton franziu o cenho ao reler os cinco breves parágrafos.

E mais uma vez.

Era evidente que os pais de Blay tinham se mudado há alguns meses para uma casa num bairro humano nos limites do subúrbio. Saxton nunca estivera lá, claro, pois isso acontecera depois da sua "época", mas ouvira Blay contar ao pessoal que ela era bonita, com um lago nos fundos do quintal, uma varanda e vários quartos. Sua *mahmen* não estava completamente apaixonada pelo local porque era novo demais, mas aos poucos se acostumava.

O problema dizia respeito a uma vizinha dos pais, uma fêmea idosa que morava no terreno maior junto ao empreendimento. Incorporadores humanos que vinham adquirindo terrenos na região pressionavam-na a vender a propriedade para que pudessem continuar com a expansão e construir um complexo de clube de campo e campo de golfe. Mas ela não queria vender. Morava naquela casa de fazenda em que ela e o companheiro tinham construído no fim do século XIX e era só o que lhe restava dele e da vida que haviam compartilhado. De acordo com Blay, ela não tinha mais muitos anos de vida, talvez uma década, e seu único desejo era permanecer onde estava. A neta, porém, se preocupava com sua segurança.

Os humanos vinham batendo à porta dela durante o dia, incomodando-a ao telefone e por correspondência, enviando-lhe pacotes com mensagens ameaçadoras. Isso vinha acontecendo há uns bons seis meses e parecia estar piorando, apesar de a fêmea já ter deixado claro que não pretendia se mudar. O pai de Blay, Rocke, chegara a ir até lá certa

Fúria de sangue · 59

noite para tentar interceder, espantando um carro, mas nada parecia convencer os humanos.

Saxton meneou a cabeça. A fêmea e a família não podiam procurar a polícia humana. *Boa tarde, tecnicamente não existo no seu mundo, mas estou ligada às suas leis imobiliárias e estou tendo problemas com invasores de propriedade. Podem me ajudar?*

E, ah, não se incomodem com minhas presas.

Podia imaginar quanto a família dela devia estar preocupada. Uma fêmea mais idosa, sozinha, com agitadores humanos atormentando-a enquanto ela só tentava passar os últimos anos de vida em paz.

E não havia como saber quando aquilo iria parar.

Humanos eram uma espécie inferior, isso era certo. Mas podiam ser letais.

Enquanto Saxton começava a formular mentalmente um plano de ação, tentou ignorar o fato de que seu senso de propósito estivesse contaminado por um desejo irracional de ser indispensável a Blay, de resolver o problema dele, não só porque esse era seu trabalho, mas porque talvez isso impressionasse o antigo amante.

O que, claro, em sua fantasia hipotética, faria Blay terminar o relacionamento com Qhuinn, deixando aquelas duas lindas crianças para trás, e se prontificar a fugir de Caldwell com ele.

Sim, tudo isso seria enviado num e-mail perfeitamente redigido.

Bem, isso e o sucesso na expulsão dos bandidos da casa da vizinha dos pais do macho.

Ao revirar os olhos para si mesmo, começou a escrever.

Deixando as ilusões românticas de lado, levaria o assunto a Wrath e veria o que poderia ser feito. No mínimo, conseguiria ajudar a fêmea indefesa e havia certa medida de consolo nesse fato.

Depois de apertar o botão de enviar, girou a cadeira e subiu as venezianas o suficiente para conseguir enxergar a paisagem coberta de neve. Tudo estava revestido por uma grossa camada branca. O dia fora frio, de acordo com as notícias do tempo on-line dos humanos. Com o brilho das outras propriedades, o cenário era de um azul fluorescente.

Concluiu que a solidão era como o inverno. Frio e penetrante, prendendo-o dentro da própria cabeça devido ao inóspito exterior.

Será que um dia voltaria a se aquecer?

A uns três quarteirões dali, numa mansão de tamanho e qualidade semelhantes, ainda que de estilo Tudor e não federal, Peyton saía do chuveiro e esticava a mão para pegar a toalha com monograma. Enquanto se enxugava, o ar no banheiro estava tão pesado de vapor que era como se estivesse em meio a um nevoeiro, os espelhos embaçados, e cada respiração tinha a mesma parte de água e de oxigênio, a pele também formigando de calor.

Acabara de chegar do centro de treinamento, depois de o ônibus deixá-los num shopping a céu aberto a alguns quilômetros de distância dali. Teria uma hora até o encontro com a Irmandade no campo de batalha. Estava com fome, de ressaca e cansado a ponto de se sentir exausto – e a chuveirada não resolvera muito.

E também havia aquele seu outro probleminha.

– Maldição.

Com alguns safanões impacientes, embolou a toalha úmida e a jogou com força ao longo do piso de mármore. Depois ficou parado ali, nu, os pés plantados no piso aquecido e as mãos presas aos quadris de modo a não começar a destruir o lugar.

Aquilo... o que quer que tenha sido... na sala de fisioterapia com Novo, se recusava a desaparecer. Toda vez que piscava, ele a via deitada na mesa, de olhos fechados, o rosto tão sereno quanto o de um cadáver. E esse visual não era o pior. A voz dura e cínica dela insistia em martelar sua cabeça, caçoando dele, desafiando-o, fazendo-o se sentir um tolo.

Depois que a deixara, voltara para a sala de descanso, dera cabo da garrafa de vodca e logo entrara na terceira porta adiante no corredor, para se deitar num quarto de paciente desocupado. Durante todo o dia, os gritos abafados daquele paciente macho psicótico se digladiaram com pesadelos que envolviam Peyton nu no meio de um enxame de vespas. As duas coisas o mantiveram acordado, e as duas coisas estavam empatadas quanto a qual vencia como pior.

Quando por fim escurecera o bastante para o ônibus partir, sentou-se na frente, numa das primeiras fileiras – porque Novo sempre se sentava no fundo. E, durante todo o trajeto até a cidade, estivera ciente da presença dela, como se o corpo da fêmea fosse um farol. Mas não a ouvira dizer uma palavra sequer.

Fúria de sangue · 61

A notícia boa? Estivera tão preocupado que não dispensara sequer um pensamento para a confusão que fizera com Paradise.

E agora estava ali, tentando acalmar a cabeça a fim de não acabar sendo morto quando enfrentasse o inimigo...

A batida à porta do quarto foi discreta, o que denunciou quem era. *Maravilha.*

– Pois não? – disse ríspido.

O *doggen* do outro lado da porta disse em uma voz altiva e bem modulada:

– Meu senhor, perdoe-me. Mas seu pai deseja uma audiência antes de sua partida.

Muito bem, em primeiro lugar o mordomo não estava de fato pedindo desculpas. Segundo, aquilo era uma ordem direta. Não havia nenhuma porra de "desejo" naquilo.

Peyton apoiou as mãos na bancada da pia e deixou o peso recair sobre os braços.

– Ele disse o motivo? – perguntou entredentes. – Não tenho muito tempo.

Embora fosse verdade, era irrelevante. A única coisa garantida que poderia piorar seu estado mental já fodido? Uma convocação majestosa do papai, cujo tópico só podia ser seu uso de drogas ou o consumo de bebidas alcoólicas. Essas apresentações compulsórias vinham acontecendo com regularidade nos últimos anos, e sempre terminavam *tão* bem.

Convenhamos. Vinha se comportando muito melhor desde que ingressara no programa de treinamento. Bem, pelo menos até o assassinato de Allishon, sua prima. Tivera uma recaída desde então, mas quem poderia culpá-lo? Fora ele quem entrara no apartamento dela e vira todas as manchas de sangue. E, sim, claro, o fato de no momento estar transpirando a vodca consumida na noite anterior não era um bom agouro se desejava passar no quesito vício – ou, no mínimo, oferecer um contra-argumento parcialmente crível.

– Meu senhor? – chamou-o o mordomo do pai.

Ele praguejou.

– Diga a ele que primeiro tenho que me vestir.

– Como desejar.

Ah, ele não desejava isso. De jeito nenhum.

Uma boa meia hora mais tarde, Peyton serpenteou até o primeiro andar, demorando quanto quis até chegar diante das portas fechadas do escritório do pai. A qualquer instante, antecipou que o mordomo saltasse para fora da despensa com um cronômetro em mãos e...

– Ele está à sua espera.

Bingo.

Peyton olhou por cima do ombro para o monitor do corredor. O *doggen* pairava como apenas um criado da velha escola de uma Família Fundadora trajando uniforme conseguiria fazer, a altura mediana aumentada aos padrões de LeBron graças àquela atitude cheia de si.

– Pois é – Peyton disse, a fala arrastada –, você já mencionou isso antes. É por isso que desci.

Cara, se a desaprovação do *doggen* fosse mais palpável, seria classificada como piche de asfalto.

– Avisarei que está aqui – murmurou o mordomo ao se adiantar um passo e bater à porta. – Meu senhor?

– Mande-o entrar – foi a resposta abafada.

O mordomo abriu as portas entalhadas, revelando um cômodo repleto de mogno, tapetes orientais, livros com capas de couro e candelabros de bronze. Comprida e de pé-direito alto, a sala tinha um andar superior em que as prateleiras eram acessíveis por uma escadaria sinuosa com degraus de bronze e uma passarela com um parapeito decorado que dava toda a volta no segundo andar.

Enquanto Peyton fitava a balaustrada folheada a ouro, lembrou-se de quando era mais novo e se convencera de que a coroa de um rei gigante fora importada de algum lugar e instalada na casa da família.

Porque ele e sua linhagem eram especiais assim.

– Peyton. Sente-se.

Desviou os olhos para o pai. O macho estava sentado atrás de uma mesa grande o bastante para ser do tamanho de uma cama *king size*, as costas eretas, as mãos cruzadas sobre o mata-borrão vermelho-sangue. Peythone vestia um terno preto com uma gravata cujo nó fora feito à perfeição ao redor do pescoço, camisa social e lenço do paletó brancos. Um relógio Cartier discreto esgueirava-se por sob um dos punhos, e as abotoaduras tinham rubis birmaneses.

Quando o pai indicou uma cadeira vazia do lado oposto de sua mesa, Peyton percebeu que não tinha se mexido.

Fúria de sangue · 63

– Como tem passado, pai? – perguntou ao se aproximar.

– Bem. Gentileza sua perguntar.

– Qual é o assunto?

– Sente-se.

– Na verdade, estou bem aqui. – Ficou de pé ao lado da cadeira, os braços cruzados diante do peito. – O que posso fazer por você?

– Pode se sentar. – O pai indicou com a cabeça o assento coberto por seda. – E depois podemos conversar.

Peyton correu o olhar pelo local e não encontrou absolutamente nenhum apoio por parte dos retratos pendurados diante dos livros, do fogo que estalava com suavidade na lareira, das poltronas dispostas e das mesinhas de apoio.

Cerrando os molares, deu a volta e, devagar, se sentou na cadeira. Segundo seu entender, podia muito bem enfrentar logo a situação, qualquer que fosse ela...

– Precisa usar esses trajes dentro de casa?

Peyton baixou o olhar para suas roupas. Jaqueta de couro, calças pesadas de combate e coturnos com biqueira de aço eram o padrão no programa de treinamento.

E pensou: *Se você pudesse ver as armas debaixo disto tudo.*

– O que quer de mim, pai?

Peythone pigarreou.

– Acredito que seja hora de discutirmos seu futuro.

E qual seria esse futuro exatamente?, perguntou-se. Uma aparição no programa *Intervention*?

Quando o pai não disse mais nada, Peyton deu de ombros.

– Faço parte do programa de treinamento. Sou um lutador...

– Nós dois sabemos que isso não passa de uma distração...

– O inferno que é... E você quis que eu entrasse no programa.

– Porque tive esperanças de que isso o tornaria...

– Alguém como você? Sim, claro, porque você é muito duro na queda.

– Veja como se dirige a mim – ralhou o pai. – E permita-me lembrá-lo de que sua vida não lhe pertence. Pertence à linhagem da qual faz parte, e, como tal, é meu encargo desviá-lo para a direção correta.

Peyton se inclinou na cadeira.

– Eu sou...

O pai falou por cima dele.

– Dessa forma, tenho alguém que gostaria que conhecesse. Ela vem de uma família adequada e, antes que se preocupe, é considerada bela pela maioria. Tenho confiança de que essa parte em tudo isto seja do seu agrado. Se for inteligente, a julgará com imparcialidade, sem levar em consideração nenhuma oposição que se sinta compelido a seguir como resultado de eu ter sugerido o encontro. Tenho em mente seu bem-estar e imploro que enxergue isso.

Imploro? Meu cu que é isso o que está fazendo, Peyton pensou.

– Claro que, se deixar de se portar de maneira adequada – o sorriso do pai era frio –, serei forçado a reduzir sua mesada.

– Tenho um emprego.

– Ser soldado não paga por isto. – O pai indicou o ambiente ao redor do escritório de maneira tão expansiva que ficou claro que se referia a toda a propriedade. E, quem sabe, metade de Caldwell também. – De certo modo, não creio que se contentaria com um estilo de vida diferente deste. Você não é tão resistente.

Peyton olhou para o lado, para o retrato de um macho do século XIX num traje de corte. Era seu pai, claro. Todos os retratos eram do pai, cada fase da vida de Peythone à mostra como se ele desafiasse qualquer um a discutir sua posição social.

– Por que me desconsidera tanto assim? – murmurou Peyton.

– Por quê? Porque vivi em meio à abundância e à fome. Guerras contra humanos e vampiros. Atravessei o grande oceano e estabeleci uma base aqui antes de qualquer outra família. Sou o chefe desta grandiosa linhagem e me conduzi com honra através dos séculos, permanecendo fiel à sua *mahmen*, e dando você a ela como presente de minha virilidade. Possuo três doutorados de escolas humanas e sou perito certificado das Antigas Leis. Sou excelente violinista e falo doze idiomas. Diga-me, o que você fez? Será que eu, de algum modo, deixei de notar suas vastas conquistas, tendo visto apenas sua habilidade de consumir quantidades copiosas de álcool e o que mais você faz naquele quarto que eu lhe concedo sob meu teto? Hum?

Peyton deixou que ele dissesse tudo e considerou levantar-se e sair dali. Em vez disso, perguntou com suavidade:

– Posso lhe perguntar algo?

O pai mostrou as palmas para o teto alto.

– Mas é claro. Acolho quaisquer perguntas.

Fúria de sangue · 65

– Por que quis que eu participasse do programa do centro de treinamento?

– Já era hora de você trazer alguma honra a esta família. Em vez de mais fardo.

– Não... – Peyton meneou a cabeça. – Não acho que tenha sido isso.

– Eles ensinam a ler mentes lá, então?

Peyton se levantou.

– Acho que me fez ir porque pensou que eu fosse fracassar. E queria acrescentar isso à lista de coisas em que poderia ser melhor do que eu.

O pai simulou ofensa de maneira primorosa. Mas a luz nos olhos dele... Ah, havia uma luz maligna ali, e essa era a verdade, não?

– Claro que não. Não seja dramático.

– É, foi o que pensei – Peyton disse ao se virar.

A cada passo que dava para se aproximar da porta, se sentia pior. Em sua mente, via a expressão de Paradise quando lhe disse que a amava. Depois passou para o *close* de Novo, deitada como se apenas o suportasse. E a cereja do bolo era o rosto do pai, o desgosto assentado que ele jamais entendera borbulhando logo abaixo da estrutura óssea patrícia, tão parecida com a sua.

Quando chegou à porta, disse por sobre o ombro:

– Eu me encontrarei com a fêmea. Só me diga quando e onde, e estarei lá.

O pai se retraiu em sinal de surpresa, mas logo se recompôs.

– Muito bem, então. Providenciarei o encontro. E confio que se comportará com a dignidade adequada. Segundo os meus padrões, não os seus.

– Sim. Claro. – Saiu do escritório. – Tanto faz.

Ao fechar as portas atrás de si, surpreendeu-se com o que concordara fazer. Mas logo deduziu que não havia problema em tentar agir de acordo com o que o pai queria. Não gostava do cara, não o respeitava, mas a situação não andava muito boa para Peyton na cadeira do Capitão Kirk. Só o que conseguira nos últimos cinco anos fora comprometer o próprio fígado, ansiar por THC e ter um amor não correspondido.

Talvez de outro modo funcionasse.

Por certo as coisas não poderiam piorar.

– Meu senhor... – o mordomo começou a dizer com condescendência.

– Cale a boca. – Encarou o *doggen* ao andar para a porta da frente. – Estou armado e sei atirar. E você não conseguirá se desviar de uma bala, isso eu prometo.

Quando o criado do pai começou a gaguejar como o motor de um carro velho, Peyton se afastou e seguiu em frente.

Por favor, permita que eu encontre uma luta hoje. Nem que seja só para voltar ao amanhecer sem o desejo de matar alguém.

Capítulo 7

QUANDO NOVO SE MATERIALIZOU no topo de um prédio sem portaria entre as ruas Dezesseis e Trade, trazia uma pistola no quadril direito, uma na lombar, presa à cintura, duas adagas na frente do peito e uma extensão de corrente dentro da jaqueta de couro. Os pés estavam protegidos por um par de coturnos, e o couro resguardava com firmeza suas coxas e panturrilhas. No rosto, os óculos especiais tinham um duplo objetivo: afastar o vento frio dos olhos, impedindo-os de lacrimejar, e também diminuir o brilho dos postes e dos faróis dos carros, capazes de cegar quando refletidos na neve ou quando cruzavam a linha de visão enquanto o lutador estava em combate.

Quando uma lufada percorreu o cenário urbano composto de prédios sem portaria e lojinhas de pintura descascada, suas pernas perceberam o frio, mas isso não demoraria muito. Assim que começasse a se movimentar, não sentiria nada. E, pensando nisso, onde estavam todos os outros? Dando vazão aos instintos, suplicou por algum movimento, o cheiro de talco de bebê... Inferno, até um humano desmiolado, embora tudo isso fosse prematuro. Não tinha permissão para enfrentar o inimigo até que os Irmãos e demais trainees chegassem.

Quando uma mão cutucou seu ombro, ela virou rápido com uma das adagas na mão.

– John Matthew. – Abaixou a arma. – Jesus. Não o ouvi chegar.

O macho moveu as mãos segundo a linguagem de sinais, e ela franziu o cenho ao decifrar as palavras. O bom era que ele dava mole para a novata e sinalizava devagar, letra por letra.

– Eu sei, eu sei. Preciso cuidar da retaguarda. Você tem razão.

Ela se curvou para ele, algo que raramente fazia. Mas John Matthew não era apenas um perito em todos os tipos de luta; também era um dos poucos machos nos quais ela confiara de pronto. Havia algo a respeito dele, a tranquilidade com que fitava alguém nos olhos sem ser ameaçador. Para Novo, isso equivalia a segurança, algo a que estava desacostumada.

Ele passou a sinalizar novamente, e ela assentiu.

– Sim, gostaria de montar dupla com você hoje. Espere, pode repetir isso? Ah, sim, entendi. Sim, tenho munição extra, quatro pentes. – Deu um tapinha na frente da jaqueta. – Aqui e aqui. – Assentiu de novo. – E uma corrente. O quê? Bem, considero que seja o único tipo de pulseira que uma fêmea como eu usará.

John Matthew sorriu, revelando as presas. E, quando levantou o punho, ela bateu o seu no dele.

Um a um, os outros se materializaram em suas posições: Axe, Boone, Paradise e Craeg aparecendo primeiro, seguidos por Phury e Zsadist, e depois Vishous, Rhage e Payne.

– Onde está o garoto de ouro? – o Irmão Vishous perguntou acendendo um dos cigarros enrolados à mão. – Peyton não vai nos agraciar com sua maldita presença hoje?

Para fazer parecer que não estava nem aí com a presença ou a ausência dele, Novo voltou a verificar todas as armas e munições, o que acabara de fazer com John Matthew...

A onda de calor que trespassou seu corpo lhe informou a fração de segundo em que Peyton apareceu em pleno ar.

Mas isso era resultado apenas de constrangimento, disse a si mesma, com base em hostilidade e ressentimento, talvez com uma ínfima dose de embaraço, porque, convenhamos, permitira-se ficar vulnerável na noite anterior.

Mesmo que Peyton não soubesse disso, ela infelizmente sabia.

Em retrospecto, não deveria tê-lo usado daquela maneira. Não porque o atingira. Inferno, ele não devia estar nem aí. Sabia disso pelo modo como se comportava com aquelas vagabundas nas boates. Não; no fim, o motivo era ela mesma.

Sim, mesmo vinte e quatro horas mais tarde, seu corpo ainda desejava aquilo que lhe fora negado.

Mas não importava. Não havia motivo para pensar mais naquilo. E, vejam só, ir a campo e tentar não ser morta ao atacar os inimigos era exatamente o tipo de coisa fundamental de que precisava para apagar todo o restante em sua mente.

Fúria de sangue · 69

Até mesmo Sophy e Oskar.

Houve uma breve revisão dos posicionamentos e um lembrete quanto ao protocolo de ataque, além da oportunidade para fazerem perguntas, o que nenhum dos trainees fez. Todos sabiam bem o que era esperado deles porque isso fora martelado em sua mente na sala de aula.

Quem sabe com um pouco de sorte eles dizimassem alguns *redutores*.

Não restavam muitos mais agora, e ela sabia que a Irmandade estava concentrada em pôr um fim à guerra: havia uma inquietação nos guerreiros, uma percepção incômoda que crescia e se intensificava. E isso, aliado a algumas conversas que ouvira sobre Ômega, levaram-na a concluir que a situação chegava ao fim.

Como seria o mundo sem a Sociedade Redutora? Isso era algo quase inconcebível... e a fez pensar em qual seria o papel dos trainees se não houvesse mais lutas. Claro, ainda teriam que se preocupar com os humanos, mas essa era uma questão de coexistência, não um embate frontal pela sobrevivência.

Desde que os ratos sem cauda nunca ficassem sabendo da raça.

Se soubessem? Seria o início de um novo "tá valendo" num péssimo sentido, com certeza.

– Vamos em frente – anunciou o Irmão Phury.

Em pares, desmaterializaram-se para seus quadrantes e, assim que ela e John Matthew retomaram a forma corpórea, puseram-se numa marcha firme na rua. Graças à tempestade, as calçadas estavam intransitáveis, nada além de pegadas fundas congeladas nos bancos de neve como fósseis em pedras antigas.

Apesar de terem recebido de dez a quinze quarteirões a oeste, o bairro era o mesmo, repleto de prédios estreitos de quatro ou cinco andares sem portaria e casas subdivididas em oito ou dez moradias sob o mesmo teto. Carros estacionados com poucos centímetros de folga entre si e, como resultado da nevasca, a fila de para-choque a para-choque dos veículos parecia um banco de neve contíguo, com apenas vislumbres das maçanetas e de partes da pintura aparecendo nas laterais. As máquinas de limpa-neve acabaram por imprensá-los todos juntos. Levaria dias de sol ou muita escavação antes que os proprietários conseguissem tirá-los dali.

Enquanto corria os olhos pelo lugar, Novo percebeu os postes de luz. A maioria estava escura, por vezes devido à lâmpada queimada...

Outros porque o vidro fora quebrado ou derrubado. O brilho existente provinha de algumas janelas, porque as cortinas estavam finas demais ou por estarem repletas de buracos, mais parecendo venezianas internas.

Não havia nenhum humano nas ruas, em parte alguma.

Ao avaliar o caminho batido que dava para a entrada de um dos prédios, tentou imaginar como seria para aquelas pessoas se movimentarem à luz do sol. Estranho, aquela era a outra metade de Caldwell, aquele alter ego de atividade que nenhum deles testemunhara em primeira mão. Reflexos dele eram filtrados em forma de noticiários, e pelas marcas na neve, pelos carros soterrados, pela vaga evidência dos moradores daqueles apartamentos que agora estavam fechados ali, sem ir a parte alguma. No entanto, em suas rondas noturnas, não conseguiam saber como eram de verdade, porque os cidadãos cumpridores das leis tendiam a procurar abrigo e ali ficar depois das vinte e duas horas.

Ela e John Matthew pararam ao mesmo tempo.

Uns três quarteirões adiante, duas figuras viraram em uma esquina. Uma um pouco adiante da outra, e eram grandes o bastante para indicarem se tratar de machos. Quem quer que fossem, também vagavam pelas ruas, e pararam assim que perceberam não estar sozinhos.

Novo levou a mão à pistola no quadril, mas abaixou o braço junto à coxa segurando a nove milímetros. Em sua visão periférica, notou que John Matthew fizera o mesmo.

O vento contrário era uma desvantagem. Se fossem *redutores*, reconheceriam o cheiro deles, mas ela e JM não faziam ideia se estavam diante de ladrões humanos ou assassinos.

De todo modo, a descarga de adrenalina e o surgimento de uma força exterior que a trespassou fizeram com que se sentisse abençoadamente viva, com a mente limpa, as emoções se aquietando tais quais criancinhas advertidas por um professor.

Seus instintos de combate assumiram o controle, o corpo virou um diapasão para as informações que melhorariam seu ataque.

Maldição, desejou que o vento mudasse de direção...

O par de humanos ou assassinos, ou o que quer que fossem, se virou e caminhou na direção de onde tinha vindo, voltando a dobrar a esquina.

Quando John Matthew a cutucou com o cotovelo, ela assentiu.

E a caçada teve início.

No momento em que Saxton concluiu sua apresentação ao Rei, ficou em silêncio e esperou com paciência por uma resposta.

A Sala de Audiências, localizada na sala de jantar formal da mansão, estava vazia a não ser por eles dois, as cadeiras junto à lareira desocupadas, bem como a fileira extra de assentos que poderiam ser acomodados em círculo, se preciso. Mais para o lado, a escrivaninha que Saxton usava estava pronta para a noite; a fila ordenada de pastas, um bloco de anotações e diversas das suas canetas era tudo de que necessitava.

Wrath andava de um lado para o outro pelo espaço vazio, as passadas dos coturnos abafadas pelo tapete oriental grande o bastante para cobrir um estacionamento da Target. George, seu cão-guia, estava sem a coleira, mas ainda no horário de trabalho, seguindo o dono, a cabeçorra quadrada e as orelhas triangulares inclinadas num ângulo como se perguntasse se deveria intervir no caso de o percurso mudar.

– Podemos simplesmente matar os incorporadores que estão incomodando a fêmea anciã – Wrath murmurou ao parar debaixo de um lustre de cristal que poderia ser o substituto de uma galáxia. – Quero dizer, seria muito mais eficiente.

Sim, Saxton pensou. Presumira que essa seria a primeira resposta, e, de fato, o Rei era absolutamente capaz de chamar um Irmão e mandá-lo para lá agora com uma arma carregada, mesmo isso sendo assassinato. Em retrospecto, Wrath não se importava muito com os humanos, apesar de a sua Rainha ter o sangue deles dentro de si. E, na verdade, as primeiras vezes em que esse tipo de solução para um problema humano foi sugerido pelo Rei, Saxton deduzira que era apenas uma piada. Depois se vira aturdido por ter de convencer o macho a não ordenar tal curso de ação.

Agora, isso já não o surpreendia.

– Existe um mérito nisso, com certeza. – Saxton curvou-se, apesar de Wrath não conseguir vê-lo. – Mas talvez meu senhor queira considerar, pelo menos a princípio, uma abordagem mais comedida. Algo mais diplomático, com menos balas.

– Você sabe ser estraga-prazeres. – Mas Wrath sorria. – Minha *mahmen* e meu pai o teriam aprovado. Também eram pacifistas.

– Neste caso, o objetivo não é para manter a paz, mas para não haver complicações com a força policial humana.

– Muito bem. O que quer fazer?

– Pensei em talvez ir até lá e conversar com a fêmea para ter certeza de que seus documentos estão em ordem em relação aos direitos de propriedade do mundo humano. Depois eu intercederia em seu nome com os humanos e tentaria convencê-los a desistir dessa perseguição. Já que estamos no inverno, posso fazer essas duas coisas antes do início das audiências aqui, já que estará escuro o bastante.

– Não quero que vá para lá sozinho.

– Não temos nenhuma indicação de que esses humanos sejam de fato perigosos. Além disso, tenho vivido sem problemas...

– Desculpe. O quê? Você está falando? Estou ouvindo um barulho de fundo. – Quando Saxton se calou, Wrath assentiu. – Sim, não achei mesmo que fosse discutir comigo. Você e Abalone são os únicos de fora em quem confio em relação ao que estou fazendo aqui. Portanto, não, não vou apostar na sorte com sua vida. Tirando o fato de que consigo ficar na sua companhia por dez horas todas as noites, o que é um tremendo milagre, existe esse detalhezinho irritante de que você sabe o que está fazendo, porra.

Saxton voltou a se curvar.

– Sinto-me lisonjeado. Respeitosamente, porém, discordo sobre um perigo potencial que possa enfrentar...

– Você fará o que eu disser. – Wrath bateu as mãos. – Maravilha. Adoro quando concordamos assim.

Saxton piscou. E depois pigarreou.

– Sim, meu senhor. Claro. – Fez uma pausa para escolher as palavras com cuidado. – Só gostaria de observar, contudo, que a Irmandade e os trainees são mais úteis protegendo-o aqui e em campo, no centro da cidade. E, quando não estão em turno, estão aproveitando a folga mais que merecida. Em termos de alocação de recursos, proteger-me está muito aquém em uma lista de prioridades.

Fez-se um breve silêncio.

– Sei quem fará isso. E você e eu já resolvemos esse assunto.

Enquanto o Rei o encarava do alto, com aquelas sobrancelhas negras abaixadas atrás dos óculos escuros, seu tamanho incrível diminuía até mesmo aquela sala enorme. Saxton soube que, de fato, aquela discussão acabava ali. Por mais que tivessem um trabalho colaborativo em relação à população civil, era melhor nunca esquecer que o macho fora um assassino frio, bem versado na arte e no horror da guerra antes de sequer se sentar no trono.

– Como desejar, meu senhor.

Capítulo 8

QUANDO PASSOU PELO CAMINHO limpo até a porta de entrada da Casa de Audiências, Ruhn se afundou em seu velho casaco de lã. Não pegara luvas ao deixar a mansão da Irmandade e, dentro dos bolsos, as mãos crispadas estavam suadas.

Parando nos degraus que davam para a entrada, não conseguiu deixar de se lembrar da primeira vez em que chegara àquela construção antiga e elegante.

Viera em busca da sobrinha, Bitty, depois de ficar sabendo da morte da irmã em uma postagem do Facebook. Na época, parara diante das portas grandiosas com pouca esperança, e muito desespero, de que sua busca por notícias a respeito dos parentes lhe apresentasse uma reviravolta no que até então fora uma jornada triste e infrutífera.

Com que finalidade, ele ainda não sabia. Entretanto, tudo resultara em uma bênção seguida de outra, numa somatória que beirava uma rodada miraculosa de boa sorte, camaradagem e generosidade.

Mas talvez tudo isso tivesse terminado agora, e estivera esperando que isso acontecesse. Cedo ou tarde, o equilíbrio natural das coisas teria que ser enfrentado, e isso significava que tudo aquilo deveria, de certa forma, voltar a ser o que era.

Uma convocação oficial feita pelo Rei à Casa de Audiências? O que mais poderia ser senão más notícias?

E, de fato, ele suspeitava saber qual era o assunto...

A porta se abriu e o Irmão Qhuinn postou-se ali, pendendo o corpo para a lateral.

– E aí? Precisa de alguma coisa?

Ruhn se curvou.

– Perdoe-me. Fui convocado. Foi por causa do trabalho com a pá?

– O quê?

– Na neve?

Os dois se encaravam – ambos com a esperança de que um tradutor aparecesse para acabar com a confusão deles –, quando Saxton, o advogado do Rei, saiu da Sala de Audiências com um macho e uma fêmea civis. O advogado conversava em seu costumeiro tom tranquilo e modos aristocráticos.

– ... vocês receberão um e-mail meu detalhando todas as ações e explicando as ramificações em relação ao caso...

Saxton parou no segundo em que viu Ruhn. Em seguida, seus olhos fizeram uma rápida varredura de alto a baixo, como se estivesse diante de algo indesejado.

O macho pigarreou.

– Saudações. Poderia fazer a gentileza de entrar agora? O Rei o aguarda e eu irei para lá num segundo.

Ruhn olhou para o casal. Para o Irmão Qhuinn. E depois deu uma rápida olhada para trás, mas não viu ninguém ali.

Tudo bem. Evidentemente, era a ele que se dirigira.

Curvou-se diante do advogado.

– Sim, claro. Obrigado.

Passando em meio à multidão de pessoas no átrio – tudo bem, eram quatro pessoas além dele, mas, poxa, sentiu como se não houvesse espaço para respirar ali –, Ruhn entrou na Sala de Audiências com passos silenciosos.

O Rei pressentiu sua presença de imediato. O grande regente endireitou-se, curvado como estava ao colocar a tigela de água do cão junto à lareira.

Enquanto George sacudia o rabo e depois começava a beber, o Rei olhou diretamente para Ruhn, apesar de ser cego.

– Oi. – O regente de todos os vampiros indicou uma das poltronas junto à lareira sem virar a cabeça naquela direção. – Sente-se.

– Sim, meu senhor.

Ruhn fez uma profunda reverência e se apressou ao longo do enorme tapete adornado. Ao se abaixar na poltrona, tentou não relaxar todo o peso de uma vez só. Tinha consciência do seu tamanho, e a última coisa que queria fazer era quebrar aquela peça.

– E aí, como tem andado?

Ruhn se remexeu desconfortável no lugar quando o Rei se aproximou.

– O que disse?

Wrath se sentou enquanto o cachorro continuava a sorver o líquido cadenciadamente ao fundo.

– Foi uma pergunta bem direta, não?

– Hum... estou bem, meu senhor. Obrigado.

– Bom. Muito bom mesmo.

George levantou a cabeça e lambeu a boca, como se não quisesse deixar um rastro de pingos. Em seguida, foi para junto do dono, enroscando-se numa posição em que Wrath conseguia afagar sua orelha.

Sem aguentar o silêncio por mais tempo, Ruhn pigarreou.

– Meu senhor, se me permite...

– Sim? – Wrath movimentou o ombro em círculos até estalá-lo de modo tão audível, que Ruhn se retraiu. – Pode falar.

– Deseja que eu deixe sua propriedade?

As sobrancelhas retas negras se afundaram por trás dos óculos escuros.

– Pedi que viesse. Por que desejaria que saísse?

– A mansão, meu senhor.

– O quê?

– Posso retirar meus pertences, se desejar, embora gostaria de permanecer em Caldwell para manter contato com Bitty...

– Que porra você está falando?

Não era uma pergunta. Estava mais para uma arma apontada para sua cabeça.

No silêncio que se seguiu, Ruhn olhou de relance para o golden retriever – que se deitou de imediato, como se não quisesse ser rude com o convidado, mas tivesse que apoiar o dono, portanto preferia ficar de fora do assunto.

– Presumo que isto se refira ao trabalho com a pá ontem à noite? – indagou Ruhn.

Quando o Rei abriu a boca, sua expressão incrédula sugeria que havia mais desentendimentos adiante, em vez de menos.

– Deixe-me começar de novo. De que porra você está falando?

Saxton entrou e fechou as portas duplas atrás de si.

– De certa forma – disse o macho –, tem um pouco a ver com a neve.

Ruhn pigarreou e se sentiu um tolo. Não deveria ter acreditado na palavra do aristocrata.

Fúria de sangue · 77

– Só estava tentando ajudar. Tomei cuidado para não raspar a pedra dos degraus e...

– Certo. Não sei o que está acontecendo aqui e não dou a mínima. – Wrath lançou o cabelo preto para trás com um movimento firme de mão. – Você está aqui porque Saxton me contou que está procurando um modo de pagar por sua estadia. Portanto, consegui um trabalho para você.

Ruhn ficou olhando de um para o outro.

– Não tenho que ir embora?

– Não, porra. De onde diabos você tirou essa ideia?

Ruhn não se deu o trabalho de disfarçar o suspiro de alívio.

– Meu senhor, muito obrigado. O que quiser de mim, tenha a certeza de que farei o meu melhor. Não suporto viver à custa de sua generosidade.

– Maravilha. Quero que o leve para uma visita a uma cidadã civil que vem tendo problemas com alguns humanos.

Ruhn teve que franzir o cenho.

– Perdoe-me, meu senhor, mas não sei ler nem escrever. Como poderei ajudar o Advogado Real com seu trabalho?

Saxton deu um passo à frente e, ao fazer isso, seu perfume atingiu as narinas de Ruhn – o que lhe pareceu uma coisa estranha para se notar. Mas, pensando bem, nada daquilo parecia normal.

– Nosso Rei – disse o macho – gostaria que eu fosse acompanhado para que estivesse protegido durante a visita. Os Irmãos, os soldados e os trainees estarão ocupados no campo de batalha, protegendo a casa ou descansando, e designar um deles para tal tarefa seria uma espécie de apropriação indevida.

Wrath estendeu a mão espalmada.

– Veja bem. Só quero que esteja lá para o caso de um desses humanos aparecer num estado terminal de estupidez. Não é uma situação de guerra, mas também não gosto da ideia de Saxton estar lá sem ninguém para proteger a retaguarda dele. E há boatos de que você... sabe lutar... bem pra cacete, na verdade.

Quando Ruhn desviou o olhar, sentiu o de Saxton sobre si novamente – e surgiu a tentação de negar, ou pelo menos menosprezar, o passado. Claro, não poderia fazer isso sem contradizer o Rei – ou mentir de forma deslavada. Além do mais, por certo alguém contaria sobre ele ao advogado.

– Repito, não prevejo que nenhum de vocês corra perigo – declarou Wrath –, mas não posso prometer que não encontrarão algum conflito. Mas nada com que você não consiga lidar, não com o que já enfrentou.

Quando uma velha e conhecida exaustão acomodou o peso de uma montanha em seus ombros, Ruhn deixou a cabeça pender e ficou calado.

– Você não é obrigado a nada – Wrath disse num tom neutro. – Esta não é uma condição para que permaneça na casa.

Depois de um momento, Ruhn olhou para o regente. O grande Rei Cego o fitava do outro lado da sala com tamanha fixação, que ele podia jurar que o outro enxergava. Em seguida, as narinas dele se dilataram como se tivesse sentido o cheiro de algo no ar.

De repente, Wrath virou a cabeça em direção ao advogado.

– Está tudo bem, encontrarei outra pessoa...

– Farei isso – Ruhn falou, a voz rouca. E passou para o Antigo Idioma: – *Devo-lhe uma grande dívida por me permitir entrar em seu lar sagrado e lá permanecer. Realizar este serviço para mim é uma honra.*

Ruhn forçou o corpo para fora da poltrona e caminhou adiante, até se ajoelhar diante das botas do Rei.

Mas Wrath não ofereceu o imenso diamante negro para oficializar a promessa.

– Tem certeza disso? Não forço ninguém a fazer nada. Bem, não as pessoas que não quero matar, quer por sobrevivência ou diversão.

– Tenho.

As narinas voltaram a se dilatar. E o Rei assentiu.

– Que assim seja.

Quando o anel foi oferecido, Ruhn beijou a imensa pedra.

– *Nisto e em todas as outras coisas, não o desapontarei, meu senhor.*

Quando voltou a se levantar, lançou um olhar de esguelha a Saxton. O advogado ainda o encarava, uma expressão inescrutável naquelas feições que eram tão perfeitamente belas que chegavam a ser intimidadoras – e isso antes de se acrescentarem todas as palavras inteligentes que ele sempre pronunciava e seus modos impecáveis e roupas elegantes.

– Se nos permitir, meu senhor – disse o macho –, gostaria de acompanhá-lo até a saída. E agora seria uma boa hora para um descanso e para se alimentar. Temos mais três horas diante de nós.

Ruhn percebeu vagamente que Wrath dizia algo e Saxton lhe deu uma resposta.

Só conseguia se concentrar no fato de que mais uma vez estava metido naquilo.

A última coisa que queria era lutar com alguém ou alguma coisa, não importava se fosse por defesa ou ataque.

Deixara tudo aquilo para trás.

Mas não poderia negar isso ao Rei. Ou o fato de que compreendia muito bem por que alguém desejaria manter o advogado a salvo. O cavalheiro era muito sagaz, e essencial a tudo o que o Rei fazia ali. Ouvira histórias ao redor da mesa de jantar na mansão. Saxton era indispensável.

Com um pouco de sorte, disse a si mesmo, não teria que matar ninguém desta vez. Odiava de verdade essa parte.

Apesar de ser muito, mas muito competente nisso.

Apenas humanos.

Enquanto Novo e John Matthew se desmaterializavam nas sombras a favor do vento em relação aos dois andarilhos daquela noite de inverno, ficou bem claro que não se tratava do inimigo. O que não significava que os dois homens não fossem uma provável ameaça, portanto assassináveis. Contudo, uma provocação direta por parte deles era necessária, e, por mais que ela fosse capaz de providenciar algo do tipo, essa seria uma atitude covarde – e contra as regras.

Viva e deixe viver, a menos que forçada a entrar em combate.

– Maldição – murmurou.

John Matthew assentiu e apontou para o local de onde tinham vindo.

– É, melhor continuarmos de onde paramos.

Vinte minutos mais tarde, tinham percorrido a primeira parte do setor que lhes fora designado, e estava na hora de fazer o retorno. E era engraçado... Enquanto cortavam caminho por um quarteirão, ela se lembrou das primeiras noites em ronda. Um dos grandes desafios daquele tipo de trabalho era não se frustrar por não estar lutando cada minuto em que se está ali em campo.

De certa maneira, presumira que estaria em luta o tempo todo.

Pois é, nem metade disso. A disciplina envolvida em tudo aquilo – algo em que ainda vinha trabalhando – era estar atento sem se desgastar à medida que os minutos se tornavam um quarto e depois meia hora.

Era preciso estar tão pronta no último segundo quanto se estava no primeiro, porque nunca se sabia quando...

No momento que a escuta em sua orelha ganhou vida, levou a mão enluvada a ela e empurrou a peça para o lugar.

– *Merda.*

Cuidado com o que deseja, pensou ao sacar a arma novamente.

John Matthew cutucou seu ombro e ela assentiu.

– Ok, vou pela esquerda.

Segundos depois, desmaterializaram-se até a escaramuça. Paradise e Phury estavam dando conta de um assassino, empurrando o *redutor* para um beco. Dois outros, porém, apareceram na extremidade oposta.

Novo fez um cálculo rápido e avançou, entrando no ataque. As chances de haver danos colaterais eram grandes demais se usasse a arma, por isso correu, voltando a guardá-la no coldre e desembainhando as adagas.

Com os caninos expostos e uma grande fúria no coração, golpeou o *redutor* à esquerda com a força de um trem, derrubando-o antes que ele soubesse que diabos estava acontecendo. Apunhalou-o no pomo de adão e, depois, com a mão livre, agarrou a frente da jaqueta e começou a bater a parte de trás do crânio dele na neve compactada, uma vez após outra.

Sangue negro esguichou em seu rosto, entrando nos olhos e na boca, o fedor adocicado e enjoativo misturando-se à respiração fria que ardia até as entranhas.

Lá no fundo, sabia que precisava partir para o seguinte. Precisava cravar a adaga no meio do peito do maldito para que ele voltasse a Ômega, e depois tinha que continuar ajudando no confronto.

Seus braços eram como pistões, porém, e as manchas negras sobre a neve debaixo do ponto de impacto aumentavam cada vez mais. A parte mais fantástica? O assassino tinha ciência de tudo o que acontecia; a dor que ela infligia era registrada na expressão chocada e na respiração dificultosa.

Só havia uma maneira de "matar" um *redutor*.

Era preciso apunhalá-lo no coração inexistente. Portanto, podia continuar o ataque pelo ano seguinte, e aquele merdinha, aquele assassino imortal de sua raça, sentiria uma agonia renovada a cada golpe desferido.

Uma bala passou raspando por sua orelha esquerda e ela levantou a cabeça. Uns cinco metros além, outro assassino chegara ao beco, pronto para a ação, com um rifle na mão.

Fúria de sangue · 81

Novo rolou, posicionando o assassino incapacitado sobre si como escudo. No processo, perdeu a adaga, mas dispunha de outras opções: desceu a mão para o quadril e sacou a arma, enfiou-a em meio às diversas partes do outro corpo que se debatia diante de si e começou a disparar.

Atingiu o assassino recém-chegado no ombro. O impacto o empurrou para o lado, mas o ferimento não retardou muito o maldito, por isso ela continuou atirando, até acabar com aquela munição. A boa notícia? Fez o assassino voar pelos ares. A ruim? No segundo seguinte, o morto-vivo voltava a atirar, sacando uma segunda arma.

Filho da mãe. Novo se remexeu sob o semicadáver fedorento e des-conjuntado ainda em cima dela, à procura de mais um pente de munição.

Tarde demais. Descoordenada demais.

Iria morrer...

Pelo canto do olho, viu um movimento, e não precisou de mais do que um segundo para reconhecê-lo: Paradise saltava em meio às sombras como se estivesse agachada, pronta para atacar o atirador.

Graças a Deus. Novo não podia dar nada como garantido, porém. Conseguiu enfiar a segunda parte da munição na arma e ergueu o cano, só que, ao posicionar o dedo no gatilho, como não queria acertar Paradise...

Alguém passou na frente de sua arma, bem na direção das balas que o assassino descarregava. O movimento veio pela esquerda e foi tão rápido que não conseguiu identificar se era de um amigo ou inimigo.

Mas logo reconheceu quem era.

Peyton não deu a Paradise a oportunidade de fazer seu trabalho. Jogou-se sobre ela e a derrubou num monte de neve, eliminando a estratégia defensiva que fora orquestrada para salvar Novo.

O assassino atirou duas vezes mais; tiros que, por pura sorte, não a acertaram. Logo se aproveitou para fugir, virando e começando a correr como o quê...

Não foi muito longe. Zsadist estava em seu encalço e *pop!*, um flash de luz anunciou o despacho rápido.

Com isso, graças a outra retaguarda que chegara à cena, a ação acabou tão repentinamente quanto se apresentara.

– Que porra tem de errado com você? – ladrou o Irmão Phury.

Quando ele e John Matthew vieram correndo na neve compactada, ficou claro que o guerreiro mudo estava tão furioso quanto um morcego raivoso poderia estar, assim como o outro Irmão.

Novo empurrou o cobertor de assassino para o lado e levantou a cabeça para poder ver o que estava acontecendo. E também começou a procurar buracos, verificando se não tinha sido alvejada.

Nesse meio-tempo, Phury tirou Peyton de cima de Paradise, a quem ele se agarrava como se fosse plástico filme, e por pouco o Irmão não lançou o lutador para o outro lado da cidade. Quando Peyton aterrissou com agilidade desapontadora, a merda já estava estabelecida.

Phury marchou pela neve.

– Quer explicar que *porra* foi aquela? – O Irmão apontou para Paradise, que já estava de pé, batendo a neve das calças de couro. – Você colocou a equipe em risco, a vida de duas pessoas em perigo, e nos custou um *redutor*.

Peyton cruzou os braços diante do peito e fitou um ponto acima do ombro esquerdo de Phury. Depois andou até ficar próximo a Novo.

– Paradise estava em apuros.

– Oi? Como é que é? – disse a fêmea.

Peyton se recusou a olhar para ela.

– Ele estava armado. Poderia ter se virado e atirado no rosto dela.

– Só que, até ele ter tempo de me ver – rebateu ela –, eu já teria o controle da arma. Ele estava completamente distraído.

– Não há como afirmar isso. – Peyton meneou a cabeça. – Você não tem como saber.

– Sei, sim. – Paradise marchou pelo beco até ficar de frente para o macho. – Avaliei a situação e estava executando um plano. Se não eliminasse aquela arma, ele mataria Novo.

– Repito, não tinha como saber isso.

Novo revirou os olhos. *Obrigada pela preocupação, babaca. E, P.S., por que estão tendo essa discussão bem em cima de mim?*

Pelo amor de Deus, ela não tinha como se levantar, não a menos que quisesse dar uma de juiz da discussão no meio deles.

Paradise estendeu as mãos espalmadas.

– Mas não tive chance de descobrir, tive? Porque você resolveu dar uma de maldito herói quando eu não precisava de um.

Isso aí, irmã, Novo pensou ao empurrar o assassino que mal se movia para se sentar.

– Isto é inaceitável. – Phury pegou o celular. – Você está fora de campo até segunda ordem.

– O quê? – Parando de olhar por cima do ombro, Peyton fitou o Irmão de frente. – Por quê?

– Por não seguir o protocolo. – Phury mostrou a palma para ele. – Cale a boca. Posso lhe garantir, nada do que disser vai ajudar você...

A adaga fez um movimento circular no nada, o movimento numa trajetória dirigida para o meio do peito de Novo.

Um grito explodiu dela quando ergueu os braços para apanhar o antebraço: o assassino quase inerte de algum modo encontrara a adaga perdida dela... e estava fazendo o melhor possível para devolvê-la. O morto-vivo era incrivelmente forte, mesmo com todos os ferimentos.

Ainda mais porque a mão dela escorregara por conta de todo aquele sangue negro no qual tinha se encharcado...

A adaga atingiu seu coração, penetrando o colete à prova de balas.

Não houve dor, um sinal que não podia ser positivo, e, quando caiu para trás na neve, conseguiu erguer a cabeça e observar a visão inexplicável do cabo da arma, ainda na mão do assassino, apontando para fora do seu esterno.

Estranhamente, notou o ar escapando dela numa nuvem branca, a expiração se dissipando na noite como se tivesse sido engolida. Ou talvez fosse a alma deixando seu corpo?

A última imagem foi a do *redutor* sorrindo para ela, o olhar ensandecido cheio de triunfo, a boca vertendo sangue negro quando começou a gargalhar.

Em seguida, a cabeça dele explodiu, balas surgindo de um lado e de outro, ossos sendo pulverizados. Uma névoa fina de massa cinzenta se atomizou no frígido ar noturno.

Para ela, isso bastou.

Perdeu a consciência, e um grande abismo negro apareceu, o manto da Dona Morte cobriu-a, o tecido tão denso e pesado que ela não pôde ignorá-lo, tampouco combatê-lo.

Seu pensamento final foi de que aquele era o resultado inevitável e exato que previra no momento em que preenchera o formulário de inscrição para o centro de treinamento. A única surpresa? Que tivesse acontecido tão malditamente cedo.

Tivera tanta certeza de que duraria pelo menos um ou dois anos!

Capítulo 9

Assim que viu o assassino se sentar, Peyton soube que havia problemas. E logo surgiu o brilho da adaga acima do ombro do morto-vivo, com aquela bocarra grotesca se estendendo pelo rosto num sorriso enlouquecido de ódio.

Foi uma eternidade e um instante ao mesmo tempo.

Não dependia de medidas em arco precisas para deduzir onde a ponta afiada acabaria e não havia como deter o inevitável. A arma fez seu trabalho, empalando Novo pelo peito, atravessando o colete à prova de balas, encontrando asilo de maneira horrenda...

O som alto de uma arma sendo disparada à queima-roupa ecoou em seus ouvidos e o sobressaltou. Mas não foi o inimigo. Foi Paradise, de pé, firme e forte, executando seu trabalho: a bala acertou em cheio e estourou a parte de trás da cabeça do assassino, e choveram fragmentos como confete, o sangue negro se transformando em chuvisco, que aterrissou como fuligem na neve branca.

Só que o *redutor* pendeu para a frente em vez de para trás, estatelando-se sobre Novo — e sobre a adaga.

Quando a arma penetrou ainda mais fundo, Novo se contraiu, as mãos se debateram, as pernas desferiram chutes. Em seguida, nada mais se moveu.

— Liguem para o Manny! — exclamou Phury ao avançar e puxar o *redutor*. — Liguem pro maldito...

— Estou ligando! — Craeg o interrompeu.

Peyton cambaleou nos coturnos ao ver o cabo da adaga bem junto à jaqueta de couro de Novo. A lâmina estava tão enterrada que nenhuma parte do aço aparecia. Ela iria morrer — se já não estivesse morta.

E tudo isso era culpa dele. Graças a ele, Paradise neutralizara aquele inimigo tarde demais.

Quando as pernas cederam sob o corpo, ele só percebeu a falha estrutural de sua parte inferior porque o campo de visão mudou para o chão. Nada nele podia ser percebido – nenhuma sensação física, melhor dizendo. Emocionalmente... era uma tempestade só.

Nesse meio-tempo, Zsadist saltou e apunhalou os restos do *redutor*, para mandá-lo de volta a Ômega, e, quando o brilho do estouro diminuiu, todos os outros se aproximaram de Novo, agachando-se, apoiando um ou ambos os joelhos na neve suja de sangue. Peyton não conseguia mais ver muita coisa; Paradise e Craeg, a cada lado dela, seguravam-lhe as mãos enquanto Phury verificava a pulsação e Boone se acomodava junto às botas de Novo.

Deus, aquela adaga. Despontando bem no meio do peito dela.

Peyton engoliu em seco.

– Novo? Ela está viva?

Pergunta idiota. Mas, em retrospecto, qualquer coisa que saísse dele seria um desperdício...

Passadas pesadas como trovões. Atrás dele.

Virando-se, procurou pela fonte de um novo ataque. Só que não havia nada ali: era seu coração batendo forte no peito, num ritmo tão desesperado que a pressão ressoava em seus ouvidos.

Passou a mão pela boca e abriu a jaqueta com um safanão, na vã esperança de aliviar a opressão nos pulmões. Onde estava a maldita unidade cirúrgica?

Ficando de pé, inclinou-se à frente para enxergar acima das cabeças dos lutadores... e quase desejou não ter feito isso. Novo estava branca como a neve, os olhos abertos fixos em algo a uma média distância. Estaria vendo o Fade?

Volte para nós, quis gritar. *Olhe para o outro lado... fique aqui!*

E, maldição, odiou aquele sangue do assassino no rosto dela. Quis limpá-lo da pele pálida demais, purificá-la da guerra, do seu erro, das consequências.

Praguejando, passou a andar, agarrando os cabelos e puxando-os com força. Seu cérebro lhe dizia que, se ao menos conseguisse pensar com clareza e visualizar a si mesmo onde estava quando tomara aquela má decisão, de alguma maneira poderia voltar no tempo – para desfazer aquele resultado ao deixar de proteger Paradise.

E, assim, todos poderiam ainda estar lutando. Ou, quem sabe, tendo vencido aquela batalha, poderiam estar celebrando a vitória, animados, excitados, preparando-se para a batalha seguinte.

– Está viva... – disse, a voz rouca. – Ela está...?

Novo começou a tossir, e o sangue vermelho que expeliu o deixou zonzo. Voltou para junto do chão novamente. Abaixando a cabeça, apoiou as duas mãos à frente, posicionando-se para vomitar. Mas, ainda que estivesse enjoado, não vomitou.

O ronco da unidade cirúrgica virando a esquina foi como um coro de anjos cantando, e, para abrir caminho, Peyton rastejou pela neve compactada até as costas baterem na parede do prédio mais próximo. Quando a ambulância parou, Manny Manello saiu de trás do volante num rompante, uma bolsa na mão e o estetoscópio ao redor do pescoço.

– Não mexam nela – ladrou o humano.

No mesmo instante, todos afastaram as mãos, como se não quisessem ser aquele a ter feito algo errado. Em seguida, abriram caminho para dar espaço ao médico.

Peyton permaneceu onde estava, as mãos agarrando as laterais da cabeça, de modo a sustentar o peso morto que era seu crânio. Só se mexia ao piscar de tempos em tempos.

Nem sequer respirava.

Um minuto depois, Ehlena se materializava no beco com uma maleta de suprimentos. Em seguida, a doutora Jane chegou. E mais Irmãos.

Pela primeira vez, foi capaz de sentir os olhares passando por ele, e os sussurros que sabia serem a respeito do que fizera. Não se importou com nada disso. Só queria saber se Novo viveria.

Um par de coturnos marchou e parou diante dele.

Quando Peyton ergueu o olhar, o Irmão Rhage disse:

– Não foi de propósito, eu sei.

– Ela ainda está viva? – Puta merda, aquela nem parecia sua voz. – Por favor... me diga.

– Não sei. Mas precisamos tirar vocês todos daqui.

– Juro que não tive a intenção de que isso acontecesse. – Fechou os olhos e pressionou as palmas das mãos neles, com força. – Não desejava isso.

Fúria de sangue · 87

– Eu sei, filho. Precisamos voltar agora, você e eu.

– E quanto a ela? – Deixou as mãos penderem. – O que vai acontecer com ela?

– Manny, Ehlena e Jane estão fazendo o que podem. Mas queremos que todos os trainees voltem para a base. O ônibus está aqui.

Merda, nem tinha percebido.

Quando se esforçou para se levantar, a mãozorra de Rhage estava ali para ajudá-lo – e, quando estava de pé, o Irmão começou a tateá-lo.

– O que está fazendo? – perguntou ao professor.

– Estou removendo suas armas.

– Estou preso?

Rhage balançou a cabeça em negativa.

– Não, mas está parecendo pra cacete um suicida.

Peyton não fazia ideia de quanto tempo demoraram para chegar ao centro de treinamento. O tempo tinha parado de ser algo que pudesse mensurar em algum tipo de unidade – estava mais para uma vastidão de espaço, infinito, incalculável, maior do que ele e qualquer outra pessoa. Também não tinha tanta certeza de como fora parar no subterrâneo das instalações da Irmandade. Não tinha lembranças do trajeto de ônibus, de ter entrado no prédio, nem se lembrava de como fora parar na sala de descanso, sentado numa cadeira.

Esse processo devia ter envolvido algum tipo de movimentação. Com certeza não se desmaterializara no corredor nem fora carregado. Sua mente era uma linha reta, como um coração morto num monitor cardíaco...

Cara, não queria pensar nisso.

Ao estender os braços, descobriu que tinha uma garrafa de bebida nas mãos – gim; desta vez, Beefeater. E estava sem tampa. Alguém já tinha tomado um quarto dela.

Com a resignação de um preso condenado à prisão perpétua, correu os olhos pela sala. Estava só, e o relógio dizia que um par de horas tinha se passado.

Quanto tempo ainda Novo estaria em cirurgia?

Rhage, a certa altura, entrara e lhe dissera que ela fora estabilizada no beco, mas que precisaria de mais tempo na sala de operações ali na clínica.

Estaria viva...?

A porta se abriu e, quando viu quem era, concentrou-se na garrafa de gim. Ordenou ao braço que levasse o gargalo à boca, mas frustrou-se quando o membro se recusou a obedecer.

Interessante. Parecia paralisado.

– Como... você está? – Paradise perguntou junto à porta.

Como as coisas dificilmente poderiam piorar, pensou que tanto fazia e olhou para ela. Paradise tinha os olhos vermelhos e inchados por ter chorado, as faces estavam coradas porque as esfregara no frio para enxugar as lágrimas, e as mãos tremiam enquanto ela subia e descia o zíper do agasalho preto.

– Bem. Você? – murmurou.

– Peyton, sério.

– O que quer que eu diga? Eles me tiraram todas as armas porque acharam que eu poderia acabar com minha própria vida... E, sabe, acho que essa lógica tem fundamento. Isso deve responder à sua pergunta.

Quando ela apenas o encarou, ele praguejou.

– Desculpe.

Abaixando os olhos, girou a garrafa nas mãos até conseguir ver o guardinha inglês do rótulo. Cara, se ao menos houvesse um meio de trocar de lugar com um desenho bidimensional... não queria ser outra coisa além de uma imagem.

– Alguma notícia sobre ela? – perguntou com voz grave.

– Ainda não. Só estamos aqui fora andando de um lado para o outro do corredor. Ehlena disse que ainda vai demorar um pouco.

– É por isso que veio aqui? Para me contar isso?

– Achei que tinha o direito de saber.

– Agradeço. – Inspirou com um tremor. – Sabe, deveria ter me limitado a deixar você fazer o seu trabalho.

– Peyton...

Vagamente, ficou imaginando se ela iria sempre dizer seu nome assim, pelo resto da vida. Em duas sílabas tristonhas.

Ela se adiantou e se sentou na cadeira em frente à dele.

– Foi um erro. Uma reação reflexa.

– Se ela morrer, sou um assassino.

– Não.

Peyton apenas balançou a cabeça. Depois olhou para ela e obrigou os olhos a não se desviarem.

As mechas do cabelo loiro que tinham escapado do rabo de cavalo reluziam sob as luzes embutidas no teto, criando um halo... o que pareceu adequado. Ela era uma santa, uma fêmea com coração de ouro.

E, então, lembrou-se do tiro certeiro que explodira a cabeça daquele *redutor*.

Ok, muito bem, Paradise tinha um coração de ouro e a pontaria de um atirador de elite.

Com súbita clareza, lembrou-se dela durante a orientação, ajudando-o depois que consumira os canapés envenenados e vomitara, incentivando-o e puxando-o até que ele, por fim, despencou de exaustão na reta final no dia daquele teste brutal para entrarem no programa – depois do qual ela seguira em frente. Também tinha tantas imagens dela em sala de aula, sempre prestando atenção, trabalhando duro para se preparar para as provas, fazendo perguntas. O mesmo foco e dedicação ela levava a cada parte do treinamento físico, quer no combate direto, levantando pesos ou correndo na pista com obstáculos.

Era completamente qualificada para o trabalho que tinha.

Além disso? Estava disposto a apostar que ela não teria tomado a mesma decisão que ele naquele beco. Jamais teria se metido onde não era necessária.

Ela chamara a reação de Peyton de "reflexa".

Não, não era isso. Ele a protegera como se ela fosse sua fêmea. Colocara-se em perigo para salvá-la, quando, na verdade, ela não precisava ser salva, tampouco era sua. Se tivesse sido qualquer outro pronto para atacar o *redutor*? Ele não teria interferido.

Franzindo o cenho, percebeu que ela mexia em algo junto à garganta. Um pingente. Ela nunca usara nada parecido com aquilo antes e Deus bem sabia que as joias da mãe dela eram como as de qualquer outra casa da aristocracia: nada delicadas, tampouco simples.

Devia ter sido presente de Craeg.

Ouro branco, deduziu. Nem mesmo platina era. E, mesmo assim, para ela não devia ter preço.

Enquanto observava os dedos elegantes mexendo no pingente da delicada correntinha, teve a clara convicção de que deveria se libertar daquele devaneio.

– Escute, Peyton, sobre o que você disse ontem à noite...

– Não foi nada. Uma piada. Uma brincadeira fora de hora.

O silêncio que se seguiu sugeria que ela analisara seu movimento de defensor/bloqueador ao estilo mais truculento possível naquele beco e sabia que ele mentia. Mas, naquele momento, como se aquela conversa estivesse sendo transmitida num telão com alto-falantes ligados, a porta se abriu. E, claro, era Craeg.

– Estão dando os pontos agora – o macho anunciou em um tom severo.

Uau, Peyton achou que o macho o encarava com uma cara feia. Aquele olhar agora era capaz de provocar tantos estragos quanto uma bala de ponta oca. Sabia como era isso porque já levara uma na cabeça.

– Ela vai ficar bem? – Paradise perguntou ao se levantar e se aproximar do companheiro. – Vai?

– Não sei. – O abraço que os dois partilharam era de apoio mútuo, e não é que fez Peyton se sentir um intruso? Tal como devia ser. – Está em condição crítica. Mas estão atrás de voluntários para alimentá-la, o que significa que deve ter alguma chance. Olha só, tudo bem pra você se eu oferecer a minha veia...?

– Sim, claro que sim. Sem problemas.

Peyton falou alto:

– Ela não vai querer a minha.

Olhos hostis se voltaram para ele.

– Ninguém está pedindo isso de você.

Hum, então seria assim. Mas não era difícil entender a posição do cara. Caralho.

Antes que Craeg o enfrentasse, Paradise se colocou entre eles e empurrou o namorado para trás, as palmas em seus peitorais.

– Relaxa, ok? Não precisamos de mais nenhum ferimento na equipe.

Ela abaixou a voz, e houve uma troca privada de palavras entre os dois, palavras rápidas e sussurradas. E depois Craeg deu um soco na porta para abri-la e saiu.

Paradise inspirou fundo.

– Olha só... Acho que a gente precisa conversar.

– Não. Não precisamos. E não vamos.

– Peyton. O que aconteceu esta noite...

– Nunca mais vai acontecer. Muito provavelmente porque vão me expulsar do programa, mas, mesmo que não o façam, não vou mais cometer esse erro. Você está por conta própria.

– Espere um instante. Como é que é? Não preciso que cuide de mim. Sei fazer isso sozinha.

– Eu sei, eu sei. – Esfregou o rosto. Tomou mais um gole da garrafa. Desejou soltar um grito. – Acabou, Paradise. Tá bem? Acabou... E pare de olhar assim para mim.

– Assim como?

– Sei lá.

Fez-se uma longa pausa.

– Peyton, sinto muito.

– Fui eu quem errou, não você. – Para encobrir o duplo sentido, balançou a cabeça em uma negativa. – Pedirei desculpas ao Craeg também. Não precisa me dizer isso.

A porta se abriu de novo, mas, desta vez, foi o Irmão Rhage quem enfiou a cabeça por ela.

– Está tudo bem. Novo saiu da cirurgia e, pelo menos, está viva. Por isso, você e eu temos que fazer um relatório sobre o incidente e depois vamos marcar uma consulta para você ser avaliado psicologicamente.

Quando Peyton não respondeu, o Irmão apontou para o corredor atrás dele.

– Vamos, filho, você precisa ir comigo até o escritório.

Ao se levantar, Peyton pensou que aquela era uma situação bem triste em sua vida, quando uma interrupção exigindo que você justificasse um ato injustificável era melhor do que a alternativa: uma discussão acalorada sobre um amor não correspondido com o objeto do seu afeto não recíproco.

Ah, escolhas, escolhas...

A caminho do corredor, depositou o Beefeater numa mesinha de apoio e, ao chegar perto de Paradise, deteve-se.

Esticou o braço e pousou a mão no braço dela, dando-lhe o que esperou ser um toque tranquilizador.

– Sinto muito. Por tudo. É tudo culpa minha.

Antes que ela pudesse responder, soltou-a e saiu.

No corredor de concreto, os outros trainees, junto de alguns membros da Irmandade, aguardavam perto da ala médica, e todos ficaram absolutamente imóveis quando o viram. As botas pararam, as palavras sussurradas se calaram.

Ele não fazia ideia do que lhes dizer.

Por isso, só abaixou a cabeça e seguiu em frente.

Capítulo 10

— Você vai virar à direita logo adiante na bifurcação da estrada.

Enquanto falava, Saxton apontou para o para-brisa, ainda que os faróis da caminhonete já mostrassem o caminho. Ao seu lado, Ruhn estava atrás do volante, uma das mãos grandes apoiadas à vontade na posição de doze horas e a outra palma na coxa.

O tio de Bitty era um motorista experiente. Suave, firme, em total controle do enorme Ford-sabe-se-lá-que-modelo, apesar de a quantidade de neve no asfalto rivalizar com a do Alasca.

Era bom se sentir em segurança.

Sem contar que o perfume do macho era maravilhoso. Uma essência pura, poderosa, de apenas sabonete, xampu e espuma de barbear, mas não de uma marca famosa. Mas em Ruhn? Palmolive era colônia.

— Da próxima vez, nos desmaterializamos — disse o macho. — Peço desculpas por não conhecer os caminhos de Caldwell ainda.

Bem, você poderia ter tomado da minha veia e assim ter me seguido...

Saxton abafou tal pensamento na mesma hora.

— O trajeto não foi nada ruim. Na verdade, já faz algum tempo que não ando num veículo motorizado. É bem agradável, não?

Esquecera-se de quanto os automóveis podiam ser hipnóticos, com o ronco baixo do motor, o fluxo constante de ar quente nos pés, o cenário ligeiramente borrado — que, no caso, eram campos de fazenda cobertos por neve imaculada.

— Posso lhe perguntar algo? — ouviu-se dizer.

— Está quente demais? — Ruhn o olhou de relance. — Posso reduzir a temperatura.

Quando o macho estendeu a mão para o botão do ar, Saxton meneou a cabeça.

– A temperatura está perfeita. Obrigado.

Depois de um momento, Ruhn voltou a olhar para ele.

– Estou indo rápido demais?

– Não, você é um motorista fantástico.

Aquilo nas faces dele era rubor?, Saxton ponderou.

– Como dizia, só estou curioso... – Pigarreou, sem conseguir determinar o motivo de se sentir constrangido. – Eu desconhecia que você tivesse um passado envolvendo lutas. Deduzo que tenha sido na guerra... Enfrentou o inimigo quando vivia na Carolina do Sul?

Quando não houve resposta, ele lançou um olhar rápido para Ruhn. A mão dele já não estava relaxada ao volante, pois os nós dos dedos estavam pálidos. E a testa, crispada.

– Sinto muito – murmurou. – Eu o ofendi. Minhas sinceras desculpas.

– Não, não foi isso.

Entretanto, o macho não prosseguiu, e a curva seguinte chegou antes que outra resposta surgisse.

– Mais adiante, vire à direita novamente – Saxton murmurou.

Ruhn reduziu a velocidade, acionou a seta e virou. Em seguida, cerca de uns duzentos metros adiante, uma placa luminosa discreta sinalizando Condomínio Blueberry Farm apareceu no acostamento da estrada.

Saxton disse em meio ao silêncio opressivo:

– É onde os pais dele vivem. Quero dizer, Rocke e Lyric. O pai e a *mahmen* de Blaylock. Foram eles quem o procuraram com essa questão, portanto a fêmea anciã deve morar um pouco mais à frente.

– É aqui? – Ruhn perguntou quando chegaram a uma pequena caixa de correio com o número da casa pintado à mão.

– Sim, este é o endereço.

O caminho de carros até a propriedade não fora limpo, mas havia pelo menos um par de marcas de pneus na neve. Talvez os humanos que vinham importunando a fêmea a tivessem visitado novamente?

– Vamos chacoalhar agora – informou Ruhn. – Segure-se.

Saxton apoiou a mão na porta enquanto sacolejavam e saíam da estradinha limpa, entrando em um caminho largo para apenas um veículo. Árvores e arbustos nus estreitavam-na pelas laterais, como se a Mãe Natureza desaprovasse a invasão e procurasse corrigir a infração do único modo que sabia.

Fúria de sangue · 95

Inclinando-se à frente, ele olhou para cima e imaginou que nos meses mais quentes aquilo devia se transformar num túnel de folhas verdes.

E ali estava a casa da fazenda.

A residência era maior do que imaginara. Em sua mente, visualizara algo como um chalé de *hobbits*, talvez com venezianas tortas e uma chaminé pouco confiável. Em vez disso, a estrutura era de tijolos, com quatro janelas de doze painéis de vidro na parte inferior, uma ampla porta de entrada e oito janelas de seis vidros no andar superior. O teto de ardósia era sólido e evidentemente capaz de sobreviver ao apocalipse, e, sim, havia venezianas, mas todas estavam perfeitamente penduradas e pintadas de preto.

A fumaça se erguia de ambas as chaminés. Que eram retas como flechas.

E também havia uma árvore.

Ou melhor, a Árvore.

No meio de um círculo diante da casa, um bordo de tronco grosso e gracioso crescia do chão como se fosse alcançar o paraíso, os galhos grandes se alargando e se erguendo, o formato tão simétrico como que para provar que a mão da Providência existia e que o Criador era, de fato, um artista.

Todavia, nem tudo era bucólico e tranquilo.

Na janela à esquerda, no segundo andar, faltava um vidro. Ou pelo menos deduzia que assim fosse, pois havia uma tábua de madeira no lugar de um dos seis quadrados.

Por algum motivo, isso o deixou mais gelado que o frio invernal.

Ruhn parou a caminhonete diante dos degraus baixos que conduziam à porta de entrada bem lustrada.

– Estão nos esperando, não? – perguntou o macho.

– Sim. Ou melhor, telefonei para a neta. Não tenho o número de contato da fêmea.

Saxton abriu a porta e o vento frio entrou como se estivesse determinado a conquistar o calor que tinham criado artificialmente e, quando ele apoiou os Merrells na neve, o som agudo de algo sendo esmagado foi testemunha de que a temperatura devia estar abaixo de zero. Inspirando fundo, o cheiro da fumaça de madeira instigou suas narinas e o fez pensar nas propagandas de Vermont.

Havia luzes no térreo e, através das cortinas afastadas, entreviu uma mobília artesanal cujas linhas remetiam a anos idos, assim como paredes cobertas por papéis florais que haviam saído de moda nos Loucos Anos Vinte.

Aquilo não era uma vida em declínio, pensou, pois muitos dos Antigos Costumes eram preservados.

A porta de entrada se abriu bem quando Ruhn contornava a frente da caminhonete, e a fêmea na soleira era, de fato, como Saxton esperava que fosse: ligeiramente encurvada, os cabelos cortados na altura do queixo e um rosto agradável, com marcas profundas. Mas os olhos estavam alertas e o sorriso era amplo, o vestido feito em casa estava bem passado e tinha um colarinho de delicada renda.

Considerando como os vampiros envelhecem, em essência, nada até quase o fim da vida, ela ainda tinha uma década, ou um pouco mais, de vida. Mas não muito mais do que isso.

– Você deve ser Saxton – disse. – O advogado do Rei. Sou Minnie. Diminutivo de Miniahna, mas, por favor, me chame de Minnie.

Ao avançar pela neve, Saxton percebeu passadas que iam e vinham da varanda.

– Sim, senhora. E este é Ruhn, meu... assistente.

Atrás dele, Ruhn soltou um murmúrio e se curvou profundamente.

– Por favor, entrem.

Quando ela entrou, Saxton subiu os degraus com Ruhn logo atrás, seguindo-o para o interior quente e dourado. O aroma de canela e de mais algo adocicado permeava o ar, fazendo-o perceber que se esquecera de comer alguma coisa na Primeira Refeição. E, ah, aquilo era cera de abelha?

Batendo a neve das solas no capacho, correu os olhos pelo entorno. Bem na frente, uma escada com corrimão de madeira entalhada que evidentemente era lustrado com regularidade, e devia ser dali que ele captava a leve fragrância de limão.

– Preparei chá para nós. – Ela indicou a sala de estar da frente. – Por que não se sentam?

– Claro, madame. Creio que seja melhor tirarmos os sapatos.

– Não é necessário.

– Não custa nada. – E, como esperado, Ruhn já puxava os cadarços das botas. – Detestaria sujar seu piso.

– Agradeço por isso – disse Minnie. E, quando Saxton voltou a se curvar, a fêmea sorriu ainda mais. – Seus modos são tão elegantes. Você me lembra o meu Rhysland, que ele seja abençoado no Fade.

Fúria de sangue · 97

– Que seja abençoado.

– Sentem-se enquanto trago a bebida.

Minnie saiu e Saxton escolheu um lugar no sofá junto à lareira. Azulejos dinamarqueses azuis e brancos circundavam-na, e havia um tapete azul e branco diante do anteparo de bronze. O restante do cômodo era decorado em tons vitorianos vermelhos e marinhos.

Olhando por sobre o ombro, viu pela janela a paisagem branca de neve. Um lugar perfeito para ler um livro, pensou. Mas logo percebeu que ficara à vontade sozinho. Ruhn ainda pairava junto à porta, as mãos cruzadas diante do corpo e a cabeça inclinada para baixo, o corpo em repouso como se estivesse disposto a permanecer assim pelo tempo que ficassem na casa.

– Ruhn? Venha e se sente comigo.

Ruhn meneou a cabeça, mas não ergueu o olhar.

– Prefiro aguardar junto à porta.

– Creio que seria embaraçoso não se sentar conosco.

– Ah. Está certo.

O macho pareceu encolher dentro do casaco de lã apesar de o frio ter sumido junto ao calor do fogo, e Saxton teve a impressão de que ele tentava se fazer menor. E, como imaginara, sentou-se devagar no canto oposto do sofá, como se não desejasse despejar todo o seu peso sobre a mobília.

Sem um bom motivo, e provavelmente por algum muito ruim, foi difícil não notar quão próximos estavam. O sofá confortável comportava duas pessoas – desde que uma delas não fosse do tamanho de Ruhn... As coxas deles quase se encostavam.

Você está aqui a trabalho, informou à sua libido. *Não para cobiçar seu segurança.*

Minnie chegou segurando uma bandeja e, antes que conseguisse avançar muito, Ruhn se levantou do sofá e tirou o peso das mãos dela.

– Onde devo colocar? – perguntou.

– Ah, bem aqui, por favor.

Ruhn depositou o chá na mesinha de centro e, ao se inclinar, a luz da lareira iluminou os cabelos mais longos do topo da cabeça, acentuando as mechas ruivas ao luar.

Como seria tocá-las...

– Saxton? – Minnie o chamou.

Quando saiu de seu devaneio, viu que a fêmea o fitava com um olhar questionador e arriscou um palpite.

– Eu adoraria um pouco de chá. Obrigado.

– É Earl Grey.

– Meu predileto. – Obrigou-se a se concentrar, olhando diretamente para a lareira. – Preciso elogiar os azulejos Delft ao redor da lareira. São extraordinários.

Minnie sorriu como se ele tivesse lhe dito que seus filhos eram os mais inteligentes do planeta.

– Meu Rhysland. Ele os trouxe de nossa casa no Antigo País. Comprara-os de um mestre humano lá, e eles têm estado ao redor de nossa lareira desde 1705. Quando decidiu que tínhamos que atravessar o grande mar para termos uma vida melhor aqui, sabia quanto eu lamentava ter que partir. Retirou-os em segredo, embalando-os com cuidado. Demoramos cinquenta anos para comprar esta terra e mais dez para construirmos a casa, mas meu Rhys... – Quando seus olhos marejaram, ela tirou um lenço do bolso do vestido. – Ele não me contou o que fizera e os instalou aqui como surpresa para mim. Disse que eram uma ponte para o nosso futuro, um elo que havia trazido do nosso passado.

Enquanto Minnie procurava se recompor, Saxton se inclinou para examinar os azulejos a fim de lhe dar um pouco de privacidade – e se viu simplesmente cativado. Cada uma das peças tinha uma cena caprichada no centro em azul, desenhos de moinhos e outras paisagens, botes de pesca e pessoas trabalhando, tudo executado num estilo leve e destacado com volteios decorativos nos cantos. O efeito em conjunto era encantador, e deviam valer uma fortuna. Tinham sido feitos no período dos grandes mestres.

– Aceita açúcar, gentil conselheiro?

Saxton assentiu.

– Sim, obrigado, madame. Apenas um.

Uma xícara de porcelana lhe foi passada e ele mexeu o cubo de açúcar no fundo com uma colherzinha de prata. Ruhn recusou o chá, mas aceitou uma fatia de bolo de café com canela.

– Parece delicioso. – Saxton acenou para a fatia que lhe era oferecida. – Pulei a Primeira Refeição.

– É preciso se alimentar. – Minnie sorriu. – Sempre lembro meus netos disso. Mesmo já tendo passado há tempos a transição e morarem

Fúria de sangue · 99

sozinhos. Cuidei deles quando minha filha faleceu tragicamente no leito ao dar à luz. Nunca deixamos de ser pais... Algum de vocês tem filhos?

Saxton deu uma tossidela.

— Não. Não tenho.

— E você? — Minnie perguntou a Ruhn.

— Não, madame.

— Bem — anunciou ela ao se sentar numa cadeira de balanço com seu chá —, precisamos retificar isso, não acham? Sabem, minha neta é descompromissada e muito adorável.

Quando ela indicou um retrato a óleo atrás de si, Saxton aquiesceu e olhou para ele. A fêmea de fato era adorável, com cabelos longos e escuros e feições simétricas. Os olhos eram muito cativantes, revelando uma inteligência aguçada, e o sorriso sugeria que era gentil, mas não tola.

— Ela odiou este vestido antigo que a fiz colocar. — Minnie sorriu. — Minha neta é de uma época moderna, e esse vestido é o que usei há muito, muito tempo, quando tinha a idade dela. Eu o costurei para meu primeiro encontro com Rhysland e o conservei desde então. Imagino que tivesse acreditado que a ajudaria a enxergar o valor de se assentar com um bom macho e ter a vida que eu tive. Ela tem outros planos, porém. O que não significa que não seja virtuosa.

Saxton olhou de relance para Ruhn. O macho também examinava o retrato e, por alguma razão, qualquer que fosse a opinião que tivesse formado, ela lhe era importante. Considerava-a atraente? Desejava conhecê-la? Sendo um macho desimpedido e tendo recebido um convite da dona da casa, não seria inapropriado para ele participar de um encontro supervisionado. Ele não era aristocrata, tampouco Minnie e seu clã o eram, mas havia algumas regras de conduta a serem consideradas.

— Mencionou ter outros netos? — perguntou. — Estava ciente apenas da existência de uma neta.

Minnie ficou pensativa.

— Rhysland e eu também tivemos um neto. Mas não fomos próximos a ele.

— O que quer dizer? E perdoe-me se estiver sendo invasivo, mas estou curioso em saber se isso tem alguma relação com esta propriedade.

Fez-se uma longa pausa.

— Não é que eu não ame meu neto. Existe, contudo, um lado dele que me é difícil compreender e aceitar. Ele parece preferir o caminho mais fácil, e isso foi algo que sempre o fez entrar em conflito com o avô.

– Sinto muito. Relacionamentos podem ser complicados.

– Sim, e eu sinto que meu neto esteja para descobrir quanto isso é verdadeiro. – Minnie deixou o chá de lado e se levantou. – Mas esse é o caminho dele, não o meu.

A fêmea anciã atravessou o cômodo, mexeu num abajur e depois o endireitou... Em seguida, tocou num geodo de ametista numa mesinha de apoio e afofou uma almofada.

– Por favor, conte-nos o que tem acontecido com sua casa, Minnie – Saxton disse com suavidade. – Estamos aqui para ajudá-la.

– É o que minha neta me disse. Mas creio que isso seja tempestade em copo d'água.

– Tanto sua neta quanto seus vizinhos não parecem pensar assim.

– Está se referindo a Rocke e Lyric?

– Sim.

– Ah, eles são tão gentis.

Saxton olhou para os azulejos azuis e brancos ao redor da lareira. Depois se concentrou novamente na fêmea.

– Minnie, não permitiremos que sua propriedade lhe seja tirada injustamente, quer por vampiros, quer por humanos.

– Mas você serve ao Rei.

– E acredita que Wrath, filho de Wrath, não seja poderoso o bastante para influenciar o mundo humano? Eu lhe asseguro: ele é.

– Meu *hellren* sempre dizia que é melhor deixar os humanos com seus assuntos.

– Perdoe-me, madame – Ruhn abaixou a fatia de bolo pela metade –, mas isso só é verdade se estivessem cumprindo as próprias leis.

Ela sorriu e voltou para a cadeira de balanço.

– Isso é exatamente o que Rhysland diria.

– Conte-nos – Saxton a incentivou com gentileza.

Levou um tempo até que a fêmea falasse. E, quando o fez, foi como se relatasse os fatos para si mesma, experimentando-os como que para determinar se a realidade que outros enxergavam era de fato o que vinha acontecendo.

– Meu amado *hellren* foi para o Fade há dois anos. Minha neta, que mora mais perto da cidade, me disse para vender a casa e ir morar com ela. Isso seria muita intromissão de minha parte e, mais do que isso, esta é a minha casa. Como poderia deixá-lo? Isto é, deixá-la? A... subdivisão, acho que é assim que os humanos chamam, ao lado foi construída nessa época. Lembro-me de não conseguir dormir durante o dia, ouvindo marteladas e caminhões subindo e descendo a estrada. Fui abordada pela primeira vez para a venda desta propriedade uns seis meses depois disso. Os humanos gostavam do que estava sendo construído e as casas eram vendidas tão rápido que eles queriam expandir.

– Quem a procurou? – perguntou Saxton.

– Um homem chamado senhor Romanski. Ou, não... espere, foi um advogado ou alguém que o representava? E depois telefonaram... não sei bem como conseguiram o número. E, quando não respondi nenhuma das vezes, voltaram a ligar. Mais cartas. Em seguida, pessoas começaram a bater à porta durante o dia quando eu estava no andar de baixo. Rhysland tinha instalado uma câmera na entrada da frente antes de passar para o Fade, para que eu pudesse ver os humanos. Primeiro foi um só. Depois começaram a vir em pares. Uma vez a cada quinzena. E depois com mais frequência.

Saxton balançou a cabeça.

– Quando começou a piorar?

Minnie levou a mão à base da garganta.

– Começaram a deixar mensagens no telefone sobre eu estar atrasada com a hipoteca. Mas não temos hipoteca alguma. Como já disse, meu *hellren* construiu esta casa há dois séculos. E depois disseram que havia algo de tóxico na terra. Foi nesse momento que alguns oficiais humanos começaram a chamar uma tal de Agência de Proteção Ambiental. Queriam entrar na propriedade. Permiti, e eles não encontraram nada. Em seguida, foram questões com impostos humanos, que não existem. E o lençol freático. Tem sido... muito desgastante.

A fêmea olhou através da janela.

– Naturalmente, não posso sair durante o dia, portanto não posso ir até essas agências humanas, e isso os tem deixado desconfiados. Tive que pedir à *doggen* de uma amiga que se passasse por mim, e isso fez com que me sentisse pior ainda por estar fingindo. E depois...

– O que aconteceu depois? – Saxton murmurou.

– Alguém atirou na janela do andar de cima duas noites atrás. Estava no andar de baixo na hora e ouvi um estopim e o vidro se estilhaçando no chão. Aquela seria a suíte principal caso eu não dormisse no subterrâneo...

A princípio, Saxton não compreendeu de onde vinha o rugido baixo. Logo olhou para a outra ponta do sofá. Ruhn tinha exposto as presas – que tinham se alongado, as pontas afiadas como facas –, e seu corpo já enorme parecia ter dobrado de tamanho de forma agressiva, tornando-se imenso e letal.

Enquanto Saxton notava a transformação, seu cérebro se bifurcou, metade permanecendo concentrado em Minnie e na história... e a outra parte?

Só conseguia pensar em como seria fazer sexo com aquilo.

De repente, Ruhn fechou os lábios e pareceu se conter. Corando, disse:

– Perdoe-me. Não gosto que seja tratada de tal maneira em sua casa. Não é certo.

Minnie, que se alarmara um pouco, sorriu de novo.

– Você é um jovem macho adorável, não é mesmo?

– Não, não sou – Ruhn sussurrou, os olhos baixos. – Mas eu a manteria a salvo aqui se pudesse.

Saxton teve que se obrigar a voltar ao assunto atual. De outro modo, seria capaz de ficar olhando para aquele rosto a noite inteira.

Pigarreando, perguntou:

– Quando foi mesmo que disse que isso aconteceu?

– Antes de ontem à noite. Não contei à minha neta, claro. Não posso permitir que se preocupe ainda mais. Mas liguei para Rocke, e ele veio consertar o painel de vidro, colocando uma tábua de madeira. Acabei lhe contando tudo... E agora vocês estão aqui.

Saxton pensou no que notara ao se aproximar da casa: que algo não estava como deveria ser na janela do segundo andar.

Aquilo era muito mais sério do que imaginara.

Depois que a senhora Miniahna completou sua história, Ruhn levou a bandeja com todo o aparato de chá de volta à cozinha. Estava tentando ser educado, e também útil, mas o que queria mesmo era inspecionar o térreo da casa. Havia persianas para as horas do dia que tinham sido fechadas na parte de trás, e isso o tranquilizou em certa medida – só que não entendia por que as da frente permaneciam abertas. Ela deveria ter trancado tudo.

Enquanto prosseguia pelos cômodos simples e espaçosos, notou a sala de jantar na parte de trás. A biblioteca num dos lados. O pequeno banheiro debaixo das escadas. A despensa e alguns armários.

Nos recessos de sua mente, não lhe passara despercebido o trabalho manual nas molduras, na mobília e, em especial, nos painéis e prateleiras da biblioteca. O *hellren* dela devia ter sido um mestre do entalhe das antigas e, por algum motivo, isso o fez se sentir ainda mais protetor em relação à senhora Miniahna. Pensando bem, esse era o seu tipo de gente, civis que trabalhavam para se sustentar e ganhar a vida com honestidade. O que não significava que não respeitasse a Irmandade. Como soldados, eles trabalhavam ainda mais arduamente, e em situações de perigo, letais. Não, ele pensava na *glymera*... no povo de Saxton... embora também não quisesse desrespeitar aquele macho em particular – por certo o advogado se sobressaíra da inaptidão natural de tantos de sua classe, visto que sabia quanto ele trabalhava.

Mas, sim, os diletantes bem-nascidos.

Na verdade, talvez fosse esse o motivo de se sentir tão desconectado na mansão. Estando cercado por tantas armadilhas da fortuna, tinha dificuldade para conciliar quem eram as pessoas com os bens da mais alta ordem dos vampiros. Aquela casa, porém, era do seu estilo. Muito mais grandiosa do que qualquer outra em que tivesse vivido, mas construída e cuidada com amor.

Malditos humanos.

De fato, ainda que tivesse feito a promessa de jamais voltar ao seu estilo de vida anterior, ficaria imensamente feliz em resolver aquela questão. Usando de força, se necessário.

Retornando à cozinha estilo campestre, voltou em seguida à sala de estar. Saxton estava sentado na beirada do sofá, gesticulando de modo a enfatizar suas palavras.

– ... acredito que seria bom procurá-los em seu nome.

– Ah, mas não quero dar trabalho – a senhora dizia. – Vocês trabalham para o Rei. Devem ter assuntos mais importantes a tratar.

– Seria um prazer servi-la.

– Não, devo insistir para que não faça isso. Tudo se resolverá... Por certo logo se cansarão de insistir, não?

Enquanto Saxton passava a mão com impaciência pelos cabelos loiros, Ruhn por acaso percebeu o modo como as ondas se reacomodavam, formando um topete em um dos lados.

Pareceu-lhe estranho notar tal coisa, e Ruhn tomou o cuidado de redirecionar sua atenção para a dona da casa.

– Por favor – ouviu-se dizer. – Eu não me sentiria bem em deixá-la aqui para enfrentá-los sozinha.

– Uma briga será necessária, então? – As mãos anciãs se retorceram no colo. – Repito, talvez eles se cansem de mim.

Saxton disse mais alto:

– Usaram uma arma para ameaçá-la. Acredita que se cansarão...

– Perdoe-me – Ruhn interrompeu. – Mas notei, quando estive na cozinha, que as venezianas dos fundos estão fechadas. No entanto, estas da frente não. Por que estão abertas?

Miniahna corou.

– A tinta das venezianas as emperrou depois de todos estes anos e a única maneira de fechá-las é manualmente, pelo lado externo. Abri-as antes da tempestade de modo a poder apreciar o luar... e para provar que não tinha medo. Mas a tempestade chegou e... tenho receio de sair sozinha. Juro que tenho permanecido nos cômodos dos fundos da casa, a não ser por esta noite. Com vocês vindo, imaginei... Bem, se estou sendo observada, é bom que vejam que recebo pessoas, que não estou só. Ou errei? Oh, não, coloquei vocês em perigo...

Ruhn ergueu a palma da mão.

– Não pense mais nisso. Fez a coisa certa. Mas posso fechá-las para a senhora?

– Você faria isso? – Miniahna começou a piscar rápido. – Seria de grande ajuda.

– Não levará mais do que um instante.

Ruhn assentiu para Saxton e foi para a porta calçar as botas. Ao sair da casa, o ar frio fez com que seus olhos e o interior das narinas ardessem, mas ignorou isso e desceu da varanda, ficando entre o teto e a casa. Fechou as venezianas uma a uma, prendendo-as com ganchos.

Averiguou rapidamente as laterais da casa e os fundos, e ficou satisfeito em ver que tudo o mais parecia estar em ordem antes de voltar para a frente.

Não entrou de pronto. Vasculhando a árvore imensa, pensou na trilha deixada na neve.

Num impulso, avançou na neve funda até a caminhonete e pegou uma lanterna. Ligando-a, mirou o facho de luz para os galhos despidos acima dele.

Encontrou uma câmera em um dos lados, quando a luz da lanterna se refletiu na superfície da lente. Mas, antes de fazer alguma coisa, continuou a investigar, vasculhando toda a propriedade. Localizou outra câmera nos fundos.

Desligando a lanterna, foi até a entrada, bateu a neve das botas no capacho e entrou.

Depois de ter fechado a porta, inclinou-se para dentro da sala.

– Senhora? Disse antes que tinha uma câmera de segurança... Há mais do que uma?

– Não. Por quê?

– Motivo nenhum. Onde está localizada a câmera?

– No canto sob o beiral, naquela direção. – Apontou para a direita. – Para eu poder enxergar quem está à porta. Algo errado?

Ele negou com um gesto de cabeça.

– Nada. Já volto. Estou verificando as venezianas.

Novamente do lado de fora, localizou o monitor de segurança e depois deu outra passada pela propriedade, só para se certificar de não ter deixado passar nada. Após, saiu de vista e se desmaterializou até o grande bordo. Retirando aquela câmera, desapareceu nos fundos e retirou a outra de onde estava montada. Ambas tinham botões de fácil operação e ele as desligou. E, por serem pequenas, couberam nos bolsos fundos do casaco.

Quando voltou a entrar, a senhora Miniahna o encarou.

– Está tudo bem?

– Sim, madame. Está tudo em ordem.

– Viu alguém?

– Não, não vi. – Olhou de relance para Saxton. – Talvez ela deva ter nossos números de contato?

– Sim, sim, claro. – Saxton inseriu a mão elegante na jaqueta. – Aqui está meu cartão. Ruhn, não temos um seu, certo?

– Posso lhe dizer meu número? – ele perguntou à senhora.

– Eis aqui uma caneta. – Ela abriu uma gaveta na mesinha a seu lado. – Poderia escrevê-lo para mim no cartão dele?

Ruhn congelou.

Mas, felizmente, Saxton aliviou o constrangimento ao pegar o que ela oferecia.

– Ruhn? Qual é seu número?

Engolindo com força, ele recitou os dígitos e tentou não se sentir um estúpido.

– Aqui está. – Saxton se levantou e deu o cartão à fêmea. – Ligue para qualquer um de nós. Dia ou noite. Farei uma pesquisa do título de propriedade, embora não ache que vá encontrar nada discrepante. Em seguida, procurarei o senhor Romanski como seu advogado e verei o que podemos fazer com relação à sua situação.

A senhora Miniahna se levantou e levou o cartão ao coração.

– Sou muito grata. Na verdade, deteto dar trabalho, mas eu não... Minha neta provavelmente tem razão. Não deveria cuidar disso sozinha.

– Disse que sua neta não mora longe?

– A uns trinta quilômetros daqui.

Saxton assentiu.

– Existem boas chances de as coisas se complicarem ainda mais antes de melhorarem. Não posso lhe dizer para sair de casa, mas eu a aconselharia a fazer isso.

– Prefiro ficar.

– Nós entendemos. No entanto, considere essa possibilidade.

Depois que ambos se curvaram diante dela e a senhora lhes desejou boa-noite, Saxton calçou os sapatos, e eles saíram da casa, encaminhando-se para a caminhonete.

– Encontrei uma coisa – Ruhn disse enquanto dirigia pela entrada de carros.

– Conte-me.

– Tome. – Pegou as câmeras do bolso. – Só encontrei duas. Mas podem existir outras.

Saxton segurou-as nas palmas.

– Onde as encontrou?

– Nas árvores. Eles a têm vigiado.

Enquanto Saxton praguejava baixinho, Ruhn saiu para a estrada e acelerou.

Fúria de sangue · 107

– Concordo plenamente – murmurou.

Pelos vinte e tantos minutos seguintes, o advogado do Rei fez alguns telefonemas, um deles para Vishous, e depois outros para certos números cujos interlocutores não foram identificados de pronto.

Depois disso, apenas seguiram pela estrada, de volta ao complexo da Irmandade.

– Irei com você quando for conversar com os humanos – anunciou.

– Sim, devo estar pronto amanhã à noite ou na próxima, no mais tardar. Tenho pesquisas a fazer.

– Farei visitas rotineiras à propriedade. – Sentiu Saxton olhar para ele. – Pode avisá-la, ou não. O que achar melhor. Mas posso me desmaterializar até lá, agora que sei onde fica, e serei discreto. Não quero que ela fique lá sozinha.

– Precisamos conversar sobre o que acontecerá caso encontre algum deles. Especialmente se for antes de eu terminar minha investigação sobre os registros da propriedade.

– Não os machucarei. Mas não serei gentil ao removê-los da propriedade daquela senhora.

De repente, uma estranha fragrância chegou às narinas de Ruhn... uma especiaria incerta. E foi estranho. O que quer que tenha entrado em suas narinas invadiu seu corpo. Na verdade, nunca sentira uma fragrância tão agradável. Era...

Ruhn franziu o cenho quando algo em seu corpo se moveu, e um instinto disparou, engrossando seu sangue... engrossando também outra coisa sua.

Quando percebeu que estava excitado, encolheu-se no banco do motorista, as mãos agarraram o volante com mais força e o suor brotou em seu peito, descendo pelo rosto.

Aquilo era atração sexual, percebeu chocado.

Em relação a um... macho.

– Ruhn?

Sobressaltou-se no banco.

– Desculpe, o que disse?

– Você está bem? Acabou de emitir um som estranho.

Ciente de que o coração começava a acelerar em pânico, engoliu em seco, a garganta apertada.

– Estou bem. Muito bem.

– Tudo bem. Então, Vishous quer dar uma olhada nas câmeras. Eu as levarei para ele. E depois eu...

Enquanto o advogado do Rei continuava falando, Ruhn tentava acompanhar a conversa, preenchendo os instantes de silêncio com o que esperava serem acenos de apoio e anuência, e alguns murmúrios de concordância.

Por trás dos olhos, em todo o crânio, contudo, ele berrava.

A única coisa definitiva em sua vida, desde que conseguia ter alguma lembrança, era a sensação de não pertencimento. Nem mesmo com seus amados pais enquanto crescia, depois com tudo o que acontecera em seus anos ruins, nem mesmo enquanto procurava a irmã desaparecida... e tampouco ao se juntar à Irmandade e viver na bela mansão deles, aceitando coisas materiais que não fizera nada para merecer.

Ele era alguém que sempre vivera à parte, e por muito, muito tempo, presumira – ou talvez rezara por isso – que todo esse isolamento seria aliviado quando encontrasse, por fim, um lugar no mundo ao qual pertencia.

Essa atração surpreendente? Por um macho? Parecia só mais um lembrete indesejável de que jamais se encaixaria. Afinal, esse tipo de coisa podia ser aceito na *glymera*, mas nunca na classe social da população civil.

– Ruhn?

Fechando os olhos brevemente, disse:

– Pois não?

– Você não me parece bem.

– Estou bem. Não se preocupe, estou bem o bastante para desempenhar meu trabalho.

E o completaria, a despeito desse momentâneo... o que quer que aquilo fosse. Depois disso, deixaria a mansão. Encontraria uma colocação qualquer em uma das grandes propriedades em Caldwell, de modo a ainda conseguir ver Bitty, e retomaria sua vida como faz-tudo em manutenção.

Até ser chamado pelo Fade.

Uma vida nada espetacular, talvez. Mas a nem todos era assegurado um grande destino, e quem ele acreditava que fosse para receber algo especial? A única certeza? Tinha muitos segredos a manter.

Uma atração estranha e descabida por Saxton não seria acrescida a essa lista.

Capítulo 11

Peyton acabou não indo embora do centro de treinamento antes de o dia começar, mas também ninguém foi. Todos os trainees ficaram, e ele tomou o cuidado de se manter distante deles. Depois de seu depoimento a Rhage, saiu do escritório e pensou em se juntar aos demais, quando sentiu o aroma de comida na sala de descanso. Uma náusea inespecífica e uma dor de cabeça no lobo frontal muito específica o curaram de tal ideia. Além disso, a última coisa de que precisavam era Craeg perdendo as estribeiras e partindo para o ataque.

Ainda que, do modo como se sentia, era provável que nem tentasse se defender, aceitando alguma variante do bom e velho *rytho*.

Pelo menos Novo ainda estava aguentando firme. Craeg lhe dera a veia, assim como Boone, pelo que lhe informaram. Surpreendera-se em saber que os Irmãos não foram utilizados, mas parecia que a equipe médica reconhecia que os trainees queriam ser aqueles a ajudar uma colega ferida, mesmo considerando que a Irmandade tinha sangue mais forte.

Deus... desejou poder ter lhe cedido a veia. Ela devia, pelo menos, estar ganhando e perdendo a consciência, caso contrário não estaria se alimentando.

Mas, pensando bem, ninguém lhe pedira, e ele sabia que não deveria se prontificar.

Deixado a sós, foi para a área das salas de aula, e o que encontrou nos fundos do aposento três bastava: acomodou-se na companhia de mesas e cadeiras e do quadro-negro em que Tohr lhes ensinara sobre fabricação de bombas e detonação, e V. dera um curso sobre técnicas de tortura.

Ao inferno com a álgebra. Aquelas coisas de fato eles usariam.

Bem, os outros usariam. Embora Rhage não tivesse dito nada sobre expulsá-lo, precisava acreditar que era isso o que estava por vir.

E terapia? Com Mary?

A quem tentavam enganar? A última coisa que ele queria era conversar com a *shellan* de Rhage a respeito do que estava *sentindo* sobre o que acontecera. Diabos, passar pelos fatos já fora difícil o suficiente – e, além disso, aquilo não era mistério algum. Culpa, arrependimento, vergonha.

Convenhamos: meio óbvio, não?

Depois de ter andado um pouco pelo cômodo, deitou-se na escrivaninha e encarou o teto, as costas anunciando que não havia um colchão por baixo, os braços doendo porque os colocara em ângulo para servirem de travesseiro. À medida que o dia avançava, ele se levantava e dava mais uns passos de tempos em tempos, passando as pontas dos dedos nos tampos lisos das mesas às quais tinham se sentado quando em aula.

Queria voltar à fase de ser aluno, quando aprender era apenas algo teórico. Tudo fora uma grande aventura na época.

Queria voltar para antes da morte da prima. Porque aquele parecia ser o primeiro de muitos dominós ruins caindo.

Queria voltar para aquele beco. Mas já se recriminara o bastante sobre como desejava ter feito as coisas de maneira diferente naquela ocasião.

Quando a porta se abriu, estava deitado de novo e não se deu o trabalho de espiar de sua cama-mesa. Sabia pelo cheiro quem era.

– Oi, Rhage. – Peyton esfregou o rosto. – Tem boas notícias para mim? Não? Bem, pelo menos estou acostumado com isso... Ah, espere, essa é a parte em que vocês me expulsam, certo?

– Ela está pedindo que você vá até lá.

Peyton ficou de pé em um salto antes de sequer saber que se movia.

– O que disse?

– Você me ouviu. – O Irmão acenou para fora do corredor. – Ela está esperando.

Ok, aquilo era uma surpresa. A menos que Novo quisesse berrar com ele. Mas, ora, se era isso o que a motivava a ficar viva, ele estava mais do que contente em ser um saco de pancada.

No corredor, seguiu para a ala médica, e, no caminho, puxou as calças de combate e enfiou a camiseta preta dentro dela.

Como se Novo fosse dar a mínima para o modo como ele estava vestido.

Fúria de sangue · III

Bateu à porta do quarto e, quando ouviu uma resposta abafada, empurrou-a para entrar.

Ah... cacete.

Novo estava deitada na cama com as grades laterais erguidas, o corpo inerte, preso a máquinas que emitiam bipes por quilômetros de cabos e fios. A pele estava pálida, o matiz amarelado fazendo-o pensar no fígado dela – não, espere, seriam os rins? Não conseguia raciocinar. E as pálpebras estavam abaixadas, a boca, entreaberta, como se tentasse respirar com um mínimo de esforço. A seu lado, Ehlena verificava os monitores. Em seguida, a enfermeira inseriu alguma coisa no acesso intravenoso, usando uma seringa.

– Venha para perto – Novo grasniu. – Não vou morder.

A enfermeira olhou por sobre o ombro e sorriu.

– Estou feliz que o tenham encontrado. Vou deixar vocês à vontade, mas o doutor Manello virá em seguida.

Quando a fêmea saiu, Peyton se aproximou da lateral da cama. Abrindo a boca, desejou dizer algo adequado. Nada lhe ocorreu.

Sentindo-se um idiota, disse:

– Oi.

Pois é, superoriginal, muito profundo. Deus, por que não tinha sido ele o apunhalado?

Novo ergueu o braço ou, pelo menos, tentou. Só a mão se levantou do lençol.

– Não saia.

– Só quando me disser pra eu ir.

– Não... Do programa. Não saia. Sei que... está pensando. Sei... que vai tentar... sair.

Por um momento, ele pensou em fingir que isso não passara pela sua mente... uns dois minutos antes. Mas ela parecia tão cansada e acabada que ele não queria que desperdiçasse energia – mesmo sem entender por que ela se importava com isso.

– Precisamos... lutadores – disse ela, a voz rouca. – Você... bom.

– Como pode dizer isso? – Puxou uma cadeira para perto, sentou-se e apoiou a cabeça nas mãos. – Como pode sequer...

A voz se interrompeu quando seus olhos marejaram. Estava tão malditamente exausto de ser quem estragava tudo, o cretino, o festeiro, o malandro... Ele não era um macho de valor, e seu pai sabia disso, assim como todo mundo que já cruzara seu caminho.

E agora essa evidência inquestionável de suas eternas más decisões.

Esta. Ali. Deitada na cama de hospital. Recém-saída da sala de operações, onde tiveram que reparar seu coração.

Ao longe, ouviu aquele outro paciente, aquele que estava enlouquecendo, gritar como se também estivesse preso em algum tipo de pesadelo.

– Não... saia... – repetiu ela. – Olhe... pra mim.

Esfregando o rosto com a palma da mão, concentrou-se nos olhos dela... nos olhos inteligentes, francos, lindos dela. E, de algum modo, não foi surpresa que, por mais que o corpo estivesse fraco, seu olhar permanecesse, como sempre, alerta e cheio de propósito.

– Sinto muito – sussurrou. – Pelo que fiz.

– Tudo... bem.

– Não, eu errei. – Quando a voz tremeu, ele colocou forças nela. – Quis salvar Paradise, e ela não precisava ser salva. Não precisava. Ela é uma lutadora capaz, como qualquer um de nós. Não sei no que estava pensando.

– Você... a ama. – O rosto dela se endureceu. – Não é sua culpa. Emoções são... assim. Confie em mim... eu sei.

– Não quis machucar você.

– Eu sei.

Quando ela fechou os olhos, Peyton entrou em pânico, como se ela estivesse morrendo na sua frente, e se virou para aqueles monitores com gráficos e números e luzes piscantes. Nenhum deles mostrava qualquer sinal de alerta. Estavam funcionando, certo?

E Novo não parecia em perigo. A respiração continuou superficial, isso era bem verdade, mas o rosto não revelava sofrimento.

Ela era muito linda, de verdade. Tão forte e determinada, mesmo naquele estado de fraqueza.

– Não pode deixar o programa – murmurou ela. – Tudo desmoronará. Os Irmãos... cancelarão tudo...

– Não estou apaixonado por ela – ele disse num rompante. – Não estou. Só percebi isso esta noite.

Os olhos de Novo voltaram a abrir. Então, ela balançou a cabeça de leve contra o travesseiro.

– Não... importa.
– Tem razão. Não mesmo.
– Prometa... Não vai... sair.
– Veremos...
– Minha culpa também. – Quando ele se mostrou confuso, ela disse: – Deveria ter... apunhalado o *redutor*. Deveria ter... terminado o trabalho. Eu me distraí também. Parte... culpa minha.
– Está errada nisso...
Ela levantou a mão, como se quisesse pôr um fim à discussão, mas lhe faltasse energia para sobrepor sua voz à dele.
– Cometi erros... também. Primeira regra no trabalho. Falhei. Fui ferida... por minha causa... também.
Peyton teve que piscar algumas vezes antes de ter certeza de que não choraria.
– Deixe-me assumir a responsabilidade. Os Irmãos podem fazer o que quiserem comigo.
– Vamos lutar de novo... juntos, em campo... – Ela inspirou fundo e se retraiu. – Logo... assim que eu... sair da cama.
Você é uma tremenda fêmea de valor, pensou ele.
E, quanto mais ele pensava nessa convicção, mais tudo no quarto sumia para um segundo plano: os monitores, o cheiro de antisséptico, as luzes demasiado claras e a cadeira dura demais. E essa sensação se estendeu ainda mais, apagando o centro de treinamento, a montanha em que estavam... Caldwell, a região nordeste... a porra do planeta.
Novo se tornou só o que ele percebia, das pintas nos olhos azul-esverdeados até o modo como a trança se enroscava e jazia sobre o ombro, e a maneira como ela estendia a mão, como se quisesse que ele a tomasse.
Estendendo a própria palma, segurou o que ela lhe oferecia e sentiu um aperto de admirável força.
– Vamos lutar juntos de novo – ela jurou.

Novo combateu o peso de dez toneladas causado pela dor e pelas drogas para forçar esse seu desejo em Peyton. O programa de treinamento tinha que continuar. Sem ele, ela não teria propósito nem um escape para toda aquela porcaria com que se recusava a lidar e sentir. Caso não aceitasse a parte que lhe cabia no que havia acontecido no beco, e caso não perdoasse Peyton, a turma ficaria dividida, a Irmandade perderia a confiança e a paciência com eles, e ela acabaria tendo de ir para aquela merda de cerimônia de vinculação semi-humana sem uma armadura contra tudo o que perdera.

Sem aquele trabalho, aquelas lutas, aquela rotina noturna, não haveria nada para sustentá-la. Incentivá-la. Fazê-la ir adiante.

E sua salvação começava com Peyton.

Seu perdão, aqui, agora, era o tipo de coisa que se espalharia para todos os outros e voltaria a unir o grupo. Os outros trainees seguiriam sua liderança e, p.s., ela não inventara essa coisa de ser parte do problema. Jamais deveria ter permitido que o inimigo ficasse ali deitado em cima dela como ficou. Aqueles assassinos desgraçados eram como cobras, capazes de morder mesmo depois de terem sido cortados ao meio. Peyton definitivamente dera início ao mau resultado, mas ela fornecera os meios.

Era um erro que nenhum dos dois voltaria a cometer.

Desde que tivessem a oportunidade.

Com o que lhe restava de suas forças, tentou manter os olhos concentrados no rosto de Peyton, mas só conseguiu chegar à metade do seu objetivo. Tudo estava embotado, como se houvesse um painel de vidro jateado entre eles.

O que estava claro? O cheiro das lágrimas dele.

E isso foi uma surpresa. Claro, precisara de uma operação de peito aberto no coração, mas ele era o eterno fanfarrão, o antagonista brincalhão que superava qualquer coisa. Nem mesmo um quase encontro com a morte poderia fazê-lo cair na real... Ou, pelo menos, era o que ela pensava...

Não estou apaixonado por ela.

Isso era completamente irrelevante, disse a si mesma.

A porta do quarto se abriu e o doutor Manello entrou, tendo trocado o jaleco por roupa de ginástica. Trazia uma garrafa de água debaixo do braço e um par de fones de ouvido pendurado na outra mão.

– Ah, estamos acordados. – O humano sorriu. – Está melhor do que imaginei que fosse estar.

– Guerreira – disse ela numa voz que mais pareceu uma lixa de sílabas.

Deus, como odiava parecer fraca.

O doutor Manello se aproximou e bateu o punho no de Peyton. Depois se apoiou na base da cama.

– É, uma guerreira, está absolutamente certa nisso. Você teve duas paradas cardíacas na mesa, o que, sendo bem sincero, me deixou puto. Mas tinha lá as suas razões. E houve um instante em que estava convencido de que iria te perder de vez, mas você voltou. Imagino que tenha decidido que ainda não havia terminado seu trabalho aqui na terra. Bem, esse seu coração de seis câmaras continuou trabalhando com a gente. De alguma maneira, ele se manteve firme para que eu conseguisse fazer o que era preciso para consertar aquele buraco.

– Talvez o motivo maior... é que o meu cirurgião... – inspirou fundo – seja talento? Isto é, talentoso?

– Não. Sou só um mecânico de jaleco em vez de macacão.

Ele estava mentindo, óbvio. Bem quando estivera saindo da anestesia, ouvira Vishous dizer que só existiam dois cirurgiões que ele conhecia serem capazes de salvá-la: a doutora Jane e o doutor Manello. Ainda mais porque não tinham uma máquina de circulação extracorpórea na unidade cirúrgica.

O que quer que fosse isso.

– Então, eis aqui o plano. – O doutor Manello fez aquilo que o pessoal médico fazia, perscrutando os monitores que circundavam seu leito como se estivesse atualizando seu prontuário mentalmente. – Você vai ficar aqui pelas próximas quarenta e oito horas. E nem comece a reclamar dizendo que isso é demorado demais e quanto sua espécie tem poderes regenerativos incríveis e como acha que deve voltar para casa ao cair da noite. – Levantou a palma da mão quando ela abriu a boca. – Não. Não vai haver nenhuma discussão quanto a isso. Daqui a doze horas quero ver você andando pelo corredor. Até a saída e voltando a cada duas ou três horas...

– Queria... voltar... a trabalhar... em dois dias.

O médico lhe lançou um olhar que dizia "tá de brincadeira?".

– Depois de uma operação de peito aberto. Claro.

– Alimentação? Eu posso... beber mais sangue?

– Sim, isso com certeza vai ajudar. Mas sabe o que seria incríííível? – Olhou para o teto e ficou pensando. – Ficar na porra desta cama.

– Vou sarar mais rápido... se tomar sangue.

– Pra que a pressa? Nenhum de vocês vai voltar a campo tão cedo. – De repente, o cirurgião calou a boca, como se aquela fosse uma informação que não estivesse autorizado a compartilhar. – De todo modo, descanse, coma o pudim de chocolate para aliviar a garganta, que ficou entubada, e veremos como vai ficar.

— Sangue também.

— Sim, claro, pegue tantas malditas veias quanto quiser. Mas, quer se torne a porra do Drácula ou não, só vou te liberar quando achar que devo.

— Você sempre pragueja... com seus pacientes?

— Só com aqueles de quem eu gosto.

— Que sorte... a minha. — Ela sorriu. — Digo... obrigada... agora?

— Vai começar a chorar que nem uma covarde se o fizer? Porque, não quero ofender, mas sou um chorão solidário e prefiro não ir para a sala de pesos parecendo que saí de uma luta de boxe... como perdedor.

— Eu nunca choro.

— Bem, você tem um grande coração, isso eu garanto. Eu o vi bem de perto. — O médico apoiou uma mão no seu pé e deu-lhe um apertão. — Aperte esse botão se precisar de alguma coisa. Ehlena está na porta ao lado. Vou malhar na próxima hora e meia, mais ou menos, e depois estarei dormindo do outro lado do corredor caso haja alguma hemorragia. Não que ache que isso vá acontecer.

— Obrigada.

— Não tem de quê — disse o cirurgião. — Adoro um bom resultado. E vamos dar sequência a isso na recuperação, combinado?

— Sim, doutor.

— Boa menina. — Ele sorriu. — Ou melhor, boa chefona da pesada.

Enquanto o médico seguia em direção à porta, Novo teve que admitir que ele tinha razão. Era ambicioso demais de sua parte pensar que estaria habilitada a lutar em quarenta e oito horas. A dor no peito era inacreditável, do tipo que se sente dos molares à ponta dos dedos dos pés, mesmo sob o efeito da medicação. Não havia como estar recuperada na noite seguinte.

Olhou para Peyton. Ele estava sentado naquela cadeira como se estivesse pronto para sair correndo, o tronco inclinado para a frente, as mãos plantadas nas coxas como se estivesse para se levantar.

— O que foi? — perguntou. — Parece que... você quer ser... escolhido para chamada oral... na aula.

— Pudim de chocolate.

Novo tentou inspirar fundo, mas acabou só emitindo um chiado.

— O quê...?

Fúria de sangue · 117

– Ele disse que é pra você comer isso pra melhorar a garganta. Vou pegar um pouco para você.

– Não. – Na verdade, quanto mais pensava nisso, mais sentia ânsia. – Não, não. Estômago... Não.

– Só quero ajudar de algum modo.

Ela o encarou por um instante. De todas as maneiras que contavam, Peyton era tudo o que ela mais detestava num macho, toda aquela tolice de *glymera* envolta num pacote de músculos, que, por mais que tentasse negar, até mesmo ela tinha que reconhecer ser atraente.

Ele era bem o tipo da sua irmã, para falar a verdade.

Que bom que Sophy nunca o conheceria. Ou que Oskar aprenderia em primeira mão como é quando alguém que você acredita amar o trata como se você fosse um iPhone 5 num mundo dos x.

Olha que essa era uma fantasia tentadora...

Qual era mesmo a pergunta? Deus, seu cérebro estava todo embaralhado. Ah, sim... Peyton era tudo o que ela detestava naquela sociedade de riquinhos que se achavam bons demais para o restante que os cercava, mas uma parte em tudo aquilo a favoreceria.

Era bem provável que o sangue dele fosse puro, a ponto de ser considerado medicinal.

– O que posso fazer por você? – perguntou ele. – E, se for deixá-la em paz, também posso fazer isso.

Nos recessos de sua mente, um alarme soou, um sino tocando que dizia que talvez, só talvez, fosse muito melhor para ela nunca saber qual era o gosto dele.

Embora, convenhamos, ela já tivesse aprendido sua lição com machos, e isso lhe custara um pedaço seu. Literalmente.

Não era idiota, e queria muito mesmo sair daquela cama.

– Deixe-me... beber da sua veia.

Quando ela disse essas palavras, os olhos de Peyton se arregalaram, como se isso fosse a última coisa que esperava que ela dissesse.

– Por favor – ele disse, a voz rouca, ao oferecer o pulso para ela.

Só que, na mesma hora, retraiu-o e o levou aos lábios. A testa se crispou apenas minimamente quando ele se mordeu, estendendo depois as feridas para ela.

A mandíbula estalou quando ela tentou abrir a boca, e tudo pareceu meio enferrujado, mesmo para os ouvidos dela, talvez como resultado de ter sido entubada. Mas Novo se esqueceu de tudo assim que uma gota do sangue dele aterrissou em seu lábio inferior.

Só o cheiro foi como alimento no estômago quando se está fraco de fome, tudo despertando com vitalidade. Não, ao diabo com isso. Era como se tivesse cheirado cocaína. Em seguida, estendeu a língua ressequida e lambeu...

Vagamente, tomou ciência de que gemia e revirava os olhos... e não porque estivesse morrendo. Ah, não, de repente estava muito viva. O gosto dele. O gosto dele foi como um desfibrilador cardíaco em seu coração fatiado em cubos, a descarga que atravessou seu peito dando partida em todo o sistema circulatório como um motor muito mais potente.

– Tome de mim – disse ele de muito longe. – Tome tudo...

Quando ele abaixou o braço, ela selou a boca ao redor da veia. Os primeiros goles foram atrapalhados e descoordenados. No entanto, logo superou isso. Em pouco tempo, engolia como se fizesse anos que não tivesse sido adequadamente nutrida.

Puta... merda... Nunca experimentara nada parecido. Craeg e Boone ofereceram-se antes, enquanto ela ganhava e perdia consciência. E antes disso? Foram outros civis, assim como ela. Mas era incomparável a este combustível, a ponto de a trilha ardente até suas entranhas fazê-la suar, e, como esperado, alarmes dispararam, pois o coração acelerava por sob o esterno recém-cerrado.

Não dava a mínima para o risco de ter um derrame. Ou de um músculo cardíaco explodir. Ou de a cabeça se desprender da coluna, os pés aumentarem quinze números de tamanho ou ficar cega, surda e muda.

O instinto, nascido na espécie, assumiu o controle, e a avidez tomou conta de cada parte dela.

E ela cravou os olhos nos de Peyton.

Disse a si mesma que aquilo tudo era para se recuperar, superar o ferimento, fortalecer-se. Mas, quanto mais sorvia dele, e mais o aceitava dentro de si, ficava evidente que havia outra motivação ali.

Ele era a refeição que ela temia querer de novo. Mesmo quando sua sobrevivência não dependesse disso.

E não iria precisar somente do sangue.

Capítulo 12

MAIS ADIANTE NO CORREDOR, na sala de pesos, Ruhn deitava as costas num banco acolchoado, tendo as pernas dobradas e os pés plantados no piso de tatame. A barra que ele segurava pesava mais de vinte quilos e era feita de ferro. Os discos presos em cada ponta somavam uns trezentos quilos.

Quando ele tirou a barra do suporte, sustentou-a acima do peito e inspirou fundo para equilibrar o peso. Em seguida, abaixou-a até os peitorais, controlando a descida, um triunfo da força contra a gravidade. Primeiro com a mão direita, depois a esquerda, ele realinhou a pegada um tanto... e voltou a empurrar para cima, erguendo a barra no alto e exalando num ritmo fluido. E desceu. E ergueu. E desceu de novo...

Seguiu em frente, até os peitorais começarem a tremer, junto aos bíceps e tríceps, e os cotovelos queimarem... E mesmo assim ele continuou, a ponto de precisar arquear a coluna para fazer a barra atingir seu ápice.

O suor brotou na testa, descendo pelos cabelos e ouvidos. As coxas queimaram. Os pulmões deixaram de funcionar. O coração não batia, mas sim explodia a cada batida.

E mesmo assim ele não parou.

A ideia de ter se sentido atraído por alguém do mesmo sexo era algo que nunca enfrentara antes. Claro que sabia que esse tipo de coisa acontecia, mas sempre imaginara que fosse algo a que apenas a aristocracia cedia. Nas suas origens? Como um civil da baixa classe de origens tradicionais?

Não, seus pais jamais teriam aprovado isso, seu pai, principalmente. O macho fora bem inflexível quanto aos papéis adequados a ambos os sexos, e eles não incluíam o coito homossexual. Também fora muito claro quanto às suas expectativas em relação a cada pessoa da família: *mahmen*, pai, filha, filho.

E você desejaria a aprovação dos antepassados, ainda mais depois de uma juventude em que era maior que todo mundo e mais tímido que um gamo novo em situações sociais.

De fato, Ruhn quase se matara para viver à altura das expectativas do pai, do que a família demandava. A ideia de desapontá-los...

Um segundo. Por que estava pensando assim? Como se já tivesse decidido fazer sexo com alguém do mesmo... bem, do mesmo sexo?

Porque você quer beijá-lo. Admita.

Enquanto tal pensamento lhe passava pela cabeça, lançou sua negação para a barra, empurrando-a para cima com o mesmo vigor que tivera no primeiro levantamento. Definitivamente, *não* queria *nada* com aquele macho. Nada mesmo. Porque, se quisesse...? Bem, já passara pelo pesadelo de descobrir uma parte nova e inconfessa de si, e tinha sido uma experiência horrível, para dizer o mínimo.

Não passaria por isso novamente.

Não...

De repente, os braços cederam, os músculos falharam, o peso desceu em queda livre resultando na barra aterrissando diretamente no peito. A dor foi instantânea e paralisante, aqueles trezentos quilos comprimindo os pulmões como se um prédio tivesse despencado em cima dele.

No mesmo instante, um rosto apareceu acima dele.

– Ajude-me a tirar isto de cima de você, vamos, empurre! Maldição, EMPURRE!

Era o cirurgião, o doutor Manello.

Quando sua vista começou a escurecer, Ruhn teve vaga consciência de um alarme soando na sala de pesos – não, era um apito. O humano assoviava entre os lábios da frente enquanto tentava aliviar parte da pressão ao passar uma perna por cima do banco e puxar a barra com ambas as mãos.

E isso ajudou. Ruhn conseguiu respirar um pouco e sua visão clareou de leve.

Duas outras pessoas se aproximaram correndo e, em seguida, o peso esmagador foi tirado de cima. Ele ainda não conseguia inspirar direito, porém. Teria fraturado todo o tronco?

O rosto do doutor Manello voltou a ficar próximo.

– Não vou abrir outra cavidade peitoral hoje, está me entendendo?

Colocaram uma máscara cobrindo nariz e boca, um jorro de oxigênio inflando suas bochechas e secando sua garganta. O ar tinha um gosto estranho, como aparas de lápis ou lascas de tinta, e isso, junto ao plástico grudado ao redor da boca e do nariz, fez com que se sentisse sufocar mais do que se o tivessem deixado em paz.

Quando tentou afastar a máscara, mãos fortes o impediram.

Mas ele era mais forte. Uma onda de pânico o fez erguer a coluna, apesar das pessoas que o cercavam, e arrancar a fonte de oxigênio.

Para aplacar quaisquer argumentos em contrário, abriu a boca e tragou todo o ar da sala de pesos profundamente. De pronto, houve um som de estalo horrendo, como se o tronco de um carvalho se partisse ao meio, e um raio de agonia acompanhou o barulho. Ainda assim, a tontura desapareceu como um intruso afugentado, e o coração acelerado passou a um ritmo mais equilibrado.

– Bem, essa abordagem também é possível – murmurou o doutor Manello. – Tudo bem se eu examiná-lo?

Enquanto ainda tentava se concentrar nas inalações e exalações, Ruhn assentiu.

– Pode se deitar para mim? – pediu o médico.

Ruhn meneou a cabeça. Não, de jeito nenhum. O pânico voltaria com toda força. Com um tremor de claustrofobia, procurou pela porta. Graças ao Fade, existia uma janela no corredor, e ele procurou se tranquilizar, dizendo a si mesmo que existia por onde fugir...

Alguém se aproximou dele com alguma coisa.

Num reflexo mortal, ele agarrou o pulso e dobrou o braço com tanta força e tão rápido, que a pessoa colada a ele caiu no tatame.

– Ei, ei, devagar... – O Irmão Rhage afastou suas mãos e colocou o corpo diante do dele. – Ei, olhe pra mim. Vamos, filho, concentre-se em mim agora.

Ruhn piscou. Piscou de novo. Tentou obedecer ao comando, mas era impossível. Rhage saltitava ao redor como água numa panela quente. Não, espere. Era ele quem tremia. Sim, aqueles pés enormes do Irmão não se moviam; era Ruhn que se movia excessivamente.

– Onde você está aí dentro? – murmurou o Irmão. – Porque preciso que volte para que não machuque o médico, está bem?

Havia algo de errado com sua audição. O volume aumentava e abaixava, as palavras sumiam e voltavam de uma maneira aleatória que exigia que ele completasse as lacunas.

Ruhn inspirou e expirou um pouco mais, e depois baixou o olhar, para onde o doutor Manello examinava o próprio braço, perguntando-se se estava ou não quebrado.

– Sinto muito – Ruhn disse meio engasgado. – Ah, Santa Virgem Escriba, não tive a intenção.

O doutor sorriu para ele.

– Imagine, está tudo bem. Limites são uma coisa boa. Da próxima vez, só me avise para recuar antes de dobrar meu braço assim. E, caso eu não o atenda, aí sim você pode partir com o MMA pra cima de mim. Então, está pronto para me deixar ouvir o seu coração? Não vou machucá-lo.

O humano erguia um disquinho de metal, que parecia acoplado a um cordão... que chegava aos ouvidos do médico.

– Nunca foi examinado antes? – perguntou ele com suavidade.

Ruhn meneou a cabeça.

– Muito bem, isto é um estetoscópio. Eu o coloco aqui – o macho apontou para o próprio peito, um pouco deslocado do centro – e ouço as batidas. Não é algo invasivo, o que significa que não cortará nem o machucará. Prometo.

Ruhn estremeceu e depois concordou, não porque quisesse algo perto de si, mas porque fora inacreditavelmente rude ao machucar o homem e, por isso, desejava compensá-lo de alguma forma.

E parecia que se submeter ao que quer que fosse aquilo era o caminho.

– Pode se sentar mais ereto para mim?

Quando ele assim o fez, esticando a coluna, Rhage pareceu encorajar os que se aproximaram com ele a ir embora e, por isso, Ruhn se sentia grato. O que ele precisava agora era menos percepções sensoriais e não mais, e, como alguém que sofria de timidez, todos aqueles olhos encarando-o, mesmo que com compaixão, eram simplesmente demais para ele.

– Viu? Nada com que se preocupar.

Ruhn baixou o olhar. A ponta do disco do instrumento estava sobre seu peitoral, e o médico olhava para o lado, como se estivesse concentrado no que era transmitido aos ouvidos.

Fúria de sangue · 123

— Dói quando você respira? — perguntou ele. — Sim? Posso tirar sua camiseta para ver o que está acontecendo?

Ruhn assentiu antes de poder pensar melhor a respeito, e o doutor Manello e Rhage pegaram, cada um, uma ponta da camiseta regata, erguendo-a lentamente.

Tal qual uma criança, Ruhn ergueu os braços para eles, antes de se lembrar do motivo de a camiseta estar sempre no lugar.

Os dois arfaram e congelaram.

De imediato, Ruhn quis praguejar. Esquecera-se das marcas nas costas.

Maldição.

Depois de Novo ter terminado de se alimentar e ter caído no sono agitado dos feridos e convalescentes, Peyton voltou, cambaleante, para a sala de aula com pés entorpecidos, pernas trêmulas e ouvidos zumbindo. Ao se fechar na sala de aula, perguntou-se o motivo de as mesas, as cadeiras, a lousa, de tudo parecer tão desconhecido, como se jamais tivesse entrado naquele ambiente antes.

Não fazia sentido. Tinha se ausentado por, no máximo, meia hora, e sua memória de curto prazo lhe informava que tudo estava exatamente onde deixara.

Mas, pensando bem, ele tinha mudado.

Apagando as luzes e se aproximando da mesa, sentiu como se não passasse de ossos num saco frouxo, tudo com pontas afiadas e não muito bem ajustadas. Jesus Cristo, o que acontecera naquele quarto? Claro que, na superfície, Novo apenas tomara da sua veia, e não tinha sido a primeira vez que uma fêmea fizera isso com ele. E, caramba, ela estava num leito hospitalar, ligada a máquinas.

Contudo, aquela experiência? A sensação dos lábios dela na sua pele, as goladas suaves, a lambida da língua quando terminou?

Ao diabo com o vício em drogas. Dê-lhe uma vida inteira daquilo e ele nunca mais iria atrás de uma carreira de cocaína.

Fechando os olhos, reviveu parte daquilo, desde o instante em que se perfurara à primeira gota que aterrissara no lábio dela. Sensações se desenrolaram, aquecendo seu sangue, excitando-o.

Combateu a excitação.

E perdeu.

Enquanto estava ao lado da cama dela, conseguira manter a situação sob controle, ajeitando o pau com discrição e aguentando firme. Ali, sozinho no escuro? Sentia-se um galinha, mas jamais voltaria a dormir se não cuidasse do assunto.

Com um empurrão firme, pousou a palma na frente das calças de combate e, no instante em que o contato foi feito, um orgasmo explodiu para fora dele. Lembranças de Novo na sala de aula, treinando, em campo, pipocaram em sua mente, alongando o prazer. Chegou até o momento em que esteve dentro dela, o sexo nu aceitando sua penetração como se ela tivesse sido feita só para ele.

Ok, aquela não era uma imagem muito boa, já que ela só tinha ficado ali deitada.

Afastando essa lembrança, apegou-se às demais enquanto se dava mais acesso, descendo o zíper com brusquidão, abaixando a cintura da calça até a bunda. Com um gemido, virou para o lado, o tronco girando enquanto ele segurava o membro, movendo-o com força. O tampo da mesa estava frio ao encontro do seu rosto, a mão livre se curvava na beirada com força, o antebraço quase se partiu ao meio.

E ele continuou gozando.

Quando por fim não havia mais nada para escoar, fechou os olhos e só ficou respirando ali por um instante. Até perceber a lambança que fizera tanto em si, na frente das calças, quanto na maldita mesa.

Ainda bem que era pleno dia. Com um pouco de sorte, escaparia sorrateiro até o vestiário, apanharia algumas toalhas e uma roupa hospitalar para se trocar e voltaria ali sem que ninguém o visse.

Sim... hora de se levantar.

Uh-hum.

Agora mesmo.

Em vez disso, ficou onde estava e imaginou como seria se alimentar dela e de fato se lembrar disso... O sangue dela escorrendo pela garganta, o corpo sob o seu enquanto ele rolava por cima dela e partisse para o pescoço.

Precisava fazer isso. E não porque tivesse levado uma bala na cabeça e estivesse numa emergência médica.

Contudo, mesmo enquanto a convicção passava pela sua cabeça e começava a reconectar tudo ali com objetivos bem orientados e

Fúria de sangue · 125

organizados de ficarem nus, sabia que nada daquilo aconteceria. Ela deixara claro o tempo inteiro que ele não era seu tipo – diabos, mesmo ela tendo dito que queria lutar com ele de novo, ela nem sequer gostava dele. Mais precisamente, seus caminhos deixariam de se cruzar quando o treinamento terminasse.

O tempo deles juntos estava chegando ao fim: ela continuaria a treinar e fazer o que era certo perante a espécie, e ele tinha a carreira de cretino festeiro para retomar.

Ocupados, muito ocupados os dois.

Quando seu telefone tocou, ele o ignorou e tentou se motivar para a caminhada da vergonha.

Demorou bem uma meia hora até sair para o corredor e voltar. E, depois que se limpou e fez todo o restante, deitou-se na mesa e desmaiou.

No descanso agitado, foi atormentado por uma amante de cabelos escuros, olhos de fogo... e determinação de aço.

Capítulo 13

QUANDO A NOITE SEGUINTE chegou, Saxton rolou e olhou para o outro lado da cama. Um macho estivera naqueles lençóis revirados. Um corpo que ele usara e que usara o seu em troca.

Na outra parte da cobertura, uma porta se fechou silenciosamente.

Saxton se sentou e afastou os cabelos dos olhos. Lembranças de como passara o dia o deixaram oco, e essa era uma ressaca da qual não fazia nenhuma questão. Sem falar na diversão adicional de uma dor de cabeça advinda do excesso de consumo de champanhe e da privação de sono.

Quando, por fim, conseguiu enxergar direito, olhou ao redor para as mesas de cabeceira e a cômoda de frente lustrada, para as cadeiras pretas, para o macio carpete cinza, para o padrão de lâmpadas bem espaçadas que mais pareciam estrelas no céu.

Sem nenhum motivo aparente, pensou na maneira como enganara Blay.

Não vendera a casa vitoriana do outro lado da cidade. Mas ele, alguma vez, ia para lá? Definitivamente não. Entretanto, pareceu-lhe melhor manter para si a fraqueza de não conseguir mais entrar lá, sem, no entanto, se desfazer dela: a triste realidade de que pagava impostos de um templo a um amor que não dera em nada.

Bem, não exatamente. Já fazia um bom tempo que vivia em dor, e isso, por certo, parecia seu destino.

Claro que não era um destino agradável.

Com um sibilo sutil, as persianas automáticas em todas as janelas começaram a se erguer, revelando as luzes piscantes da cidade, centímetro a centímetro, as cortinas se afastando por uma mão invisível. E foi estranho... considerando-se como passara o dia, percebeu, para variar, que Blay não fora o motivo daquele breve encontro. Normalmente, o macho era. Todavia, todos aqueles movimentos pneumáticos foram provocados por...

Franziu o cenho e esfregou os olhos sonolentos. Mas não. Por certo devia ter imaginado aquele momento, quando Ruhn e ele tinham estado na caminhonete, e Ruhn o fitara? Podia ter sido qualquer outra coisa.

Só porque considerava o macho atraente não significava que esse interesse fosse mútuo.

Ainda assim, houve um efeito multiplicador inegável, um desejo, uma energia pulsante que, no fim, resultara nele pegando a lista de contatos humanos e de vampiros machos da qual se beneficiava de tempos em tempos. A maioria deles era de conhecidos, indivíduos com quem se encontrara em clubes ou festas, e aos quais jamais perguntara o estado civil. Só o que lhe importava, assim como a eles, era que trepassem bem.

Não que, com isso, ele quisesse ser grosseiro.

E o fato de ter escolhido um moreno e alto, com corpo forte? Imaginava que podia considerar isso um progresso. Pelo menos, o cara não era ruivo. De alguma forma, contudo, era difícil se sentir encorajado pelo fato de que trocara um macho que não podia ter por outro.

– Já basta – disse em voz alta.

Passando as pernas para fora dos lençóis de cetim, encaminhou-se para o banho, o desconforto sutil no quadril sendo o tipo de coisa a que estava acostumado depois de um dia como o que tivera – e tentou não pensar em Blay nem no passado. Na época em que estivera com o macho, o resultado do sexo sempre fora mais um calor dentro do peito e um sorriso de soslaio que apareciam todas as vezes em que pensava em seu amor.

O que ele sentia agora não passava de um resíduo mecânico por ter feito um exercício a que estava desacostumado.

Ao entrar no enclave de mármore, deixou as luzes sobre a pia apagadas por uma série de razões, a principal sendo que o brilho do espaço urbano mais do que bastava como iluminação. E também não queria se ver nos espelhos.

Tomou quatro comprimidos de Motrim enquanto esperava que a água do chuveiro esquentasse.

Colocando-se debaixo dos múltiplos jatos d'água, lavou-se com esmero e barbeou-se no espelho antiembaçante que afixara ao canto. Quando terminou, não se sentia mais relaxado, assim como não se sentira mais satisfeito pelo modo como passara o dia – e, pela primeira vez desde que conseguia se lembrar, a ideia de ir trabalhar e se perder nas tarefas noturnas não lhe dava nem entusiasmo, nem satisfação.

Enxugou-se, e o som do tecido atoalhado fez com que o vazio da cobertura parecesse um buraco negro no espaço.

Nos recessos da mente, a ideia de sair de Caldwell o atiçou novamente. Por certo, para qualquer lugar que fosse, ele seria o mesmo... Mas tinha que acreditar que uma nova perspectiva se faria presente se ele morasse num lugar diverso e tivesse um estilo de vida diferente. Talvez como professor? Havia pessoas que ainda queriam conhecer as Antigas Leis, e ele era muito bem versado nelas agora e seria capaz de montar um currículo com facilidade...

Quando o celular tocou no quarto, ele deixou quem quer que fosse parar na caixa de mensagens. Mas, quando o aparelho voltou a tocar de imediato, envolveu o quadril com a toalha e foi pegá-lo – sim, era o tipo de macho que acreditava que atender ao telefone estando nu era algo inapropriado, mesmo que o FaceTime não estivesse envolvido.

Ainda mais que havia uma grande probabilidade de ser Wrath ou um dos Irmãos...

Não, não era nenhum deles desta vez. Ao olhar a tela do celular, viu que não era ninguém de sua lista de contatos, embora o "Chamada Desconhecida" sugerisse que fosse alguém da mansão ligando.

Vishous gostava das coisas não rastreáveis.

– Alô?

– Saxton? – A voz de Ruhn foi reconhecida de pronto, e foi uma surpresa. Também veio acompanhada de uma descarga erótica, mas, de novo, algo unilateral.

– Sim, pois não? Ruhn? – Houve certa interferência na conexão, como vento soprando ou algo assim. – Desculpe, não consigo ouvir direito.

– Estou na casa de Miniahna. – Barulho. Farfalhar. – Acabei de me deparar com dois homens na propriedade. – Vento soprando. – Onde você está?

– Em casa. No centro.

– Posso ir até aí?

– Sim, sim, claro. Deixe-me explicar como chegar aqui. – Depois de lhe passar a informação, interrompeu-o. – Espere, antes que desligue. Você matou os invasores? Preciso providenciar a remoção de corpos?

Outros sons ambientes.

– Ainda não, não precisa. Mas isso não vai demorar.

Assim que a ligação foi encerrada, Saxton se apressou para o *closet* e pegou um par de calças e uma camisa social branca. E ignorou por completo que, de repente, havia alegria em seus passos.

São apenas negócios, disse a si mesmo. *Pelo amor de Deus, mantenha a situação no âmbito profissional.*

Do outro lado da cidade, no código postal onde mansões se acomodavam como coroas em meio a gramados bem-cuidados cobertos de neve, Peyton chegou à porta de entrada da casa do pai junto a uma banda marcial de exaustão, sendo que as têmporas latejavam ao ritmo do bombo, as pontadas na lombar eram os pratos e o ronco na barriga, a tuba tocada por um músico sem habilidade, mas muito entusiasmado, com pulmões bem sadios.

Não conseguia decidir se estava com fome ou náusea.

Sua primeira pista de que a noite passaria de ruim a péssima – de novo – chegou ao abrir a porta da frente: havia um cheiro adocicado no ar, completamente desconhecido. Perfume? Sim, era perfume. Mas quem poderia estar usando...

O mordomo do pai surgiu num rompante debaixo das escadas como se estivesse usando patins.

– Está atrasado. – Olhos da cor de jornal envelhecido percorreram-no de alto a baixo. – E não está vestido.

Da última vez que cheguei, estava sim, Peyton pensou. *Este pijama hospitalar cobre as partes pudicas.*

Guardou isso para si.

– Do que está falando?

– A Primeira Refeição começa em quinze minutos. – O *doggen* puxou o punho e mostrou o relógio como se fosse uma arma apontada para um ladrão. – Perdeu os aperitivos.

Peyton esfregou a frente do crânio com a palma. Era isso ou pegar o relógio e forçá-lo garganta abaixo do cara – ou bunda acima.

– Olha só, não sei o que está acontecendo, mas não durmo desde o dia anterior e houve um acidente terrível em campo ontem à noite...

– Aí. Está. Você.

Fechando os olhos, pensou: claro, era seu pai. E esse tom? Fazia com que o mordomo parecesse seu melhor amigo.

Virando-se, percebeu a encarada como se tivesse levado uma frigideira quente na cara. O que valia alguma coisa, já que o pai vestia um smoking feito sob medida e dificilmente era um cara que saía desferindo golpes com frigideiras, muito menos socos.

Mas aquele olhar era certeiro.

– Olá, pai. – Peyton juntou as palmas. – Muito boa essa conversa, mas acho que vou subir para a cama...

Quando se virou de novo, o pai ficou na sua frente, bloqueando o caminho para a escada.

– Sim. Você subirá ao segundo andar agora, mas é para se trocar, porque concordou em se encontrar com Romina hoje à noite. A esta hora, ou melhor, uma hora atrás. Onde *você esteve*?

– Não sei de nada disso.

– Telefonei ontem à noite. Duas vezes! Portanto, suba, vista seu smoking e não me envergonhe, ou àquela pobre fêmea, ainda mais. – O macho se inclinou para perto. – Os pais dela estão aqui, pelo amor de Deus. O que há de errado com você? Será que não pode, nem por uma noite, ser o filho que preciso que seja?

Puxa, pai, quando você coloca nesses termos, que tal se eu resolver o assunto me enforcando no banheiro?

#problemaresolvido

Peyton olhou por sobre o ombro do pai para a escadaria e ponderou a ideia de suicídio. Tinha muitos cintos, claro, e um lustre pendurado com bastante firmeza no quarto.

Só que a imagem de Novo se alimentando dele apareceu em sua mente, inconfundível como a ponta de uma lâmina.

Ah, pois é, de jeito nenhum daria cabo da vida. Pelo menos, ainda não.

Passando o olhar pela sala, começou a formular um punhado de "foda-se", "e daí", "não tenho nada a ver com essa porra", que basicamente abrangia o pouco que se importava com aquela asneira social depois de ter passado vinte e quatro horas lidando com a realidade de quase ter matado alguém.

Mas tudo foi rapidamente abortado.

Através da ornamentada entrada em arco, ele conseguia enxergar a sala elegante, os sofás de seda e as cadeiras dispostas tendo a lareira como ponto focal. Sentada numa das cadeiras, de costas para ele, estava uma fêmea de cabelos castanhos presos num coque e trajando um vestido formal azul-claro com uma espécie de laço ou manga drapejada, fazendo as vezes da asa de um anjo sobre um dos braços. A cabeça estava abaixada e os ombros, tensos, como se ela tentasse se controlar.

Por um fio.

Ela, assim como ele, não queria estar ali. Era isso, ela se sentia rejeitada por ele não ter aparecido.

– *Por favor*, mexa-se – o pai ordenou.

Peyton olhou para a pobre fêmea um pouco mais e ficou imaginando onde ela preferiria estar.

– Dê-me dez minutos – disse mal-humorado. – Já desço.

Ao contornar o pai e subir a escada de dois em dois degraus, desprezou a família e suas tradições e as regras idiotas da *glymera*. Mas o que não faria? Deixar uma pobre coitada como ela na mão, pensando ser alguém sem importância por conta de coisas que não tinham nada a ver com ela.

Não conhecia a fêmea, mas, em sua opinião, estavam naquela fossa social juntos.

Pelo menos por uma refeição.

Capítulo 14

Ao se desmaterializar no terraço do arranha-céu, mais largo que o chalé no qual vivera, Ruhn levou um instante para internalizar onde estava. Na casa de Saxton. Onde o macho vivia.

Deveria ter esperado uma hora para se encontrar com o advogado na Casa de Audiências.

O que estivera pensando...

Você queria vê-lo, uma vozinha disse em sua cabeça. *Sozinho.*

– Não, não queria.

As palavras ditas em voz alta se perderam no vento frio que o atingia pelas costas, as rajadas gélidas e fortes parecendo incitá-lo a entrar. Por alguns instantes, lutou contra a corrente, inclinando-se contra as mãos invisíveis que o empurravam, mas era tarde demais para voltar agora. Não sem meter os pés pelas mãos.

Além do quê, isso não era pessoal. Estavam trabalhando em algo juntos.

– Não quero ficar sozinho com ele.

Com isso resolvido, tentou entender onde deveria bater ou se havia uma campainha. A cobertura inteira parecia feita de vidro, os grandes painéis se perfilavam uns junto aos outros na fachada. No interior, algumas luzes estavam acesas, tudo muito suave, as sombras da mobília formando um cenário ainda a ser revelado por um alvorecer artificial.

Tão luxuoso e elegante, pensou. Tudo parecia muito sofisticado, assim como o macho que morava ali dentro.

Mas, na verdade, o espaço pessoal de alguém tendia a revelar quem ele era. Ele, por exemplo. Um intruso sem perspectiva, sem teto, a não ser pela bondade alheia. Faz sentido, quando não se tem mobília e se tem pouco do presente, que também não se tenha um teto e quatro paredes próprias.

Movendo-se adiante e inspecionando o que imaginava ser uma porta deslizante, ficou imaginando quem vivia ali com o advogado. Nunca vira o macho com uma *shellan*, tampouco houvera qualquer menção a uma. No entanto, certo distanciamento profissional sempre parecera cercar Saxton, mesmo estando claro que ele era respeitado por todos.

Por certo devia haver alguma fêmea em um lugar desse cenário. E, vejam, esse fato tornou tudo aquilo ainda mais constrangedor...

Congelou quando Saxton apareceu no amplo espaço aberto, as passadas seguras, os cabelos loiros reluzindo sob a luz suave do teto, as calças impecáveis e a camisa social superbranca parecendo pronta para receber um smoking. Ou o que quer que se usasse sobre ela.

O advogado seguiu para a área da cozinha, esticando a mão casualmente para acender fontes de luz que forneciam melhor iluminação de cima. Começou a fazer alguma coisa na bancada, na pia – ele preparava café e pegava canecas e uma bandeja. Mas Ruhn pouco notou disso. O que ele percebeu? A pele dourada de Saxton. O belo rosto. O corpo delgado.

O que é isto, Ruhn pensou... ainda mais quando uma atração sexual começou a se revelar no quadril, como se mãos o estivessem tocando...

Saxton olhou em sua direção sem sobreaviso e deteve-se ao perceber que era observado.

Momentos se transformaram num minuto inteiro.

Em seguida, ambos voltaram ao presente ao mesmo tempo. Ruhn tentando fingir que só procurava uma maçaneta, uma entrada ou algo semelhante, enquanto Saxton atravessava a sala para resolver a questão.

– Boa noite – disse o macho ao deslizar um dos painéis.

– Você me convidou. – Quando ouviu as palavras que saíram de sua boca, Ruhn fechou os olhos. – Quero dizer, aqui estou. Hum, eu...

– Sim, você estava sendo esperado.

Quando Ruhn não respondeu, Saxton ficou de lado.

– Entre.

Uma palavra. Duas sílabas. Um convite simples. O tipo de coisa que se oferecia e se aceitava ou rejeitava por humanos e vampiros do mundo todo.

O problema era que Ruhn não conseguia se livrar daquela sensação que dizia tanto a seu respeito... e não conseguia lidar com isso. Com nada daquilo.

— É melhor eu ir — murmurou. — Na verdade... É, desculpe...
— Por quê? — Saxton se mostrou confuso. — O que aconteceu?
Acho que desejo você, foi isso que aconteceu.
Ah, Santa Virgem Escriba, o que acabara de passar pela sua cabeça?
— Ruhn, vamos. Está frio.
Vire-se, disse para si mesmo. *Só se vire e vá embora, e diga a ele que o verá na Casa de Audiências daqui a pouco.*
— Não deveria tê-lo incomodado em casa. — Meneou a cabeça e rezou para que as batidas fortes do seu coração não pudessem ser ouvidas por Saxton, nem sentidas. — Peço desculpas.

Do outro lado da cidade, Peyton voltava ao térreo nos dez minutos estipulados, com os cabelos úmidos penteados para trás graças à chuvierada mais rápida do Leste, já de smoking — um pouco justo nos ombros, braços e coxas graças a todo o exercício físico que vinha fazendo.

Ao entrar na sala, viu que o bar estava estocado e à disposição. Maravilha. No canto dele, uma fila de mimosas em elegantes taças de champanhe e Bloody Marys em copos baixos tinham sido dispostos no antigo carrinho de bronze.

Meus amigos, mal posso esperar para que possamos nos conhecer melhor, pensou. Mas, primeiro, o mais importante.

— Ah, sim, meu primogênito — disse Peythone no Antigo Idioma, sentado na poltrona mais próxima à lareira. *Pontos pelo sorriso, meu velho*; ele quase pareceu sincero. — Salone e Idina, permitam-me apresentá-los a Peyton, filho de Peythone.

O casal estava sentado no sofá forrado de seda oposto àquele em que estava o cordeiro sacrificial — perdão, a filha —, e Peyton caminhou até eles e se curvou, primeiro diante do macho, que era um tipo comum da *glymera*, e depois diante da fêmea, que usava um vestido do exato tom do da filha. O que dava arrepios. Também não os reconheceu de imediato, o que não era muito comum. A aristocracia era um grupo pequeno, e quase todos eram primos de primeiro grau de algum tio seu. Deduziu que fossem de fora da cidade. Talvez do Sul?

— É um prazer conhecê-los — disse ele. — *Por favor, perdoem o meu atraso. Fui indesculpavelmente rude.*

Blá-blá-blá.

Fúria de sangue · 135

– És ainda mais belo do que ouvi falar – disse a *mahmen*, arregalando os olhos. – *Tão lindo. Ele não é lindo? Um macho tão formoso, recém-saído da transição.*

E você é uma coroa safada, pensou ele. *Por isso, pare de olhar para mim como se eu fosse carne fresca.*

Céus, como odiava isso.

– *Já basta, Idina* – Salone resmungou antes de passar para o inglês: – Peyton, seu pai nos informou que você faz parte do programa de treinamento da Irmandade da Adaga Negra; só fiquei a par disso esta noite. Suponho que possamos perdoar seu atraso levando isso em consideração.

Peythone sorriu com presunção.

– De fato, Peyton está contribuindo para a defesa da espécie de uma maneira muito significativa. Mas não queremos nos gabar.

Claro que não.

Idina pousou as mãos em ambos os lados do decote e se inclinou à frente como se fossem partilhar um segredo – ou talvez ela só fosse lhe mostrar os seios.

– Você tem que me contar: como é a Irmandade? Eles são *tão* misteriosos, tão impressionantes, tão assustadores. Eu os vi apenas de longe em reuniões do Conselho. Conte-me, você *tem* que fazer isso.

Era fato, odiava tudo em relação àquela mulher. Dos olhos de rapina, passando pelos imensos diamantes, até o sotaque. Deus, o que era aquilo? Era como se noventa por cento estivessem certos, mas havia algo de errado com os "erres". Ela parecia incapaz de pronunciá-los corretamente. E também havia o macho. Após melhor observação, as feições dele eram mais vulgares do que se esperaria, e aquele smoking... Era coberto por um brilho, como se tivesse sido esfregado em algum KFC.

Peyton ficou se questionando o que o pai estaria aprontando. De todas as famílias com quem haveria de querer se associar, por que aquelas pessoas?

Mas, em retrospecto, as Famílias Fundadoras de Caldwell conheciam muito bem a sua reputação. Talvez a questão não fosse o melhor que o pai era capaz de fazer... mas, sim, o filho.

– E então? – Idina da Libido o instigou. – Conte-me *tudo* a respeito deles.

Ao diabo com toda aquela merda.

Peyton se virou e olhou para a fêmea mais jovem.

Isso fez toda a sala se calar, uma desaprovação abafada deu fim a toda aquela babação social.

A filha se encolheu, mas logo se recuperou, abaixando o olhar como era apropriado, considerando-se a gafe cometida por ele: ainda não tinham sido adequadamente apresentados.

Ela era adorável em sua modéstia; a beleza não era daquelas que atraía olhares de pronto, mas algo que se revelava quanto mais se olhasse para ela. As feições eram simétricas e diminutas, os braços, longos e graciosos, o corpo por baixo daquele tom suave de azul possuía todas as curvas que um macho desejaria.

Um farfalhar sutil na lateral chamou-lhe a atenção. Eram as mãos dela... elas tremiam. E, como se não quisesse que isso fosse notado, ela as cruzou com força sobre o colo.

O que você fez para me merecer, pobrezinha, ele pensou.

– Sou Peyton – apresentou-se, para horror do pai.

Quando ele falou, os olhos da fêmea se ergueram para os seus, e havia surpresa neles. Mas ela logo os desviou para os pais.

O pai pigarreou em um resmungo desaprovador, como se desejasse que aquele encontro se desenrolasse de uma maneira melhor, mas sabendo que não tinha direito algum a ter essas expectativas. Então, murmurou:

– Esta é minha filha, Romina.

Inglês, não Antigo Idioma. *Um insulto para qual de nós dois?*, Peyton ponderou.

De toda forma, curvou-se profundamente.

– *É um prazer conhecê-la.*

Antes de se endireitar, tentou comunicar telepaticamente: *Vai ficar tudo bem. Vamos nos livrar disto.*

Como se ambos fossem prisioneiros.

Tire o "como se".

Sem dúvida, estavam ambos no corredor da morte, pelo menos na opinião da fêmea. A garota estava simplesmente aterrorizada.

Fúria de sangue · 137

Capítulo 15

PARADO AO LADO DAS portas deslizantes abertas da sua sacada, Saxton não sentia o frio congelante nem os golpes das rajadas de vento, tampouco a fome que agitava seu estômago. O macho diante dele afugentava tudo isso. O corpanzil de Ruhn estava tenso como se prestes a fugir do topo do Commodore, o cabelo soprava em mechas, os olhos, vívidos demais e muito desconfiados. Mas aquele cheiro... ah, aquele *cheiro*.

De uma especiaria pungente. Excitação.

Desejo sexual.

Que fantasia essa, Saxton pensou. *Estaria dormindo e sonhando?*

– Não vá – disse rouco. Só que se conteve e tentou recuar desse tom tão parecido com uma súplica. – Quero dizer, entre e me conte o que aconteceu. Na casa de Minnie. Por favor.

O olhar de Ruhn se desviou, de modo que ele se concentrou no interior.

– Não há mais ninguém além de mim. – Saxton recuou ainda mais. – Estamos sozinhos.

Bom Deus, por que aquilo parecia um convite?

Porque tinha sido.

– Pare... – Ao perceber que falara em voz alta, fechou os olhos e tentou se recompor. – Desculpe. Por favor, está frio.

Ou talvez estivesse um calor opressivo. Quem diabos podia saber?

– Está bem – disse Ruhn baixinho.

Quando o macho enorme virou de lado e entrou, Saxton não conseguiu impedir que os olhos se fechassem e ele inalasse fundo. Nunca antes sentira uma fragrância tão sensual como aquela. Jamais, em toda a sua vida.

Com mãos trêmulas, fechou-os ali dentro ao empurrar o vidro.

– Eu estava... Bem, estava para preparar... Aceita café?

Ruhn olhou ao redor e cruzou os braços diante do peito.

– Não, obrigado.

– Por que não se senta?

– Isto não vai demorar.

Todavia, o macho não começou a falar. Ficou bem ali, junto à saída, com as botas plantadas sobre o carpete cinza-claro, a jaqueta de couro preta e os jeans azuis zombando de todo aquele minimalismo cuidadosamente construído ao redor dele, um gigante numa casinha de boneca.

– Conte-me, o que aconteceu? – Saxton atravessou a sala e se sentou no sofá. – Algo errado?

Ruhn pareceu inspirar fundo; o peito se expandiu tanto que a jaqueta chegou a ranger.

– Fui até lá, para a casa de fazenda, para me certificar de que a senhora Miniahna estava bem. Havia uma caminhonete estacionada no caminho de entrada, logo antes do círculo diante da casa. Preta, com janelas escuras. Esperei e, depois de um instante, dois homens saíram e olharam na árvore. Um tinha um sensor na mão.

– Eles sabem que tiramos as câmeras.

– Isso. – Ruhn enfiou as mãos nos bolsos da jaqueta. – Eles sabem.

– E?

– Bem, não podia simplesmente deixá-los lá.

Lá vamos nós, pensou Saxton.

– O que você fez?

– Eu me desmaterializei até os fundos e me aproximei deles como se estivesse dando a volta na casa. Os homens ficaram surpresos. Eu lhes disse que estava hospedado com minha tia e que tinha saído para cortar lenha quando os ouvi chegar. Perguntei o que estavam fazendo na propriedade. Um disse que ele e o camarada estavam preocupados com ela, já que morava sozinha. Quando eu o lembrei que ela não estava sozinha, que eu estava ali, eles responderam que sabiam que ela vivia sozinha. E depois seguiram falando sobre como a vizinhança estava mudando e que ela deveria reconsiderar a ideia de vender. Eu lhes disse que não havia motivo para se preocuparem com ela, já que eu iria cuidar da casa e que lidaria com quaisquer intrusos. Depois perguntei o nome deles e o motivo de estarem na propriedade, e foi aí que a coisa ficou interessante.

Fúria de sangue · 139

– Eles o ameaçaram também?

– Eles me entregaram isto. – Mostrou alguns papéis que tinha dobrado duas vezes. – E me disseram que era para a senhora Miniahna. Disseram que bateram à porta durante o dia, diversas vezes.

Saxton se sentou mais à frente e estendeu a mão.

– Mostrou isto a ela?

– Não sei ler. – Ruhn avançou apenas o suficiente para lhe entregar a papelada e logo recuou. – Como não sabia o que eram, não quis mostrar nada que a aborrecesse à toa. Não tinha certeza do que era melhor para ela. Por isso liguei para você.

Saxton desdobrou os documentos, e uma leitura rápida fez com que se levantasse. Andou de um lado a outro quando leu novamente em detalhes.

– O que é isso? – perguntou Ruhn.

Saxton parou e olhou para o outro macho.

– Estão acusando-a de invasão de propriedade.

– Como assim? A propriedade é dela.

– É, mas ela e o *hellren* cometeram um erro com o registro de propriedade. Descobri isso tarde da noite ontem. Não refizeram a escritura de tempos em tempos.

– O que isso significa?

– É uma estratégia para os vampiros que possuem propriedade no mundo humano. A cada vinte anos, aproximadamente, você finge que vendeu a casa ou suas terras para um membro da família. De outro modo, você veria algo com que Miniahna terá que lidar agora: registros que mostram que ela é a única proprietária desde 1821. Desnecessário dizer quanto isso é impossível para um humano e, evidentemente, a incorporadora descobriu essa questão, mesmo sem conseguir entender a verdade sobre nossa espécie. De todo modo, diga-me: esperou que eles deixassem o lugar? Os humanos?

– Sim, eles partiram assim que me entregaram os papéis. – Ruhn franziu o cenho. – Consegue fazer algo para ajudá-la?

Saxton andou até a cozinha e foi direto para a cafeteira. Serviu-se de um preparado para café da manhã da Starbucks com a mente a toda.

Documentos com datas retroativas. Sim, teria que criar uma trilha de documentos falsos...

Quando se virou, flagrou Ruhn fazendo uma careta enquanto apertava debaixo do braço, esticando o tronco.

– Você está bem? – perguntou para ele.

– Tudo certo.

– Então por que parece que está com dor?

– Não é importante.

– Para mim é.

Ruhn abriu a boca. Fechou-a. Abriu-a de novo.

Saxton meneou a cabeça com tristeza. De repente, sentiu-se cansado, excitado e absolutamente confuso por causa daquele macho. E, ah, também estava irritado com a raça humana e essa mania de se meterem onde não deviam. Portanto, estava farto de tudo o que era socialmente apropriado e educado.

– Vamos lá – murmurou –, o que quer que seja, apenas diga de uma vez. Estamos trabalhando juntos, certo? E não quero que se envolva nisto se, de alguma maneira, se expôs.

Fez-se um silêncio demorado. Em seguida, Ruhn voltou a cruzar os braços diante do peito sem quase demonstrar desconforto físico.

– Sempre soube que você não me aprovava.

Saxton se retraiu.

– O que disse?

– Não vejo qual é o problema.

Enquanto falava, Novo tentava parecer o mais forte e invencível possível. Certo, ainda estava no leito hospitalar com tubos e fios ligados em lugares que ela preferia que não houvesse nem tubos nem fios. E também ainda usava aquela camisolinha com pequenos buquês cor-de-rosa, mas, maldição, estava perfeitamente bem.

E tinha todo o direito de...

– Você não vai sair daqui. – O doutor Manello estava de pé e pairava acima dela com um sorriso de quem tem todas as cartas. – Sinto muito.

A fim de não acabar socando o humano na garganta, baixou o olhar para si mesma... e culpou aquelas malditas flores que enfeitavam toda a camisola. Por que não existiam camisolas hospitalares com estampas de... máscaras do Deadpool? Facas. Bombas com pavios acesos. Frascos de veneno.

– Não, você não sente nada – reclamou.

Fúria de sangue · 141

– Você está certa, estou pouco me fodendo se está ou não irritada comigo. O que me importa é seu coração. Agora, preste atenção, vou poupá-la do discurso "seja uma boa garota", porque não quero ser castrado, mas faça-me o favor de não ferrar o meu lindo trabalho de tricô e fique onde está, ok?

– Estou me sentindo bem.

– Você desmaiou no banheiro.

– Só me senti tonta.

– Eu te encontrei no chão, largada.

– Eu estava ligada ao acesso.

– Mas não ao cateter, que tirou por conta própria. – Levantou a palma da mão para que ela parasse de discutir. – Vamos combinar o seguinte: eu lhe darei o troféu de Paciente da Noite pelos seus esforços. Parabéns, o prêmio é um donut com geleia e um monte de absolutamente lugar nenhum para ir.

Novo grunhiu e tentou cruzar os braços diante do peito – quando isso causou uma arritmia que disparou um alarme, teve de deixá-los pensos de novo junto às laterais do corpo.

– Estou bem.

– Não, você *ficará* bem. – O médico deu a volta na cama, para ajustar o monitor que começara a se comunicar. – Em mais uma ou duas noites. Desde que repouse.

– Para sua informação, vou dar uma nota péssima pra este lugar nas avaliações do Yelp.

– Ficarei honrado. – Ele levou a mão ao coração e se curvou. – Obrigado e, ah, sua mãe ligou.

Novo se sentou ereta e sibilou antes de se deixar cair para trás.

– A minha mãe?

– É, ela vem tentando falar com você? Estava com receio de que tivesse morrido. Desnecessário dizer que eu lhe disse que você estava respirando. Não mencionei que sabia disso por causa do oxímetro grudado no seu dedo, mas, pelo menos, tive a certeza de estar passando a informação correta.

Novo tentou fazer parecer que não se importava. Mas a porra do alarme, aquele ligado ao seu maldito coração, disparou mais uma vez.

– O que ela disse? Quero dizer, o que você contou para ela? – Cerrou as pálpebras. – Não que eu tinha me ferido, certo?

– Não estou autorizado a relatar a condição dos meus pacientes. – Inclinou-se de novo sobre o que estava disparado e silenciou a máquina. – Eu lhe informei que você estaria em aula pelo restante da noite. Mas você pode ligar para ela quando estiver se sentindo bem para isso.

Que tal nunca?

– Pode me passar um atestado médico que diz que eu não tenho que fazer isso?

– Promete ficar na cama?

– Claro, mas tenho quase certeza de que essa será uma promessa quebrada.

– Bastante justo. Perguntinha rápida. Se não quer contar para sua versão de *Família Sol, Lá, Si, Dó*, não tenho certeza de que receber um atestado por parte do seu cirurgião vai resolver o que quer que esteja acontecendo, estou certo?

– Olha só, doutor, se vai continuar a ser lógico e racional, vou ter que pedir que passem o meu caso para algum louco.

– Certo, afinal, pra que bancar o difícil quando você pode ser perfeitamente irracional?

– Exato.

O doutor Manello sorriu e depois seguiu para a porta. Antes de abri-la, hesitou.

– Está tudo bem com sua família? – Ergueu a mão de novo. – Não precisa entrar em detalhes se não quiser. É só que... ela estava nervosa e está na cara que você a tem evitado.

– Minha mãe está sempre nervosa por causa de alguma coisa; normalmente, com algo relacionado à minha irmã. Que agora vai se vincular. Como sua madrinha – ah, desculpe, acho que sou a principal delas ou algo assim? –, era pra eu estar planejando coisas, e não realizando meu trabalho de proteção da espécie. Porque, sabe, escolher vestidos e organizar uma maldita despedida de solteira é muito mais importante do que combater *redutores*.

– Não sabia que vampiros faziam esse tipo de coisa. Chás de panela e tal.

– Não fazemos. Minha irmã, porém, precisa de todas as atenções do mundo, então as tradições de uma só espécie não bastam. Ela precisa de duas.

– Que encanto. – O cirurgião sorriu ainda mais, o belo rosto se enrugando nos cantos dos olhos e ao redor da boca. – Permita-me dizer, de maneira nada assustadora, que você ficará fantástica com laços e fitas. Ainda mais se forem da cor de chiclete.

Novo fechou os olhos com um gemido.

– Você não pode me nocautear?

– Nãããao. Sinto que, se eu te acertar na cara, o restante da sua turma vai acabar comigo.

– Eu me referia a drogas.

– Ah, mas qual é a graça disso? – O homem ficou sério. – Descanse. Se estiver estável quando a noite acabar, vou levar em consideração a possibilidade de te dar alta, ok? – Quando Novo voltou a levantar as pálpebras, ele a encarava. – Mas tem que se alimentar. Não me importo de quem, e isso é uma ordem.

Depois que o médico foi embora, Novo pensou sobre a noite de solteirice, ou sabe-se lá como aquilo era chamado, e resolveu que levaria todas aquelas fêmeas ao The Keys.

Eba, surpresa! É um clube de sexo! Agora, meninas, peguem os prendedores para mamilos e procurem um glory hole*!*

Enquanto visualizava a irmã tentando aguentar só a fila para entrar, teve que rir – e a dor aguda que a trespassou fez com que se preocupasse com uma hemorragia.

Mas, tudo tranquilo. Os bipes eram os de sempre, o que parecia indicar que a circulação estava como devia...

De repente, voltou à casa fria e vazia, no piso do banheiro, sangrando entre as pernas. A dor, diferente da de agora, foi profunda no ventre, revirando-a como um trapo de pano até ela achar que se partiria ao meio.

Nenhuma assistência médica na época. Nenhum médico bonzinho com senso de humor afiado e olhos gentis, nenhum equipamento médico, nenhuma medicação. Nenhum entendimento certo do que lhe acontecia, até algo ter saído de dentro dela.

Seu bebê. Morto, apesar de perfeitamente bem-formado.

Tinha tanto sangue. Teve certeza de que morreria.

O destino fizera outros planos. De fato, ela vivera. Descobrira que só querer ir para o Fade, rezar para que isso acontecesse, não garantia a entrada. Não, ela sobrevivera, mas nunca mais ficara inteira.

Espere... isso estava errado. Não estivera inteira desde antes do aborto, e depois? Como não se culpar pelo que acontecera? Seu corpo decepcionara seu bebê, deixara que aquele inocente...

Não, não o seu corpo. Sua mente, sua personalidade. Estivera tão perturbada porque Oskar a deixara por Sophy que seu colapso emocional provocara o aborto: não fora forte o bastante para seu filho, não fora firme o bastante, nem valente. *Ela* fracassara.

– Pare – gritou. – Só... *pare* com isso.

Para tirar a mente do passado, concentrou-se em melhorar para dar o fora daquela clínica. Alimentar-se. Precisava providenciar aquilo.

Com um grunhido – o que sugeria que o médico tinha certa razão quanto a ainda não estar pronta –, alcançou o carrinho de rodas mais próximo. Afastando a latinha de refrigerante, a comadre plástica cor-de-rosa, a caixa de lenços e o controle remoto da TV que ainda não ligara, enfim alcançou o celular.

O toque fora silenciado enquanto ela estava em campo e alguém tomara a decisão sábia de não o ligar de novo. Ao acender a tela, havia uma lista de mensagens. Várias de seus colegas trainees... uma de John Matthew... um punhado dos Irmãos. Também uma de Rhage querendo saber quando ela estaria bem o bastante para dar sua versão dos fatos acontecidos no beco.

E depois umas... puxa, umas 750 da irmã.

Bem como mensagens de voz da fêmea. E da *mahmen* delas.

Fechou os olhos e sentiu vontade de berrar. Depois voltou a se concentrar. Sangue. Precisava se alimentar de sangue.

E, dito isso, agora era um ótimo momento para tomar boas decisões. Precisava mandar uma mensagem para Craeg, Axe ou Boone, perguntando se um deles poderia vir ajudá-la com isso.

Isso mesmo. Só mandaria uma mensagem para os caras, e ela sabia que eles viriam assim que arranjassem transporte. Assim, ela estaria um passo mais próxima de deixar tudo aquilo para trás e um passo mais distante das complicações sem as quais viveria muito bem.

Entenda-se: Peyton e seu sangue azul vintage.

Sim, mandaria uma mensagem para Craeg...

Ou Axe...

Ou... Boone.

Eles serviriam muito bem, disse a si mesma ao começar a ligar. Excelente.

Fúria de sangue · 145

Capítulo 16

DEPOIS QUE FALOU, RUHN se calou e desejou muito mesmo não ter dito nada. Na verdade, não, o que ele preferia mesmo era não ter ido até ali, para início de conversa. Porque, se isso fosse verdade, a coisa seguinte jamais teria acontecido.

Sempre soube que você não me aprovava.

Dissera mesmo aquilo?

– Esqueça, isso não é relevante...

– O que lhe deu a ideia de que não o aprovo?

– Eu não deveria ter tocado nesse assunto.

– Não, estou feliz que o tenha feito. – Saxton meneou a cabeça. – Precisamos falar sobre isso. Estou tentando entender como foi que lhe passei essa impressão.

Por um momento, Ruhn se ocupou em se perder naqueles olhos cinzentos, naqueles lindos olhos cinza perolados. Ele amava o modo como o fitavam, os cílios grossos emoldurando o olhar, as sobrancelhas perfeitamente arqueadas, a cabeça inclinada numa pergunta educada...

A boca, ligeiramente entreaberta, indicava que o macho ainda estava surpreso.

– Por que você acha isso? – Saxton insistiu.

– Não sei ler.

– E isso é importante porque...? Ler é algo que pode ser ensinado, não mede a inteligência e, com certeza, o valor de alguém. Ruhn, você abriu mão de Bitty para pais que a amavam, pelo bem dela. Abriu mão do seu sangue para beneficiá-la, e a outros. Como eu não aprovaria um macho capaz de um ato amoroso tão abnegado?

– Não consegui assinar os documentos.

– Você deixou sua marca... de uma maneira linda. – A voz de Saxton ganhou força. – Nunca se preocupe com a minha opinião, Ruhn. Eu jamais conseguiria respeitá-lo ainda mais do que já respeito. Na verdade, sempre me... – os olhos se desviaram – impressionei com você.

Uma sensação de renascimento estranha aqueceu o peito de Ruhn, aliviando a dor ali – e, ao mesmo tempo, as paredes da elegante cobertura pareceram se apertar ao redor deles, aproximando-os apesar de nenhum dos dois ter se movido.

O coração de Ruhn começou a bater forte, e ele deu uma tossidela.

– Eu o deixei constrangido? – Saxton cruzou os braços. – Peço desculpas. Eu lhe asseguro, só digo isso em busca de amizade.

– Claro.

– A despeito da minha orientação.

– Orientação?

– Sou gay. – Quando Ruhn se retraiu, o rosto de Saxton se fechou, e a voz ficou grave. – Isso será um problema para você?

Está mais para uma solução, Ruhn pensou, antes de se conter. Tossindo novamente, disse:

– Não, não será.

– Tem certeza disso?

Quando Ruhn não respondeu, Saxton desviou o olhar.

– Bem. De todo modo, obrigado por me informar sobre o ocorrido com Miniahna, tomarei conta de tudo daqui por diante. Seus serviços não serão mais necessários...

– O que disse?

– Você me ouviu...

– Um minuto, está me demitindo?

– Só para que você e eu estejamos às claras, já fui surrado por ser quem sou. – Saxton andou e abriu a porta deslizante. – Fui deserdado de minha linhagem porque meu pai me considera um embaraço e uma desgraça agora que minha *mahmen* se foi. Portanto, eu garanto, já sobrevivi a uma alienação pior que sua desaprovação, e não pedirei desculpas por algo pelo qual não sinto vergonha só porque isso deixa você ou qualquer outra pessoa desconfortável.

Ruhn inspirou fundo.

Depois do que pareceu ser uma hora, encaminhou-se para a porta aberta e até o macho empertigado postado ali, cheio de dignidade,

Fúria de sangue · 147

pronto para sair. Quando o ar frio rodopiou para dentro da cobertura e remexeu seus cabelos, ficou imaginando qual seria a sensação dos dedos de Saxton fazendo isso.

– Perdoe-me – disse baixinho. – Não quis ofender. Honestamente, não quis. Tenho... dificuldades para me expressar, especialmente perto de pessoas como você.

– Gays. Pode pronunciar a palavra, sabe. Homossexualidade não é transmitida como um resfriado.

– Sei disso.

– Sabe. – Saxton puxou os punhos da camisa e, ao fazer isso, os rubis cintilaram. – Não tenho certeza disso, mas, de todo modo, uma preferência sexual não deveria ser ameaçadora. Não vou atacá-lo. As pessoas seguem ou não princípios, independentemente disso. Quem eu escolho para se relacionar comigo não afeta minha habilidade de reconhecer limites, assim como acontece com um macho heterossexual, que não ataca toda fêmea que cruza seu caminho.

– Não é nada disso.

– Então crê que eu esteja moralmente errado. Ah, sim. Então é isso.

– Não...

Saxton ergueu a mão.

– Na verdade, não estou disposto a discutir com você. Seus motivos são apenas seus. Está frio e eu gostaria de fechar esta porta. Obrigado.

Mais tarde, Ruhn refletiria de onde a coragem surgiu. De onde a honestidade veio. A resposta para isso, quando lhe ocorreu, foi tanto simples quanto profunda: o amor tinha asas que demandavam o voo.

– Estou atraído por você e não sei o que fazer com isso.

Os olhos de Saxton se arregalaram, a surpresa mudando tudo nele.

– Não quero ofender. – Ruhn se curvou. – Não espero que se sinta lisonjeado por isso, nem que se preocupe com o fato de envergonhá-lo. Só nunca me imaginei atraído por um macho e... – Desviou o olhar. – O único motivo pelo qual eu conto isso é por não suportar que pense que sentiria vergonha de você ou de qualquer outra pessoa dessa maneira. Portanto, me desculpe.

Fez-se um momento tenso de silêncio.

Então, Saxton estendeu a mão... e lentamente voltou a fechar a porta.

O lavabo do andar de baixo na mansão da família de Peyton era um espaço pequeno, mas impressionante, encravado debaixo da escadaria principal. O piso, as paredes e o teto eram assimétricos, o espaço era recoberto por ardósia de ágata dourada, assim como a pia e a torneira. Arandelas de bronze de ambos os lados do espelho com moldura folheada a ouro lançavam uma iluminação alaranjada que sempre o fez pensar na ponta acesa de um charuto, e o tapete em ponto-cruz no piso tinha o brasão da família bordado.

Não havia nenhuma urgência por parte de sua bexiga para estar ali. Só precisara de uma folga de toda aquela conversa educada da sala de jantar, que o fazia querer ser alvejado, e, para passar o tempo, pegou o celular para ver se alguém, se qualquer pessoa, lhe mandara mensagem de texto ou e-mail.

Pela primeira vez, rezou por um spam. Não se importava se fosse sobre Viagra de um país estrangeiro, um vídeo pedindo que enviasse uma mensagem de texto de CHUPE-ME para outro número... ou o presidente da Nigéria precisando de dinheiro: ele toparia. Qualquer coisa, menos voltar para aquela mesa, onde o pai e Salone tentavam superar um ao outro disputando quem conhecia quem, a *mahmen* se embriagava e o cobiçava do outro lado da mesa e aquela pobrezinha empurrava a comida pelo prato sem comer nada.

– Já me demiti de empregos melhores que este – resmungou ao verificar a tela do celular.

Com essa citação de Annie Potts no filme *Os Caça-fantasmas*, talvez devesse apenas procurar o filme e assistir a ele debaixo do guardanapo.

Quatro mensagens de texto. Três delas eram do pessoal das boates. E uma fez seu coração bater forte, como se tivesse se ligado à bateria de um carro.

Quando estava respondendo a essa última mensagem, parou na metade – e resolveu ligar.

Um toque. Dois toques...

Três.

Merda, a ligação cairia na caixa de mensagens. Era melhor desligar ou...

– Isso é um sim? – Novo atendeu com voz rouca.

Ereção imediata. O tipo de coisa que testava a resistência de tensão do zíper do smoking e sugeria que não havia a menor possibilidade de ele sair do lavatório sem cuidar do assunto com uma mãozinha antes.

Fúria de sangue · 149

– Sim – respondeu. – É.

– Quando pode vir?

Agora! Neste instante, porra!, berrou seu pau. *Pega o ônibus agora e vê se vai logo pra lá!*

Escuta aqui, Pey-pey, você precisa esfriar a cabeç...

– Oi?

Peyton fechou os olhos e se apoiou na bancada de ágata.

– Ah, é, desculpa, é que...

– Pey-pey? Não sabia que você tinha um irmão mais novo.

Aquilo estava mais para morar com um cara de uma fraternidade que nunca levantava um dedo sequer até ter uma brilhante ideia que acabava incendiando a casa.

– Não é... nada. – Na verdade, estava mais para uns vinte centímetros. Duro. – Eu... estou preso num evento familiar, mas é só uma refeição. Assim que acabar, eu vou.

– Em quanto tempo? Disseram que preciso me alimentar antes de me liberarem.

– Não vai demorar muito. Uma hora. O queijo e as frutas já estão para serem servidos e, depois disso, *sorbet.* – Graças a Deus não era a Última Refeição, senão teria mais umas duas horas pela frente. – Providenciarei o transporte e direi a meu pai que preciso ir.

– Tão digno de confiança...

– Quando devidamente motivado.

– E altruísta também. Ou ainda acha que está me devendo?

Peyton olhou para seu reflexo no espelho acima da pia dourada. Os olhos estavam ávidos e arrebatados; as faces, coradas de excitação. No brilho alaranjado, sentia-se um tigre numa jaula de ouro.

– Não vai querer saber a resposta pra essa pergunta – ouviu-se dizer numa voz gutural.

– Não me poupe em nada.

– Tudo bem. Quero que se alimente de mim. Quero sua boca em qualquer lugar meu que puder ter. E sei que não vai me deixar te foder, mas, só para ficar claro, o tempo inteiro, estarei de novo entre as suas pernas na minha mente. Isso foi franco o bastante para você? Ainda quer que eu goze... da sua companhia?

Deixou o duplo sentido pairar no ar porque era um idiota. E a desejava tanto que estava perdendo a cabeça.

Quando Novo não disse nada, ele deixou a cabeça pender e quis se socar. Que jeito de demonstrar apoio...

– Sim – ela respondeu rouca. – Ainda quero que você goze... da minha companhia.

Santa pressão arterial acelerada, Batman.

– Desta vez... – Expôs as presas, que se alongavam sob o lábio superior, trêmulo. – Quero suas presas em mim, quero a dor e a adrenalina. E quero você na minha garganta.

– Mais alguma coisa?

Ah, aquelas três palavras naquela voz arrastada e erótica eram mais sensuais do que todo o sexo que tivera de fato no ano anterior.

– Me deixa te penetrar, Novo. Você não tem que explicar nada, nem repetir depois, eu só preciso saber como é terminar dentro de você.

– Está admitindo uma fraqueza.

– Estou dizendo a verdade.

– Por que começar agora?

Ele balançou a cabeça.

– Quando menti para você?

Fez-se uma pausa.

– No que se refere a Paradise, você vem mentindo para si mesmo.

Ah, não, aquele era um desvio errado na estrada em que queria continuar, partindo na direção de uns arbustos completamente indesejáveis.

– Não estou apaixonado por ela.

– Acabou de provar minha opinião sobre as mentiras. Lembra a noite passada no beco? Não finja que não agiu como um macho vinculado a ela, colocando-se, e os interesses de todos os outros, de lado para proteger quem achava que fosse sua fêmea.

– Por que estamos falando sobre isso?

– Não sei mesmo.

Houve um instante de silêncio, e, antes que ela mudasse de ideia, ele o quebrou:

– Vou aí assim que puder. Só preciso acabar este jantar com meu pai. Se eu pudesse sair antes, faria isso, mas, com ele, tudo vira um tremendo problema.

Uma risada suave atravessou a conexão.

– Esse seu tom irritado provavelmente é a única coisa que temos em comum.

– Problemas familiares também?

– Você não faz ideia.

– Conta pra mim.

Fez-se uma longa pausa.

– Pensei que precisava jantar com seu pai. Por que está aqui ao telefone comigo?

– Estou me escondendo no lavabo. Você está me dando uma desculpa para eu demorar um pouco mais.

Desta vez, quando Novo riu, foi algo surpreendentemente natural, e ele percebeu que nunca a ouvira rir assim antes.

Erguendo a mão, descobriu-se esfregando um incômodo inesperado no peito.

– Vamos – disse ele –, desembucha. Será o seu gesto humanitário da noite. Vai me manter aqui por mais um tempo.

A respiração foi longa e baixa.

– Venha quando puder. Sem pressa. Tchau.

Quando a ligação foi interrompida, Peyton voltou a se concentrar no rosto no espelho. Mesmo sabendo o endereço da casa em que estava, o código postal, a rua e o número... a despeito do fato de que já estivera em grande parte dos cômodos da mansão, em toda a sua vida... sentia-se completamente perdido.

E vinha seguindo assim há anos.

Fechando os olhos, visualizou Paradise, os cabelos loiros, o rosto adorável e o sorriso fácil. Lembrou-se da risada dela pelo telefone, da tristeza e do sofrimento também. Ouviu sua voz e o sotaque, as consoantes e as vogais.

Todos aqueles telefonemas, todo aquele tempo, dia após dia, enquanto os ataques os haviam forçado a ficar dentro das casas seguras longe de Caldwell.

Apaixonara-se por sua perseverança. Por sua confiabilidade. Pela presença constante, a gentileza... E, mais do que tudo isso, pelo fato de ela nunca, jamais tê-lo julgado. Contara-lhe coisas que o fizeram se sentir patético e outras que o assustaram. Falara sobre seus pesadelos e os demônios de sua mente. Relatara o ódio que o pai sentia dele, e a dispensa ausente de sua *mahmen*; falara das drogas e das bebedeiras, das fêmeas e das mulheres.

Ainda assim, ela ficara a seu lado. Como se nenhum desses fatos repulsivos o diminuísse diante dela.

Sobre assuntos de família. Nunca tivera apoio algum de parentes nem da *glymera*. Mantivera segredos para si, não por serem incomuns demais, ou chocantes ou perversos, mas porque não houvera ninguém em quem pudesse confiar seu lado desprotegido. Ninguém que se importasse. Ninguém que o aceitasse pelo que era e que o perdoasse por não ser perfeito.

Era por isso que ele a tinha amado.

Menos por causa dela, não?

E muito mais pelo que ele precisava.

Paradise fora, por um tempo, uma pintura em sua tela, a bússola em seu bolso, uma luz que ele acendia quando precisava de iluminação no escuro amedrontador. A natureza bondosa dela lhe oferecera essa tábua de salvação, embora, do mesmo modo, não tinha sido por sua causa. Ela teria feito o mesmo por qualquer um, porque ela era assim.

Nunca se sentira sexualmente obcecado por ela.

Ela nunca fora como Novo para ele. Novo era uma fogueira na qual queria se atirar. Usando um terno de fogos de artifício e carregando um tanque de gasolina nas costas.

Não, ficara emperrado em Paradise porque lamentara a perda daquela conexão tão forte, a ausência disso empurrando-o de volta ao mundo de molduras folheadas a ouro e de sorrisos artificiais, sem nenhuma espécie de solo firme.

Às vezes, a gratidão podia ser confundida com amor. Ambos eram sentimentos agradáveis, que perduravam. Mas o primeiro se referia a amizade... O segundo era algo bem diferente.

E, por algum motivo, sentiu uma necessidade premente de explicar isso para Novo.

Virando-se, chegou à porta. Iria embora no segundo que pudesse...

Deu um pulo para trás.

– Opa!

– Perdoe-me – Romina disse com suavidade.

A jovem fêmea estava pálida e trêmula parada diante dele, e olhava por cima do ombro com a paranoia de um rato no caminho de um gato.

– Preciso conversar com você a sós. – Os olhos dela estavam fixos nos dele. – Temos pouco tempo.

Fúria de sangue · 153

Capítulo 17

QUANDO SAXTON VOLTOU A fechar a porta deslizante, a resistência do painel se encontrando com o batente ressoou pela mão e pelo braço.

Ah, seu macho lindo, pensou ele ao notar o rubor de Ruhn e os olhos baixos. Apesar de toda a força daquele corpo, existia uma vulnerabilidade que o fazia querer oferecer ao macho um porto seguro. Em retrospecto, Saxton sempre tivera um fraco por animais abandonados.

– Perdoe-me – murmurou Ruhn.

– Pelo quê? – Saxton inspirou e prendeu mais daquela deliciosa fragrância nos pulmões. – Por que está se desculpando?

– Não sei.

– Sua atração por mim não é nenhuma imposição. Absolutamente nenhuma. Olhe para mim. Vamos... levante os olhos.

Demorou uma eternidade até que o olhar reluzente se erguesse e sustentasse o seu.

– Não sei o que fazer – sussurrou Ruhn. Só que o macho se concentrou na boca de Saxton.

Ah, sim, você sabe, ele pensou. *Você sabe muitíssimo bem o que fazer.*

Mas não fazia parte da natureza do macho tomar a iniciativa. Felizmente, Saxton tinha a solução para isso.

– Você quer que eu o beije – sugeriu com suavidade. – Só para saber como é. Só para você não ficar imaginando como seria.

Nenhuma dessas frases foi uma pergunta. As respostas estavam na descarga sexual que ganhou vida entre eles, uma parede de fogo que prometia derreter os dois corpos... talvez até as duas almas.

Só que Ruhn desviou o olhar para fora.

Saxton suspirou.

– Ninguém saberá. Prometo.

Foi triste ter que garantir isso ao macho, como se aquilo fosse algo sujo, o tipo de coisa que faria outros mudarem de opinião sobre você e faria você se menosprezar – mas não havia motivos para ser ingênuo. Boa parte dos civis, como Ruhn, tinha pontos de vista muito mais conservadores a respeito de tais assuntos do que a aristocracia. Na *glymera*, havia uma espécie de tolerância "olhe para o outro lado", desde que você estivesse disposto a se vincular a uma fêmea, como se esperava, produzir um herdeiro e um extra, e nunca, nunca, jamais sair do armário.

Saxton não estivera disposto a fazer nada disso a serviço do pai nem da sua linhagem. Um dos motivos pelos quais ele e o pai não conversavam mais.

Para reforçar essa garantia de privacidade, inclinou-se para o lado e acionou as cortinas, e a grande extensão de tecido escuro oscilou até ficar no lugar certo, fechando o mundo do lado de fora, criando uma caverna de privacidade.

– Ninguém saberá – disse ele, apesar do desapontamento no peito.

Em resposta, Ruhn esticou sua mão de trabalhador, trêmula... Só para parar bem perto de tocar a boca de Saxton.

– É o que você quer – Saxton sussurrou.

Ruhn abaixou o braço.

– Sim.

Saxton se aproximou, mas não demais, mantendo uma distância entre os peitorais. Depois pegou o rosto de Ruhn entre as mãos.

O corpo inteiro do macho tremia, todos aqueles músculos e ossos pesados prontos para pular – quer para cima dele ou para longe, ele ainda não sabia.

– Não o machucarei – prometeu Saxton. – Eu juro.

Em seguida, atraiu o macho mais alto para baixo, lentamente, a pressão sutil sendo algo a que Ruhn cedeu com facilidade.

Inclinando a cabeça para o lado, Saxton pressionou os lábios nos de Ruhn – e o arquejo que escapou do outro macho foi o de um amante surpreso. Saxton também sentiu o choque e teria dito algo.

Mas não queria parar para falar.

Com gentileza e suavidade... resvalou por aquela boca novamente e de novo. A princípio, não houve nenhuma reação, os lábios ao encontro dos seus ficaram imóveis. Mas depois eles se abriram e retribuíram o toque, com uma doce hesitação.

O corpo de Saxton rugiu, a ereção brigava para se libertar, ser afagada e chupada. E, em troca, ele queria descobrir cada centímetro quadrado daquele macho *nesteexatoinstante*. A paciência, porém, era uma virtude muito mais provável de ser recompensada do que a avidez.

Saxton recuou e perscrutou o rosto de Ruhn.

– O que achou?

– Mais. – A resposta saiu num gemido.

Um ronronado escapou de Saxton quando encostou o corpo no de Ruhn. Envolvendo os ombros largos com um braço, incitou a boca doce para a sua ao passar o outro braço ao redor da cintura, que era firme e suave como pedra polida.

O tremor no tronco de Ruhn foi erótico pra cacete. O que era melhor? Aqueles lábios, a ereção, em total proporção ao corpo extraordinário, uma saliência firme pronta para ser libertada. Saxton, porém, sabia que não deveria apressar nada porque não queria seduzir o macho desprezando suas hesitações. Em vez disso, queria que o macho viesse, de livre e espontânea vontade, até o que, sem dúvida, seria uma experiência sexual incrível...

Quando o seu celular começou a tocar na cozinha, os dois se assustaram.

– Não seria melhor atender? – Ruhn perguntou enrouquecido.

Talvez sim, Saxton pensou. Mas só para pegar o maldito objeto e largá-lo no vaso sanitário, ou talvez destruí-lo a marteladas. Só que...

– Pode ser o Rei. – Saxton recuou um tanto. – Espere um minuto.

Com passos rápidos, se apressou para a bancada de granito onde deixara o celular ao lado da cafeteira.

– Alô? Ah, sim, mas é claro, meu senhor. Como disse? Aham. Sim. Certo...

Saxton fechou os olhos. Não poderia ser mal-educado nem se esquivar dos seus deveres, mas precisava que Wrath desligasse logo para que ele pudesse retomar o assunto onde o havia deixado... e, quem sabe, ir além dos beijos.

– Sim, meu senhor. Prepararei os documentos apropriados e os entregarei à outra parte amanhã à noite... Quando? Agora? – Saxton delineou silenciosamente com os lábios uma palavra nada adequada. – Sim, irei à Casa de Audiências agora e levarei... O quê? Sim, isso também. Obrigado, meu senhor. O prazer é meu.

Ao desligar, pensou que, na verdade, seu prazer estava de pé logo ali...

– Maldição – murmurou ao se virar.

Ruhn desaparecera pela porta de vidro, deixando nada além da sutil ondulação das cortinas em seu rastro, e o frio vento noturno fazia o tecido se mexer, enquanto afastava o odor remanescente do despertar sexual.

Sentiu o instinto de segui-lo, mas deixou a ideia de lado. Ruhn tomara uma decisão, pelo menos por enquanto.

Não havia como saber se ele voltaria.

Saxton tocou nos lábios.

– Espero que você volte – sussurrou para a cobertura vazia.

O ônibus movia-se em direção ao centro de treinamento num ritmo que parecia ligeiramente mais lento do que o de água evaporando de um copo. Dentro de uma geladeira. No espaço de tempo de cento e cinquenta malditos anos.

Sentado do lado esquerdo do corredor, colado à janela, Peyton se concentrou no vidro escuro enquanto tentava ignorar o próprio reflexo. Não havia mais ninguém ali com ele, e ele não se decidia se isso era bom ou ruim. Uma distração até viria a calhar, mas, pensando bem, uma conversa em seu ouvido o teria irritado até não poder mais e, não, obrigado, não queria ter que responder nada para ninguém.

O alívio só chegou quando o ônibus fez uma parada. E voltou a se mover. E um pouco mais adiante desacelerou de novo.

Enfim tinham chegado à sequência de portões. Assim como os outros trainees, nunca vira como eles eram, e não conseguiria ter contado, nem mesmo para a Virgem Escriba, como chegar à estrada que levava ao centro de treinamento. Mas estava bem familiarizado com as paradas e arrancadas de quando entravam na propriedade da Irmandade e desciam até as instalações subterrâneas.

Preciso conversar com você a sós. Temos pouco tempo.

A imagem de Romina parada do lado de fora do lavabo, segurando o vestido azul-claro nas mãos, de olhos arregalados e rosto pálido marcado pelo medo e assombro, fez com que balançasse a cabeça e esfregasse a ponte do nariz em toda a sua extensão.

Romina precisava de um amigo, com urgência. Também precisava dele.

Receio que estejam lhe oferecendo uma mercadoria danificada. Declare esta noite que não estou à altura da sua aprovação, assim ambos seremos poupados.

Quando ele exigiu saber de que diabos ela falava, ela lhe contou uma história terrível, tão horrenda que não conseguia sequer pensar a respeito.

E, no fim, ela não estava mentindo. De fato, estava arruinada aos olhos da *glymera* – e não de acordo com os privilegiados e mimados. De acordo com todos os padrões, Romina era inelegível a uma vinculação, ainda que não por culpa própria – desde que estivesse contando a verdade, mas, convenhamos, com o que lhe acontecera? Por que ela admitiria tal coisa a um estranho se não fosse verdade?

Admirou a honestidade dela. E ele também se sentia danificado, inelegível por uma série de motivos, portanto, tinham isso em comum.

Sei que fará o que é certo para você. Só não queria que ninguém mais se ferisse.

Dito isso, ela voltara à mesa. E ele tentou fazer o mesmo, só que fracassou na linha de chegada. Em vez de retornar à sala de jantar, foi em frente até a porta principal. O pai berrara atrás dele, mas não, para Peyton aquilo era o fim. Desmaterializou-se até o local de embarque, enviou uma mensagem avisando da sua chegada e esperou uns vinte e cinco minutos no frio, sem uma jaqueta de inverno, até que o ônibus chegasse.

Quando entrou no transporte, os dedos estavam congelados em forma de garra dentro dos bolsos, e o maxilar estava travado. O reaquecimento de seu mecanismo corpóreo foi um exercício de dor ardente, mas ele mal notou.

O que servia como um comentário triste sobre sua situação e a de Romina, na qual ambos não passavam de peões num jogo de xadrez social entre suas famílias.

Pobre fêmea.

E ele não tinha a mínima ideia do que faria a respeito.

O que estava claro? Sua ausência durante as frutas e o queijo fora devidamente notada. Seu celular tocara três vezes, e o pai lhe deixara mensagens de voz. Peyton não as escutara. Por que se dar o trabalho? Já sabia o que elas diziam; seria capaz de dublar as palavras e o tom com precisão...

– Chegamos, senhor.

Peyton saltou no banco. Fritz, o *doggen*, leal mordomo, que servia como motorista do ônibus na maior parte das noites, estava preocupado e sorridente na mesma medida, o pálido rosto enrugado esticado para trás como um par de cortinas numa casa amigável.

– Senhor? Está se sentindo bem? Posso lhe trazer algo?

– Desculpe. – Levantou-se. – Estou bem. Obrigado.

Até parece. A bem da verdade, estava tão longe de se sentir bem que não enxergava a maldita "Bemlândia" dali de onde estava.

Quando saltou do ônibus, o mordomo o acompanhou até a porta de aço reforçado, as passadas ecoando no estacionamento de concreto de múltiplos andares. Em seguida, entraram, andando pelo longo e amplo corredor. Quando Peyton parou diante da porta fechada do quarto hospitalar de Novo, Fritz se curvou e seguiu para sua próxima tarefa.

Antes de bater à porta, Peyton ajeitou os cabelos para trás com os dedos. Certificou-se de que os punhos da camisa estavam no lugar. Verificou seu...

– Pode entrar.

Ao som seco da voz de Novo, Peyton endireitou a coluna e empurrou a porta.

Uau.

Ela parecia muito melhor. Estava sentada, um punhado de monitores tinha desaparecido, e havia uma bandeja com restos de comida: bolinhos frescos, meia tigela de frutas, pontas de torradas e uma embalagenzinha de geleia de morango. Sem sombra de dúvida, ela comera os ovos mexidos.

"Comida de hospital" ali evidentemente não tinha nada de hospitalar.

– Tão formal – murmurou ela. – Não precisava se vestir tão bem para a ocasião.

Ele olhou para as próprias roupas.

– Estou vestindo um smoking.

– Parece surpreso. O que achou que estivesse vestindo?

Quando voltou a olhar para ela, Novo se sentou um pouco mais ereta na pilha de travesseiros que a mantinham na vertical, e o grunhido e a careta que ela tentou esconder lhe contaram que ela podia estar parecendo mais forte, mas ainda não iria embora para casa ao fim da noite.

Com ou sem sangue.

Fúria de sangue · 159

– Você está bem? – perguntou ela.

Ele até pensou em responder com um gracejo, mas depois se lembrou de Romina.

– Não, na verdade não estou.

– O amor não correspondido o entristeceu? Quer que eu te mande um cartão ou algo assim? Quem sabe um ursinho de pelúcia para te confortar. Não, espere... chocolate e uma taça de vinho?

Peyton ignorou tudo isso e foi para um canto distante, as pernas amoleceram bem na hora, e ele se deixou cair numa cadeira ali. Levando a cabeça às mãos, só ficou encarando o piso. Desejava Novo como nenhuma outra coisa. Mas não conseguia tirar da cabeça o que aquela outra fêmea lhe dissera. Seu lugar na sua própria família. Quanto a situação podia ficar ruim quando se tem dinheiro, e mais nada, para apoiá-lo no mundo.

– Jesus – murmurou Novo –, parece que está tendo um colapso nervoso.

– Conte-me sobre a sua família – ele se ouviu dizer. – Como eles são? O que eles fazem que te magoa?

Novo desviou o olhar.

– Não precisamos falar sobre isso.

Quando o desapontamento surgiu, ele disse a si mesmo que não deveria tentar recriar a amizade que tivera com Paradise com nenhuma outra pessoa. Aquela tinha sido uma época de período limitado em sua vida, algo que já passara agora que ela seguira em frente e ele ainda continuava onde sempre havia estado.

Deus, como queria fumar.

Tateou o bolso interno do paletó, procurou e, graças aos céus, encontrou uns dois baseados esquecidos ali.

Pegou um e apanhou o isqueiro que mantinha nas calças.

– Não pode fumar aqui.

Peyton olhou de relance para o leito.

– Não gosta do cheiro?

– Não ligo. Mas há um tanque de oxigênio logo ali, e tenho quase certeza de que os médicos não vão gostar muito se você nos explodir pelos ares.

Com um resmungo, levantou-se e foi até o cilindro de metal. Havia uma válvula na parte de cima e ele viu que estava tudo certo. Os Irmãos haviam lhe ensinado isso. E, beleza, a coisa estava fechada.

Acendeu o isqueiro já de volta à cadeira e deu a primeira tragada enquanto se sentava. Prendendo a inspiração, esperou pacientemente pelo torpor que mandaria o lobo frontal dar uma relaxada.

– Por favor – disse ao exalar –, só me conte alguma coisa... qualquer coisa. Preciso conversar.

Capítulo 18

Talvez fosse o efeito das drogas, Novo pensou. Talvez fosse o lembrete da noite anterior do fato de que era mortal. Talvez fossem todas as mensagens de texto e voz da mãe sobre a irmã, da irmã, das amigas da irmã. Ou ainda o fato de Peyton não parecer o de sempre, tipo James Spader em *A Garota de Rosa Shocking*.

Mas algo a fez abrir a boca.

— A minha irmã não é como eu – despejou no silêncio. – Nem um pouco.

— Quer dizer que ela é burra? – Peyton exalou mais fumaça e afrouxou a gravata-borboleta. – Feia? Descoordenada? Espere, ela rebate a bola de beisebol como se...

— Pode parar. – Balançou a cabeça para ele. – Não consigo falar sério com você se for fazer o seu showzinho de pôneis e poodles do Peyton.

Ele colocou o baseado entre os dentes e despiu o paletó do smoking. Depois desabotoou o primeiro quarto dos botões da camisa. Ao se reacomodar, exalou novamente e falou em meio à fumaça:

— Eu estava falando sério. Considero você inteligente, bonita e uma tremenda lutadora.

Não havia nenhum brilho de gracejo no olhar dele. Os lábios não se ergueram como se estivesse fazendo graça. Nenhum tom zombeteiro na voz. E, então, ele só a encarou como se a desafiasse a refutar sua opinião.

Cara, que coisa, pensou ela. Ele era perigoso assim... todo sensual largado na cadeira, os braços relaxados, as pernas agora cruzadas na altura dos joelhos. Naquela pose, com a gravata-borboleta frouxa e o v dourado da pele na garganta, ele parecia ser capaz de agradar qualquer fêmea do jeito que bem entendesse – e essa impressão provavelmente era correta.

Por certo ele tinha a anatomia para tal. Sabia disso em primeira mão.

Mas, mais do que o aspecto físico? Ele estava concentrado em Novo como se o que ela tinha a lhe contar, qualquer coisa, fosse a única que desejava ouvir em todo o mundo. Parecia de fato enxergá-la, sem distrações, sem olhares de esguelha para outro lugar, sem pés agitados e dedos tamborilando.

Para uma fêmea que sempre ficara em segundo plano, depois de um pesadelo rosa, cheio de laços e rendas, chamativo e com perfume de gardênias? Aquilo seria simplesmente tão viciante quanto o sabor do sangue dele.

Mas até que ponto poderia ir?

Não contara a ninguém, nem mesmo à Irmandade durante sua avaliação psicológica, o que lhe acontecera. Para os primeiros, porque odiava piedade, mas e para os segundos? Bem, era óbvio, não queria ser expulsa do programa por ser mentalmente instável.

E não era.

Mas eles poderiam acreditar que Novo tinha motivos para ser.

– Então, me conta dos seus problemas familiares – ele insistiu.

– Não é nada de mais, na verdade – murmurou ela. – Coisa de irmãos, sabe?

Quando a mão se moveu para cima do abdômen, ela se conteve apesar de ele não ter a mínima chance de descobrir o motivo que a fazia se sentir protetora.

– Vamos lá. – Ele tragou de novo. – Você consegue fazer melhor do que isso.

Como que recebendo uma deixa, o celular dela tocou na mesinha que puxara acima dos joelhos. Inclinando a tela, ela praguejou ao ver quem era.

– E lá vamos nós. – Revirou os olhos. – Minha irmã, de novo. Ela está se vinculando, e escolheu a mim para ser a escrava dela até o grande evento. Estou tão, mas tão emocionada, que você não consegue nem imaginar.

– Quando é a cerimônia?

– Casamento – ela o corrigiu. – E será logo.

– Mas e quanto a você estar em recuperação?

Ela meneou a cabeça enquanto o celular silenciava. Mas não ficou em silêncio por muito tempo. A mensagem de texto que chegou também era de Sophy.

Novo a leu em voz alta porque não havia motivo para não fazê-lo.

– *Muito bem. Acho que vou ter que cuidar da minha própria festa de despedida de solteira. A senhorita Emily não tem uma reserva para nós na sexta-feira. Evidentemente, você nunca ligou para lá. Muito obrigada pela sua ajuda.*

Deixando o aparelho cair sobre a bandeja de novo, inspirou fundo e jurou que estava ficando chapada pelo contato indireto com a erva.

– Você está na cama de um hospital – observou Peyton.

– Jura? – Olhou para si mesma. – E eu que pensava estar em uma banheira de hidromassagem.

– Fala sério.

– Isso, vindo de você?

Ele cortou o ar com a mão.

– Você está em recuperação. Por que estão te incomodando?

Ela se demorou dobrando a coberta de cima e alisando-a sobre o peito.

– Bem, sendo justa, elas não sabem do meu acidente.

Quando só houve silêncio, Novo olhou para Peyton. E, como se estivesse esperando por esse contato visual, ele balançou a cabeça.

– Eu sou igualzinho com meu pai. Também não conto nada para ele. – Franziu a testa. – O que elas teriam feito se você...

– Tivesse morrido no beco? Ou na mesa de operações? – Deu de ombros. – Provavelmente só me teriam substituído como madrinha principal por uma prima de primeiro grau e seguido em frente com os planos.

– Como é que é? Madrinha? Mas que diabos?

– Ah, sim. Ela está adotando a rotina humana inteira e espera que meus pais paguem por isso, que eu siga o roteiro e que todas as amigas dela publiquem no Insta. Acho que ela imagina que estará lançando moda, quem é que sabe? E talvez faça isso mesmo.

– Com quem ela está se vinculando?

Novo pigarreou.

– Ninguém especial. Só outro civil. Bem, ele vem de uma família com um pouco mais de dinheiro, portanto isso é um avanço para ela. Mas, veja bem, desconsiderando as minhas ressalvas, Sophy é linda, por isso é uma boa troca no mercado de vinculação. Estou certa de que serão felizes juntos, ele comprando as coisas que ela quer, ela lhe dando os filhos que ele...

Novo não conseguiu completar.

Foi como se estivesse dirigindo por uma estrada, passeando à toa, deslocando-se a uma velocidade razoável sem prestar muita atenção à paisagem ou às condições do tempo. E, de repente, *BAM!* Gelo negro, deslize, o volante agarrado... e uma colisão de frente numa rocha.

– Então é isso. – Inspirou fundo. – Uau, essa erva é forte.

– Ela é.

– Só o melhor pra você, certo?

– Algo nessa linha. – Olhou para a ponta iluminada do baseado. – Ela vai te colocar num vestido feio?

– Hum? Ah, Sophy... Está se referindo à cerimônia? Se ela não me expulsar antes disso.

– Quando é a cerimônia... ou ela está chamando de casamento?

– Que tal se, cá entre nós, a gente chamar isso de circo? – Quando ele sorriu de leve, ela disse: – Por que está sorrindo?

Ele a encarou.

– Gosto da ideia de termos, você e eu, um segredo.

E ele ficou sério. Rápido.

Pondo-se de pé, Peyton seguiu para o banheiro para apagar o baseado. E, no caminho, não fez absolutamente nada para esconder a ereção.

Quando uma descarga de desejo atingiu Novo, ela teve que fechar os olhos. E também lamber os lábios – o que a deixou agradecida por ele estar no banheiro.

Por trás da porta parcialmente fechada, ouviu-se o barulho de um fio de água correndo, e ela o imaginou curvado sobre a pia, apagando o baseado. Em seguida, ele parou na soleira, com o belo rosto sério.

Com os olhos fixos nos seus, enfiou uma mão na frente das calças e, nada discretamente, se ajeitou até que o efeito tenda tivesse sumido.

Então, continuou olhando para ela.

Novo sabia exatamente o que ele esperava. E o interessante foi que... teve a sensação de que ele ficaria perfeitamente contente em apenas continuar ali pela hora seguinte. Ou pelas próximas doze.

Outra coisa nada característica em relação a ele.

– Venha cá – disse ela num tom baixo.

Peyton obedeceu direitinho, aproximando-se da cama, de modo a pairar sobre ela. A fragrância dele era indescritível, e, para variar, o cheiro de maconha, que normalmente não era algo de que ela gostasse em particular, não a incomodou em nada.

Fúria de sangue · 165

Com movimentos elegantes, ele enrolou uma das mangas. E depois a outra. Os antebraços eram bem musculosos, e as veias saltavam devido aos exercícios feitos, seu corpo tendo se adaptado à rotina rigorosa, tornando-se mais forte.

Ela se concentrou no pescoço.

Como se ele soubesse para o que ela olhava, emitiu um gemido.

– Deixe eu me deitar a seu lado.

E ela pensou que, se ele o fizesse, talvez eles acabassem transando. Apague esse "talvez"...

A porta foi escancarada e, cara, o doutor Manello não parecia nada feliz, pois entrou com um olhar furioso estampado no rosto.

Apontou um dedo para Peyton.

– Aquela merda do beco pode não te expulsar do programa, mas eu garanto que fumar maconha no quarto de um paciente meu vai. – Olhou ao redor como se estivesse procurando um *bong*, um cachimbo. – Evidentemente, vocês dois devem ter percebido isso e parado, estou certo? Deu descarga no baseado porque pensou: uau, num quarto com um tanque de oxigênio, ao lado de uma paciente num regime complexo de medicações, fumar maconha é uma ideia *muito idiota*. Estou certo?

Os dois concordaram.

– E também estou certo em presumir que esse erro não se repetirá mais, porque os dois cretinos reconhecem que, a essa altura, eu não teria escolha a não ser entregar os dois aos Irmãos para uma surra? – Assentiram novamente. – Ótimo. E seu castigo – apontou para Novo – é ficar amanhã o dia inteiro aqui.

No instante em que ela abriu a boca, ele falou por cima dela.

– E ainda bem que você é inteligente demais para não discutir comigo agora, porque o meu mau humor subiu às alturas por conta do cheiro no corredor.

Dito isso, o cirurgião marchou para fora e bateu a porta atrás de si.

Só que acabou enfiando a cabeça para dentro de novo.

– Sobrou algum?

As sobrancelhas de Peyton se ergueram.

– O que disse?

– Maconha, seu idiota.

– Ah... sim. Mas ela é velha. Não visto este smoking mais do que quatro ou cinco vezes no ano e encontrei no bolso.

O cirurgião estendeu a mão.

– Me passa aí. E, como forma de pagamento, colocarei uma placa na porta que diz PACIENTE DORMINDO, NÃO PERTURBE.

Novo disse:

– Não estamos fazendo nada aqui.

– Ah. Tá. Vão ficar só de mãos dadas enquanto ele a alimenta. Motivo pelo qual vou colocar a placa e vocês vão trancar a porta. – Subiu e desceu a palma. – Por que não estou segurando nenhum baseado agora?

Peyton pegou os dois baseados restantes e os entregou.

– Precisa de isqueiro?

– Sim, porra. E depois devolvo pra você. Porque eu nunca fumo. Ainda mais maconha.

– Uh-hum. Vou arriscar um palpite e sugerir que existem dados empíricos acontecendo no momento que sugerem exatamente o contrário, mas o problema é seu, não meu. Eu tenho que perguntar, porém, o que aconteceu? Podemos ajudar?

– Você não tem tempo de ouvir tudo, mas no topo da lista está uma companhia de medicamentos, no meio dela está a UPS e, no fim, comi um burrito do Taco "Hell", porque era mesmo dos infernos, lá pelas cinco da tarde, enquanto tentava comprar um medicamento no mercado clandestino... Venho cagando líquido desde então.

O isqueiro dourado de Peyton trocou de mãos.

– Você merece isto.

– Merda, jura? – O doutor Manello revirou os olhos. – Para sua informação, odeio essa palavra no momento, de verdade.

Dito isso, o cirurgião saiu, e Peyton baixou o olhar para ela.

Difícil decidir quem começou a gargalhar primeiro. Talvez tivesse sido ele, ela não tinha certeza. Mas, numa fração de segundo depois, os dois enxugavam os olhos, tentando respirar, e gargalhavam com tanta vontade, que acabaram perdendo as forças.

Em seguida, ouviram um barulho à porta.

Peyton foi até lá e a abriu.

– Bom trabalho, doutor – murmurou ao fechá-los ali dentro de novo.

Em seguida, a mão pairou acima do mecanismo de tranca.

Poderia tê-la girado com o pensamento. Mas, evidentemente, estava lhe dando uma escolha – e controle.

Por algum motivo, ela voltou a pensar no instante em que o assassino a apunhalou com sua própria adaga. "Surreal" nem chegava perto de definir como fora saber que morreria.

Engraçado... não pensara naquilo até agora.

Concentrou-se em Peyton.

– Sinto muito.

Quando ele fechou os olhos, pareceu resignado.

– Tudo bem. Vou sair e...

– Pela maneira como agi na sala de fisioterapia. Eu estava... com a cabeça num lugar muito ruim e, na real, estava tentando entrar na do sexo com você. Mas a minha mente estava toda fodida e eu acabei descontando isso em você. Não foi justo. Me desculpe.

Ele piscou.

– Você é... sempre uma surpresa.

– Sou?

– É.

Ela voltou a mexer nas cobertas, alisando-as de novo.

– A situação não melhorou muito. Na minha cabeça. Quero dizer, com tudo o que... você sabe, me fez parar aqui.

– Não quero forçá-la a nada.

– Eu não deixaria que fizesse isso.

– Eu sei. Mas quis reforçar isso. – Houve uma pausa. – Novo?

– Hum?

– Olhe pra mim. – Ele esperou até que ela o fizesse. – Vou devagar, ok? Serei... gentil. Se não estiver certo, eu paro, não importa até onde tenhamos ido.

Ela balançou a cabeça.

– Para com isso, Peyton. Estou tão longe de ser virgem quanto você. Não preciso ser manipulada como se fosse uma flor delicada.

– Pode confiar em mim. Não vou te machucar. Eu prometo.

Sem nenhum motivo aparente, os olhos dela marejaram. Não... não foi isso. Ela soube exatamente o porquê. Vinha sendo forte há tanto tempo... que esquecera como era ter outra pessoa segurando seu fardo.

Nunca se chamaria de solitária nem se identificaria como tal.

Mas o apoio de Peyton, espontâneo, inesperado e completamente injustificado – ainda mais em se tratando de sexo –, fez com que sentisse o espaço entre ela e todas as outras pessoas ao seu redor com uma sensibilidade aguçada.

– Não sou muito de confiar, Peyton – disse, a voz rouca. – Isso nunca resultou em algo bom na minha vida.

– Isso não muda o que eu disse. Nem uma palavra.

– Por quê? – ela sussurrou. – Por que está sendo assim?

– A verdade?

– Melhor que seja.

– Não sei. Essa é a verdade. Só tenho certeza de que... não quero ver você ferida ou magoada por ninguém nem nada nunca mais.

Não acredite nele, disse a si mesma. *Não acredite nem um segundo nessa asneira toda. Ele quer transar com você, e é por isso que está dizendo isso. Você já passou por esse tipo de conversa mole antes e lembra onde foi parar?*

Grávida e sozinha.

Abortando sozinha.

Sozinha desde então.

Contudo, mesmo se forçando a se lembrar do que acontecera naquela casa fria há uma vida? Mesmo dizendo que era mais seguro pensar que estava sendo manipulada?

Olhou nos olhos sérios e determinados de Peyton e descobriu que era muito difícil não acreditar nele.

– Eu paro em qualquer instante. É só você dizer – ele repetiu com suavidade.

Um pânico nervoso vibrou dentro dela, fazendo com que até seus ossos parecessem indecisos. Fizera muito sexo desde Oskar, desde a perda do bebê. Muitas partes do seu corpo se encontrando com partes de corpos de outros. Mas nunca partilhou a si mesma com ninguém mais.

Esse era o bônus de não contar sua história para nenhuma alma viva. Contando que a outra pessoa não soubesse, ela podia fingir que não acontecera pelo tempo que o encontro durasse.

Esta noite, porém – provavelmente porque discorreram meras vinte e quatro horas desde que morrera algumas vezes –, o véu do tempo entre a tragédia e quem e onde ela estava agora parecia ter passado de dois anos... para uma questão de minutos.

Tudo o que mantivera à parte corria perigo de emergir.

Peyton, entretanto, parecia igualmente vulnerável. E, por mais que ela não conhecesse os detalhes, isso tornava tudo muito justo, não?

– Tranque a porta – disse.

Fúria de sangue · 169

Capítulo 19

PEYTON MANTEVE OS OLHOS em Novo enquanto seguia suas instruções e trancava a porta. Ele tinha quase certeza de que a equipe médica possuía uma chave mestra, mas, com aquela placa do lado de fora e o fato de que o centro de treinamento estava deserto, porque Wrath cancelara os turnos de trabalho, privacidade era uma aposta certa.

Antes de se aproximar dela, apagou as luzes, de modo que a pouca iluminação vinha só do banheiro. De certa forma, odiou a escuridão parcial, porque, quanto mais fraca a iluminação, mais brilhantes ficavam os monitores ao redor da cabeceira da cama.

Ela ainda estava com dois acessos ligados.

Mas estivera bem o bastante para uma chuveirada: os cabelos úmidos tinham sido trançados novamente, as pontas se curvando. E ela comera um pouco da refeição servida.

Quando Peyton se aproximou, Novo abaixou a metade superior da cama até ficar nivelada, e o coração dele acelerou ao perceber que, de fato, iria se deitar ao seu lado.

– Só me deixa tirar isto... – Ela tentou reordenar o tubo ligado ao braço. – Droga, isto é ridículo. Vamos tirar de vez...

– Ah, não, isso não vai acontecer. Deixa que eu te ajudo.

Ele passou os tubos plásticos para cima do travesseiro de modo a não serem pressionados. E depois abaixou a grade lateral, sentando-se na beirada do colchão.

Quando ele lhe segurou a mão, a pele dela era mais macia do que imaginara. Uma guerreira como ela? A palma deveria ser toda marcada. Ainda assim, ele reconheceu a força dela e sentiu os calos formados pela barra de pesos, pelo remo e pelos combates.

Quando Novo o trouxe para baixo, ele foi mais do que de boa vontade, esticando-se por cima das cobertas em cima dela.

– Então, vai me beijar ou não? – a fêmea quis saber.

– Sim, vou.

Encontrou a boca de Novo e, cacete, seu cérebro sofreu um curto-circuito. Todo pensamento racional e sensato fez as malas e foi para o cérebro de outra pessoa. Os lábios dela eram deliciosos e a língua era um açoite de agressividade em sua boca, e a sua fragrância o deixou mais inebriado do que a maconha. Puta merda se as coisas não tinham se acelerado, ainda mais ao sul da sua cintura. Ele a desejava tanto que arquejava e já estava descontrolado.

A única coisa com que foi cuidadoso? Certificou-se de não apoiar seu peso sobre o peito que sarava. Fora isso, foram só sensações, o quadril rolando sobre a sua coxa, o tronco dela se arqueando debaixo dele, as mãos agarrando suas costas...

– Tire a camisa – Novo gemeu.

– Sim, senhora.

Afastou-se dela devagar e se sentou sobre os calcanhares. Os botões foram teimosos; os dedos, descoordenados; a respiração, dificultosa... mas ela não pareceu se importar. Novo só o encarava com olhos vorazes, a língua tracejando o lábio superior, as pontas das presas descendo num branco luminoso.

– Estou com fome – grunhiu ela.

– Tome tudo.

– Cuidado. Posso te matar.

– Então me deixe morrer nos seus braços.

Peyton jogou a camisa branca no chão, a gravata-borboleta foi junto, e depois voltou a se deitar. Quando aproximaram os corpos, porém, ele apertou um dos tubos e um realinhamento desajeitado teve que ser feito – algo em que ele tentou não se concentrar. Será que podiam fazer o que estavam fazendo?

Porra, claro, seu pau anunciou. *Cala a boca.*

Para...

– Hum? – perguntou ela.

– Nada. Só me deixa continuar te beijando antes que eu goze nas calças.

– Essa não é uma ameaça muito ameaçadora. – As pálpebras se abaixaram sobre os olhos ardentes. – Porque é isso que eu quero que você faça.

Quando ele sibilou, ela afagou o peitoral e foi descendo pelo abdômen. Quando parou antes da cintura, ele cerrou os dentes.

– Caralho...

– Esse é o plano. Me ajude a tirar isto.

A princípio, ele não teve certeza de ter ouvido direito, mas, quando ela começou a puxar o cinto com a mão livre, ele se mostrou mais do que pronto a dar uma de Bom Samaritano ali. Com uma série de safanões, conseguiu tirar o cinto de couro preto para, em seguida, brigar com o botão e o zíper.

A mão dela entrou assim que teve acesso e, no instante em que o tocou, ele se moveu para a frente com tanta força que quase partiu a coluna.

– Veja o que estou fazendo – ela ordenou.

Ele grunhiu e olhou para baixo, vendo a palma de Novo circundar seu membro grosso e depois o movimentar, para cima e para baixo, as sensações criando uma descarga enlouquecida de calor em todo o seu corpo. E ela começou a beijá-lo, a boca assumindo o controle, a trança deslizando pelo ombro e aterrissando pesadamente no braço dele.

– Porra, devagar, vou gozar...

– Acho muito justo.

Bem quando o prazer chegava ao ápice, ela partiu para a garganta, e os caninos afiados rasparam a pele dele, encontrando o lugar certo na jugular. Ela os cravou na mesma hora em que ele chegou ao orgasmo, e ele ladrou seu nome, a dor e o prazer se misturando, a alquimia amplificando tudo até ele achar que explodiria.

Amparando-a pela nuca, ele a incitou a continuar a sugar da sua veia, com a cabeça junto à dele, o perfume dela em sua narina, o pau duro e pulsante, querendo mais enquanto ela o bombeava.

Ela o possuía.

Por completo.

Qualquer vulnerabilidade que ele tivesse pressentido – sem compreendê-la, mas, por certo, aceitando-a – tinha sumido agora, e ela o governava.

Nunca curtira uma de ser dominado. Isso nunca lhe interessara muito. Depois disso? Ficou se perguntando até onde ela poderia ir... quanto mais ele poderia ter dela.

E quis descobrir.

Enquanto sugava o pescoço de Peyton e exercitava a ereção dele, Novo o desejou em seu sexo. Mas a alimentação tinha que vir antes – e talvez estivesse se acovardando um pouco, afastando-se temporariamente até confiar que conseguiria se manter no controle.

Mas estava bom, tudo aquilo. O gosto dele descendo em sua garganta, a sensação da ereção, aveludada e firme, a percepção de controle, o domínio – não só sobre ele, mas sobre as próprias emoções. E do lado dele? Definitivamente, Peyton era feito de orgasmos, o lindo corpo masculino acompanhava as ondas que ela lhe oferecia, o quadril se movia com ela, o ritmo se intensificando e ficando mais estável quanto mais orgasmos ela lhe dava. Ele era espetacular em sua mão, os músculos fortes flexionavam e relaxavam, o pau era do tipo que justificava fantasias.

E também havia o jato poderoso de seu sangue. Ele era tão puro que fazia a cabeça dela rodar e o coração acelerar, a força que ele transmitia de tão boa vontade fazendo-a se sentir em uma longa viagem de férias rejuvenescedora, ao mesmo tempo que estava em Vegas ganhando um milhão na máquina caça-níqueis.

Poderia fazer aquilo para sempre.

No entanto, o ápice chegou quando um alerta começou a soar. A princípio, ela passou os olhos pelos monitores. Não, não era nenhuma máquina informando que ela forçara demais o músculo cardíaco reparado.

Não... foi um instinto dentro de sua cabeça lhe dizendo que estava no limite de tomar demais.

Afastar-se do pescoço dele demandou certa disputa interna, mas ela obrigou os lábios a se afastarem e a língua lambeu as feridas da mordida para fechá-las...

Uau. Ela praticamente o moera, havia marcas múltiplas desfigurando a pele dele, os cortes vermelhos de suas presas que o marcavam parecendo as garras de Wolverine. Céus, nem percebera que o mordera mais de uma vez. Evidentemente, porém, ela o perfurara várias e várias vezes.

Quanto tempo tinham estado naquilo?

Não fazia a mínima ideia.

E tinha muito mesmo que parar. Esticando a língua, ela lambeu a lateral do pescoço dele de novo, selando tudo. Feito isso, afastou-se e continuou afagando-o – antes de, deliberadamente, passar o polegar sobre a ponta úmida de sua ereção. A reação dele foi violenta, o corpo se moveu como se Peyton fosse um fantoche, o tronco se arqueou e o quadril se ergueu. Os olhos dele, lustrosos, sem foco, enlouquecidos, encontraram os seus quando ele mordeu o lábio inferior e inspirou por entre os dentes.

Os cabelos loiros estavam bagunçados sobre o travesseiro. O rubor no lindo rosto era forte. E um suor delicioso fazia a pele dele brilhar.

Ele era... lindo.

Injusto. Totalmente injusto.

E ela ainda estava com fome.

Felizmente para ambos, ele tinha outro tipo de sustento para lhe dar.

Novo se moveu para baixo na altura do quadril dele, abriu a boca e envolveu seu sexo profundamente. Em resposta, Peyton teve mais um espasmo; a expressão de choque dizia que ele esperava que as coisas já tivessem terminado.

Quando teve certeza de que ele olhava para ela, Novo o chupou, para dentro e para fora dos seus lábios, a espessura tão larga que tinha que ampliar os cantos da boca. E parou no topo, dando uma girada.

Como esperado, ele começou a gozar de novo.

E ela capturou tudo com a boca, engolindo o que ele lhe oferecia.

E foi em frente.

Capítulo 20

Para Saxton, o fim da noite de trabalho chegou de mansinho, não na porrada, com uma série de descomplicadas bênçãos de vinculação e uma discussão sobre limites entre propriedades que foi resolvida com facilidade pelo Rei, encerrando oito horas de mais do mesmo. Quando entrou em seu escritório na ala de empregados e colocou a pasta e o bloco de anotações amarelo muito bem utilizado sobre a escrivaninha, fitou o laptop, suas coisas muito bem organizadas, as canetas no porta-canetas.

Esfregando os olhos, tentou compilar uma lista mental do que ainda tinha que fazer antes de poder ir para casa.

E basicamente fracassou nessa tarefa.

Sua cabeça funcionara bastante bem enquanto se relacionara com o Rei e os cidadãos. Agora que não havia nenhum assunto mais importante em que se concentrar, não conseguia controlar as rédeas cognitivas, os pensamentos pulando de um para outro.

Na realidade, isso não era inteiramente verdadeiro.

Ruhn era o assunto privilegiado. E os detalhes eram se Saxton estava se lembrando do beijo... ou das pintas cor de chocolate nos olhos castanho-claros... ou da sensação daqueles ombros fortes. Ou o fato de que queria repetir aquilo.

Infelizmente, precisava direcionar o cérebro para o fato de que o macho saíra sem dizer nada. O que dificilmente servia de indício para uma repetição.

Com isso em mente, enfiou a mão no bolso interno no peito do paletó e pegou o celular. Nada. Nenhuma mensagem, nenhum telefonema.

Ok, nenhum telefonema, já que Ruhn não sabia escrever.

E, francamente, o fato de se sentir desapontado lhe parecia ridículo. O macho não passava de um mero conhecido, e ele por certo fizera sexo com pessoas que não voltara a ver ou com quem não voltara a se relacionar, e estava tudo bem. Tinha bastante consciência de que o recuo de Ruhn o fizera se lembrar de outra partida, uma muito mais séria e importante.

Naturalmente, todos os caminhos levavam de volta a Blay.

– Perdoe-me pela invasão, senhor?

Ante a pergunta feita de forma suave, ele se virou para a entrada. Uma das *doggens* que trabalhava na casa estava parada envolta em seu casaco de lã, segurando o chapéu e as luvas.

– Não se preocupe, Meliz. – Certificou-se em sorrir para que ela não confundisse seu humor com algum descontentamento em relação ao seu trabalho. – Já está indo?

Ela se curvou.

– Sim, senhor. Voltarei a abastecer a despensa depois de ajudar os outros com a Última Refeição na mansão. Todos os demais já se retiraram e eu me certifiquei de que as lareiras estão apagadas, as chaminés estão fechadas e as portas, trancadas.

– Muito bem, então. Obrigado. Eu a verei amanhã.

A *doggen* se curvou ainda mais profundamente.

– É meu prazer servi-lo.

Ela se retirou e, um momento mais tarde, ele ouviu o sinal de que o alarme de segurança fora acionado; em seguida, uma porta se abriu e se fechou.

Muito bem. Tinha coisas a organizar ali. E depois...

Bem, voltar para casa, supunha. Eram cerca de quatro da manhã e, ainda que houvesse duas horas de escuridão, não estava disposto a ir até a cidade para um pouco de vida noturna. E, não, tampouco estava interessado em preencher o dia com outra sessão de exercícios com um equipamento sexual.

De certa forma, porém, a ideia de que ficaria preso naquela caixa de vidro no céu, com as cortinas fechadas para afastar mesmo o anêmico sol invernal, o fez querer gritar...

Havia alguém do lado de fora.

Parado na neve. Observando-o.

Saxton se virou para os painéis de vidro e de pronto reconheceu o corpanzil, a postura tensa, os cabelos escuros que eram revirados pelo vento frio.

Sem saber o que mais fazer, apontou para a direita, na direção da cozinha e da porta dos fundos.

Em resposta, Ruhn assentiu e começou a andar na neve rumo aos fundos da casa.

Com pés rápidos e coração ainda mais, Saxton passou pelo corredor de serviço, pela despensa e entrou na cozinha ampla. Abriu a porta de imediato, o sinal do alarme tocando de novo, e ouviu as passadas pesadas esmagando a neve.

E lá estava ele, maior do que antes, mais reservado do que de costume.

E, sim, lá estava ele, repetindo a mesma conversa.

– Entre – disse de modo distraído.

Quando o macho entrou, Saxton voltou a fechar tudo e desejou que Ruhn soubesse escrever. Porque, assim, isto poderia ter sido feito por meio de mensagens: *Aquilo foi um erro. Não é você, sou eu. Não sei o que estava pensando. Por favor, não conte a ninguém.*

– Não se preocupe, não há ninguém aqui – murmurou ao notar que o açucareiro estava ligeiramente torto perto do fogão. – Portanto, o que quer que queira dizer, poderá ser dito sem receio de que o ouçam.

Atravessou a cozinha e ajeitou as laterais da caixa de metal. Depois mexeu no contêiner de farinha, que era ainda maior. Em seguida, empurrou a menor das três, que continha sal.

Quando voltou a se virar, estava farto de esperar que o macho falasse.

Tentando manter a frustração afastada do território de explosão nuclear, juntou as mãos e deu início ao processo.

– Muito bem, eu começo, está certo? Tive uma noite longa, estou cansado e, por mais que respeite sua jornada, ou experimentação, ou como prefira chamar, acredito que posso nos poupar tempo e aborrecimentos dizendo que você tentou, não gostou e precisa de garantias de que o que eu disse é verdadeiro e que manterei esse assunto em segredo.

– Não foi por isso que eu vim.

Trabalho, então. Claro.

– O que aconteceu com Minnie agora?

À guisa de resposta, Ruhn avançou em sua direção... e mais ou menos quando ele estava na metade do caminho que os separava foi que Saxton percebeu que...

O macho estava excitado.

Muito excitado.

Ruhn não viera para um nunca-mais, mas para um-pouco-mais.

Seu corpo reagiu de imediato, o sangue disparou, o pau endureceu, o aborrecimento, a frustração e a exaustão evaporaram de pronto.

Quando o outro macho parou a meros centímetros entre seus rostos, Saxton teve que sorrir.

– Acho que interpretei mal a situação, hum?

– Sim – foi dito num grunhido. – Você interpretou mal.

Ruhn segurou Saxton pelas laterais do pescoço e o puxou para a frente, o beijo do macho nada hesitante nem tímido, nada experimental. Foi profundo, a língua invadindo-o, o corpo forte empurrando o quadril e a ereção do tamanho de um taco de beisebol contra Saxton e forçando-o a recuar até a bancada.

Ah... meu senhor. Aquele foi um caso de se segurar para não morrer afogado enquanto era devorado, a força do desejo de Ruhn sendo o tipo de coisa que era chocante por ser inesperada e inegável...

Em seguida, Saxton foi virado e inclinado para baixo, uma mão forte forçando-o pelas omoplatas até a bancada.

Quando empurrou o pau nas nádegas de Saxton, o macho disse numa voz gutural:

– Diga algo agora. Se for dizer alguma coisa, este é o momento.

Saxton virou a cabeça de lado, a bochecha deslizando pelo granito. Abrindo a boca, começou a arfar.

– Não pare. Ah... Deus... *Continue.*

De repente, as luzes da cozinha se apagaram, o espaço foi mergulhado na escuridão quando Ruhn ordenou que assim fosse mentalmente. As mãos desceram para a braguilha das calças de Saxton com impaciência... e logo o tecido elegante se empoçou no chão. Uma cabeça rombuda o cutucou, e Ruhn cuspiu na própria palma...

A penetração foi firme e profunda.

O percurso foi na força vigorosa, beirando a violência.

O orgasmo que se despejou dentro dele abalou a alma de ambos.

E Ruhn não parou. Enfiou uma mão debaixo do peito de Saxton e o prendeu pelo ombro oposto. Em seguida, o macho firmou os pés no chão e bombeou, os corpos se chocando na parte inferior, a cabeça de Saxton se chocando contra aqueles contêineres de metal, e algo foi rasgado – o paletó de Saxton. Lançando uma mão adiante, ele apoiou a palma na parede sob o armário só para não acabar com uma concussão; em seguida, tentou se segurar com a outra mão.

Não conseguiu se apoiar, o braço se debatia.

Ainda bem que tinha um apoio para o tronco, caso contrário, as pernas, que afrouxaram como fitas de cetim, cederiam sob seu corpo.

Nesse momento, encontrou algo em que se segurar. Inserindo a mão entre as pernas, agarrou a ereção e gozou na mesma hora, os movimentos firmes lançando-o para além do precipício. Não se importou com o lugar em que ejaculava ou que quantidade de limpeza seria necessária em seguida.

Quando se tem o sexo de sua vida, as consequências não são nada com que tenha de se preocupar.

Ruhn por fim se largou nas costas de Saxton – só Deus sabe quantos orgasmos depois. Contudo, embora estivesse imóvel, não havia silêncio. Arquejava com tanta força que os dentes da frente assobiavam e, debaixo dele, Saxton não passava de inalações bruscas também. O cheiro do sexo pesava no ar, e seu pau, que ainda estava firme como uma rocha enquanto pulsava dentro do macho, parecia sugerir que aquilo era apenas uma pausa, não um encerramento.

Com um gemido, abriu os olhos. Do outro lado, uma mesa de carvalho com sua fila organizada de cadeiras ao encontro das laterais foi uma surpresa.

Onde estavam? Ah, sim. Na cozinha. Da Casa de Audiências.

Entrara pelos fundos. Para poder... entrar pelos fundos.

Ok, essa foi a pior piada em que poderia ter pensado. E, a propósito... Santa Virgem Escriba. O que fizera ali?

Apoiando as palmas na bancada de granito ao lado dos ombros de Saxton, teve a intenção de se empurrar para trás e para fora, mas não foi a lugar algum. Estava tão exausto e aquilo estava bom demais para sair.

O macho era bom demais para querer sair dele.

Enquanto tentava encontrar energia – e vontade – para se separar, pensou nas outras vezes em que fizera sexo. Fora exclusivamente com fêmeas, e somente durante sua vida prévia. Os encontros tinham ocorrido porque fora procurado pelas que desejavam estar com um animal, e ele lhes fornecera esse serviço específico. O corpo desempenhara de acordo por causa do momento em questão e porque elas estavam nuas, jogando-se para cima dele, e seu pau reagira ao estímulo.

Mas ele nunca as escolhera.

Saxton... Ele o escolhera.

– Sinto muito – disse ele com brusquidão, quando recuperou o movimento dos braços. – Sinto muito... mesmo.

Com uma rotação de leve, Saxton ergueu o olhar para ele.

– Por que pede desculpas por ter feito isto?

Ruhn sentiu o rosto queimar; em seguida, desviou desse olhar direto e recuou. O ar estava frio em sua excitação e, ao baixar o olhar, surpreendeu-se pela necessidade premente de repetir aquilo. Deixara uma lambança para trás, mas... aquilo era a coisa mais erótica que já tinha visto na sua vida inteira.

O que fazer agora?, perguntou-se ao subir os jeans. Com o desejo inicial saciado, não conseguia acreditar que tivera a coragem de ser tão agressivo, tão devasso, tão...

Saxton se endireitou e virou de frente.

Deus, aquele rosto, aqueles olhos, aquele cabelo... aquela ereção, que lhe parecia tanto desconhecida quanto uma anatomia familiar. Ruhn nunca vira um macho excitado assim tão de perto – e se viu atônito com a necessidade insaciável de explorar aquilo com o toque e o paladar.

De fato, aquele macho era a resposta para o "por quê?".

– Rasguei seu terno – Ruhn disse ao se concentrar no rasgo na costura do ombro. – Desculpe. Eu pagarei por...

Saxton levantou a mão, agarrou a parte inferior da manga e a puxou de vez. Ao deixar o tecido cair no chão, sorriu.

– Gostaria de puxar o outro lado também?

Ruhn gargalhou. Não conseguiu evitar – e depois cobriu os dentes com a mão por timidez. Enquanto Saxton retribuía o sorriso, ele teve que desviar o olhar. Era beleza demais, excitação demais... Tudo demais.

– Já comeu? – o advogado perguntou ao se abaixar para subir as calças.

– Não, ainda não.

– Deixe-me preparar uma Última Refeição para nós. – Saxton mostrou a cozinha com a mão. – Estamos bem estocados aqui. Só preciso subir por um instante.

Quando Ruhn hesitou, Saxton segurou-lhe o rosto nas mãos, e instigou a boca do macho para baixo. O beijo foi suave, assim como o sexo foi possessivo.

– Tenho que ir à casa da senhora Miniahna – Ruhn se ouviu dizer. – Para ver se está tudo bem antes de a aurora chegar.

– Muito bem, eu entendo. – Saxton recuou um passo, uma ressalva endurecendo-lhe as feições. – Eu o verei ao cair da noite, então. Precisamos fazer uma visita aos incorporadores.

– Combinado.

Fez-se um silêncio constrangedor. Então, Ruhn despejou:

– Quando?

Saxton exalou como se estivesse voltando aos trilhos mentais com certo esforço.

– Hum, digamos, às cinco e quarenta e cinco. No fim do expediente deles e escuro o suficiente para nós. Precisaremos ir na sua caminhonete...

– Estou falando de nós. Quando podemos... repetir isto?

O sorriso de Saxton foi rápido e firme.

– Quando quiser.

Ruhn ergueu a mão e afagou o rosto do macho com os nós dos dedos... antes de delinear o lábio inferior com o indicador. Imagens do que tinham acabado de fazer foram repassadas como uma trilha sonora de gemidos e arquejos.

– Obrigado – disse.

Saxton balançou a cabeça.

– Acho que sou eu quem deveria dizer isso.

Não, Ruhn pensou. *Nem um pouco.*

Ele se inclinou para perto e beijou o macho. Quando o sangue começou a acelerar, soube que tinha que ir – ou acabaria não indo nunca.

– Sou eu quem está grato – sussurrou contra aqueles lábios.

Capítulo 21

– QUEM É OSKAR?

Quando a pergunta foi sussurrada em seu ouvido, Novo despertou de vez. A princípio, não fazia ideia de quem era o peito no qual estava toda largada e aquecida, mas uma rápida inspiração logo resolveu o problema. Peyton. Ela e Peyton estavam...

Sim, no quarto do hospital. Ela estava na clínica, ainda se recuperando da cirurgia.

Erguendo a cabeça, olhou para o macho que transformara em travesseiro. Peyton parecia perfeitamente à vontade em ser usado de tal maneira, o corpo nu relaxado, os olhos pesados, o pescoço já começando a cicatrizar. No chão, o smoking caído como um soldado num campo de batalha, espalhado em pedaços depois de ter sido deixado de lado.

O pau estava bem parecido, repousando flácido e exausto sobre uma das coxas.

Ela tinha o pressentimento de que estaria pronto para a ação num piscar de olhos.

– Um amante? – ele a incitou.

– Quem?

– Oskar. Você disse o nome dele enquanto dormia há pouco.

– Ah, não é ninguém.

– Mesmo? Você parecia triste... A voz pareceu.

– Deve ter sido algum tipo de pesadelo.

– Tá. – Afastou uma mecha de cabelos do rosto dela. – Posso perguntar uma coisa?

– Claro.

– Quer sair num encontro comigo um dia desses?

Novo ergueu uma das sobrancelhas para ele.

– Um encontro?

– Isso. Jantar. Dançar. Esse tipo de coisa.

– Está imaginando que sexo fará parte?

– Tenho esperanças, claro.

– Talvez.

O sorriso dele foi direto para o centro do peito dela, certeiro como uma adaga: lento, confiante, sensual.

– Adoro um desafio.

– Mas não sou um desafio.

– Você é a pessoa mais difícil que já conheci na vida.

– Você nunca vai me ganhar. É por isso que não sou fácil.

– Não é essa a exata definição de um desafio?

– Não, isso é chamado de beco sem saída. Mas você é bem-vindo para tentar.

– De alguma maneira, algum dia – ergueu um dedo –, vou entender como funciona sua cabeça.

– Pergunte-se por que está se dando o trabalho. Garanto que chegará muito mais longe se...

– *She's sooooo hiiiigh, hiiigh above me...*

Novo se retraiu e teve que falar por cima daquela desafinação.

– Por que está cantando?

– *... she's sooo loooovely...*

Novo teve que rir.

– Você é muito esquisito, sabe disso, né?

– *... like Cleeeopatraaa, Jooooannnn of Arrrrccc...*

– Ai, meu Deus. Você é completamente desafinado.

Quando ela cobriu os ouvidos, ele aumentou ainda mais o volume:

– *... or Apppphrooodiiiteee...*

Os braços a envolveram e ele a beijou e beijou. Mas não se tratava de sexo. Ele parecia gostar do fato de ela estar rindo, e o boca a boca foi seu modo de dizer isso.

– Por que é tão louco? – ela disse contra os lábios dele.

– Porque faço praticamente qualquer coisa para ver esse seu sorriso.

– Por que se importa?

– Como posso não me importar?

Novo revirou os olhos.

– Escuta aqui, você precisa parar.

– Já parei. Não estou mais cantando. Mas, se quiser que eu repasse meu repertório do Wham!, estou com tudo na ponta da língua para você. Também tenho Flock of Seagulls.

– Estou me referindo a todo esse charme. Odeio isso. Apenas seja você mesmo.

– E se eu estiver sendo eu mesmo?

– Um cantor frustrado?

– Alguém que quer fazer você sorrir.

Afastou-se dele e se sentou, até os tubos de acesso a impedirem.

– Acho que você precisa ir.

Peyton apenas levou as mãos para trás da cabeça e continuou deitado como um leão ao sol. Só que ele não era o rei da floresta e, preste atenção, a fonte de luz era fluorescente e vinha do banheiro.

Maldição, aqueles cabelos bagunçados e os olhos azuis sonolentos eram atraentes demais. Especialmente se considerasse que eram a cereja do bolo de todo aquele sundae de nudez.

– Não posso – disse, a voz arrastada.

Espere, sobre o que mesmo estavam falando? Ah, certo. O charme de Peyton.

– Claro que você pode dar um fim nisso.

– A propósito, são duas da tarde. – Apontou com a cabeça para o relógio na parede. – Luz diurna é um tremendo fim de festa, por isso não pode me dizer para ir embora. Por mais irritante que me considere, tenho certeza de que não quer minha morte pesando na sua consciência.

– Não subestime quanto você sabe ser irritante. – Novo apontou para a porta. – E não importa a hora do dia ou da noite, você sempre pode sair do quarto.

– Obrigue-me.

Ela piscou.

– O quê...?

– Você me ouviu, chefe. Desligue-se desses aparelhos, me pegue no colo e me jogue fora como lixo. De outra forma, estou tãããão confortável aqui. Quero dizer, estes travesseiros de cinco centímetros... É como se estivesse apoiando a cabeça em floquinhos de cereal. É di-vi-no. E não me deixe começar a elogiar estes lençóis. Olha só isto aqui, vou me desfazer de todos os meus jogos de cama da Porthault assim que chegar em casa para substituí-los por esta lixa. A minha bunda está sendo esfoliada e polida enquanto respiro.

Novo guardou o riso para si. Em boa parte.

– Para. Você não é engraçado.

– Não? Nem um pouco? – Piscou para ela. – Que tal se eu disser a minha melhor piada de todas?

Ela cruzou os braços diante do peito e, de repente, parou. Olhou para si mesma e inspirou fundo.

No mesmo instante, Peyton ficou sério e se sentou.

– O que foi? Vou chamar o médico...

– Não, estou bem.

Com mãos trêmulas, ela pegou o laço da camisola hospitalar. Soltando o de cima, gentilmente afastou as duas metades... e fitou o peito.

Numa voz pouco audível, sussurrou:

– Sumiu. A cicatriz... desapareceu. O meu coração... sarou. Não sinto mais dor.

Peyton se inclinou para ela. E esticou o braço e tracejou com o dedo a pele totalmente regenerada. Não havia nem uma mínima marca.

– Eu não queria morrer. – Pigarreou, mas a voz ainda saiu rouca. – Lá. Quando aconteceu... não queria morrer.

– Você parece surpresa.

Novo fechou os olhos.

– Estou.

– Sinto muito.

Tentando sair do transe, desconsiderou a empatia dele.

– Você já se desculpou pelo erro.

– Não. – Ele meneou a cabeça. – Lamento ter existido uma época em que você quis morrer.

– Nunca disse isso.

– Não precisou.

Antes que ela tentasse trancar essa porta, ele fez uma coisa muito estranha.

Peyton segurou-lhe as mãos, afastou-as dos cordões e depois as virou. Abaixando a cabeça, beijou os dois pulsos, os lábios suaves como pincéis. E, depois, segurou os cordões que ela estivera segurando... e fez um laço perfeito, os dois arcos exatamente iguais, as pontas do mesmo comprimento, a camisola agora fechada de novo.

Pousando a mão sobre o coração dela, sussurrou:

– Estou muito feliz por você estar bem.

Sem dizer nada, envolveu-a nos braços e a instigou a se deitar em seu peito.

Ela resistiu. Um pouco.

Mas depois parou de lutar.

À medida que as horas do dia passavam, Peyton não dormiu. Apenas afagou devagar as costas de Novo, o contorno da coluna e os músculos um terreno que ele conhecia melhor a cada carícia.

Com frequência reconhecera a força dela. Como poderia não fazer isso? Contudo, havia muito sofrimento por baixo de tudo isso – e ele se viu tomado pela necessidade de descobrir os seus segredos, entrar e ajudá-la a subjugar esses demônios. Mas, convenhamos, o que poderia de fato fazer por ela? Estava mais para barco com buraco no casco do que um salvador em alto-mar.

Em certa altura, deve ter cochilado, porque os gritos do paciente com colapso mental o despertaram. Ouvindo os lamentos, ficou imaginando quanto tempo alguém conseguia aguentar naquelas condições.

Deu uma rápida espiada no relógio da parede e praguejou. Cinco horas.

Maldição, não queria deixá-la e, certamente, não queria ir para onde era esperado às cinco e meia. Mas estava acostumado a fazer coisas nas quais não estava interessado.

Com movimentos lentos e cuidadosos, reposicionou Novo – e rezou para que ela continuasse adormecida. Ela parecia estar se recuperando de fato, a cicatriz tinha sumido e as sobrancelhas estavam relaxadas, não mais contraídas em sinal de dor. Quando ficou de pé e ela continuou de lado, ajeitou as cobertas e percebeu que não tinham chegado a ficar pele contra pele. Ela não tirara a camisola, e ele não entrara debaixo das cobertas.

Pareceu uma metáfora para todas as coisas que ela guardava para si.

Quando vestia as calças do smoking, teve a sensação de que deveria deixar o assunto de lado. Uma atração sexual não constituía um relacionamento, tampouco justificava exigências de conexão emocional. Inferno, sabia por experiência própria, por conta daquelas horas ao telefone com

Paradise, que as pessoas falavam sobre si mesmas no próprio tempo, e não no de qualquer outra pessoa.

Deixe-a sossegada, disse para si mesmo. O mecanismo de defesa dela estava acionado por um motivo.

A camisa do smoking estava toda amarfanhada, e ele odiou ter que vesti-la, mas a peça só o cobriria pelo tempo suficiente de seguir pelo corredor até o vestiário masculino. Tomaria banho e vestiria uma roupa hospitalar qualquer.

Na porta, voltou a olhar para Novo adormecida no leito. Ela estava na posição de uma criança, com os joelhos dobrados e os braços também, as mãos como armas em punhos cerrados de maneira inocente sob o queixo. Cílios negros repousavam sobre as bochechas que não estavam mais pálidas, e a trança grossa preta era como uma corda deitada ao longo da curva das costas.

Pensou que nunca mais a veria assim.

Este momento, ali, agora, era algo único, um instante artificialmente construído, limitado à fase final da recuperação dela. Da próxima vez em que a visse, ela estaria de pé, enfrentando-o, e ao mundo todo, o corpo inteiro e totalmente funcional, a mente aguçada, as faculdades não mais embotadas, mas atirando por toda parte.

Ele recebera o agora como presente. Mas não dela. Ela nunca haveria de querer que alguém a visse daquele jeito.

Saindo do quarto, pegou o pedaço de papel que fora afixado à porta e o dobrou algumas vezes de modo que a caligrafia de merda do doutor Manello já não estivesse mais visível. Depois colocou o papel no bolso e foi para o vestiário.

Uma chuveirada rápida, barba, troca de roupas, e estaria pronto para o que viria em seguida, outro obstáculo a ser superado, um aro a ser ultrapassado, "tês" cruzados, "is" pingados – e a situação seria resolvida ali. Deixou o smoking num dos armários e foi obrigado a calçar os sapatos sociais de couro, os laços de gorgorão e as pontas lustradas absolutamente ridículos aparecendo pela barra das calças do uniforme hospitalar.

De volta ao corredor, parou diante do quarto de Novo. E foi em frente. Não havia ninguém ali. O doutor Manello provavelmente devia estar se livrando dos efeitos do baseado durante o sono, a doutora Jane e Ehlena sem dúvida se preparavam para a Primeira Refeição no que chamavam de "casa grande". Não havia Irmãos por perto e, por certo, nenhum trainee.

No entanto, logo haveria.

Teriam uma reunião às oito. Motivo pelo qual aquele seu compromisso fora marcado tão cedo.

Parou à porta de vidro do escritório. Espiando lá dentro, quase desejou que não houvesse ninguém à mesa. Mas, claro, isso não aconteceria.

A *shellan* do Irmão Rhage, Mary, estava sentada diante do computador, de cabeça baixa, os olhos fixos na tela. Como que sentindo sua presença, levantou o olhar e acenou para ele entrar.

Corra, Forrest... corra!, foi só o que conseguiu pensar ao empurrar a porta.

– Oi. – Ela se levantou. – Como você está?

– Ótimo. Obrigado.

– Que bom. Pronto para uma conversa?

Até onde ele sabia, Mary era – ou fora – humana, até que a Virgem Escriba intercedera e, por algum motivo, tirara a fêmea do *continuum* do tempo. Não sabia muito a respeito, mas ela, por certo, parecia serena como um anjo ou uma divindade ou o que quer que ela fosse. E era muito diferente de Rhage. Pequena, ainda mais se comparada ao *hellren*, e com uma beleza despretensiosa, com cabelos castanhos cortados de maneira prática, o rosto sempre desprovido de maquiagem, roupas simples, funcionais. A única joia que notara nela – não que tivesse prestado muita atenção – era um imenso relógio Rolex de ouro, que deve ter pertencido ao companheiro, e talvez um par de brincos de pérola.

Ela usava ambos hoje.

O resultado era que se parecia com a imagem que um terapeuta teria: calma, alerta e, um bônus para ele, não parecia nada reprovadora.

– Vamos acabar logo com isso – murmurou ele ao puxar a cadeira para se sentar diante dela.

– Ah, aqui não.

Ele correu o olhar pelo escritório.

– Por que não?

– Não é privado.

– Não tenho nada a esconder – disse em tom seco. – Se esse fosse o caso, teria parado de desconsiderar preocupações humanas há anos.

– Não, vamos.

– Para onde?

Mary deu a volta na mesa.

– Há uma sala de interrogatórios no fundo do corredor. Não, isto não será filmado, e, antes que me pergunte, não contarei a ninguém o que me disser. É só que, se estivermos lá, ninguém nos interromperá.

– Espere, se não vai contar nada a ninguém, por que estamos fazendo isto?

– Vou fazer uma avaliação. Mas não partilharei detalhes específicos.

– Sobre eu ser ou não sensato?

– Vamos por aqui.

Quando Mary sorriu, foi de maneira tranquila, mas Peyton teve a sensação de que ela não entraria em mais detalhes.

Tanto faz, pensou. Aquela era apenas uma formalidade antes de o expulsarem.

Enquanto a seguia pelo corredor, Peyton deu de ombros.

– Para que fique claro, pode contar tudo a todo mundo, no que me diz respeito. Tomei uma decisão errada no beco e sei que vou deixar o programa. Então, poderemos poupar nosso tempo se só ticar o quadradinho certo do formulário.

Ela parou e o encarou.

– Ninguém decidiu isso ainda.

– Está falando sobre minha expulsão? Ah, qual é, nós dois sabemos que é isso. E tudo bem.

– Você gosta do que está fazendo aqui?

A pergunta não foi formulada de maneira ofensiva, como se o estivesse criticando pela falta de comprometimento ou algo assim. Foi mais um convite para que falasse.

Era melhor se acostumar a muito mais desse tom vindo dela, pensou ele.

– Não, está tudo bem. O que acontecer, aconteceu.

Depois que ela emitiu um som de concordância, voltaram a andar lado a lado. Conforme prosseguiam, somente um par de passos ecoava ao redor: os dele. Mary olhou de relance para seus pés.

– Esses sapatos são tremendamente elegantes – comentou com um sorriso.

– Eu queria impressioná-la.

Fúria de sangue · 189

– Isso não é tarefa sua, nem minha. – Mais daquele sorriso. – Mas esse é um belo par de sapatos que acompanham um smoking. Aprendi tudo sobre moda com Butch.

– Ele e eu temos o mesmo alfaiate.

– Acredito nisso.

Quando chegaram a uma porta de aço sem identificação nem janela, ela bateu, aguardou um segundo e abriu caminho para um cômodo impessoal de paredes cinza, uma mesa no meio e somente duas cadeiras.

– Peço desculpas pelo ambiente insípido – murmurou quando entraram e ela fechou a porta.

Quando se sentou, Peyton percebeu que Mary levara um bloco de papéis amarelos e uma caneta. Hum. Nem percebera que ela pegara coisas do escritório.

– Junte-se a mim – ela o incentivou a se sentar.

– Isto não vai demorar – murmurou ele ao se acomodar. – Nem um pouco.

Capítulo 22

Quando Ruhn parou a caminhonete na frente da entrada impressionante do Commodore, ele estava pensando em perfume – algo que não fazia parte da sua lista normal de reflexões. E era essa a questão.

Inclinando-se para a frente de modo a enxergar a fachada de aço e os espelhos do imponente arranha-céu, descobriu-se entendendo, por fim, o motivo de as pessoas usarem o produto. Antes, sem ninguém para impressionar, a simples ideia de alguém deliberadamente se perfumar com algo fabricado por um punhado de humanos e vendido a preços altos lhe parecia um desperdício ridículo de salário.

Agora? Ante a perspectiva de Saxton se juntar a ele nesta cabine?

Desejou ter sofisticação suficiente para saber qual era a colônia certa e o dinheiro para comprá-la...

Um lado das portas duplas se abriu e Saxton saiu para o frio, a respiração do macho escapando em lufadas brancas que sumiram acima do seu ombro. Ele vestia aquele seu casaco marrom-claro e um cachecol vermelho preso ao casaco com um nó na altura do pescoço. As calças eram azul-marinho, ou talvez pretas. O cabelo, espesso e brilhante, estava penteado para trás, deixando o belo rosto à mostra. Segurava uma maleta marrom com a mão enluvada.

Antes que conseguisse se conter, Ruhn deixou a marcha em ponto morto e saiu, dando a volta até a porta do passageiro.

– Muito gentil – disse Saxton com um sorriso ao se aproximar.

Ruhn teve que se segurar para não se abaixar para um beijo. E, como se percebesse isso, Saxton resvalou no seu antebraço ao entrar no veículo.

Fechando a porta, Ruhn voltou para o seu lugar atrás do volante.

– Está quente o bastante aqui para você?

– Está perfeito. – O macho o fitou. – Como você está?

Uma pergunta bastante fácil de responder, mas aqueles olhos acinzentados eram francos, sem serem exigentes. Mais coisas estavam sendo indagadas ali.

Ruhn pigarreou e se concentrou na boca do macho. De repente, o ar ficou espesso e eletrificado.

Numa voz grave e profunda, Ruhn respondeu com a verdade:

– Estou faminto.

Durante as horas do dia, só pensara no tempo deles juntos, repassando a cena erótica da cozinha repetidamente – até ter que se aliviar. Uma centena de vezes, mais ou menos.

Sentir-se atraído por alguém do mesmo sexo ainda parecia estranho. Mas o sexo partilhado fora a coisa mais natural que já tivera.

– Ora – murmurou Saxton –, depois de terminado o trabalho, teremos que ver o que podemos fazer para remediar isso para você. Um macho tem de se alimentar, não acha?

– Acho.

Enquanto a promessa de orgasmos, prazer e explorações rodopiava entre eles, Ruhn acionou a marcha – e rezou para que o encontro com os empreendedores humanos não demorasse muito.

– Sei aonde estamos indo – informou.

– Eu também – riu Saxton.

Ruhn corou ao olhar de relance para o outro.

– Estou me referindo ao outro lado da cidade.

– Eu também. – Saxton se esticou e apertou a mão dele. – Eu não deveria caçoar de você. Mas é esse rubor, me entende?

– Não é másculo.

Saxton franziu o cenho.

– Que maneira estranha de falar.

– Não sei o que estou dizendo. Não sou bom com palavras.

– Você se sai muito bem. – Saxton apertou de novo e soltou-o. – Você precisa parar de se desculpar. Não é menos que ninguém. As pessoas só são diferentes umas das outras.

Visto que não estava seguro quanto ao que dizer – como de costume –, Ruhn produziu um som que esperou ser de apoio. Agradável. Algo assim.

Deus, estava muito acima de suas possibilidades.

– Então – disse o advogado com jovialidade –, já tenho tudo acertado. Contratos pré-datados, que já estão em processo de serem arquivados junto aos humanos, uma carta de cessação para ameaçar o empreendedor e papeladas pacas.

— Precisamos levar algum animal?

Saxton gargalhou.

— É só uma expressão.

— Ah.

Ruhn acionou a seta e seguiu na direção do rio. Ao fim da ladeira, apontou para a rampa de acesso que os levaria até a autoestrada.

— Este caminho está bom?

— Você é quem decide. Confio em você.

Com um aceno, e um sentimento de orgulho pelo voto de confiança, Ruhn os conduziu até uma parte congestionada da Northway.

— Bastante trânsito.

— Uh-hum — concordou Saxton. — Diga-me, Minnie está bem? Quando foi vê-la pouco antes do amanhecer.

— Ah, sim, sim, ela estava. Nada fora do comum. Quando bati à porta, eu lhe disse que tinha ido até lá para ver se estava tudo bem. Ela disse que estava e, ah, consertei o banheiro de baixo para ela. Havia um vazamento.

— Muita gentileza sua.

— A pia do banheiro também estava pingando. E o aquecedor emitia um barulho quando ligado. Terei que investigar isso um pouco mais.

— Consigo entender o motivo de ela relutar em deixar a casa.

— Mas é muita coisa para ela cuidar. De verdade.

— Concordo.

De certa maneira, o acordo entre eles pareceu muito mais profundo do que um encontro de mentes cujo tópico era a senhora Miniahna.

Mas talvez ele estivesse apenas romantizando.

De volta à sala de interrogatórios do centro de treinamento, Peyton tinha dificuldades para acompanhar a linha de questionamento de Mary.

Chegou uma hora em que disse *no mas* para aquilo tudo.

— Desculpe — disse ao interrompê-la. — Não tenho a intenção de cortá-la, mas pensei que isto se referisse ao trabalho. Não entendo o motivo de estar me perguntando a respeito da minha família.

— Só estou juntando informações adicionais.

– Já fui investigado depois do teste inicial pelo Irmão Butch. Isto é, está tudo na minha pasta.

– Gosto de fazer minhas próprias anotações. – A fêmea sorriu. – Existe algum motivo para você se sentir constrangido ao falar de sua família?

– Nenhum. – Deu de ombros e se encostou na cadeira. – Isso não me incomoda. É só perda de tempo.

– Por quê?

– Eu já disse. Nós dois sabemos o que vai acontecer com tudo isto.

– Isto o quê?

Ele gesticulou entre os dois.

– Esta conversa. O relato que fiz para seu companheiro sobre o que aconteceu. Seria mais eficiente me expulsar do programa agora em vez de desperdiçar toda essa papelada. Não vou processá-los por demissão sem justa causa nem nenhuma merda, ops, coisa, assim.

– Você faz parecer que é dispensável.

– O que quer dizer?

– Bem, você está certo de que será demitido.

– Estou. Por que não estaria?

Mary cruzou os dedos e se sentou à frente, apoiando os cotovelos no bloco de anotações.

– Você faz parte da equipe.

– Isso não é uma canção dos Minions?

– Hum?

Ele balançou a cabeça.

– Só estou sendo engraçadinho.

– Eu sei. Esse é um dos seus mecanismos de defesa... Mas a questão de você se esquivar com o uso do humor é assunto para outro dia. – De novo o sorriso. – Então me diga, por que você acha que não é importante para os demais do programa?

Ele se concentrou no brinco de pérola na orelha esquerda.

– Se eu importo ou não, não é a questão.

– Então basta um erro para ser expulso, em sua opinião?

– Desculpe, e não estou bancando o engraçadinho desta vez, não foi o mesmo que errar uma questão de uma prova de matemática.

– Você ainda está se esquivando. Se Paradise tivesse agido como você naquele beco, você pediria que ela deixasse o programa?

– Não, mas ela não é eu.

– Por que você é diferente?

Do nada, a cabeça de Peyton começou a latejar, e ele fechou os olhos.

– Não sei. E não sou a pessoa encarregada... por um bom motivo. Podemos acabar logo com isto?

– Por que não quer ser encarregado?

– Como é que eu sabia que você perguntaria isso? – murmurou ao se sentar à frente e apoiar as mãos no tampo de metal. – Não sei. Não tenho respostas para essas perguntas. Então, que tal você me barrar por causa disso?

– Quer saber o motivo de terem me pedido para conversar com você?

– Mandei Novo para um leito hospitalar.

Mary meneou a cabeça.

– Não, você não fez isso. Você tomou uma decisão infeliz que, francamente, é mais um indício de que o treinamento falhou, e não você. Os Irmãos me pediram que conversasse com você porque querem minha impressão quanto a você estar ou não levando isto a sério. Refiro-me à responsabilidade. Todos com quem você trabalhou reconhecem suas habilidades. Você é um lutador muito bom, é inteligente, é rápido. Mas costuma desistir. Quando as coisas ficam difíceis, você se afasta. Eles viram isso durante o teste inicial, quando Paradise praticamente o carregou pelo ginásio até o desafio da piscina. Notaram isso durante os exercícios. E, sendo bem franca, este seu papo de "me expulsem de uma vez" é parte dessa sua característica.

– Não sou um molenga.

– Prove.

– O quê?

– Fique.

Peyton balançou a cabeça.

– Isso depende de vocês, não de mim.

– É nisso que você está errado. – A voz de Mary estava séria. – Isso depende inteiramente de você.

Enquanto se calava, Peyton notou que o tampo da mesa era reflexivo... e, se olhasse para a superfície, conseguiria ver a si mesmo.

Na verdade, nunca tinha pensado daquela maneira, mas todas aquelas mulheres e fêmeas com quem trepara e depois abandonara? As escolas das quais fora suspenso na metade do caminho? As coisas que desistira de fazer, os compromissos que assumira e deixara de concluir...?

Inferno, o relacionamento mais íntimo que tivera fora pelo telefone.

Mary tinha razão. Aquela coisa de ser expulso? Vinha praticamente implorando por isso.

Era isso o que o pai sempre considerou frustrante nele? Aquela coisa de apenas ficar pairando sem nunca mergulhar de cabeça? O pai ainda era um filho da puta nada solidário em relação a tudo, mas ele tinha que se perguntar se não dera munição deliberadamente para os canhões do pai, por assim dizer. E quanto aos babacas das boates que eram seus "amigos" mais íntimos? Eram iguais a ele, vivendo à custa do dinheiro da família, à toa na vida, criando vícios em vez de força de caráter.

Ele era da terra dos rótulos. O que não equivalia a qualidade.

Quem você quer ser?, perguntou-se. *Quem você é, de verdade.*

A lembrança de Novo deitada dormindo em seu peito, do calor, do peso dela e até a respiração, dos movimentos sutis enquanto sonhava, lhe voltaram à mente, tão certos como se ela estivesse ali com ele.

Às vezes, a vida leva você a esquinas que você percebeu estarem próximas, grandes mudanças que alteram sua direção e foco, graças a dado evento, como uma vinculação ou o nascimento de um filho. Outras vezes, porém, mudanças glaciais acontecem sem aviso, surgindo do nada.

Nunca antecipara se deparar com esse muro de autorreflexão naquela noite. Vestindo um uniforme hospitalar. E sapatos de smoking.

Pelo menos os sapatos podiam ter sido previsíveis. Talvez o uniforme. O restante? Inferno, aquele era o tipo de merda sobre o qual com certeza não queria pensar.

– O que vai fazer, Peyton?

– Quero ficar – disse com aspereza. – Quero continuar no programa. Se me deixarem.

– Muito bem. – Quando olhou para ela, Mary assentiu. – Era isso o que todos nós queríamos ouvir.

Capítulo 23

– LAMENTO SER RUDE – Saxton comentou em um tom ríspido –, mas este lugar é um lixão.

Estava mais para laboratório de metadona do que um lugar responsável pela construção de casas, acrescentou mentalmente.

Enquanto Ruhn estacionava em frente a um prédio baixo de concreto pintado da cor de bile, Saxton não soube bem o que esperava – por certo não aquela tumba sem janelas com uma porta simples numa parte da cidade geralmente destinada a negócios obscuros.

Aqueles ali não eram apenas incorporadores imobiliários.

E, claro, não havia nenhuma placa de identificação, nada com um nome nem algum tipo de propaganda – além de ter sido difícil localizar o lugar. Houvera apenas uma caixa postal no cabeçalho da correspondência enviada a Minnie, e Vishous tivera de investigar para encontrar o endereço.

Aqueles humanos queriam ser localizados apenas nos próprios termos.

– Essa é a caminhonete que viu na casa de Minnie? – perguntou ao apontar para o outro lado do estacionamento.

– Sim. – Ruhn desligou o motor. – Essa mesma.

– Muito bem, vamos lá?

– Sim.

Não foi difícil perceber a mudança no outro macho. Ruhn analisava o ambiente deserto como se estivesse procurando algum agressor, as mãos se fecharam em punhos – e ainda nem tinham saído do Ford.

Pegando sua maleta, Saxton abriu a porta e, antes de colocar sequer um pé no chão, aquele único acesso se abriu e um humano de grande porte tomou conta do espaço entre os batentes – com uma mão enfiada dentro da jaqueta.

– Posso ajudar? – o homem exigiu saber.

Saxton sorriu e deu a volta na traseira da caminhonete. Quando se aproximou de Ruhn, um segundo humano apareceu ao lado do que estava na porta. Ambos tinham cabelos escuros, eram atarracados, tinham narizes descentralizados – e os olhos eram tão acolhedores quanto canos de pistolas.

Um par de cães de guarda, treinados para morder invasores.

O número dois também estava com a mão dentro do casaco.

– Que agradável voltar a vê-los – comentou Saxton ao postar-se diante de Grande e Grandalhão. – Creio que se lembram de meu sócio da noite anterior.

– O que estão fazendo aqui?

– Bem, vocês foram gentis o bastante em nos informar quanto a uma questão de propriedade de Minnie e, graças a vocês, conseguimos resolver tudo. Tenho aqui – ergueu a maleta – cópias de documentos que deveriam ter sido registrados em certos departamentos, mas que, por motivos alheios ao controle dela, não foram submetidos adequadamente. Ficarei feliz em lhes fornecer cópias de...

Quando ele foi abrir a maleta, os dois humanos sacaram as armas.

– Já basta – disse o primeiro.

– Ora, ora, cavalheiros – disse Saxton com surpresa fingida –, por que precisam se defender dessa maneira? Meu colega e eu viemos aqui tratar de uma questão de propriedade corriqueira, o que, na verdade, não diz respeito nem a vocês nem ao seu empregador, visto que nenhum de vocês tem o direito à posse do...

– Cala a boca. – O homem apontou para a caminhonete com a cabeça. – Voltem para aquela coisa e vão embora.

Saxton inclinou a cabeça.

– Por quê? Não gostam de pessoas aparecendo na sua propriedade à noite sem serem convidadas?

O humano da frente ergueu o cano da pistola para a cabeça de Saxton.

– Você não sabe com quem está lidando.

Saxton gargalhou, a respiração se condensando numa nuvem branca.

– Ah, meu Deus. Sinto como se estivesse num filme de Steven Seagal de 1989. Vocês usam mesmo essas falas e elas surtem resultado? Inacreditável.

– Ninguém encontrará seu corpo...

O rosnado sutil que impregnou o ar frio foi uma notícia ruim. Tudo bem eles brincarem de gato e rato com os humanos daquele jeito – ainda que a atitude deles fosse um tédio –, mas o que não poderia acontecer de jeito nenhum era algo relacionado ao mundo vampiresco naquele cenário.

Saxton olhou por cima do ombro e lançou um olhar para Ruhn. O macho, porém, não deu sinal algum de ter percebido nem de recuar – e o lábio superior dele começava a tremer.

Maldição.

Voltando a se concentrar nos humanos e na demonstração do arsenal metálico, cutucou Ruhn com o cotovelo e ficou aliviado quando o som desapareceu.

– Deixem a senhora Rowe em paz – disse ele. – Porque vocês também não sabem com quem estão lidando.

– Isso é uma ameaça?

Saxton olhou para o firmamento.

– Os senhores precisam melhorar os roteiros. Sugiro *Busca Implacável*, com Liam Neeson. Pelo menos já pertence a este século. Vocês estão ultrapassados. Muito, muito ultrapassados.

– Vá se foder.

– Você não faz o meu tipo. Lamento.

Ao se virar, segurou o braço de Ruhn e o puxou para que o seguisse.

Já de volta à caminhonete, Saxton se virou para os guardas, memorizando-lhes as feições. Tinha certeza de que ele e Ruhn tinham sido fotografados, do mesmo modo que teriam caso estivessem no tapete vermelho. Havia câmeras em todos os lugares ali.

– Precisamos tirar Minnie daquela casa até que isto tenha terminado – murmurou enquanto Ruhn dava ré e seguia para a estrada logo adiante. – A situação ainda vai piorar, sinto dizer.

– Se ela sair da casa, eu poderei ficar nela. Só para que não fique abandonada.

– Não é uma má ideia. – Saxton olhou para o outro lado do banco. – Não é ruim mesmo. Primeiro, deixe-me telefonar para a neta e ver se ela concorda conosco; em seguida, falaremos com Minnie. Talvez, se for algo de curto prazo, ela esteja mais disposta em concordar. Você é muito inteligente.

O sorriso disfarçado de Ruhn foi do tipo que ele queria se lembrar para sempre. Em seguida, o macho sugeriu mais uma coisa que exemplificava seu brilhantismo.

— Gostaria de comer algo? — perguntou Ruhn. — Já que estamos fora?

Enquanto Ruhn dirigia, esperava pela resposta de Saxton. Fora um tanto constrangedor chamá-lo para sair, mas, na verdade, estava com fome... e a ideia de partilharem uma refeição, prolongando o tempo que passariam juntos?

— Eu adoraria isso — respondeu o advogado. — Há algum lugar ao qual queira ir?

— Não sei.

— De que tipo de comida você gosta?

— Não tenho nenhuma preferência.

— Há um bistrô francês maravilhoso que eu simplesmente adoro. Fica um pouco longe daqui, mas, pensando bem, neste bairro? Teríamos que viajar muito para encontrar uma 7-Eleven.

Nos recessos de sua mente, Ruhn contou quanto dinheiro tinha na carteira. Uns sessenta e sete dólares. Mas estava com seu cartão de débito, e sua conta bancária devia ter quase mil dólares — a totalidade do seu patrimônio.

A ausência de uma estabilidade financeira o fez ter esperanças de que seu antigo patrão cumprisse o prometido em ajudá-lo a encontrar um emprego em Caldwell. A conversa que tiveram ao telefone na noite anterior certamente lhe parecera promissora, ainda que não existissem garantias de que haveria algo disponível por ali. Ainda assim, aristocratas do calibre daquele para o qual trabalhara tendiam a ser bem relacionados.

Tinha que acreditar que algo apareceria — e que lhe garantisse tanto sustento quanto um objetivo de vida.

— Tudo bem para você se formos lá? — perguntou Saxton.

— Desculpe. Sim, claro. Para onde vamos?

— Vire à direita ali na frente, eu vou mostrando o caminho.

Cerca de quinze minutos mais tarde, estavam numa parte muito melhor da cidade, com lojinhas e restaurantezinhos charmosos perfilados, pintando um cenário de perfeição que toda cidade poderia ter. A neve fora limpa, e ele imaginou pedestres humanos passeando pelas calçadas durante o dia, alegres apesar do frio. E nos meses mais quentes? Sem dúvida elas estariam bem cheias de pessoas como Saxton: sofisticadas, urbanas, de boas maneiras e gostos refinados.

– Aqui estamos – disse o macho ao apontar adiante. – *Premier*. O estacionamento fica logo atrás. Siga a viela logo ali.

Ruhn os conduziu a um estacionamento asfaltado pequeno, ainda menor devido à neve compactada nas laterais. Felizmente, só havia outro carro estacionado, de modo que ele conseguiu enfiar a caminhonete no lado oposto. Em seguida, ele e Saxton andaram sobre o gelo até a porta dos fundos.

Adiantou-se e abriu a porta, e, quando Saxton passou por ele, Ruhn deslizou os olhos pelos cabelos e ombros do macho, pela cintura estreita, pelas calças bem cortadas e sapatos afunilados.

No interior, o aroma que vinha da cozinha era delicioso. Não fazia a mínima ideia do que era feita a combinação, mas sua coluna pareceu relaxar a cada inspiração. Cebola... cogumelos... especiarias.

– Ah! Você voltou!

Um humano de terno preto e gravata azul apareceu no corredor com ambos os braços estendidos. Ele e Saxton se beijaram no rosto, um de cada lado, e depois passaram a conversar num idioma desconhecido por Ruhn.

De repente, o humano passou para o inglês.

– Mas é claro, sempre temos uma mesa para você e seu convidado. Por aqui, por favor. Venham.

O salão do restaurante não ficava muito distante. E, assim como no estacionamento, havia poucos lugares, e um casal estava se levantando para ir embora. Provavelmente eram os proprietários do outro veículo nos fundos.

– Bem na frente do salão – disse o humano com orgulho.

– *Merci mille fois.*

O humano se curvou.

– O de sempre?

Saxton olhou para Ruhn.

– Você concordaria se a *chef* escolhesse por nós?

Ruhn assentiu.

– O que for mais fácil.

O humano se retraiu.

Fúria de sangue · 201

— Não é fácil. É uma honra.

Saxton ergueu a mão.

— Mal podemos esperar pelo que Lisette vai nos preparar. Será uma obra de arte.

— Podem ter certeza disso.

Quando o homem saiu um tanto afobado, Ruhn se apertou na cadeira que teria servido para o tigre de pelúcia de Bitty, Mastimon. Na verdade, o lugar todo fazia com que se sentisse grande como um elefante e tão coordenado quanto uma rocha deslizando morro abaixo.

— Acho que o ofendi. — Recostou-se e depois imitou Saxton, colocando o guardanapo no colo. Em seguida, murmurou: — Não tive a intenção.

— Você amará a comida de Lisette. No fim, é só isso o que importa para eles.

Vinho foi servido. Branco. Ruhn sorveu um gole e ficou surpreso.

— O que é isto?

— Chateau Haut Brion Blanc. Vem de Pessac-Leognan.

— Adorei.

— Fico feliz.

Enquanto Saxton sorria, Ruhn se esqueceu do vinho por completo. E ainda estava distraído quando o macho começou a falar sobre o que fizera durante o dia para Minnie, e sobre alguns outros casos em que trabalhava para o Rei. Tudo era muito interessante, mas, mais do que isso, os altos e baixos da voz do advogado eram hipnotizantes.

A comida foi servida em pequenas porções coloridas que chegavam em minúsculos pratos quadrados. Mais vinho. Mais da conversa de Saxton.

Tudo era tão... tranquilo. Mesmo com a corrente sexual subjacente, e a despeito do tamanho minúsculo de tudo no restaurante, Ruhn se sentia estranhamente à vontade. E a refeição, de fato, foi absolutamente fantástica, cada prato complementando o seguinte, a totalidade saciando sua fome de maneira sutil, mas muito eficiente.

Quando, por fim, terminaram, umas boas duas horas mais tarde, já passava da meia-noite, e ele sentiu como se tivessem estado ali por apenas cinco minutos. Recostando-se, apoiou a mão no abdômen.

— Essa foi a refeição mais incrível que já comi na vida.

— Fico muito feliz. — Saxton gesticulou para o humano que os acompanhara à mesa. — Marc, por favor?

O homem se aproximou de imediato.

– *Monsieur*?

– Diga a ele, Ruhn.

Encorajado pelo vinho e pela barriga cheia, Ruhn encontrou o olhar do humano sem pensar duas vezes.

– Isto foi incrível. Maravilhoso. Nunca comi nada parecido em toda a minha vida, e imagino que isso não voltará a acontecer.

Pelo visto dissera as coisas certas. O homem quase desmaiou de felicidade e prontamente os recompensou com uma porção de peras fatiadas com chocolate e algo mais.

– Hoje eu pago – disse Saxton ao pegar a carteira e tirar um cartão preto. – É por minha conta, visto que a escolha foi minha. Da próxima vez, a escolha e a conta serão suas.

Ruhn corou. Sim, tentara imaginar o total da refeição – embora fosse apenas uma hipótese, já que não havia cardápios e nenhum valor em dólares fora discutido –, e só pôde ter certeza de que devia ter sido bem caro. Mas gostou de Saxton ter reconhecido o fato de que ele teria gostado de contribuir.

Depois que a conta chegou e o cartão foi entregue, Saxton assinou sem que ele visse o montante, e os dois se levantaram e elogiaram o humano novamente – a essa altura, uma humana vestindo dólmã se aproximou e exclamações foram ditas para a mulher responsável por uma refeição tão gloriosa.

Quando, por fim, voltaram ao estacionamento, Ruhn percebeu que se lembrava pouco da noite no que se referia a detalhes: se lhe perguntassem o que exatamente comera ou bebera, o que fora dito, onde estivera sentado, ele seria incapaz de fornecer pormenores.

No entanto, o todo fora inesquecível.

– Eles não são maravilhosos? – Saxton dizia enquanto caminhavam até a caminhonete. – Um casal e tanto. Moram em cima do restaurante. Essa é a vida deles.

Como que seguindo uma deixa, uma luz se acendeu no andar de cima e uma sombra passou pelas cortinas que eram fechadas.

– Obrigado – agradeceu Ruhn ao olhar para Saxton. – Isto foi incrível.

– Fico feliz. Eu queria lhe mostrar algo especial.

Baixando o olhar, Ruhn se lembrou do gosto do beijo do macho. Ah, como desejou que estivessem no horário dos humanos. Teria sido maravilhoso se estivessem ao fim de uma jornada de trabalho em vez de a estarem iniciando, pois ambos poderiam voltar para aquela cobertura elegante de Saxton, enroscando-se, pernas com pernas, braços com braços, numa cama, sem nada além de horas de prazer pela frente.

Havia tanto a explorar.

– Se continuar a me encarar assim – grunhiu Saxton –, vou perder meu emprego pelo fato de não ter aparecido para trabalhar.

– Lamento. – Não lamentava nada. – Vou parar. – Não parou.

Estava frio e o vento soprava forte, mas bem poderia ser uma noite de agosto pela pouca pressa que demonstrava em voltar para o interior da cabine. Poderia continuar onde estavam pelo resto da vida, em suspenso entre uma bela refeição e uma despedida que viria por causa das responsabilidades de Saxton.

– Posso visitá-lo ao fim da noite? – perguntou.

– Se passar o dia comigo, sim, você pode. – O sorriso de Saxton foi lento e carregado de propósito. – Vou precisar de mais do que meia hora antes de a tenebrosa luz do dia chegar.

– Isso é...

Mais tarde, ele ficaria imaginando o que de fato rompera a magia do momento e fizera com que ele virasse a cabeça, mas seria eternamente grato pelos instintos que o protegiam – porque já não estavam mais sozinhos.

Duas figuras esgueiravam-se nas sombras a treze metros deles, paradas atrás da luz do beiral de trás de uma loja.

Soube quem eram sem ter a confirmação do cheiro deles.

– Entre na caminhonete – ordenou a Saxton.

– O que foi?

Ruhn agarrou o braço do macho e começou a marchar para o veículo.

– Entre e tranque as portas.

– Ruhn, por que você...

Os homens que estiveram naquele escritório insignificante deram um passo à frente, silenciando aquela linha de questionamento. E uma rápida triangulação para a porta do passageiro da caminhonete deixou Ruhn nervoso. Tudo dependia da rapidez com que aqueles humanos se moviam.

– Deixe-me chamar os Irmãos – disse Saxton ao enfiar a mão no casaco, evidentemente à procura do celular.

Mantendo a voz baixa e os olhos na aproximação, Ruhn balançou a cabeça.

– Eu cuido disto.

– Eles podem estar armados. Provavelmente estão. Deixe-me...

– É por isso que estou aqui. Entre no veículo.

Destrancou a porta com o controle e se adiantou, abrindo-a e pressionando a chave na palma de Saxton.

– Tranque-se. Vá embora se a situação se complicar.

– Eu jamais o abandonaria.

Com um forte empurrão, Ruhn quase ergueu o macho no ar para fazê-lo entrar, e depois bateu a porta e encarou o advogado.

Um barulho indicou que as portas estavam trancadas.

Ruhn deu a volta e ficou parado na traseira do carro. Os humanos não tinham pressa em se aproximar, mas isso não significava nada. A agressividade era uma carta que se mostrava num segundo momento, e talvez eles soubessem disso...

Seguindo uma deixa, os dois dispararam para o ataque. Um tinha uma faca. O outro estava desarmado. Se havia armas de fogo, elas estavam guardadas por enquanto, provavelmente porque, ainda que já fosse tarde, havia humanos nas imediações dos prédios de apartamentos baixos e nas residências acima dos comércios, como no caso do restaurante.

Posicionando o corpo para o combate, Ruhn retornou à antiga vida entre uma batida de coração e a seguinte, o cérebro mudando de marcha, enferrujado apenas por um segundo. Depois tudo, para o bem ou para o mal, voltou.

E ele começou a lutar.

Capítulo 24

— CADEIRA DE RODAS? Você quer que eu passe pelo corredor... numa cadeira de rodas?

Enquanto Novo cravava um buraco na parte de trás da cabeça do cirurgião, o doutor Manello parecia absolutamente alheio ao fato de que seu crânio estava com um vazamento e que ela era a responsável pelo seu cérebro estar se derramando todo ali no quarto. Na verdade, o humano parecia indiferente e completamente despreocupado com seus Olhos de Laser de Dominação Total.

O que era bem frustrante. Ainda mais se isso se combinasse à realidade de ainda estar relegada ao leito hospitalar. Ainda vestindo aquela camisolinha florida. Ainda ligada às coisas que emitiam bipes.

— Vamos lá. — Ele deu um tapinha na cadeira. — Você não vai querer chegar atrasada à grande reunião.

— Sou perfeitamente capaz de ir andando, muito obrigada. Não sou uma maldita aleijada.

— Hum, isso conta como microagressão. Ou algo assim. Ou, talvez, desrespeito aos deficientes físicos.

— E o que você é, polícia de pensamentos também?

— Não é negociável. — O sorriso dele era tão charmoso quanto uma infecção no dedo do pé. — Vamos lá.

— Não vou nessa coisa. — Cruzou os braços, até o acesso ficar comprimido e ela ter que abaixá-los. — E quando vou me livrar dessa bolsa?

— Estou tão aliviado.

— Como é que é?

— Quanto mais irritados meus pacientes ficam, mais estão melhorando. — Deu um soco no ar ao estilo Rocky. — Uh-hú!

— Vou bater em você com esta minha bolsa.

– Eu não sabia que fêmeas como você gostavam de bolsas. Pensei que simplesmente enfiavam tudo no bolso de trás das calças como um dos caras.

Novo disparou a gargalhar e apontou um dedo para ele.

– Isso não teve graça.

– Então por que você está...

– Tá bem. Traz logo essa coisa pra cá, mas eu vou dirigindo.

– Ah, sim, claro, Ayrton. Sem problema.

O fato de ela grunhir ao se sentar e passar as pernas para a lateral da cama provavelmente justificava a insistência dele, mas ele teve o bom senso de não mencionar nada.

A cadeira de rodas não estava a mais de um metro da cama – e foi um choque descobrir que, mesmo nessa curta distância, ela estava prestes a desabar quando se virou e reposicionou a bunda sobre o assento.

Pensou em Peyton.

O sangue dele era o único responsável pela sua recuperação. Depois das duas vezes em que se alimentara dele, seu progresso dera um salto. Sem ele? Duvidava de que estivesse ereta, mas, mesmo assim, se sentia frustrada.

– Vamos ajeitar você. – O doutor Manello transferiu o suporte do acesso para a parte de trás da cadeira. – Tudo certo. Acelera.

Foi adiante e abriu a porta.

Ela precisou de um minuto para entender como a coisa funcionava. As mãos estavam descoordenadas e os braços, fracos. Mas logo fez as rodas rolarem.

– Se fizer uma saudação, eu vou...

O doutor Manello ficou em pose de sentido, dando uma de mestre de cerimônia, a palma da mão erguida.

– É sério? – Ela começou a gargalhar de novo e teve que amparar as costelas. – Ai.

– Vamos lá, valentona. Deixa eu te ajudar.

Antes que ela o mandasse se foder, ele assumiu o comando da direção, e foi meio difícil argumentar que não precisava de ajuda enquanto arfava profundamente.

E pareceu piorar. A ponto de ter que mencionar.

– Estou tendo um ataque cardíaco? – perguntou ao massagear a área sob o braço esquerdo. – Eu...

O pânico a deixou sufocada, e o bom médico de pronto agiu, pegando o estetoscópio de dentro do jaleco branco e ficando diante dela. Auscultou o peito por uns momentos. Pediu que ela se sentasse mais à frente. Auscultou um pouco mais às costas.

Depois desconectou o instrumento dos ouvidos e se afastou, observando-a.

– Acho que você está bem – pronunciou. – O coração está cadenciado como um metrônomo. Sua coloração está ótima. Os olhos estão bem.

– Sinto como se não conseguisse...

Um barulho abafado de conversa a fez crispar o rosto.

– Eles estão no ginásio?

– Isso mesmo.

– Por que não estão numa sala de aula? – Normalmente, se havia uma reunião, era com os seis trainees e um ou dois Irmãos no máximo. – Quero dizer, não precisamos de um lugar tão grande...

– Você já teve ataques de pânico?

– Não, nunca – mentiu.

– Ok. Bem, você pode ter alguns picos de ansiedade nos próximos dias. Não é incomum. Você passou por muita coisa. Não seria nada de extraordinário ficar assustada como o diabo.

– É algum tipo de termo médico?

– Hoje é. – Ele se agachou e se acomodou sobre os calcanhares, ficando sério. – A sacada é perceber quando a falta de ar é causada por ansiedade, e não por uma explosão do coração, ok? Se conseguir acreditar nisso, vai se sentir melhor. Sob o ponto de vista médico, você está bem. Juro. Caso contrário, não estaria aqui no corredor.

– Ok. Está bem.

– Você consegue.

– Não costumo ser... esquisita assim.

– Quando foi a última vez em que foi apunhalada no coração?

Ela fez um aceno com a mão, como se dispensasse alguém.

– Isso não importa, cara. Quero dizer, costuma ser uma vez por semana. Talvez duas. Só acho que estou desacostumada.

– Essa é minha garota. – Levou a mão ao ombro dela e o pressionou de leve. – Vamos em frente. Vou ficar ao seu lado.

– Pensei que tivesse dito que estou saudável.

O doutor Manello começou a empurrá-la pelo corredor de concreto de novo.

– Nada é tão perigoso quanto a certeza de ter razão.

Seguiram em frente num ritmo lento e constante, e, quando passaram pela sala de pesos, ela ficou imaginando se um dia voltaria a se exercitar.

Quanto mais se aproximavam do ginásio, mais altas ficavam as vozes, e ela pegou a trança grossa, segurando-a diante do peito como uma espécie de escudo – apesar de não saber contra o que se protegia.

Uma parte do par de portas foi aberta antes que tivessem chegado a ela e, quando Vishous saiu, ela ficou se perguntando se o Irmão sentira a aproximação deles.

O olhar diamantino se estreitou nela, e as tatuagens na têmpora se distorceram.

– E aí?

– Pronta pra lutar.

– É assim que se diz. – Ofereceu o punho para um cumprimento. – Bate aqui.

Algo no encontro dos punhos lhe deu mais forças, e, puxa vida, ela bem que precisava. Assim que o doutor Manello entrou no ginásio, Novo ficou embasbacada pela quantidade de pessoas nas arquibancadas, lado a lado. Toda a Irmandade da Adaga Negra, todos os guerreiros e seus colegas trainees.

Todos silenciaram.

Pelo menos até começarem a bater palmas. Os que estavam sentados se levantaram, e as pessoas assobiaram e também deram vivas – a ponto de ela se sentir tentada a ver se havia mais alguém ali, alguém importante ou que de fato tivesse feito algo significativo, atrás dela.

– Ah, puxa, por favor, parem com isso – murmurou em meio à balbúrdia.

O que deveria fazer? Dar uma de Rainha Elizabeth ii e acenar com a mão enluvada?

Um a um, os Irmãos e guerreiros se aproximaram dela, todos, desde Rhage, Butch e Tohrment, até John Matthew, Qhuinn e Blay, dando-lhe um aperto no ombro ou na mão – ou, no caso de Zsadist, um breve aceno de longe. O que de fato a salvou foi não haver nenhum sinal de piedade ou empatia melosa. Não... era como se a acolhessem em um clube do qual todos já faziam parte há algum tempo.

Fúria de sangue · 209

O clube dos sobreviventes.

Claro, pensou, começando a relaxar. Todos os Irmãos tinham sido gravemente feridos em campo em algum momento da longa carreira – com certeza, diversas vezes.

Acabara de ter sua primeira vez.

Phury foi o Irmão que se aproximou mais, mancando de modo quase imperceptível graças à prótese de ponta que usava.

– Não deixe isso mexer com sua cabeça – disse ao se inclinar. – Seu corpo vai se curar mais rápido que a mente. Seu trabalho é colocar isso numa perspectiva que lhe permita ser eficiente lá fora. Perder a confiança é pior do que entrar numa batalha desarmado. Converse com Mary se precisar de ajuda, está bem?

Os olhos amarelos estavam afetuosos e bondosos, a cabeça multicolorida fazendo-a pensar na juba de um leão.

E, quando ele começou a se afastar, quase o chamou de volta para que pudesse dizer aquilo tudo de novo.

Mas ela se lembraria.

Tinha que se lembrar, pensou ao levar a mão ao esterno e esfregar o local. Não havia sentido em acabar se deixando matar... só porque conseguira sobreviver.

Os trainees foram os seguintes, Axe erguendo a mão para um cumprimento que estava longe de ser um *high-five*, ficando mais para uma palmada sem vitalidade. Depois Boone a abraçou e Craeg e Paradise lhe ofereceram palavras de incentivo.

Peyton foi o único a não se aproximar. Ficou de pé na arquibancada, algumas filas acima da mais baixa, vestindo uniforme hospitalar e sapatos sociais. O cabelo estava para trás como se o tivesse puxado com as mãos.

Ficou feliz por ele ter continuado ali. A última coisa de que precisava era que o grupo reunido soubesse como tinham passado o dia. Aquilo não voltaria a acontecer, para início de conversa. E, mesmo que acontecesse – e era mais provável que não –, era assunto deles e de mais ninguém.

Ele nem sequer olhava para ela. Seus olhos estavam fixos no banco de madeira abaixo dele... como se *Guerra e Paz* estivesse inscrito ali e ele estivesse lendo palavra por palavra.

Não fazia ideia de quando ele saíra do quarto. No entanto, despertara procurando por ele. E disse a si mesma que se sentia aliviada ao descobrir que ele não estava ali.

Conte-me sobre a sua família. Como eles são? O que eles fazem que te magoa?

Alguém se dirigia a todo o grupo agora, mas ela não conseguia acompanhar a voz nem as palavras. Odiava sentir-se feliz com o fato de o cirurgião estar bem ao seu lado, como o equivalente a um cobertorzinho de segurança que, por acaso, tinha diploma de médico e mãos mágicas com um bisturi.

Seus olhos queriam pairar sobre Peyton – por motivos que ela sabia serem impulsos ruins aos quais não deveria ceder. Precisava não procurá-lo para se sentir segura, forte, a salvo. Oskar lhe ensinara todos os motivos pelos quais isso era uma terrível ideia.

Na verdade, o maior problema que Peyton representava não era sexual, mas algo muito mais perigoso para seu bem-estar.

Caso entrasse no seu coração? Ele faria estragos muito maiores do que aquele *redutor* com a adaga, isso era certo.

Novo não haveria de querer que ele descesse para falar com ela. Não. De jeito nenhum.

Enquanto continuava na arquibancada, tentando se sentir à vontade com outro macho empurrando a cadeira de rodas dela – mesmo esse cara tendo colocado o coração dela para funcionar de novo –, seu único consolo era precisar da distância.

Nunca conhecera alguém tão determinado a fazer as coisas sem ajuda.

Onde ela morava? Estaria em segurança durante o dia?

Essas coisas lhe interessavam muito mais do que as coisas que os Irmãos falavam, mas, ao pensar no que Mary lhe dissera, forçou-se a se concentrar.

– ... mais treinos são necessários – dizia o Irmão Phury – para que tenham domínio dos procedimentos adequados e dos princípios operacionais. Então, depois de termos conversado – indicou os colegas Irmãos –, decidimos voltar a mais treinos em sala de aula e levá-los a campo em pares, em vez de em grupo. O novo modelo valerá por algum tempo. Ficamos tão impressionados com o desenvolvimento das habilidades de vocês que nos apressamos. Estamos todos aprendendo aqui, e vamos avaliar e reavaliar sempre como anda o funcionamento das coisas, mas queremos que saibam que continuaremos completamente engajados neste programa... e com cada um de vocês, trainees, individualmente.

Nesse momento, o Irmão olhou para Peyton.

– Alguma pergunta?

Paradise ergueu a mão.

– Como será o cronograma? Para quando estivermos em campo. Quero dizer, com que frequência estaremos lá.

Enquanto a pergunta era respondida, Peyton relembrou sua conversa com Mary... E, em seguida, olhou para Novo.

O programa de treinamento não era a única coisa da qual não queria desistir. Tinha o palpite de que Novo procuraria se afastar agora. Vira a fêmea em seu estado convalescente e ela haveria de querer se distanciar disso afastando-se dele. Mas Peyton queria ficar com ela de novo. Deitar-se com ela em alguma cama, em algum lugar, ter a cabeça deitada em seu peito, passar o braço ao redor dela enquanto dormia.

– Ok, vamos encerrando por hoje – anunciou Phury. – Esta turma tem trabalhado praticamente sem parar desde o começo e agora é uma boa oportunidade para todos colocarem a cabeça no lugar e recomeçarem descansados no sábado.

Foi só depois que todos começaram a sair que Peyton se deu conta de que ficara num espaço fechado com Paradise e não pensara nem um minuto nela.

Nos recessos de sua mente, a noção de sentir orgulho por si mesmo se digladiou com a ideia de que talvez tivesse trocado a fixação em uma fêmea por outra. Agora só conseguia pensar em Novo.

No entanto, aquela situação maluca com ela era muito, muito diferente.

Ao descer a arquibancada a passos largos, não se surpreendeu em perceber que a cabeça latejava, e ficou à toa nas imediações enquanto a Irmandade saía e os trainees os acompanhavam – com Novo naquela cadeira de rodas no meio do grupo. Como se usasse os outros como escudo.

– O ônibus vai partir em dez minutos – avisou Rhage. – Vamos acabar com a raça de vocês assim que chegarem à meia-noite do sábado, portanto, durmam bem, crianças!

Já no corredor, Peyton olhou de relance para o escritório, imaginando se conseguiria encontrar o endereço dela em algum arquivo ou algo assim, mas não deveria fazer isso. Primeiro, seria recompensado com demissão sumária devido à quebra de privacidade. Segundo, por certo algo assim o colocaria no papel de perseguidor.

Coisa que ele não era.

Enquanto a seguia por trás.

Imaginando como poderia ficar a sós com ela.

Pois é, estava tãããão distante da zona de uma medida restritiva!

Além do mais, ela não receberia alta esta noite. De jeito nenhum.

No fim, ele a deixou em paz, ficando para trás enquanto o cirurgião a levava de volta ao quarto. E, Deus, quando a porta se fechou atrás dela, pareceu-lhe impossível que tivessem passado horas juntos, ele nu, ela mais tranquila do que nunca.

Já estava no fundo do corredor, prestes a passar pela porta de aço que se abriria ao ônibus, quando percebeu que deixara o smoking num dos armários. Não importava. Tinha mais dois em casa.

Ao empurrar a porta para a garagem, resolveu que...

Craeg estava parado junto ao ônibus. Como se à espera.

Enquanto se aproximava, Peyton fez uma breve avaliação da postura do macho. O peso concentrado nas pernas. As mãos fechadas em punhos junto à lateral do corpo. Maxilar cerrado e tenso.

Merda. Aquilo era pra valer? Iriam mesmo fazer aquilo?

Parada ao lado do macho, Paradise dizia com urgência:

– Craeg. Vamos. Entre no ônibus. – E se colocou diante do cara. – Craeg. Não faça uma besteira.

Foi Peyton quem se dirigiu a ela.

– Nos dê um minuto, Paradise.

– Não ouse dizer a ela o que fazer. – O peitoral de Craeg inchou quando ele inspirou fundo. – Ela não é da sua maldita conta.

A fêmea estendeu a mão e tocou o ombro do seu macho.

– Venha. Vamos entrar no ônibus.

– Não – disse Craeg sem olhar para ela. – Me dê um minuto.

Paradise olhou de um para outro, como se tivesse esperanças de que um dos dois recobrasse o juízo. Isso não aconteceu.

– Tudo bem, sejam expulsos – rebateu. – Vocês são dois animais cabeças-duras.

Depois que ela desapareceu no interior do veículo de transporte, Peyton diminuiu a distância entre eles e disse num tom baixo:

– Manda ver.

Fúria de sangue · 213

– Manda o quê? – Craeg rosnou.

Peyton mostrou as palmas... depois deliberadamente as uniu atrás da cabeça e disse no Antigo Idioma:

– *Eis-me aqui oferecendo-lhe um* rytho. *Faço isso em reconhecimento ao meu desrespeito e desconsideração ao seu papel de macho vinculado à fêmea Paradise. Não é minha intenção justificar tal comportamento de modo algum, e desejo compensá-lo pelo meu lapso de julgamento de acordo com os Antigos Costumes.*

A expressão de Craeg se tornou distante; a raiva arrefeceu.

Voltando ao inglês, Peyton disse:

– Me dê um soco para podermos deixar esse assunto no passado. Não estou indo pra cima de sua fêmea, reconheço que ela é sua e você é dela. Tive uma reação reflexa provinda de uma amizade, e não de um sentimento romântico, e estou disposto a jurar isso. Mas, nesse meio-tempo, vamos lá, cara, vá em frente.

Fez-se um período de silêncio em que somente o ronco baixo do motor a diesel do ônibus preenchia o vazio. Vagamente, Peyton estava ciente de que Axe e Boone tinham tomado conta da porta do veículo, encarando-os.

Boone parecia preocupado. Axe sorria como se filmasse aquilo para vender o conteúdo a uma conta de um badalado Insta.

– *Que assim seja* – respondeu Craeg.

Peyton não se deu o trabalho de se preparar para o impacto. Só ficou ali parado e deixou que o punho imenso viesse voando até seu rosto.

O impacto foi o de uma bomba explodindo em sua face, e ele girou como um peão, dando uma de Três Patetas ao rodopiar trezentos e sessenta graus sobre um pé enquanto o golpe ecoava em todos os andares do estacionamento de piso de concreto.

Saco. De. Pancada.

Despencou – ou talvez o chão tivesse subido até ele – como um peso morto, os ossos quicando como moedas dentro do saco que era sua pele. Demorou um minuto mais ou menos até voltar a respirar e, mesmo depois disso, ele só continuou ali, porque o frio por acaso estava sob a face atingida.

Um par de botas de combate apareceu no seu campo de visão, e ele teve o pensamento aleatório de que elas pareciam incrivelmente estáveis, o tipo de coisa sobre a qual se construía uma fundação sólida na qual ficar de pé. Para poder lançar um gancho de direita em cretinos.

— Precisa de um médico? — perguntou Craeg.

— Stbmvede.

— O que você disse?

Peyton tentou engolir, e, ao fazer isso, sentiu o sabor cuprífero do milk-shake de sangue. Mas nenhum dos dentes parecia solto.

#bônus.

— Stbemvedade.

— De novo?

— Estou bem. De verdade. Me ajuda a levantar.

— Muito melhor assim. — Uma palma larga surgiu de cima como se o Criador em pessoa o ressuscitasse. — Eu te seguro.

Peyton agarrou o que lhe era oferecido e descobriu-se erguido do asfalto como se fosse um navio afundado sendo levado de volta à superfície do oceano. E quer falar de ondas? Sua cabeça sacudia e a sensação alcançava os tornozelos.

A pressão firme de Craeg em seus bíceps era a única coisa que o sustentava de pé.

— Isso o fez se sentir bem? — Peyton murmurou. Apontou para o próprio peito. — Sem ódio aqui. Juro.

— Olha, na verdade, fez, sim. — Craeg passou o braço ao redor dos ombros dele. — Estou me sentindo muito bem.

— Que bom.

Subiram os degraus rasos do ônibus que os levava ao interior e, cara, Paradise estava muito puta — e, evidentemente, sem a mínima vontade de ficar calada a esse respeito.

— Já que são tão bons amigos — disse ela, cruzando os braços diante do peito —, podem se sentar juntos. — Mostrou a palma da mão para Craeg. — Nem pense em falar comigo.

— Se precisar de um lugar para ficar — Peyton disse com um novo ceceio —, tenho espaço mais que suficiente.

— Talvez eu aceite a oferta — Craeg murmurou ao deslizar pelo banco ao lado dele como se fossem dois garotos de doze anos de idade em apuros na escola.

Quando Peyton tombou e começou a cair para o lado, Craeg o sustentou ereto.

Fúria de sangue · 215

— Sabe — o cara observou —, eu meio que estou me sentindo como um banco de carro pra você agora, meu chapa.

— Se essa coisa de soldado não der certo pra você? Acho que daria um excelente boxeador. De verdade.

— Obrigado, cara. Isso significa muito para mim. Ainda está a fim de ajudar no aniversário da Paradise? Com isso me refiro a cuidar de tudo que seja de classe como deve ser.

— Claro, porra.

— Valeu.

Rapaz, quem quer que tenha pensado nessa coisa de *rytho* estava muito certo. Com um murro bem dado, o ar entre eles estava limpo, e podiam deixar aquilo para trás.

Isto é, menos Paradise.

Craeg ficaria dormindo no sofá por vários dias, isso era certo.

Com um sacolejo leve, saíram na direção do mundo externo. E Peyton não estava nem um pouco ansioso em relação ao que estaria acontecendo na casa do pai. Do jeito que ele fugira da Primeira Refeição com Romina e seus pais? Estaria em sérios apuros com ele.

Como é que se dizia mesmo?

A mesma merda de sempre.

Que se dane.

Capítulo 25

SAXTON SE VIROU DE modo a enxergar pela parte de trás da caminhonete. Quando os dois humanos se aproximaram de Ruhn, foram devagar – até que, de repente, não mais, impulsionando os corpos adiante num ataque coordenado.

– Ao inferno que não vou ligar – Saxton murmurou ao se atrapalhar com o celular.

Assim que mandou a mensagem, desviou o olhar só para se certificar de que Ruhn ainda estava vivo – e viu a cena alarmante de um dos homens voando pelos ares, rodopiando. O cara aterrissou de cabeça, despencando como um saco de batatas.

Ruhn agarrou o outro e empurrou a cara dele contra a lateral da carroceria. Em seguida, vieram os socos: na barriga, no maxilar em gancho, na virilha. Os punhos de Ruhn estavam no controle, como armas letais, e ele os usava como se tivesse um repertório de movimentos ofensivos e defensivos tão vasto que aquilo mais parecia brincadeira de criança.

O saco de batatas se reagrupou e se levantou nas pernas trêmulas, voltando como um bêbado para a briga, sugerindo que talvez o melhor fosse ele ir na direção oposta. O que não era piada? A faca que ele empunhava.

Saxton bateu na janela da porta de trás e depois se atirou na direção da porta do motorista, escancarando-a e saltando para fora.

Ruhn já estava tomando conta do assunto. Olhou de relance para trás na direção do homem e depois voltou a se concentrar naquele a quem surrava, dobrando o braço dele num ângulo estranho, enterrando a parte de baixo na funilaria dura da beirada da caçamba. Os ossos se quebraram no mesmo instante, e Ruhn foi esperto o bastante para tapar a boca dele com a mão, de modo a abafar o grito.

Jogando o homem para o lado como se fosse lixo, Ruhn se virou.

A respiração nem sequer estava acelerada.

E ele não era o macho com quem jantara há pouco, isso era certo. Seus olhos estavam frios e curiosamente inexpressivos, como se o calor e a gentileza tímida tivessem cedido lugar a um assassino serial. De fato, seu rosto não revelava nenhuma expressão. Era uma máscara congelada das feições que Saxton tinha amado olhar no restaurante francês à luz de velas.

O homem com a adaga cambaleou, com um rastro de gotas de sangue vivo deixado para trás na neve compactada. Evidentemente mais agressivo e furioso do que competente, quem visse tinha a impressão de que aquilo não acabaria bem para ele.

E não acabou.

Ruhn o subjugou num instante, agarrando o pulso que segurava o punhal, girando o humano de modo que ele também bateu primeiro com a cabeça na lateral da caminhonete – e na mesma hora a arma caiu na neve.

O humano não demorou a cair também. Ruhn empurrou o homem para o chão, montou em suas costas e agarrou a lateral da sua cabeça.

Ele ia virá-la até partir o pescoço. Saxton viu isso com nitidez.

– Não! – Deu um salto à frente. – Ruhn, pare!

Ao som da voz de Saxton, Ruhn se transformou numa estátua, nada nele se movendo, embora estivesse pronto para girar aquele crânio.

– Solte-o. Não precisamos da polícia envolvida nisto. Pode haver muitos olhos voltados para cá. – Saxton olhou para o apartamento em cima do restaurante. – Venha. Precisamos ir.

A cortina ainda estava abaixada na janela do segundo andar e tudo ali em cima do *Premier* estava escuro. Mas só era preciso um par de olhos curiosos, atraídos pelo som diferente, e haveria complicações em toda parte por ali.

Saxton se esticou para baixo e tocou o ombro de Ruhn.

– Venha comigo.

Deus, o macho nem arfava. Mesmo enquanto os humanos arquejavam pelo esforço e pela dor, com lufadas escapando das bocas como vapor de velhas locomotivas, Ruhn era como um robô, algo mecânico que não se preocupava com oxigênio.

– Ruhn, olhe para mim.

218 · J.R. Ward

Debaixo do macho, o humano se debatia, grunhindo e implorando, o rosto rude vermelho como uma placa luminosa neon de cerveja.

– *Ruhn*.

A cabeça se virou e aquele olhar vidrado se concentrou nele por um segundo – gelando Saxton até os ossos. Quem poderia ter imaginado que um demônio estava por trás daquele exterior tímido e tranquilo? Aquela era uma personalidade completamente diferente.

Do nada, Rhage e V. chegaram ao local, os Irmãos vestidos para lutar em couro preto e jaquetas que escondiam um arsenal. A surpresa no rosto deles? Ele entendia completamente.

Rhage se adiantou e se dirigiu a Ruhn.

– Ei, filho, o que está fazendo?

O humano dominado tinha dificuldades para respirar, cuspe e sangue escorriam entre os dentes tortos, mas Ruhn não parecia notar nem se importar.

Rhage se agachou e encarou o macho com calma. Nesse meio-tempo, V. se aproximou por trás.

– Você precisa fazer alguma coisa, Hollywood – avisou o Irmão. – Já chega de conversa.

Depois de um momento, Rhage assentiu, e V. partiu para a ação, posicionando-se atrás de Ruhn, agarrando-o pelas axilas e puxando-o para cima até ele soltar o pescoço. Quando o rosto do humano aterrissou na neve com um sacolejo que fez Saxton se lembrar de um prato caindo no chão da cozinha, Ruhn foi arrastado pela bunda.

E foi então que ele começou a respirar.

Foi como um feitiço sendo quebrado, e Ruhn começou a inspirar e expirar em grandes lufadas, levando as mãos à cabeça, um som estrangulado como um gemido escapando pela boca.

Saxton recuou enquanto os humanos eram mandados embora pela Irmandade, os dois homens cambaleando até a caminhonete que tinham estacionado na esquina. Havia uma boa possibilidade de terem as lembranças recentes apagadas, e Saxton não queria isso. Queria que tivessem tanto medo a ponto de deixarem Minnie em paz.

Mas tinha outras coisas com que se preocupar.

Com olhos agora atordoados, Ruhn o fitou.

– Não queria que visse essa parte de mim – sussurrou.

Encarando o macho... Saxton ficou sem saber o que dizer.

Saxton deixou a cena uns vinte minutos mais tarde, desmaterializando-se para... Espere, para onde devia ir mesmo?

Ao retomar sua forma junto à fila de pinheiros, olhou ao redor, ficando um tanto surpreso por ter conseguido fazer o truque de desaparecimento. Ah, sim, verdade, a casa de Minnie. Isso mesmo.

Andando pela neve até a porta de entrada, reconheceu que estava estragando os sapatos, mas não deu importância. E foi um alívio que a porta foi aberta para ele antes mesmo de ter subido os degraus.

A fêmea parada à soleira era aquela do retrato na sala de estar, a versão mais jovem de Minnie, apenas mais alta e sem as marcas de expressão de riso. Com cabelos escuros e longos, e um corpo delgado coberto por jeans e um suéter Syracuse, ela tinha aparência casual, até você perceber os olhos claros.

Aquela ali era uma fêmea muito perspicaz e com instinto de proteção. Gostou dela de imediato.

– Olá – ela o cumprimentou. – Bem-vindo. Sou a neta de Minnie, também chamada Miniahna, mas todos me chamam de Ahna.

Quando ele se aproximou, tentou se reconectar com o propósito de sua ida, com seu trabalho, com sua realidade. Foi difícil. Continuava vendo o rosto de Ruhn naquela máscara e, com essa imagem em mente, era complicado se concentrar no que quer que fosse – impossível não tentar, obsessivamente, reconciliar a violência que testemunhara em primeira mão com o restante do que conhecia, e gostava, a respeito do macho.

– Sou Saxton – disse ao pisar na varanda e se curvar. – É um prazer servi-la e à sua *granhmen*.

– Muito obrigada por toda a sua ajuda. – A fêmea abaixou a voz. – Isto tem sido um pesadelo inacreditável.

– Iremos cuidar de tudo – afirmou num tom igualmente baixo. – Ah, aí está você, Minnie. – Ele sorriu para a fêmea mais velha ao entrar na sala. – Como você está?

– Estou bem, obrigada. – Minnie olhou para Ahna de onde estava sentada. – Mas não entendo a razão de ter que partir. O que aconteceu? O que mudou?

Saxton se aproximou e se sentou ao lado dela no sofá.

— Conforme conversamos, fui falar com os humanos. Não desejo alarmá-la, mas houve, como dizer, certa altercação.

Leia-se: Ruhn quase decapitou um deles. Com as mãos.

— E, à luz disso, sentimos que você deveria ficar com sua neta por algumas noites.

— Não posso deixar a casa vazia. — A fêmea meneou a cabeça, os olhos estavam tristes e preocupados. — Isto é tudo o que me resta no mundo. E se eles...

— Eu poderia ficar aqui — ofereceu. — Se está preocupada com a propriedade, seria um prazer para mim ficar no quarto de hóspedes, ou até mesmo dormir no sofá, para que você se tranquilize de que tudo ficará bem em sua ausência.

Minnie olhou para a neta, e Ahna aproveitou a deixa.

— *Granhmen*, seja sensata. Venha para a cidade. Essa oferta de Saxton é muito generosa. É mais que generosa.

Miniahna se concentrou em Saxton.

— Não posso lhe pedir que faça isso.

— Senhora, mas não me pediu. E, se isso lhe der paz de espírito, é tudo que preciso como recompensa.

Além do mais, não estaria deixando um lar para trás. A cobertura mais se parecia com um quarto de hotel nas alturas.

Ahna andou até a avó e se ajoelhou diante dela.

— Por favor. Isto já se delongou demais. Estou exausta por não conseguir dormir, e com tudo o que ainda pode acontecer nas próximas semanas... Por favor. Estou lhe implorando.

Os ombros caídos de Minnie bastaram como resposta.

— Está bem. Se é mesmo preciso.

— Muito bem. — Saxton se levantou. — Talvez queira juntar algo para levar? Se muitas coisas precisarem ser transportadas, pedirei um carro.

Fritz podia ter as mãos cheias administrando a vida de todos na Irmandade, mas não havia nada que o *doggen* gostasse mais do que resolver problemas.

— Venha, *granhmen*, vamos fazer as malas.

— Mas eu poderia voltar. Para tomar banho e me trocar todas as noites aqui e...

— *Granhmen*.

Minnie se levantou do sofá e olhou ao redor. Com os cabelos brancos e outra versão do vestido frouxo que vestira na outra noite, ela demonstrava todos os seus anos; não era apenas velha, estava cansada e desencorajada.

— Tenho medo de que, se eu partir... não voltarei mais.

— Isso não é verdade – disse Ahna. – Esta sempre será a sua casa.

— Você quer que eu me mude para a sua.

— Claro que quero. Mas não vou fazê-la sair daqui de uma vez por todas. Isto se trata da sua segurança e não por estar frágil e não poder viver sozinha. Poderá voltar se assim o desejar.

Foi preciso um pouco mais de convencimento, mas, em seguida, as duas fêmeas subiram para o segundo andar. Na ausência delas, Saxton pegou o celular para ligar para o mordomo a fim de que ele enviasse um carro. E praguejou. Tinha que trabalhar a noite inteira, no entanto se comprometera a ficar de babá da casa.

Tinha acabado de pensar nisso quando o celular tocou. Atendeu sem ver quem era.

— Alô?

Houve uma pausa. Então, Ruhn disse:

— Sinto muito.

Saxton fechou os olhos.

— Você está bem?

— Sim. Não estou ferido.

Você é quem eu pensava que fosse?, Saxton emendou em sua mente.

— Onde você está? – perguntou.

— Na caminhonete, voltando para o complexo da Irmandade.

— Lamento ter saído sem dizer nada, mas estava preocupado com uma possível retaliação a Minnie. Estou na casa dela agora. Ela está saindo com a neta assim que terminar de fazer as malas.

— Ótimo. Isso é muito bom.

Outra pausa. E, bem quando Saxton tentava reformular o "você está bem", Ruhn falou:

— Escute... Quero me explicar para você. Sei que deve estar chocado e eu só... Eu não sou aquela pessoa. Quero dizer, aquilo é uma parte de mim. Mas... – O macho inspirou fundo. – Sou muito bom em algo que odeio, e usei essa habilidade por alguns anos pela minha família.

No entanto, esse não sou mais eu. Não quero que seja. Isso é o meu passado. E vai... ficar no passado.

Saxton pensou no macho que se sentara à sua frente naquela mesinha. Aquele que tomara extremo cuidado ao comer alimentos cujo nome não conseguia pronunciar, mas que amara. Aquele que, encabulado, tentara segurar *escargots à la Bourguignone* e acabara deixando um escapulir até o chão. Aquele que tomara o vinho, segurando a taça delicada como se temesse quebrar a haste.

Em seguida, pensou no amante que o curvara sobre a bancada da cozinha.

Paixão. E não ódio.

Contudo, aquele podia ser um limite muito tênue.

No fim, tinha que seguir seus instintos.

– Poderia me fazer um favor?

– Qualquer coisa.

– Pode vir até a casa de Minnie? Precisamos de transporte para levar os pertences dela ao centro da cidade. Ela e a neta podem se desmaterializar até o endereço, mas, se você puder levar a bagagem, será ótimo.

– Estou a caminho.

– Até daqui a pouco.

– Sim. Obrigado.

Assim que o telefonema se encerrou, Saxton afastou o aparelho do ouvido e o fitou.

– Está tudo bem? – Ahna perguntou ao descer.

– Sim, tudo. É só essa mala?

– Ela ainda tem uma mala de rodinhas, artigos de higiene e algumas fotos de meu avô que gostaria de levar.

– Perfeito.

Levantou-se e andou pela sala, parando diante da lareira com seus azulejos brancos e azuis. Ao pensar no amor que trouxera aquelas peças de arte através do vasto e perigoso oceano, quis aquela força de beleza e afeto e estabilidade na própria vida.

Mas era difícil encontrar a coragem para voltar a se abrir. Havia tantos riscos envolvidos e, por mais que a recompensa fosse grande, as chances eram mínimas.

Engraçado... que isso lhe ocorresse ao pensar em Ruhn.

Pigarreando, disse:

— Poderia, por favor, me ensinar a operar o sistema de alarme? Trabalho durante a noite, mas, se ele disparar, posso estar aqui, com reforços, em questão de instantes.

— Mas é claro. Há um teclado ali na cozinha.

Quando foram para lá, ela anotou as diversas senhas, os números de celulares e seu endereço. Enquanto isso, ele correu os olhos pelo local e percebeu que uma das luzes embutidas no teto havia queimado. E que a pia pingava. E que um assobio junto à porta de trás que dava para o que ele imaginava ser uma varanda sugeria que a vedação precisaria ser substituída.

Fazia dois anos que o *hellren* de Minnie partira para o Fade, se bem se lembrava.

Se fosse habilidoso com essas coisas, ele a ajudaria.

— Deixe-me descer para ver se está tudo em ordem nos aposentos de hóspedes. — Ahna seguiu para o que devia ser a porta do porão. — Ela vai desejar que tudo esteja em ordem, pois haverá de querer que se sinta o hóspede honrado que é. Mas não quero perder tempo nem lhe dar oportunidade para desistir.

— Eu ficarei bem.

— Volto já.

Depois de um minuto, Minnie entrou na cozinha, vestindo um casaco vinho. Quando viu a porta do porão aberta, ficou agitada.

— Ah, preciso descer e...

Ahna voltou a aparecer no topo da escada.

— Está tudo em ordem, *granhmen*. Venha, vamos.

Minnie olhou ao redor como se estivesse dando um adeus que lhe dilacerava o coração.

— Eu... ah... — Olhou para Saxton. — O seu amigo é mais que bem--vindo a ficar também.

Saxton encobriu seu embaraço ao se curvar.

— É muita gentileza sua.

A fêmea mais velha ainda levou mais dez minutos para sair da casa, mas, em seguida, ela e a neta deixaram a bagagem perto da porta da frente e se desmaterializaram pela garagem. Sozinho, Saxton voltou para a cozinha, tirou o casaco e ligou a cafeteira. Quando a máquina gorgolejou e sibilou, ele se serviu de uma caneca. Acrescentou uma segunda e se sentou à mesa redonda do ambiente.

Engraçado como cada casa tem um cheiro próprio, tem seus sotaques de gemidos e rangidos, sua impressão única. E, enquanto olhava ao redor, viu os Antigos Costumes preservados... e o amor consagrado. Era um comentário triste à incansável progressão da vida que houvesse decadência visível e envelhecimento em ação, uma metade do feliz casal tentando desesperadamente sustentar o que fora carregado por dois.

Pensou em Blay e no seu período com o macho.

E ainda estava preso às lembranças quando ouviu o barulho de uma caminhonete parando diante da casa.

Ruhn, pensou ao se levantar e seguir para a porta da frente.

Ou talvez o incorporador mal-intencionado tivesse mandado reforços.

Seu coração bateu acelerado ante as duas opções.

Capítulo 26

RUHN PISOU DIANTE DA porta de entrada da casa e se viu ajeitando o casaco de lã. Havia sangue nele. Os nós dos dedos estavam esfolados. E fora atingido algumas vezes no rosto, ainda que a dor estivesse amortecida pelo frio.

Estava um caco só.

Depois que Saxton se desmaterializara da cena atrás do restaurante francês, Ruhn conversou com os Irmãos por um tempo. Não pareciam particularmente incomodados pela demonstração de violência ou pelo fato de que quase matara o humano. Mas a opinião deles não era a que importava para ele.

Bateu à porta e recuou, limpando as botas antes de poder entrar. A porta foi aberta. Saxton estava do outro lado, o casaco fora retirado, os cabelos loiros tinham caído do topete como se ele tivesse passado a mão sobre eles sem cessar.

O olhar dele se fixou em seu olho esquerdo, aquele que latejava devido ao inchaço.

Ruhn ergueu uma das mãos e cobriu o que quer que estivesse acontecendo ali. Mas era uma estupidez.

– Posso entrar?

Saxton pareceu voltar a si.

– Sim, por favor. Está frio. Faço café?

Quando o macho indicou o caminho de entrada, Ruhn seguiu sua orientação, mas ficou ali junto à passagem, diante da base das escadas. Os olhos de Saxton davam voltas, mas sempre retornavam para o rosto de Ruhn.

Talvez seus ferimentos estivessem piores do que imaginara? Não sentia que fossem grande coisa. Mas, pensando bem, com seu alto grau de resistência à dor, os machucados nunca pareciam estar.

– Está tudo bem – disse ao tocar no rosto. – O que quer que seja.

Saxton pigarreou.

– Sim. Claro. Café?

Ruhn balançou a cabeça e seguiu o rastro do advogado até os fundos da casa. Como esperado, havia um par de canecas na bancada e o aroma de café fresco no ar.

– Gosta de algo no seu? – Saxton foi até a cafeteira e a retirou de sua base. – No meu coloco apenas um pouco de açúcar...

– Fui alistado para um ringue de luta. Por uma década.

Saxton virou-se devagar, ainda com a cafeteira na mão.

– O que disse?

Ruhn andou pela cozinha e tentou não se perder no tanto que odiava falar sobre seu passado.

– Era um ringue de luta de servidão contratual, na Carolina do Sul. Os humanos fazem isso com lutas com cães e aves. Os vampiros fazem com a própria espécie. Passei dez anos entrando no ringue com outros machos para que as pessoas pudessem apostar no resultado. Eu era muito bom e odiava aquilo. Cada segundo daquilo.

Quando Saxton não disse nada, ele parou e percorreu o caminho da cozinha acolhedora até o macho. Tanta surpresa. Tanto choque.

Deuses, queria vomitar.

– Sinto muito – disse de pronto. Mesmo sem saber por que se desculpava.

Não, espere, ele sabia. Desculpava-se pelo fato de ter algo assim para confessar a um macho elegante e honrado – e também, agora que falara sobre o passado, sentia-se afogar nele uma vez mais.

Lembrou-se do fedor dos estábulos onde os lutadores eram mantidos. A comida estragada. A realidade do "mate ou seja morto" que significava ter que enfrentar no ringue machos recém-saídos de suas transições. Tivera que bater em outros mais fracos do que ele e ser surrado por aqueles mais próximos ao seu nível. E, durante todo esse tempo, os mestres do ringue de luta lucraram com os corpos mutilados, aleijados... destruídos.

Fúria de sangue · 227

Os jovens eram os que mais o assombravam: todos aqueles olhos suplicantes, injetados, e as bocas súplices, e os peitos arfantes devido à dor e ao cansaço. Chorara todas as vezes no fim. Quando o momento chegava inevitavelmente, as lágrimas corriam em meio à sujeira, ao suor, ao sangue que também cobriam sua face.

Mas, se não fizesse aquele trabalho, sua família seria penalizada.

Portanto, aprendera que é de fato possível morrer e continuar vivo.

– Eu sinto muito – disse numa voz rascante.

Saxton piscou. Em seguida, abaixou o bule na base da cafeteira sem ter servido o café.

– Eu não... Hum, não acho que soubesse da existência desse tipo de coisa no Novo Mundo. No entanto, ouvi histórias a respeito de apostas em machos em combates arranjados no Antigo País. Como você... Se não se importar por eu perguntar, como acabou fazendo parte disso? Isso me soa muito como escravidão. Como... como isso aconteceu?

Ruhn cruzou os braços diante do peito e deixou a cabeça pender.

– Eu amava o meu pai. Ele foi um macho que proveu bem para minha *mahmen* e nossa família. Nunca fomos ricos, mas nunca passamos necessidades. – Imagens do homem cortando lenha, construindo coisas, consertando carros substituíram o horror do ringue de luta. – Porém, ele tinha uma fraqueza. Todos temos, e aqueles de nós que acham que não têm não estão sendo honestos. Ele tinha um problema com jogo. Apostou nas lutas por um tempo, e, no fim, acabou acumulando tantas dívidas que não só perderia a casa, mas minha irmã e minha *mahmen*... Bem, elas corriam perigo. Seriam obrigadas a... atividades de outro tipo. Entende o que quero dizer? – Quando Saxton empalideceu e assentiu, ele continuou: – Eu tinha que fazer alguma coisa para cobrir o que ele devia. Quero dizer, não ficaria parado assistindo duas fêmeas inocentes pagarem... Ah, ainda ouço o meu pai implorando, suplicando às lágrimas por mais tempo para poder pagar a dívida.

Quando a voz se partiu, ele deu uma tossidela.

– Sabe, acho que aceito um pouco daquele café, se não se importar.

– Deixe-me servi-lo...

Ruhn ergueu a mão.

– Não. Eu faço isso.

Precisava de algo para ocupá-lo por um instante; de outro modo, acabaria desmoronando. As lembranças eram vívidas demais, como raios laser queimando-o por inteiro. Ainda conseguia ouvir as batidas à porta quando o chefe apareceu para ameaçar levar sua irmã para usá-la em trabalhos que quitariam a dívida.

O macho dissera que, caso sua *mahmen* também fosse, aquilo seria resolvido com mais rapidez. Cinco anos em vez de dez. Eles teriam até o amanhecer para tomar uma decisão.

Em vez disso, Ruhn partiu antes de o sol nascer e viajou mais ao sul, para a floresta que escondia em seu interior uma operação enorme de lutas, jogos de azar ilegais e prostituição. Testaram-no no escritório, tendo enviado um macho com a metade da sua altura e o dobro do peso. Levara uma surra brutal, mas ficou se levantando, uma vez depois da outra, mesmo com a boca sangrando e os cortes espalhados pelo corpo.

Depois que o aceitaram, deixara sua marca em algum documento que fora incapaz de ler, e o assunto foi resolvido.

Voltando ao presente, Ruhn baixou o olhar e descobriu que segurava uma caneca cheia. Devia ter se servido de café, no fim das contas.

Sorvendo um gole para experimentar, viu que o café estava perfeito, mas um ardor sugeriu que seu lábio devia estar machucado.

— Como disse, era eu quem tinha que dar um jeito naquilo. Meu pai era velho demais para lutar, e fazia uns vinte anos que eu passara pela transição na época. Sempre fui grande e forte. Às vezes, o que fazemos para sobreviver... é mais difícil do que o que fazemos quando morremos. — Deu de ombros. — Mas meus pais foram capazes de reconstruir a vida deles. Minha irmã... Bem, essa é outra história. — Olhou para o advogado. — Saiba, por favor, que não foi algo que escolhi fazer por vontade própria. Não faz parte da minha natureza ser violento, mas aprendi que farei qualquer coisa para cuidar das pessoas que amo. Também aprendi que... se alguém tentar me machucar... eu me defenderei, até a morte.

Balançou a cabeça.

— O meu pai... Ele nunca superou o que aconteceu. Nunca mais apostou nem um centavo sequer depois que eu parti e, quando chegou a hora de eu voltar, ambos trabalhavam e tinham boa saúde. Enquanto eu lutava, não podia vê-los, claro. Não tínhamos permissão para sair das baias.

— Baias? — Saxton repetiu horrorizado.

— Mantinham-nos em baias subterrâneas, como se faria com cavalos. O espaço era de dois metros por dois. Só tínhamos permissão para sair para lutar, e não recebíamos visitas a não ser pelas fêmeas que nos forneciam para nossa alimentação. Era para isso que queriam usar minha irmã e minha *mahmen*. – Em meio à garganta contraída, acrescentou: – E, às vezes, tínhamos que prestar serviços... Bem... É isso.

Saxton pareceu enxugar os olhos.

– Não consigo imaginar o que foi isso para você.

– Foi... – Ruhn tocou a lateral da cabeça. – Aquilo provocou algo aqui dentro. Reprogramou alguma coisa, e não sei se isso é algo permanente... Até esta noite, não estive em uma situação em que precisasse lutar. Mas tudo retornou. Tudo.

Deu mais um gole na bebida, não porque estivesse com sede em si, mas porque não queria mais falar. Os fatos foram partilhados, e ele tentara ser franco sem falar demais sobre todo o horror daquela situação.

Sobre quão horrível ele fora lá.

Quando o silêncio se estendeu, arriscou um olhar para Saxton... e ficou com a respiração suspensa.

Os olhos do macho estavam repletos de compaixão, mas não de desgosto, nem de medo.

– Venha se sentar – disse Saxton com suavidade. – Você está sangrando e eu quero limpá-lo. Sente-se.

Quando Ruhn continuou parado de pé, Saxton se aproximou, pegou o macho pela mão e o encaminhou até a mesa. Quando Ruhn se sentou, o café na caneca se mexia porque as mãos dele tremiam.

Então eram dois tremendo, Saxton pensou ao ir até a pia para aquecer a água. Pegou algumas folhas do rolo de papel-toalha de um suporte suspenso, tentando entender pelo que Ruhn passara.

Não era de admirar que a postura do macho tivesse mudado do modo como mudou durante a luta atrás do restaurante francês: o olhar vazio fora mais perturbador do que a violência em si. De fato, depois de conviver com a Irmandade por tanto tempo, ouvindo as histórias vividas em campo? Estava muito bem versado na violência. Não, o perturbador fora o fato de Ruhn ter desaparecido em alguma outra parte de si mesmo e de ter sido arrancado de cima da sua presa.

Um animal selvagem desgovernado.

Testou a temperatura da água com o indicador. Estava quente o bastante. Pegando um pouco do sabão líquido, umedeceu a toalha e se virou. Ruhn encarava a caneca, as sobrancelhas abaixadas, os ombros contraídos.

Não era preciso imaginar muito para saber em que parte da mente ele se recolhera.

Ter salvado a irmã e a *mahmen* a fim de que não se tornassem escravas de sangue e, sem dúvida, de favores sexuais para os lutadores? Mantido numa baia? Por causa de erros cometidos pelo pai?

Por dez anos, mantido preso como um tigre, sem saber a que hora seria jogado de volta ao ringue para ser surrado ou morto. E, durante esses anos, devia ter sido ferido e aprendido a viver na solidão e no sofrimento.

Tudo isso era triste demais para sua compreensão.

Andando até ele, esperou que Ruhn erguesse o olhar. Quando ele não fez isso, Saxton apoiou a mão de leve no ombro do macho.

Ruhn se sobressaltou e derrubou a caneca.

– Ah! Sinto muito...

– Pode deixar. – Saxton voltou e apanhou o rolo de papel. – Pronto. Aqui está.

Desenrolando um tanto de Bounty ou qualquer que fosse o produto, jogou o papel na mesa e deixou que suas propriedades absorventes fizessem a magia necessária.

– Vire-se para mim. – Dobrou o dedo debaixo do queixo de Ruhn e virou o rosto do macho. – Isso, assim.

Ruhn fez uma careta ante o contato, mas Saxton tinha quase certeza de que era pela confusão da realidade no momento.

– Um corte e tanto – murmurou ao cuidar da ferida na sobrancelha. – E está ficando cada vez mais inchado. Seria bom que a doutora Jane ou o doutor Manello dessem uma olhada nisso.

– Já passei por coisa pior.

Saxton fez uma pausa.

– Sim, imagino que sim.

Quando retomou o processo de limpeza do sangue seco, desejou poder dizer a coisa certa, a coisa adequada... qualquer coisa capaz de aliviar parte daquela década. No entanto, não existiam palavras.

Mas havia um remédio.

– Essa operação de luta ainda existe? – perguntou com dureza.

Fúria de sangue · 231

Ruhn balançou a cabeça.

– Houve uma revolta entre os lutadores cerca de um ano depois que fui embora. Soltaram-se, mataram os guardas e os seguranças, dilaceraram o chefe. O lugar é só mato agora. – Pigarreou. – Voltei lá, entende? Não uma vez, mas várias. Eu estava tentando... encontrar um sentido naquilo tudo. No fim, fracassei.

– Não sei como poderia conseguir isso.

– Como já disse, fiz o que fiz pela minha família. Essa é a única paz que consegui encontrar. – Ruhn expeliu o ar lenta e longamente. – Mas, sabe, também lamento ter desapontado minha irmã. Talvez, se eu estivesse em casa, ela não teria se apaixonado por aquele macho violento. Quem sabe eu pudesse ter feito algo antes que ele a levasse para tão longe, aqui em Caldwell. Depois que saí de lá, tentei localizá-la, mas ela não deixara rastro. Meus pais sabiam que ele era perigoso... Acredito que ele a realocou como forma de controlá-la. Odeio o fato de ela ter morrido sem mim lá para salvá-la.

– Você fez o que pôde – disse Saxton com tristeza. – No fim da noite, é só o que todos nós podemos fazer.

Voltou para a pia com o que restara do rolo de papel e umedeceu um punhado só com água. De novo ao lado de Ruhn, certificou-se de tirar todo o vestígio de sabonete. O restante do rosto do macho estava ficando marcado por hematomas, e isso não podia ser limpo.

– Você diz que fiz algo altruísta com Bitty – Ruhn disse, a voz rouca. – Não fiz. Eu a salvei de mim. O que fiz com aqueles homens no estacionamento? Eu tenho um lado ruim, e, no fim, eu sabia que ela estaria mais segura com Rhage e Mary. Além do mais... e se ela um dia ficasse sabendo? Não podia ter um pai como eu.

– O que você acha que Rhage faz pela raça?

– Isso é diferente. Eu não estava salvando ninguém.

– A não ser sua irmã e sua *mahmen*.

– Não sei.

Saxton secou a área.

– Isto não está nada bom.

– Vai ficar. – Ruhn olhou para cima. – Você foi muito bom comigo.

Saxton resvalou a ponta de um dedo ao longo do maxilar do macho. Depois acariciou os cabelos para trás, tocando o lábio inferior de Ruhn.

– Está machucado aqui também – sussurrou.

232 · J.R. Ward

Inclinando-se para baixo, depositou um beijo suave no que fora cortado pelo punho do humano. E, ao se endireitar, um sinal de alerta disparou na base de sua nuca.

Por mais atraído que se sentisse por Ruhn, e por mais que quisesse estar com o macho, pessoas machucadas... machucam pessoas...

Sim, sim, isso era o tipo de coisa que se podia ver numa imagem sentimental em memes do Facebook, uma construçãozinha trivial de quatro palavras inventada aparentemente sob medida para a sensibilidade depressiva e eterna de uma geração de flocos de neve. Mas, como um salvador, era bem a sua cara acolher alguém de rua que sofrera abusos. Como poderia ter certeza, porém, de que o passado de Ruhn de fato ficara para trás?

Pensou naquele olhar do macho — ou melhor, na ausência de expressão — durante a luta, especialmente quando Ruhn estivera prestes a quebrar o pescoço do homem.

— Está tudo bem — Ruhn disse com brusquidão ao empurrar a cadeira para se levantar.

— O que está bem?

O macho deu um passo para trás. E mais um.

— Eu entendo.

— Entende o quê? — perguntou Saxton.

— Eu também não confio em mim.

— Do que está falando?

— Vejo nos seus olhos. — Ruhn assentiu. — E entendo. Você está tentando conciliar o que viu com o que deseja que eu seja. Vivo com isso o tempo inteiro. Todo dia, quando fecho os olhos, eu me lembro das coisas que fiz. E, se eu esquecer, só preciso olhar no espelho.

— Ruhn, não tome decisões por mim.

Com mãos bruscas, o macho tirou a jaqueta. Depois se virou de costas e puxou a camisa até os ombros.

Saxton arquejou.

As costas largas estavam cobertas por um padrão feito por açoites. Não, não era isso. Não eram marcas de chicote. Os cortes de dez centímetros eram regulares demais, cirúrgicos demais — e havia pelo menos uns trinta, espalhados a partir da coluna. Eles tiveram que ser salgados para continuarem ali, a salmoura despejada sobre os talhos garantiria que eles não se fechariam sem deixar cicatrizes na pele regenerada.

Fúria de sangue · 233

– Trinta e sete – Ruhn disse numa voz mal audível. – Matei trinta e sete machos com minhas próprias mãos. E, toda vez que fiz isso, eles me marcaram com uma faca como registro. Isso era feito para a multidão, a fim de que apostassem mais dinheiro. Tudo era parte do espetáculo.

Saxton cobriu a boca com a palma da mão, lágrimas brotando nos olhos.

Quando Ruhn virou de frente, só o que Saxton quis fazer foi envolver o macho nos braços e segurá-lo até que as lembranças não doessem tanto.

Mas, obviamente, isso não seria possível.

Ruhn voltou a ajeitar a camisa e vestir a jaqueta.

– Vou embora agora. Mas você precisa me dizer onde devo deixar a bagagem da senhora Minnie. – Numa voz sepulcral, o macho prosseguiu: – E não se preocupe. Não interagirei com as fêmeas. Deixarei as coisas num lugar seguro e ficarei longe delas.

– Ruhn, por favor, não...

– Então, para onde vou?

– Você não é menos por causa disso, Ruhn.

– Ah, sou pior. Sou um assassino implacável. Nenhum daqueles machos queria aquilo, assim como eu não queria. Todos estavam ali obrigados também, pagando dívidas. Não eram assassinos, assim como eu também não era... pelo menos, não no início, assim que cheguei. Mas sou um troféu ambulante daquilo que me tornei. Tenho sangue nas mãos, Saxton. Sou um assassino.

O macho andou até o arco de entrada.

– Por isso, me diga aonde devo levar as...

– Você não é um assassino.

A cabeça de Ruhn se abaixou em sinal de derrota.

– Essa é uma declaração emotiva, não um parecer legal, e você bem sabe disso.

– Ruhn, você...

– Olha só, não gosto de falar sobre tudo isso. – Os olhos de Ruhn passaram pela cozinha. – Empurro para baixo do tapete durante as horas em que estou acordado e rezo enquanto durmo para não me lembrar dos meus sonhos. A única vez em que falei sobre isso foi quando os Irmãos investigaram o meu passado por causa de Bitty, e, mesmo então, eu não... Bem, não importa. Acho que estou lhe contando tudo isso porque você merece honestidade. Havia algo acontecendo entre nós, algo bilateral. Mas, veja, sei quem você é, e você não... Bem, se você não conhecesse a verdade, não me conheceria. E esse seu olhar? A prudência, a desconfiança, elas me dizem que eu fiz a coisa certa.

– Eu posso confiar em você.

– Você não precisa. – Ruhn tocou o peito na altura do coração. – Uma coisa que aprendi em todos aqueles anos trabalhando para a *glymera* é que o pobre só tem sua dignidade e seu orgulho a oferecer ao mundo. O meu pai me ensinou isso. E não tenho dignidade alguma se eu mentir para alguém por quem estou me apaixonando.

A respiração de Saxton ficou presa no peito.

Mas, antes que ele conseguisse responder, Ruhn meneou a cabeça e se virou.

– Sabe, na verdade acho que seria melhor se outra pessoa fizesse o trajeto até o centro. Tenho que ir.

– Ruhn...

O macho parou, mas não olhou para trás.

– Por favor, só me deixe ir. Só... me deixe ir.

Todos os instintos no corpo de Saxton lhe diziam para impedi-lo de ir embora.

Mas não dependia dele.

Um momento depois, a porta da frente da casa se fechou silenciosamente, e Saxton se deixou cair na cadeira em que Ruhn estivera sentado. O café ainda estava quente na caneca.

No entanto, isso não durou muito.

Capítulo 27

— Sei que quer transar comigo.

Peyton ergueu o olhar para a humana que se dirigia a ele, precisando de alguns segundos para focalizá-la, mas, pensando bem, o Ice Blue, a boate que normalmente frequentava, estava com a música muito alta e ele inalara o *bong* umas doze vezes.

E, ah, também havia aquela luz a laser trespassando o ar esfumaçado e o fato de não ter dormido bem nos últimos dias.

— Ouviu o que eu disse? — ela ronronou.

A mulher usava um vestido colado de látex branco com decote profundo mostrando os seios espetaculares e com barra tão curta que revelava uma bela extensão de pernas. Os sapatos eram de tiras e inclinavam os pés tão para a frente que era como se ela estivesse nas pontas, e os cabelos escuros derramavam-se pelos ombros e costas.

Na seção VIP da boate, ela sem sombra de dúvida era o troféu da noite, a coisa mais bela e erótica ali, e o desejava. Por quê? Não pela sua conversa fascinante — não trocaram mais do que um "oi, tudo bem". Inferno, sequer sabia o próprio nome.

Dela. O nome *dela*.

Não, a causa era seu terno e gravata. Os sapatos de pele de avestruz. O fato de que ele e seu pessoal tinham entrado pelos fundos, sem terem que se preocupar em estragar os sapatos na neve, nem terem que esperar na fila para entrar. Também era por causa do serviço do bar naquele seu banquete particular, e o modo como a segurança era condescendente com ele, as notas de cem aparecendo quando as bebidas eram trazidas. Ele era o esbanjador supremo, e ela estava disposta a usar seus atributos físicos para se beneficiar da sua fartura.

E, puxa, ele também estava usando branco, portanto era como se estivessem totalmente predestinados.

– Vamos tirar uma *selfie* – disse ela ao montar sobre suas pernas e pegar o celular da bolsa dentro da qual cabia apenas um iPhone. Um modelo pequeno, não grande como um Pop-Tart.

– Não. – Ele ergueu a mão espalmada. – Sem fotos.

Ela deu uma risadinha e guardou o celular.

– Está me dizendo que é famoso? Não o reconheci.

Com facilidade treinada, ela pegou sua mão e a colocou sobre o quadril.

– Sou de Manhattan. Estou fazendo uma sessão de fotos perto do rio amanhã. Odeio o frio. O que eu queria mesmo era estar em Miami.

Dito isso, ela ajeitou o cabelo num gesto bem calculado. *Ah, estou tão insatisfeita com minha vida glamourosa e, a propósito, meu cabelo me dá tannnnto trabalho.*

Aquele era o chamado de acasalamento da rata de boate.

E, de modo geral, ele começaria a analisar os cantos escuros e lugares propícios para um boquete. Por algum motivo, porém, só conseguia pensar... *Se prefere estar em Miami, pegue um avião, e você pagou para ter essas malditas extensões nos cabelos. Se não quer essa merda cobrindo as tetas, prenda-os com um elástico, porra.*

Quando ela continuou a falar, Peyton estava bem ciente de que aquela coisa toda de sair para ir à boate não fazia parte do seu manual de instruções. Olhando de relance para os caras, viu três outros vampiros vestidos com roupas da mesma seção da Neiman Marcus, o trio mais parecendo uma variação de um conjunto de apoios para copo: os ternos podiam ser de tons diferentes de azul e cinza, mas o corte era o mesmo, com pernas justas e lapelas finas, e as camisas debaixo dos paletós justos eram de estampas similares. Os relógios não eram Rolex – não, isso seria barato demais. Eram Audemars Piguet ou Hublot. E nos bolsos do peito do paletó havia papelotes de cocaína e ecstasy. E, ah, havia um motorista estacionado à espera no beco dos fundos para quando tivessem terminado de ser admirados enquanto se poluíam ali. Nada de Uber. Jamais.

E esse *hors-d'oeuvre* em envoltório branco sabia de tudo isso.

Ela também fora ali com seu pessoal, as três amigas eram os saleiros para os moedores de pimenta que eram seus amigos.

Fúria de sangue · 237

Portanto, sim, todos tinham recebido o memorando.

Sem nenhum interesse real, ele apertou a cintura dela para testar se a curva estreita era resultado de Spandex ou de dieta; era uma combinação de ambos, a julgar pelos ossos de baleia no corpete que ela vestia. Resolveu que ela era magra demais.

Gostava mais da constituição de Novo. Forte. Firme.

Cara, aquilo não estava acontecendo com ele. Era como se estivesse desligado da tomada. A postura largada na poltrona devia-se ao tédio, e não a um possível langor.

Mudando de posição, a garota saiu de cima dele, estendeu os braços acima da cabeça e deu uma voltinha para lhe apresentar a bunda. Olhando por cima dos ombros, os lábios fartos continuavam a se mover como se dissessem algo, mas ela muito bem podia estar lhe dando uma aula sobre astrofísica.

Um dos seus camaradas se inclinou para perto dele.

– Você sempre fica com as boas. Mas estou bem na sua cola.

Como que para provar o que dizia, o macho rodopiou a garota que dava em cima dele como se estivesse estacionando um R8 ao lado de um 911, para comparar os *spoilers* traseiros de dois carros esportivos.

Peyton desviou o olhar – só para ser atingido por um daqueles lasers azuis no olho.

Por algum motivo, provavelmente porque a luz lhe provocou dor de cabeça, pensou no pai, que fizera o maior escândalo no minuto em que ele pisara na mansão, um show completo de luzes do tipo "você é a desgraça da família". E, assim como ali na boate, ele só se recostou, distanciado do espetáculo, mesmo estando de corpo presente.

Lançara mão de algumas desculpas para apaziguar o pai e depois subira para tomar banho e se trocar. Três telefonemas mais tarde o haviam levado até ali.

Há quantas noites fazia isso?

Noites demais para contar...

Sua colega abaixou o traseiro na altura do seu cinto Gucci – não havia um rap sobre isso? – e começou a se remexer sobre ele.

Estava muito excitada. Ele sabia disso pelo cheiro dela.

Colocando as mãos no quadril da mulher, fechou os olhos e tentou embarcar na dela.

Saxton permaneceu sentado na cozinha de Minnie com aquele café por um tempo, ouvindo a porta que dava para a varanda assobiar por conta da vedação solta. O que ele queria fazer mesmo era conversar com alguém, mas a única pessoa que lhe veio à mente foi Blay, e isso pareceria demais com provar que estava tentando seguir em frente ou algo assim.

O estranho em relação à atração sexual era que sua força e intensidade podiam criar a ilusão de proximidade entre duas pessoas: quando o corpo se sentia atraído pelo de outra pessoa, desesperado e ávido pela expressão física, era como se o cérebro sentisse que deveria fazer o mesmo, fabricando uma ligação intelectual ou emocional.

Compatibilidade superficial recebendo assim um significado conectivo mais profundo.

Mas, na realidade, você não conhece alguém até conhecê-lo. Qual era mesmo o ditado? A menos que se tenha viajado com uma pessoa, você não faz a mínima ideia de quem ela verdadeiramente é...

Conhecê-la por uma década era ainda melhor.

A verdade era que Ruhn também não o conhecia. O macho não tinha conhecimento da sua relação com Blay, dos problemas com seu pai, do seu passado e das suas lutas. E essa coisa a respeito da história de Ruhn? Era completamente horrenda, e ele odiou que o macho tivesse passado por aquilo. Mas teve que reconhecer que preferia a ideia de proteger uma alma sensível, pacata e tímida no mundo, sendo seu anteparo e intérprete das experiências novas e diferentes.

No decorrer do jantar, por exemplo, planejara em sua cabeça todos os diferentes tipos de lugares a que levaria Ruhn para comer: restaurantes vietnamitas, tailandeses, italianos. E, a despeito do que prometera, todos esses lugares estariam muito acima do limite de preços que Ruhn poderia pagar.

Em sua mente, ansiava em poder propiciar todos esses novos sabores e agrados tentadores.

Havia controle em tirar outra alma de sua casca, não? Segurança, porque ela confiaria em você em seu desconforto inevitável e desconhecimento.

Agora, depois do que testemunhara naquela briga, toda essa *noblesse oblige* imaginária de sua parte tinha que ser remodelada. O gigante gentil passara por torturas, e qualquer um que conseguisse sobreviver a algo semelhante não precisava ser protegido por ninguém.

Abaixando a cabeça entre as mãos, pensou que era muito bom que não dividissem seus pensamentos íntimos com qualquer outra pessoa.

Porque era melhor manter trancado a sete chaves esse tipo de confissão: ele era um tremendo babaca por se preocupar com seus pequenos dramas psicológicos em comparação com o que aquele macho tivera que viver. Dez anos numa jaula? Matando machos para não morrer? Sendo marcado?

Ele jamais passara por nada remotamente parecido com aquilo, e a ideia de que o passado de Ruhn de repente tornara esse romance entre eles algo muito mais real era complexo demais para considerar.

Não tenho dignidade alguma se eu mentir para alguém por quem estou me apaixonando.

Isso sim era coragem. Dizer algo assim sendo verdadeiro a respeito?

Praguejando, levantou-se. Não se lembrava de ter tirado o casaco, mas encontrou-o na cadeira junto da qual estivera encarando o espaço vazio.

Ao se vestir, foi até a sala e fitou a lareira, os azulejos ali perfilados. Tentou imaginar Minnie e seu *hellren* viajando através do oceano para uma terra desconhecida com o espectro do sol pairando a cada dia, pouco dinheiro no bolso e nada além do amor para protegê-los.

Aquilo era coragem.

Balançando a cabeça, voltou para a cozinha, acionou o alarme no teclado junto à porta que dava para a garagem, depois fechou os olhos e tentou se concentrar. No fim, conseguiu se desmaterializar e saiu de lá em moléculas dispersas através do espaço criado pela vedação solta.

Retomou sua forma do outro lado da cidade, a quilômetros de distância, na varanda de trás da Casa de Audiências. Ao passar pela porta da cozinha, seu cérebro ficou sem reação. Havia alguns *doggens* por ali, fazendo sabe-se lá Deus o quê... e ele teve algum tipo de interação com eles. Perguntas feitas e respondidas, esse tipo de coisa.

Em seguida, foi ao escritório. O Rei tinha a noite de folga, mas ainda havia coisas a serem arquivadas e documentação a ser preparada... e também aquilo pelo que Wrath ligara e queria que fosse providenciado...

Ou isso acontecera em outra noite? Em outra hora?

Em algum outro...

Sentando-se, apoiou a cabeça nas mãos e tentou se lembrar do que fora dito a respeito de quais coisas e quando. Mas não conseguia conectar os pensamentos, nenhum mapa cognitivo se materializou da sopa de confusão para ajudá-lo a marchar de volta ao seu funcionamento normal.

Uma batida no batente fez com que ele levantasse a cabeça.

– Ah, olá.

Quando o Irmão Rhage entrou, tomou conta de todo o escritório com sua beleza sobrenatural, tamanho descomunal e carisma estimulante. Era como se Ryan Reynolds, o Jolly Green Giant daquela propaganda de legumes congelados e doze líderes mundiais tivessem se juntado num ser só e entrado ali para bater papo.

– Você está uma merda – disse o Irmão ao se sentar do outro lado da escrivaninha. – O que aconteceu?

– Ah, nada. Precisa de alguma coisa?

– Na verdade, não. Só vim trazer os bagulhos que George morde pra limpar os dentes. Não conte a Fritz. Ele surta, mas eu estava passando na frente da Petco e... Que porra aconteceu com você? Estou falando sério. A sua cara é a de alguém que esteve perto da morte.

Enquanto Saxton tentava encontrar um ponto pelo qual iniciar, um fio solto naquela confusão para começar a falar, Rhage pegou um pirulito de cereja de dentro da jaqueta e tirou a embalagem.

– Ei. Tem alguém aí? Teve um derrame? – Os dentes de Rhage revelaram um branco brilhante quando ele abriu a boca para enfiar o Tootsie Pop entre as presas afiadas. – Quer que eu chame um médico?

– Na verdade, preciso de... – Saxton pigarreou. – Não sei se deveria estar tocando nesse assunto com você.

Não queria fazer nada que pudesse arriscar o relacionamento de Bitty e seus pais adotivos com Ruhn. Mas a quem mais poderia procurar?

– E não quero que isto mude nada – emendou.

Rhage deu de ombros.

– Considerando que não sei o que vai dizer, não tenho certeza de que posso prometer isso. Mas sou bem mente aberta. Quero dizer, porra, eu aguento as merdas do Lassiter quase melhor que todos os outros. Tá bem, melhor que Vishous. Espera, isso não quer dizer muita coisa, né? Qual é a pergunta?

– É sobre Ruhn.

Rhage deixou a leveza de lado.

– O que tem ele?

– O passado dele. Sendo mais específico.

No mesmo instante, o Irmão mudou, o corpo se sentou mais à frente, os olhos se estreitaram e aquele Tootsie Pop foi esmagado pelos molares.

– O que tem o passado dele?

Saxton pegou uma caneta do porta-canetas e ficou rolando o objeto, virando-o em círculos. Tirou a tampa. Colocou-a de volta.

– Sei que Phury e Vishous foram lá para o Sul. – Levantou o olhar. – Para a propriedade de seu antigo patrão. E descobriram sobre a história dele.

– É verdade.

– Portanto, você sabe o que aconteceu com ele.

Houve uma pausa.

– Sim. O ringue de luta. Mas como ficou sabendo sobre isso? Não tocamos no assunto para preservá-lo.

– Ele me contou. – Saxton balançou a cabeça. – Não sei como alguém consegue sobreviver a algo assim.

Rhage se recostou e o encarou ao longo da escrivaninha; os olhos cor do mar das Bahamas eram tão brilhantes que quase criavam sombras.

– Posso fazer uma pergunta pessoal?

– Claro.

– Está pensando em sair com ele ou algo assim? – Quando Saxton se enrijeceu, o Irmão deu de ombros. – Tudo bem se estiver. Quero dizer, sei que ele não tinha nenhuma fêmea nem nada assim lá onde morava, e que nunca foi vinculado.

– Não sei como responder a isso.

– Então é um sim. Ei, só estou perguntando por curiosidade. Não consigo pensar em nenhum outro motivo para você tocar nesse assunto. Se ele fosse só um guarda para você, imagino que ficaria satisfeito com a experiência dele, mesmo que o modo com que a obteve tivesse sido extremo.

– Não quero colocar você numa situação constrangedora.

– Mas quer saber se ele vai te matar enquanto você dorme, certo? – Quando Saxton gaguejou, Rhage ergueu uma das mãos. – Mary avaliou o psicológico dele. Quero dizer, Bitty o convidou para morar com a gente e nós dois estávamos dispostos, porque, cara, ele é o único parente de nossa filha. Mas com Wrath, Beth e l.w. na casa, não podíamos nos arriscar. Ela aplicou os testes oralmente, visto que ele não sabe ler. Ele passou em todas as avaliações. É um cara normal, não psicótico. Ela disse que ele carrega um caminhão de TEPT, claro. Mas, depois de tudo pelo que passou, quem não teria estresse pós-traumático? E, não sei... depois de hoje à noite? Ele atacando aqueles humanos? Talvez essa coisa de ser segurança não seja a melhor coisa para ele.

– De fato.

– Ele é um macho bom, porém. Confio nele. E sei que você não costuma estar perto quando ele está com a Bitty, mas deveria vê-los juntos. Todos os dias antes de ela ir para a cama, os dois sobem. Colocamos uma mesa com um quebra-cabeça no quarto dela, sabe? Os dois se sentam lá e trabalham no quebra-cabeça. De boa, aquela coisa me deixa louco. Quer falar numa coisa psicótica? Olha só, fique ali sentado com oito milhões de peças minúsculas que seus dedos nem conseguem pegar e tente combinar as cores. Mas estou me desviando do assunto. – Esmagou o pirulito e começou a mastigar. – Eles adoram aquilo. E, durante o tempo todo, naquela voz tranquila dele, ele conta histórias da *mahmen* dela e dos avós. Como era enquanto eles cresciam. E parece ter sido uma vida boa. No interior, brincando do lado de fora, cavalos e ovelhas, uma *mahmen* e um pai que amavam muito Ruhn e a irmã. E a Bitty absorve cada palavra. Ele lhe deu uma parte da família que a faz sentir como se sua *mahmen* ainda estivesse com ela. Isso não tem preço. De verdade. – Rhage deu uma risada de leve. – E, pensando bem, acho que basicamente é a única vez em que o ouço conversando.

Saxton assentiu.

– Fico muito feliz que eles tenham essa conexão. E, sim, pelo que tenho visto, eles parecem bem próximos.

– Ruhn é como um filho para mim. De verdade.

– Eu só nunca esperei... Bem, nunca imaginei tudo o que aconteceu com ele.

– Quem poderia? – Rhage jogou o palito branco com a mancha rosa na ponta na lata de lixo. – E, olha só, já falei com a Mary sobre o que aconteceu hoje. Ela vai procurá-lo para conversar. Ver se ele precisa de uma "afinação", digamos assim. Mary ajudou Z. pra caramba com esse tipo de merda, então, de um modo trágico, ela tem experiência em lidar com traumas.

– Não o julgo. – Enquanto falava, Saxton percebeu que estava experimentando as palavras, vendo se elas eram verdadeiras, e isso o fez se sentir uma pessoa ruim.

– Que bom. Porque não deveria mesmo. E também não deveria ter medo dele. Todos merecem uma segunda chance. Sou prova viva disso.

– Você está certo. E ele não foi atrás do que lhe aconteceu.

– Isso mesmo.

– Sinto como se estivesse sofrendo por ele.

– Qualquer um que tenha ouvido a história se sente do mesmo modo.

O meu coração estará seguro com ele?, Saxton se questionou.

Sendo justo, essa era uma pergunta que estaria se fazendo indiferentemente da pessoa com quem pensasse em se relacionar.

– Eu queria tanto poder prever o futuro – murmurou.

– Existem momentos na vida em que isso viria bem a calhar. Gostaria de poder ajudar mais.

– Obrigado. – Saxton sorriu. – Você é um cavalheiro sob essa sua fachada de valentão.

– Olha só, não vamos botar o carro na frente dos bois.

Depois de um instante, o Irmão se levantou e saiu devagar, deixando Saxton com seus pensamentos.

Após um momento, Saxton foi para a gaveta dos arquivos. Agachou num dos cantos, pressionou o polegar num sensor e soltou uma trava. Os documentos concernentes à Irmandade da Adaga Negra e suas famílias eram mantidos ali, e ele encontrou a documentação da adoção de Bitty com facilidade.

Pegando essa pasta, levantou a capa e folheou até a última página, onde Ruhn "assinara" seu nome.

O macho desenhara um autorretrato na linha onde a assinatura deveria ficar.

Era um desenho tão surpreendente, tão realista que ele passou o dedo pelos contornos da face e podia jurar que sentia o calor do macho.

Por algum motivo, pensou em Blay e Qhuinn. Pelo que sabia, Blay sempre cuidara do companheiro, zelara por ele, certificara-se de que o outro estivesse tão equilibrado quanto podia estar. Fora uma expressão de amor antes que a palavra tivesse sido partilhada entre eles.

Quanto mais Saxton fitava o desenho, mais percebia o motivo de tudo aquilo com Ruhn o afetar tanto.

Ele tinha a capacidade de se apaixonar por aquele macho.

E isso significava que a aposta era alta. Sabia muito bem como era sentir um amor não correspondido. Aquilo com Ruhn? Tinha um potencial de destruição ainda maior.

Capítulo 28

Novo ENCARAVA A BENGALA como uma melhora enorme. Em relação à cadeira de rodas? E também significava que pulara a fase do andador.

Superar expectativas era algo bom, ainda mais quando você está no equivalente à reabilitação cardíaca dos vampiros.

Enquanto avançava lentamente pelo corredor, mantinha um ritmo geriátrico constante, os pés naqueles chinelos cedidos pelo hospital para usar no chuveiro raspavam ante o mínimo distanciamento do piso de concreto. Tudo estava silencioso, os Irmãos estavam em algum outro lugar, os trainees tinham voltado para casa, a clínica não tinha outro paciente a não ser...

O urro desencarnado que escapou do maluco foi como uma corrente de ar, invisível e gélida.

Ela seguiu em frente. Tinha feito aquele caminho umas belas dez vezes, embora tivesse certeza de que o doutor Manello dissera para andar apenas uma vez a cada hora. Mas, caramba, se ela sustentasse esse ritmo, acabaria ficando nessa média – desde que se comparasse a um cronograma de duas semanas.

Ele só precisava ter sido mais específico.

Chegando às portas duplas do ginásio, espiou pelo vidro coberto por tela de galinheiro. Mal podia esperar para voltar aos treinos corpo a corpo.

Indo em frente, fiou-se na bengala para manter o equilíbrio, a sensação de estar oscilando se devia mais a um problema do ouvido interno do que a qualquer coisa relacionada ao coração defeituoso. Chegaram até a liberá-la do acesso intravenoso, apesar de agora estar ligada a um aparelho Holter, só para garantir que as funções cardíacas não estavam oscilando.

Olhando para trás, o quarto pareceu estar a quilômetros de distância. Foda-se. Seguiu em frente. No fim, uns cento e cinquenta anos mais tarde, chegou às portas da piscina.

Havia alguém ali.

Buscar companhia era algo tão desconhecido quanto a fraqueza física que vinha sentindo, e essa última coisa fazia com que a primeira ficasse exagerada. Antes de pensar duas vezes, já empurrava a porta da antessala naquela sua dança de velhota sobre os azulejos.

O cheiro de cloro bateu no nariz e o calor e a umidade a fizeram se lembrar de noites de verão...

Barulho de água chapinhando. E vozes.

Quando percebeu que havia mais de uma pessoa na água, quase deu meia-volta. Só que notou Ehlena na beirada; a enfermeira estava agachada e encorajava alguém que tentava nadar.

– Novo! Oi! – a fêmea a chamou com um aceno. – Venha conversar com a gente!

Novo deu uma espiada para ter certeza de que a camisola cobria suas partes traseiras e depois foi indo de bengala. Os azulejos ao redor da piscina olímpica estavam secos, portanto não tinha que se preocupar com a possibilidade de escorregar. O calor e a umidade ajudavam com a dor que ainda sentia nas costelas.

– Oi, Luchas – cumprimentou o macho que se segurava na beirada da piscina.

– Saudações – foi a resposta grunhida.

As mãos finas e deformadas, com dedos ausentes, eram como garras na beirada, o corpo frágil flutuava atrás dele, a perna restante se movendo na água lentamente.

Ele estava muito pálido, e Novo teve que desviar o olhar do corte profundo entre as escápulas debaixo da pele fina.

– Bem que eu queria poder me juntar a você – disse ao se apoiar na bengala e se abaixar para se sentar.

– Não com esse monitor, lamento. – Ehlena sorriu. – Mas você está quase liberada para voltar pra casa. Amanhã talvez esteja pronta.

– Mal posso esperar. – Novo se livrou dos chinelos com chutes... e mergulhou um, depois o outro pé na água. – Ah, como isto é bom.

Os exercícios de Luchas criavam marolas na água, e ela fechou os olhos para poder se concentrar na sensação de conforto nas panturrilhas e solas dos pés.

Também não queria que o macho achasse que o encarava.

Pelo que ficara sabendo, o irmão de Qhuinn fora abduzido durante os ataques e acreditaram que ele tivesse sido morto junto ao restante da linhagem deles. A verdade era muito mais horrenda. O macho fora encontrado enfiado num barril de óleo mergulhado no sangue de Ômega. Encontraram-no praticamente morto, e tinha tantos ossos fraturados e partes arrancadas que tiveram que carregá-lo numa maca.

Embora tivesse sido resgatado há algum tempo, ele morava na clínica desde então, não morto, mas também não exatamente vivo. Qhuinn sempre o visitava, mas não havia alegria, não havia riso, nenhuma perspectiva, ao que tudo levava a crer. E, para um jovem macho que outrora tivera uma vida privilegiada, essa era uma triste realidade.

– Bom trabalho – Ehlena o elogiou. – Agora que está aquecido, vamos nos concentrar nos braços.

– Tudo bem.

Um pouco de movimentação na água e, em seguida, a enfermeira o orientou em diversos alongamentos e depois em alguns movimentos com os braços que atravessavam a água na parte mais rasa da piscina.

A concentração de Luchas era total, como se sua vida dependesse da habilidade de seguir instruções e executar movimentos – e, por certo, caso ele parasse de nadar, iria, de fato, afundar. Não havia gordura nenhuma nele.

Embora o tivesse visto no centro de treinamento, nunca imaginara que teria algo em comum com ele. Mas ali estavam os dois – com a exceção de que ela melhoraria, e havia uma possibilidade de ele estar para sempre nesse mundo paralelo de não ser nem saudável, nem moribundo. Na noite seguinte, ela estaria andando normalmente; em outras vinte e quatro horas, estaria na sala de pesos, maldição. Luchas, por sua vez? Era difícil imaginá-lo de um jeito diferente de como estava agora.

– Acho melhor eu voltar – disse ao apoiar a bengala e se levantar.

– Fico feliz que tenha parado para nos ver. – Ehlena ergueu uma das mãos. – Avise se precisar de algo.

– Obrigada. Falo com você mais tarde, Luchas. – Novo acenou de leve. – Cuide-se.

– Você também – foi a resposta brusca.

O macho não ergueu os olhos, e ela ficou feliz em sair. Era difícil estar perto de alguém tão enfermo assim enquanto você está indo bem. Fazia você questionar o motivo de ter sido escolhida para melhorar em vez de ser deixada na lista dos que Ficam para Trás.

Considerando-se quanto era importante, a aleatoriedade de tal boa sorte era o tipo de coisa que dava nó no cérebro.

Ao voltar para o corredor, estremeceu sob o frio relativo, e, quando chegou ao quarto, estava acabada. Como se tivesse terminado uma maratona.

De volta ao leito, deixou a bengala ao pé da cama e se arrastou para cima do colchão. Uma solidão se instalou como uma nuvem tóxica, e ela estava cansada de combatê-la...

O celular tocou na mesinha rolante onde Novo consumia suas refeições e ela virou a cabeça na direção do som. A tela estava para baixo, e a fêmea não tinha interesse algum em saber quem era. Já sabia. Sua *mahmen* e a irmã estavam furiosas em relação à festa de solteira, ou sabe-se lá como diabos aquilo era chamado, que aconteceria na noite seguinte e sobre a qual Novo não cuidara de nenhuma merda de preparativo.

Convenhamos. Graças a Sophy, tinham uma reserva feita lá naquele lugar. De que mais precisavam? Ah, claaaaro, da maldita faixa, de coroa e cetro, de boás de penas.

A costumeira porcaria Instagramável.

Porque, claro, não se vive a vida sem criar "momentos" para provar quanto sua existência é cintilante.

Esticando a mão, agarrou o aparelho e o virou.

Sentou-se ao aceitar a ligação.

– Você de novo.

No entanto, seu tom estava longe de soar hostil. Na verdade, havia um quê de súplica ali do qual ela precisava muito se livrar.

A voz de Peyton estava abafada.

– Oi.

No fundo, havia todo tipo de barulho. Ele estava numa boate. Claro. Só que estava ligando para ela.

– O que está fazendo, esbanjador? – perguntou numa voz arrastada.

Melhor assim, pensou. Sim, era deste jeito que queria soar. Mais parecido com seu "eu" anterior – seu "eu" habitual, corrigiu-se.

Fúria de sangue · 249

– Ah, você sabe, mesma noite, mesmo esquema.

– Então por que não está trepando com qualquer uma numa sala dos fundos?

– Tive essa opção.

– E deixou passar? Não está se sentindo bem?

– O que você está fazendo?

– Dando voltas no corredor. Depois, vou brincar um pouco com física de partículas, fazer levantamento de um Prius ou dois e ler a coleção completa de Shakespeare. Sabe como é, uma noite muito atribulada para mim.

A risada dele era uma delícia.

– A fim de uma visita?

– Depende.

– Do quê?

Ela correu o olhar pelo quarto quase desprovido de objetos.

– Não sei – disse baixinho.

– Estou me sentindo solitário.

– Você saiu com aqueles seus amigos, não? O combo de "tribabacas". Ele riu.

Novo passou o aparelho para o outro ouvido.

– E também está cercado por mulheres, certo? Aquelas bem quentes cujos músculos da garganta afrouxam seguindo ordens e com implantes de silicone suficientes para classificá-las como moléculas inertes?

– Basicamente.

– Então por que está comigo no telefone?

– Porque eu preferiria estar com você.

Novo fechou os olhos.

– A briga com seu pai deve ter sido feia mesmo, hein?

– Isto não tem nada a ver com ele.

– Certeza disso? Porque eu não tenho.

– Então, o que me diz? E isto não tem nada a ver com sexo.

– Que bom. Porque estou andando de bengala e me sinto tão sensual quanto um forninho.

– Muito bem, aqui vai uma observação. Forninhos são sensuais. Quero dizer, eles aquecem, esse é o propósito deles. É assim que esquentamos pizza, é assim que um Hot Pocket ganhou seu nome. Sem forninhos, eles seriam Pockets em Temperatura Ambiente, e quem precisa disso?

Novo recomeçou a rir.

— Você é esquisito.

— O que quero dizer é: se está tentando dizer que não está se sentindo sensual, use uma metáfora diferente. Por exemplo... Sinto-me tão sexy quanto uma embalagem de Tums. Isso sim *aplaca* aquela ardência da azia, então...

— Cala a boca de uma vez e chama o ônibus.

Quando desligou, ela sorria. Em seguida, sem nenhum motivo sequer, nenhum mesmo... foi até o banheiro, escovou os dentes, lavou o rosto e refez a trança.

Peyton levou bem uma hora para chegar ao centro de treinamento, e, quando por fim saiu do transporte, viu-se quase correndo na direção do quarto de Novo. Quando chegou à porta, ajeitou o cabelo e se certificou de que o paletó estivesse adequadamente abotoado.

Abrindo a porta, deteve-se.

Ela dormia profundamente, a cabeça inclinada para o lado como se tivesse tentado ficar acordada enquanto o esperava. O braço estava sem o acesso intravenoso, e alguns fios no peito dela se ligavam a um minúsculo receptor; todo o restante dos equipamentos de monitoramento tinha desaparecido.

Deixou a porta se fechar silenciosamente e chutou os sapatos para não fazer nenhum barulho, andando só de meias. Na metade do caminho até a cama, despiu o paletó. Ao lado dela, tirou o cinto e libertou a parte de baixo da camisa social de dentro das calças, livrando-se também das abotoaduras.

— Sou eu — sussurrou enquanto se deitava com cuidado ao seu lado.

Novo murmurou algo em seu sono. Depois se virou para ele e se aninhou, o corpo se encaixando perfeitamente ao seu, o perfume dela chegando às suas narinas, e uma enorme sensação de paz se apoderou dele.

Fez as luzes diminuírem com a mente e fechou os olhos.

O zunido constante do sistema de aquecimento acima era o barulho de fundo mais perfeito do planeta. E um suspiro profundo de relaxamento que Novo deixou escapar fez com que ele se sentisse com trinta metros de altura e forte como um touro.

— Você veio — ela disse junto ao peito dele.

– Você está acordada.

Novo ergueu a cabeça. Os olhos estavam lânguidos e sonolentos, os cílios grossos quase batiam nos ossos malares. E o rubor das bochechas devia-se a estar aquecida pelo sono.

– Sim, eu vim. – Afastou uma mecha de cabelo para trás. – Você está com uma aparência incrível.

– Você só pode estar de brincadeira.

– Não. Nunca.

Mais tarde, ele teve que se perguntar quem beijou quem primeiro. Foi ele quem pressionou a boca na dela? Foi ela quem abaixou os lábios para os dele? Talvez tivessem se encontrado na metade do caminho.

Provavelmente foi isso.

Devagar. Muito lentamente. Suave. Gentil.

– Venha para baixo das cobertas comigo – sussurrou ela.

– Com ou sem roupas?

Fez-se uma pausa.

– Sem.

O coração dele acelerou e, antes que as coisas avançassem, ele trancou a porta com a mente. Em seguida, puxou a camisa por cima da cabeça e a deixou cair em qualquer lugar. Arrancou as meias. Saiu da cama e soltou o botão da calça, desceu o zíper. O pau estava completamente ereto, e ele o acomodou para cima junto ao baixo-ventre, mantendo-o no lugar ao se virar de frente.

Novo deixava a camisola hospitalar escorregar para o chão.

Por um momento, só conseguiu ficar encarando-a. Ela era incrível, a pele dourada brilhava contra os lençóis brancos, os seios de bicos duros, as curvas da cintura e do abdômen.

– Me ajuda a tirar isto?

Tirar o quê?, ficou se perguntando.

– Ah, os fios. Desculpe.

Olhou para os sensores que forneciam dados para o monitor cardíaco.

– Tem certeza de que podemos?

– Tenho permissão para tirá-los para o banho. Está tudo bem. O doutor Manello disse que isto só está aqui por excesso de cautela. Venha para a cama primeiro.

Com um tremor que não conseguia disfarçar, Peyton deslizou até o ponto aquecido que ela deixara. E fez o que pôde para manter o quadril recuado, mesmo que não houvesse muito espaço ali – pareceu-lhe rude esfregar-se nela enquanto ela ainda desconectava os...

Os mamilos eram pequenos e rosados e perfeitos.

E, por mais que ele devesse ajudá-la com os fios, em vez disso, as pontas dos dedos buscaram um dos seios, deslizando pela pele macia. Ela arquejou quando Peyton tocou no bico.

– Tenho que te experimentar – ele disse rouco.

Em resposta, Novo se arqueou, oferecendo exatamente o que ele queria e, ah... Ele cobriu a ponta com a boca, sugando, lambendo. Os dedos dela se enterraram nos seus cabelos, incitando-o a continuar... Aquele aroma. A excitação dela fez sua mente entrar em curto.

No entanto, conteve-se.

Impaciente e faminto, ele se manteve controlado mesmo assim.

E, quando seus afagos se enroscaram num fio, ela empurrou os ombros dele.

– Me deixa só... espera, ainda tem um preso.

Novo se livrou do cabo derradeiro e depois sorriu com o canto dos lábios.

– Tente ignorar os eletrodos.

Ele a fitou.

– Só estou enxergando você. Confie em mim.

Abaixando a cabeça de novo, acariciou-a com o nariz ao longo do esterno e parou para beijar o ponto acima do coração. Depois de uma prece de agradecimento silenciosa, continuou para o outro mamilo, deslizando a língua ao redor dele antes de abocanhá-lo.

Debaixo das cobertas, a mão acariciava o quadril e afagava a coxa. Ela era toda músculos e tendões, tão forte, tão poderosa, e, cacete, tão, tão sensual. Apesar de querer o pau dentro dela, levou o tempo que quis afagando-a, deixando-a cada vez mais pronta, até que as pernas se debatiam sobre o colchão, a respiração saía num ritmo urgente e a coluna ondulava enquanto a pelve rolava em sinal de frustração.

Foi só então que ele abriu caminho com lambidas e mordidinhas pela clavícula, pela garganta... até os lábios. Mergulhando na boca de Novo, ele espalmou a parte entre as coxas, buscando seu calor.

– Isso – ela disse entre beijos. – Ah, Deus... aí.

O sexo úmido, tão aberto e pronto, quase o levou ao orgasmo. Mas aquilo era para ela. Contendo-se de novo, ele a penetrou fundo e encontrou um ritmo, ajudando-a também com o polegar.

– Quero você dentro de mim – ela exigiu.

Quando a mão dela encontrou a ereção, Novo não teve que pedir duas vezes. Peyton rolou por cima dela, encontrando seu lugar entre as coxas afastadas, que abriram caminho para ele. Depois, retraiu o quadril, posicionou a ereção no ângulo certo e...

– Ah, *cacete* – grunhiu quando a cabeça a penetrou.

Deslizou para dentro, indo fundo. E ela era apertada, como um punho. E era ardente, selvagem como o fogo. Foi como antes, mas muito, muito melhor. Porque ela estava ali agora, participando, tão ávida quanto ele.

Peyton se retraiu, até quase sair, e entrou de novo. Saiu. Entrou.

A parte inferior do corpo queria bombear forte como um pistão, mas ele manteve as penetrações lentas e firmes. Embaixo dele, Novo era um fio desencapado de impaciência, e chegou a enterrar as unhas em sua bunda para fazê-lo acelerar.

Ele se negou.

E ficou feliz por ter feito isso.

Porque, quando ela gozou de novo, ele conseguiu perceber cada pulsação, cada contração ao redor do seu pau...

O orgasmo o atacou por trás, atingindo-o e à sua força de vontade como uma tonelada de tijolos, levando-o para dentro do buraco do coelho do prazer, de onde não conseguiria escapar.

Queria que tivesse durado mais. Mas, enquanto a preenchia, abaixou a cabeça no ninho perfumado do pescoço dela e não conseguiu dizer que lamentava coisa alguma.

Como poderia?

Nunca tivera alguém, nem nada, tão bom assim.

Capítulo 29

QUANDO RUHN VOLTOU AO seu quarto na mansão da Irmandade, fechou-se ali e olhou para a bela decoração ao redor. Tudo ali era tão belo, desde o papel de parede, que certamente se parecia com seda, até as cômodas e mesa em estilo antigo, à cama de dossel rodeada pelo mesmo tipo de tecido pesado que parecia cobrir as paredes.

Sempre pensara que aquilo era adequado a um rei.

Nunca se sentira confortável debaixo daquele dossel com todos aqueles travesseiros chiques e colcha com monograma – chegara a pensar em dormir no tapete com apenas uma coberta por cima. Preocupara-se, porém, que boatos se espalhassem pelas criadas que limpavam o quarto todas as noites e que seus anfitriões se ofendessem.

Atravessando até o closet, outra descarga de "não-pertenço-a-este-lugar" o atingiu quando abriu as portas duplas e se deparou com filas de cabides vazios e prateleiras de sapatos desertas. Suas duas ou três camisetas, os dois pares de jeans, as botas de trabalho não ocupavam quase nada daquele espaço à direita. Os suéteres e calças que Bitty, Rhage e Mary tinham lhe dado quando a casa celebrava o feriado humano, o Natal, pareceram excessivos quando os desembrulhou. Na vastidão daquele espaço de armazenamento, não causavam a mínima impressão.

Despiu as roupas e as colocou no cesto.

Teve que se acostumar a que outros lavassem sua roupa. No começo, brigara com unhas e dentes para que Fritz e a criadagem deixassem suas coisas sossegadas para que ele pudesse cuidar delas, mas, no fim, cedera.

A cara de cachorro rejeitado com que o mordomo ficava quando algum trabalho lhe era negado era mais do que Ruhn conseguia suportar.

Andando nu até o banheiro, ficou tentado a deixar as luzes apagadas, mas precisava ver a verdade de quanto fora ferido...

– Ah.

Aproximando-se do espelho acima das duas pias de mármore, balançou a cabeça.

– Caramba.

O rosto estava bem ruim. Um lado inteiro estava inchado e distorcido, e ele se inclinou para mais perto do espelho, cutucou o machucado com um dedo. A dor de resposta sugeria que Saxton possivelmente tivesse razão; aquele osso malar talvez estivesse fraturado e talvez ele precisasse de um curandeiro.

E também havia o lábio cortado.

– Talvez uma chuveirada ajude.

Não sabia com quem conversava.

Indo para a parte fechada por vidros, abriu a porta transparente e ligou a torneira. O fato de existirem seis saídas de água sempre lhe pareceu um luxo ridículo – mas nunca reclamou depois de estar debaixo dos jatos.

Certamente não o fez naquela noite.

O corpo doía em vários lugares, e ele sibilou quando os cortes no dorso dos dedos entraram em contato com a água. O braço esquerdo estava dolorido, mas Ruhn não parou para pensar nisso. Isso demandaria que repassasse a luta mentalmente, e ele queria fingir que nada acontecera.

Depois de se ensaboar e passar xampu – não usava condicionador; não entendia por que as pessoas limpavam os cabelos para, em seguida, colocar coisas que voltariam a sujá-lo –, saiu, enxugou-se e tentou ganhar uma discussão interna quanto a não ir à clínica.

No entanto, Bitty decidiu por ele.

Se ela o visse naquele estado, todo machucado? Ou se as coisas cicatrizassem de qualquer jeito e aquele lado do rosto acabasse permanentemente retorcido? Ela poderia achar que ele era o monstro que já fora.

Não suportaria isso.

De volta ao closet, pegou jeans limpos, uma camiseta Hanes também lavada, aquele suéter azul que Bitty lhe dera.

Usava o suéter para lhe trazer boa sorte. Trazer-lhe força. Trazer-lhe...

A batida à porta foi suave, e isso não era uma boa notícia. Talvez fosse a sobrinha, tendo visto sua caminhonete estacionada no pátio junto aos outros veículos.

– Quem é? – perguntou.

Houve uma pausa.

– Eu.

Quando captou a voz de Saxton, Ruhn ficou tão surpreso que não conseguiu se mover. Mas logo voltou à ação e foi para a porta.

Abrindo-a, descobriu-se agarrando a maçaneta com tanta força que o antebraço doeu.

– Olá.

– Posso ter um instante do seu tempo? Em particular?

Quando Novo sentiu Peyton ficar imóvel em cima dela, ela também ficou. Aquilo não devia acontecer – o problema não era o sexo, embora tivesse ficado surpresa por desejá-lo estando exausta como estava. Não, o que ela não queria era aquele *tipo* de sexo que haviam tido.

Foder. Sempre quisera sexo selvagem, do tipo que faz os dentes se chocarem e quebrava camas, daquele que te faz ficar dolorida na noite seguinte, que te faz acreditar ter estado num acidente de carro.

Não aquela coisa suave e carinhosa.

O primeiro tipo era atlético e agressivo, e tão mais fácil de manter a guarda levantada. O que ela e Peyton tinham acabado de fazer? Aquilo era próximo demais. Íntimo demais.

– O que foi? – ele lhe perguntou.

Quando ele se afastou um pouco, Novo não conseguiu sustentar seu olhar.

– Nada. Está tudo bem.

Depois de um instante, Peyton saiu de dentro dela – e ela odiou que seu corpo já sentisse falta do dele. Aquilo era algo de que não precisava.

– Sabe – ele disse num tom neutro –, cedo ou tarde você vai ter que se decidir se gosta de mim ou não.

Um golpe de consciência a deixou mais sincera do que costumava ser:

– Não é você. Sou eu.

– Ai, meu Deus, que desculpa. – O sorriso dele foi seco enquanto passava as pernas para a lateral da cama. – E, sabe, já usei essa também. É sempre mentira.

– Nem sempre.

– Bem. Na maioria das vezes.

Houve um longo período de silêncio, e ela tentou não percorrer o contorno dos ombros e do tronco dele com os olhos. Os músculos extras o favoreciam. E não era o único lugar em que ele era grande.

Abaixou as pálpebras quando uma onda de calor erótico a atravessou como um raio solar.

— Eu gosto de você — ouviu-se dizer. — Só não sou... boa com essa coisa de... relacionamento.

Ele olhou por cima do ombro.

— E também já usei *essa* desculpa! Ei, me devolve meu manual de jogadas.

— É verdade.

Peyton pareceu se concentrar no chão ao balançar a cabeça.

— Não, sério, isso é um monte de asneira. Porque quem é bom com relacionamentos? E foi para isso que nos viu indo? Espere, não responda... porque já está no tempo passado agora, obviamente.

Novo se sentou.

— Peyton. Estou falando sério.

— Me chamando pelo meu nome... Acho que está mesmo. — Deslizou para fora da cama alta e vestiu as calças. — Tudo bem. Não importa, sabe. Não vou te forçar a nada.

— Só não estou interessada em nada.

— Evidentemente. Embora talvez eu deva me sentir lisonjeado por você se sentir ameaçada por mim. É um golpe certeiro, está claro. Mas você provavelmente só faz esse discurso intimidador com pessoas que acredita que talvez, quem sabe, apenas tenham a possibilidade de ir além dessa sua casca de durona. Portanto, me coloque na lista desse distintivo de honra ao mérito, tá bem? Deve servir como um dedo do meio contra a prática do empoderamento feminino, mas tenho certeza de que encontrarei uma jaqueta para combinar com ele.

Enquanto ela o encarava, as palavras lhe vieram, mas só na sua cabeça: *Perdi um filho. Depois que o macho me deixou pela minha irmã — e Sophy só se aproximou dele para provar que podia, sabe? Sofri um aborto sozinha, numa casa fria, e prometi a mim mesma que nunca, jamais me envolveria emocionalmente com outra pessoa de novo.*

Mas daí você apareceu, e, por um tempo, eu consegui dispensá-lo como sendo um riquinho babaca... até me prometer que nunca me magoaria, e depois fez amor comigo em vez de trepar.

Agora eu quero fugir porque não quero aprender essa lição duas vezes.

Mas, claro, tudo isso seria tão melhor se fosse dito em vez de meramente pensado e mantido para si. Mas ela parecia incapaz de dar esse salto. De abrir a boca e lhe contar todos os motivos pelos quais ninguém, e não apenas ele, tinha permissão para chegar perto dela.

– Vou embora agora – disse ele –, antes que você solte mais uma das minhas desculpas esfarrapadas para mim. O que, estou disposto a apostar, seria do tipo: *desculpe, mas tenho que ir agora porque tenho que trabalhar.* O que, para mim, pelo menos, foi uma mentira descarada até entrar no programa. Mas é isso aí.

Inclinando-se para baixo, apanhou as meias e as enfiou nos bolsos das calças. Pegou a camisa e a vestiu. O paletó também. Os sapatos – aqueles de pele de avestruz? – foram os próximos, primeiro o esquerdo, depois o direito. Penteou os cabelos com os dedos. Apanhou as abotoaduras.

À medida que acrescentava mais peças de roupas ao corpo anteriormente nu, foi se movendo mais e mais rápido, como se sua partida fosse um trem ganhando velocidade.

– Então, te vejo por aí. – Parou à porta. – E o recado foi recebido, ok? Vou te deixar em paz, ainda mais agora que já está recuperada.

Lançou um sorriso saído de uma revista de moda, todo convencido e repleto de dentes brancos perfeitos.

– Cuide-se.

Bateu na soleira como um juiz batendo o martelo ao encerramento de um caso, e logo sumiu dali como se nunca tivesse estado.

No silêncio, ela disse a si mesma que era melhor assim. Estar com Peyton era bom demais. Ele derrubava suas defesas com muita frequência. Era o tipo de surpresa de que não precisava em sua vida.

E sua partida não poderia ter sido melhor. Da vez seguinte em que o visse – no sábado à noite –, ele já estaria recategorizado adequadamente e tudo estaria bem.

Não aceitaria que fosse de outro modo.

Capítulo 30

PARADO NA PORTA DO quarto de Ruhn, Saxton esperou por sua resposta, inspirou fundo e sentiu aquela perfeita combinação de sabonete e xampu que o macho usava.

– Por favor – respondeu Ruhn ao dar um passo para o lado –, entre.

Saxton entrou e logo pensou que a decoração não combinava com o macho. Não que o quarto fosse feio ou tivesse sido decorado com mau gosto. Na verdade, era um exemplo muito elegante do que ele gostava de pensar como neomonarquia, tudo adamascado, com sedas, e dourado num yin-yang. O azul-escuro estava bom, e funcionava bem com as pinturas dos Antigos Mestres e todo aquele folheado a ouro, mas para que Ruhn se sentisse à vontade ali? Tudo era muito cheio de detalhes e sofisticado.

A casa de fazenda de Minnie seria melhor, tudo feito à mão e prático, com linhas limpas e madeira polida por anos de enceramento em vez das camadas de verniz daquele lugar.

– Prefere que eu deixe a porta aberta? – perguntou Ruhn.

Saxton olhou por cima do ombro.

– Não. Por favor, feche. Obrigado.

Ouviu-se um clique suave. Em seguida, Ruhn ficou de lado, as mãos cruzadas de leve diante do corpo, os ombros abaixados e curvados na direção do peito.

Fez com que se lembrasse da primeira vez em que se sentaram no sofá de Minnie, quando o macho tentara se diminuir em relação ao seu real tamanho.

– Eu só queria dizer que... – Saxton riu com brusquidão ao parar. – Sabe, para um advogado que lida com palavras todos os dias, descubro que minha língua está travada.

– Eu espero – disse Ruhn. – Pelo tempo que for necessário.

Quando Saxton se viu diante da cama, parou e ficou surpreso ao descobrir que estivera andando de um lado a outro pelo quarto. Virando-se, disse com clareza:

– Lamento ter parecido tão chocado por tudo. E peço desculpas por lhe causar a impressão, se é o que aconteceu, de que minha opinião sobre você sofreu qualquer modificação. Também quero lhe dizer que sou um covarde.

As sobrancelhas do macho se ergueram.

– Eu... não estou estendendo.

Saxton se moveu até a peseira da cama.

– Posso me sentar aqui?

– Sim, claro. Esta é mais sua casa que minha.

– Isso, de fato, não é verdade, mas não precisamos discutir sobre isso agora.

Saxton olhou para a parte de cima do dossel e depois para as cortinas que pendiam junto às quatro colunas. Deus, era como se alguma dama tivesse deixado seus vestidos de noite dos anos 1940 para trás.

Voltou os olhos para o macho.

– Sou um covarde se comparado a você.

– Por ter ficado na caminhonete quando aqueles humanos nos atacaram?

– Não, porque... – Inspirou fundo. – Eu amei alguém. Falei no passado porque meus sentimentos não foram retribuídos e tive que viver com essa realidade desde há algum tempo. Tem sido uma situação bastante constrangedora para mim.

Ruhn piscou de perplexidade.

– Eu... eu sinto muito. Deve ser difícil.

– Sim – Saxton disse com suavidade. – Tem sido difícil ser frequentemente lembrado daquilo que desejei, e é difícil não me sentir menosprezado, mesmo sabendo que não tenho culpa, pois o coração quer o que quer. – Deu de ombros. – E, sabe, tampouco sou o primeiro, nem serei o último, a enfrentar tal questão.

Ruhn cruzou os braços diante do peito e encarou o chão.

– É alguém desta casa?

– Sim.

– Quem?

Fúria de sangue · 261

Saxton hesitou.

– Blaylock, filho de Rocke. – Quando não houve resposta, ele suspirou. – É o Blay. Foi o Blay.

Ruhn ficou calado por um instante.

– Acabo de descobrir que sinto ciúmes do macho.

– Você é tão franco. – Saxton balançou a cabeça em admiração. – Fico impressionado com sua transparência.

– Isso é bom ou ruim?

– Adoro. É quase tão atraente quanto seu sorriso.

O macho ergueu o olhar. Corou. Desviou-o.

– Blaylock é um homem muito atraente. É simpático também.

– E também é um guerreiro. Assim como você foi esta noite.

Ruhn franziu o cenho.

– Está tentando me fazer sentir menos culpado pelo meu passado?

– Sim, não consigo evitar. Não consegui pensar em mais nada desde que nos separamos. Odeio que se sinta mal pela tortura que lhe foi imposta. Você foi uma vítima.

O macho cruzou os braços de novo como se estivesse se contendo.

– Não quero mais falar sobre isso.

– Não precisamos. Mas acho que... você foi honesto comigo e eu quero ser honesto com você. Meu coração foi dilacerado, e eu nunca pensei que outra pessoa além de Blay poderia tocar essa parte minha. Acho que acreditei que ele tivesse partido algo fundamental na minha constituição. Que eu estaria para sempre mudado. E, então, conheci você.

A cabeça de Ruhn se ergueu de repente, os olhos se arregalaram.

– Lembro-me do primeiro momento em que o vi. – Saxton sorriu. – Foi naquela reunião com Rhage e Mary, referente à adoção de Bitty. Não conseguia parar de olhar para você.

– Mas sempre pensei que fosse porque não confiava em mim, ou me desaprovava. Sempre... Toda vez que olhava para mim, eu imaginei que...

– Você é um macho fascinante. Mas presumi que fosse hétero.

– Bem, nunca pensei em termos de hétero ou gay antes. Sempre pensei que as fêmeas fossem a única... você sabe, opção. Até conhecer você.

Saxton sorriu de novo.

– Só para você saber... Acho que posso me apaixonar por você também. E não imaginei dizer isso para ninguém de novo um dia. A verdade, porém, é que quero ver aonde esta conexão vai nos levar.

Se for algo que lhe interessar. Você foi corajoso em dizer o que disse... e eu quero ser corajoso também.

O rubor no rosto de Ruhn ficaria para sempre guardado – e sua alegria tímida fez com que Saxton sentisse estar fazendo a coisa certa.

Não se consegue voar se não der o salto.

Ninguém sabia qual seria o resultado daquilo. Mas quisera partir numa viagem. Quisera deixar Caldwell e sair daquele lugar em que caíra.

Havia uma jornada para ele e Ruhn.

– Sim – retrucou o macho. – Eu também gostaria de saber.

– Posso te beijar agora? – perguntou Saxton.

Ruhn atravessou o quarto e se sentiu transformado. Parecia impossível viajar uma distância emocional tão grande ao transpor apenas poucos metros, mas, quando chegou diante de Saxton, sentia-se renovado.

Foi extraordinário. O mundo antes era cinzento e frio, mas agora havia um horizonte com uma gloriosa noite estrelada. E todo esse universo estava contido no belo rosto que o fitava dali da base da cama em que ele dormia.

– Sim – respondeu ao tocar nos cabelos loiros de Saxton. – Você sempre pode me beijar.

Só que foi ele quem se abaixou e foi a sua boca que encontrou a do macho. Tão doce, tão macia... E ele enrijeceu no lugar que mais contava.

– Tranque a porta? – sugeriu Saxton ao encontro de sua boca.

– Sim.

Um deles cuidou do assunto. Não sabia bem quem. Em seguida, afundou-se nos joelhos entre as coxas do macho. Por ser tão alto, conseguiu manter o contato entre as bocas enquanto as mãos encontravam todas as peças que tinham que desaparecer: jaqueta, camisa...

Parou ao chegar ao botão das calças.

Saxton também estava duro, sua ereção era um mastro grosso debaixo daquele tecido refinado.

Erguendo os olhos, Ruhn absorveu a vista do peito nu, dos ombros, da clavícula.

– Não sei como fazer isto.

– Ah, Deus... Sim, você sabe.

– Gostaria que eu...

— Estou prestes a gozar só de olhar você entre as minhas pernas. Faça o que quiser comigo.

Ruhn sorriu e partiu para as calças. Não queria rasgá-las — bem, na verdade, queria arrancá-las do macho, mas não queria estragá-las. As calças, contudo, foram bem educadas. Praticamente se derreteram, revelando um par de cuecas boxer pretas... e aquela ereção.

Saxton se pôs de pé.

— Permita-me.

Em segundos, o macho estava nu.

Magnífico era a única palavra em que Ruhn conseguia pensar ao afagar as coxas macias, o abdômen achatado e o quadril gracioso.

A ereção era ainda melhor. Rija, orgulhosa, implorando por atenção.

Ruhn a segurou. Quente e firme. E Saxton gemeu, a cabeça pendendo para trás a ponto de apenas o queixo ser visível.

Inclinando-se para a frente, Ruhn abriu a boca. Pensou que talvez fosse esquisito. Em vez disso, foi como se o sexo naquela cozinha tivesse sido... A coisa mais natural do mundo foi sugar seu pau, afagá-lo, provocar a cabeça com a língua.

Quando Saxton desabou no colchão, Ruhn o acompanhou. E observou o advogado venerável e decoroso do Rei se arquear, entregando-se. Ainda mais quando chegou ao gozo.

A que Ruhn se mostrou mais que disposto a provocar.

Mais de uma vez.

Em seguida, Saxton se pôs a retribuir o favor: Ruhn rolou e observou maravilhado enquanto era despido. A cabeça loira mergulhou e a sensação da sucção úmida o fez praguejar e agarrar a colcha. Concentrando-se no dossel acima, controlou-se até o suor brotar em todo o corpo.

Não conseguia olhar. Não por estar envergonhado ou por considerar aquilo feio.

Os olhares que dispensou a si mesmo eram eróticos demais, sensuais demais, o lindo rosto de Saxton e os lábios distendidos, mais do que podia suportar.

Gozou na boca do macho.

E repetiu o nome de Saxton até ficar rouco.

Capítulo 31

NA SEXTA-FEIRA À NOITE, Novo vestiu as calças de couro, subiu o zíper, fechou o botão e se virou para o espelho acima da pia do banheiro. A camiseta regata preta estava mais que disposta a ser enfiada dentro dela e ali ficar. Os cabelos estavam penteados para trás e trançados. Em mais um minuto e meio, colocaria as botas de combate.

A sensação de estar de volta à própria pele era boa demais. Ter sua energia de volta. Parar de se questionar a cada segundo se seu coração entraria numa arritmia fatal.

Uma pena que não seria seu retorno a campo.

Não, não. Era hora da festa de despedida de solteira. Maravilha.

Não, sério. Que alegria.

Mas pelo menos não acabara de sair da cirurgia, nem fazia xixi num saquinho. A comparação era... bem, pelo menos uma melhora moderada em termos de tortura.

Ah, a quem queria enganar? As duas situações estavam pau a pau.

Nesse cenário, porém, ela só tinha que aguentar por uma ou duas horas antes de retornar à sua vida real. Com a punhalada e a cirurgia, teve que morrer algumas vezes e se desencavar da cova do dodói em que se enfiara no transcorrer de dias e noites.

Indo para o cômodo principal, foi até onde guardara as armas num cofre do tamanho de uma geladeira. Aquela era a coisa mais cara que possuía no buraco em que vivia, mas, assim que entrara no programa de treinamento e recebera o primeiro salário, investira naquela fera. A última coisa de que precisava era que um humano invadisse sua casa e se apossasse de um punhado de armas sem números de série, adagas feitas por um ferreiro especialista, que por acaso era vampiro, e explosivos.

Sejamos francos. Aquele não era um dos melhores bairros.

A caixa de sapatos de doze por doze metros que alugara fazia parte do porão de um prédio sem portaria, não tinha janelas, o que o tornava seguro, mas também significava que cheirava levemente a mofo, mesmo no inverno. No entanto, o prédio era de um vampiro, o que tornava tudo mais fácil, e o melhor de tudo? Era seu.

Sua família nem sequer sabia o endereço.

Tirando a coberta de cima do cofre – claro, porque isso sim é que era camuflagem –, digitou a senha, abriu a porta, e tirou duas nove milímetros e uma adaga de lâmina curta. Pensando bem... Não, só uma arma. Se tivesse mais poder de fogo, acabaria se sentindo tentada a transformar a irmã em queijo suíço.

Ah, não, espere. Isso aconteceria de todo modo.

Embainhou a adaga e a arma no quadril, assim pareceriam apenas um celular de um lado e um walkie-talkie do outro. Em seguida, apanhou a carteira e o celular, vestiu a jaqueta e saiu para o corredor frio e apertado. No fim dele, havia uma porta e uma escada curta de degraus de concreto até o térreo.

Do lado de fora, o vento estava com o mesmo temperamento que ela: agressivo e mal-humorado, açoitando seu corpo. Era como estar no metrô e um monte de pessoas se chocando contra você enquanto tentava se segurar no cano de cima.

Seu último pensamento, antes de se desmaterializar para o inferno, foi que Peyton não entrara em contato.

Fora esse o plano, e o que ela lhe pedira para fazer. Mas, ainda assim, ele a surpreendeu. E foi embaraçosa, de verdade, a frequência com que ela verificou o celular para ver se havia mensagens ou chamadas. Ainda bem que morava sozinha.

O que de fato a irritava? O quanto ficava frustrada toda vez que não era ele – o que aconteceu toda vez que pegou o celular, como se pôde ver. Recebera algumas mensagens: Paradise convidando-a para uma festa de aniversário, Boone querendo saber se ela gostaria de ler algum dos seus livros, Axe para ver se estava a fim de malhar. Nada do Peyton.

E a irmã e a mãe a abalroaram com mensagens sobre a festa de despedida, claro.

Meu Deus, gente, estou me sentindo tão melhor. Sim, essa passou bem perto, essa coisa de quase morrer. Mas estou bem e vocês foram tão ótimas *durante a minha recuperação. Obrigada! *coração feito com dois polegares e dois indicadores* Amo vocês!*

Jesus Cristo, esta noite faria com que a punhalada parecesse um passeio no parque.

Virando na esquina do prédio, encontrou uma parte de sombras densas e se desmaterializou para o outro lado da cidade...

Santa. Mãe. Do estrogênio.

Como uma nadadora num oceano repleto de peixes, ela olhou para a esquerda e para a direita, não porque não reconhecesse que havia um grande tubarão-branco com seus dentes afiados vindo em direção às pernas que se debatiam, mas porque procurava e rezava que algum bote salva-vidas aparecesse em alguma espécie de horizonte.

Não. Ninguém estava vindo, e mais tubarões estavam a caminho.

O local era rosa do lado de fora e decorado com luzes roxas. O interior, ela viu através dos vidros da janela, tinha cortinas de renda e quadros emoldurados de Paris. Muitas mesas redondas e cadeiras alegremente coloridas que não combinavam entre si. Flores. Xícaras de chá. Torres de sanduíches apesar de ser oito horas da noite.

Imagine um encontro do *Meu Querido Pônei* com *Keeping Up with the Kardashians*, onde servissem comida sem glúten.

A única coisa surpreendente era a grandeza do interior. Assim que entrou, o ar estava permeado do aroma de açúcar de confeiteiro e manteiga derretida, mas, no fim, aquela parte onde serviam chá era apenas o começo de tudo. Atrás dessa seção, havia um restaurante francês com um bar nada parecido com os que se veem nas fraternidades, ao estilo da revista *Cosmo*, e uma pista de dança que nunca presenciou nenhum empurra-empurra.

O ambiente ficava menos claro à medida que se avançava, mas a decoração não abandonava a paleta rosa e roxo voltada a meninas de sete anos de idade. E os funcionários ficavam um pouco menos intensos, embora parecesse que se havia colocado mais pigmento vermelho numa cobertura: na parte da frente, as humanas usavam vestidos rosa dos anos 1940 com aventais brancos; no restaurante, viam-se homens e mulheres com roupas de lanchonetes dos anos 1950 e, ao redor da pista de dança, seguranças com corpos de graveto de cinquenta quilos usando camisetas de quem se conscientiza com as mudanças climáticas e pelos faciais de um estilo saído do manual do mais tradicional lenhador.

Mas, pensando bem, aqueles garotos dificilmente teriam que pedir para alguém se retirar, e muito menos ainda teriam que expulsar alguém à força. A clientela era das amiguinhas de Sophy, 80% delas mulheres praticamente maníacas que não paravam de tagarelar e gesticulavam de uma maneira cujos movimentos nem boxeadores profissionais conseguiam acompanhar por muito tempo.

Novo se sentiu a mosca na sopa – *vichyssoise*, claro – e, quando entrou no restaurante de fato, certamente chamou esse tipo de atenção. Todas as moças bonitas com suas roupas bonitas olharam para ela, com expressões variando de "quem deixou essa entrar" até se benzerem com o sinal da cruz, dependendo de onde elas se encaixavam no espectro das Garotas Maldosas.

Encontrou a irmã presidindo a corte de intelectuais similares a ela numa espécie de fila de mesas junto à pista de dança. Havia uma boa quantidade delas, bem mais que uma dúzia, e isso não era surpresa alguma. Uma rainha precisava das suas damas de companhia em espera.

No segundo em que a viu, Sophy baixou o olhar para seu prato à mesa. Depois olhou de relance para a garota à direita como se buscasse forças. Quando a outra fêmea, que se assemelhava bastante à antiga atriz de Mulher-Maravilha, assentiu e apertou seu ombro, Sophy baixou o guardanapo na mesa e se levantou.

O sorriso era tão brilhante e falso quanto uma dentadura.

– Novo, estou *tão* feliz que esteja aqui.

Foi como ser abraçada por uma nuvem de talco e, quando Novo recuou um passo, o perfume floral da fêmea pairou em sua jaqueta de couro como se alguém a tivesse açoitado com lírios.

– Guardei um lugar para você. Por aqui.

Novo olhou para a outra ponta da mesa. Havia alguns lugares vazios ali, e ela podia apostar que isso era proposital.

– Obrigada.

A piada aqui é você, Sophy, pensou ao andar langorosamente até seu lugar especial.

Aquela era a melhor coisa que poderia ter lhe acontecido a noite inteira: se você pega o modelo de doença infecciosa, não existe vacina que funcione contra o patógeno de Poliana, portanto o isolamento era a melhor solução.

– Então, o que você acha?

Quando fez a pergunta, Saxton olhou ao longo da mesa do restaurante. Ruhn mastigava lentamente e parecia estar tentando decifrar um dialeto de um idioma que ele conhecia apenas de modo superficial.

– É delicioso – anunciou depois de engolir. – Como se chama isso mesmo?

– Frango *tikka masala*.

– E isto?

– *Naan* de alho.

O garçom se aproximou da mesa e falou num sotaque fluido e bonito:

– Está tudo de acordo com seu paladar?

– Ah, sim – respondeu Ruhn. – Posso ter outra porção disto? E mais arroz?

O humano se curvou.

– É para já, senhor.

Saxton sorriu para si mesmo. E ainda sorria quando a segunda leva chegou vinte e cinco minutos mais tarde. Ruhn também acabou repetindo duas vezes.

Ele comia com precisão, nada desleixado nem relaxado no seu manejo do garfo; e limpava a boca constantemente. Também fazia perguntas muito pertinentes.

– E depois disso, o que o macho fez? – ele estava perguntando.

Ficava tão lindo à luz das velas que havia entre eles, os olhos luminosos, a face acentuada pela mudança das sombras criadas pela chama no pavio. Enquanto encarava aqueles lábios, lembrou-se de como tinham passado o dia no andar de baixo da casa de Miniahna, entrelaçados naquela antiga cama instável, o calor dos corpos fornecendo a temperatura de que precisavam, a paixão abafada, não extinta.

Ruhn vinha se mostrando o tipo de amante por quem Saxton procurara a vida toda. Havia muita avidez e dominação bruta, mas tudo isso era mediado por uma fonte de consideração e carinho. Era o yin e o yang do sexo, a pegada e a carícia, a mordida e o beijo, a força ao empurrar e a gentileza ao abraçar.

– Saxton?

– Desculpe, estava apenas admirando a paisagem. E as lembranças do dia.

Seguindo a deixa, o rubor encantador – e a tentação de ficar no tópico de fazerem amor. Mas deixou estar por enquanto.

– Continuando, o pai cedeu. A filha terá permissão para se vincular com o macho que deseja. No fim, o amor vence.

– Gosto desse resultado.

– Eu também. – Saxton se sentou mais à frente enquanto o macho parecia se retrair em sua cabeça. – No que está pensando?

– Eu gostaria de acreditar que deixaria Bitty escolher. Quero dizer, não sou pai dela nem nada. Mas gostaria de pensar que faria isso por ela contanto que o macho não fosse mau nem perigoso.

– Você fará isso. É um bom macho.

– Rhage é o pai dela. – Ruhn balançou a cabeça. – E estou tranquilo com isso. É difícil ser pai. Eu me sinto intimidado por esse papel. O meu pai... ele era tudo para mim, meu herói. Era forte e honrava minha *mahmen*. Trabalhou duro e foi bom provedor. Só gostaria de ser como ele e chegar aos seus padrões. Nunca senti que estivesse fazendo as coisas direito.

– Relacionamentos familiares são complicados.

Saxton pensou que devia ter sido difícil descobrir que o macho não era perfeito. Que colocara a família em perigo com seu vício em jogos. E que ele, o filho, teve que pagar a dívida para seu herói.

As palavras continuaram não ditas, porém. Parecia cruel lembrá-lo das coisas pelas quais passara. Ruhn sabia melhor do que ninguém o preço que pagara.

– O meu pai era o oposto. – Saxton se recostou enquanto os pratos eram retirados. – Nunca desejei ser como ele. E ainda não desejo.

– Ele não conseguiu... aceitá-lo?

– Se só não me aceitasse teria sido uma bênção. Ele me odeia pelo que e por quem eu sou. Preferiria que eu estivesse morto. Não costumava ser assim. Mas depois do falecimento de minha *mahmen*? Tudo mudou. Sinto como se ele tivesse se tornado mau.

– Sinto muito. Mas... perdoe-me, pensei que a aristocracia fosse mais... não sei qual é a palavra...

Quando Ruhn deixou o pensamento incompleto, Saxton assentiu.

– Ah, é permissível desde que não seja visto nem ouvido. Quando me recusei a me vincular como uma fêmea de linhagem adequada, meu pai me expulsou da família, da casa, do seu testamento. Era para eu seguir os passos dele, cuidar das propriedades e das finanças. Procriar para produzir a geração seguinte da *glymera* que nega quem verdadeiramente é... veja, meu pai é gay. Mas, na opinião dele, que é a única que interessa em seu mundo, ele escolheu o caminho adequado para mediar sua propensão, traindo minha *mahmen* durante toda a união entre eles. Claro, ela era tolerante em relação a esse arranjo. Não existia nada da sujeira do sexo. Nesse ponto, a compatibilidade entre eles era perfeita.

— Fico feliz que não tenha se vinculado com uma fêmea da qual não gostava.

— Eu também. O que me custou em termos de família mais do que compensou o fato de eu ser quem sou sem ter que me desculpar com ninguém.

— Você acha que um dia vai querer ter filhos?

Saxton tomou um gole de água e tentou esconder a súbita onda de emoção.

— Pode ser. Sabe... pode ser que eu queira.

— Nunca pensei nisso até começar a passar meu tempo com Bitty. Gosto de contar a ela histórias sobre sua *mahmen* e sobre mim, sobre as tradições familiares que tínhamos, e as comidas que a *granhmen* dela fazia. Os brinquedos que o avô fazia. É tudo o que tenho para lhe dar, de verdade, mas ela parece querer ouvir essas histórias. Sinto como se estivesse mantendo meus pais vivos, a *mahmen* dela viva. Eu amava muito a minha família. Ainda mais agora que faço parte da vida de Bitty.

— Você é uma pessoa muito boa, Ruhn. E eu gostaria de ter crescido como você. Tínhamos tudo de material em que possa pensar, mas nenhum sentimento para unir as pessoas que moravam debaixo daquele telhado enorme.

— Quando se é pobre, tudo o que se tem são as pessoas em sua vida. O que elas são e quem elas são para você? Essa é a maior fortuna que se tem no mundo. É isso o que estou dando a Bitty, e sou muito grato pelos seus novos pais entenderem e me aceitarem na vida dela.

Quando a conta chegou, Ruhn a pegou.

— Tenho algum dinheiro. Desde três noites atrás Wrath me colocou na folha de pagamento e sinto como se o tivesse merecido.

— Bem, então terei que lhe agradecer pela refeição mais tarde ainda hoje.

Deixa para o rubor. Ah... o adorável rubor.

Depois que Ruhn pegou algumas notas da carteira, colocou-as sobre a bandejinha de plástico com a conta, e os dois se levantaram para sair pelo labirinto de mesas e de outros clientes.

Era bom se sentir parte do mundo, estar com um amante de quem gostava profundamente, sair para comer e beber, conversar e dar uma volta, ir trabalhar e ansiar pelo retorno para casa. Tudo parecia mais vívido, os aromas das comidas, os sons das conversas dos humanos... a sensação de Ruhn esticando a mão para trás para que ele segurasse a palma oferecida, pele contra pele, o calor amplificado.

Do lado de fora, o frio os recebeu como um beijo gelado na face em vez de algo contra o qual tinham que lutar, e a calçada escorregadia, parcialmente coberta de sal, foi uma desculpa engraçada para se agarrar ao braço de Ruhn quando dobraram a esquina juntos, indo para o beco que dava para os fundos do restaurante.

Ali, nas sombras, beijaram-se longamente, os corpos querendo fazer contato por cima das roupas pesadas de inverno, cachecóis e luvas, e as horas em que ficariam um longe do outro um obstáculo a ser superado.

– Vou até a casa da senhora Miniahna para ver se está tudo bem – anunciou Ruhn quando por fim se afastaram.

– Voltarei assim que Wrath e eu tivermos terminado.

– Muito bem. Até daqui a pouco.

– Mal posso esperar.

Quando Saxton fechou os olhos para se desmaterializar, uma rajada forte passou entre o restaurante e a loja de cartões ao lado. Mas poderia ter sido apenas uma brisa tropical leve.

De fato, o calor rejuvenescedor de um novo amor levava a primavera ao mundo todo, sem se importar com a estação do calendário.

Capítulo 32

Duas horas de comidas e bebidas mais tarde, Novo estava prestes a arrancar a própria perna a mordidas para sair do Café Estrogênio. Não que tivesse comido. Nem bebido.

Não, aquilo era como estar no zoológico dos compradores da Victoria's Secret: ficara à parte na ponta da mesa reservada aos perdedores, observando as fêmeas brincarem com seus cabelos, entrando em debates sobre comer ceviche ou outra coisa orgânica qualquer à base de couve.

No entanto, tinha que dar crédito à irmã. Sophy estava em seu meio, tão solícita com todas, inclinando-se com sua mão bem manicurada para tocar num braço magricelo ao perguntar: "O frango está bom? Quer que seja preparado de outra maneira?".

Ou algo do tipo. E as fêmeas eram igualmente melosas: "Nãããão, está fabuloso. De verdade, mesmo que esteja um pouco malpassado".

Para o que Sophy diria: "Vou chamar o garçom. Quero que esta noite seja perfeita para você".

– Mas você é a noiva!

– Você é minha melhor amiga! Estou tããããão feliz que esteja aqui. Blá-blá-blá.

Era uma arte performática da melhor qualidade, e Novo conhecia o outro lado dessa moeda brilhante e lustrosa: em casa, Sophy desconstruiria tudo o que as outras fêmeas haviam vestido, o que tinham comido, qual o peso delas, se os cabelos estavam perfeitos.

Perfeitos? Que diabos ela queria dizer com isso?

Uma boa definição envolveria extensão de cabelos, quatro cores de loiro "natural" e fixador de cabelos em quantidade suficiente para transformá-las em velas romanas.

Pelo menos aquilo já devia estar para acabar...

Os quatro vampiros machos que se aproximaram por trás dela não seriam notados em uma situação normal. Um deles, contudo, trazia um aroma do qual ela se lembrava muito bem.

Seu primeiro instinto foi o de se virar para ver se tinha acertado, mas os olhos de Sophy se iluminaram e ela logo se levantou nos saltos finos e bateu as mãos como se tivesse ganhado um prêmio.

Claro que Oskar apareceria.

Deveria saber disso.

Mantendo os olhos grudados no prato vazio, confiou na visão periférica. Ele ainda tinha a mesma altura, ainda usava o mesmo perfume, mas as roupas eram diferentes: *skinny* jeans e um casaco *hipster* com manga três quartos em vez de calça cáqui e jaqueta da North Face que costumava usar na sua época. Os cabelos estavam mais compridos e presos num coque samurai.

E tinha deixado a barba crescer.

E agora usava óculos de aros grossos pretos.

Ganharia se apostasse em quem era a responsável por aquele novo *look*.

Os três que o acompanhavam eram variações do macho evoluído, o da esquerda chegara a vestir uma camiseta com os dizeres Somos todos feministas por cima de uma camisa gola rolê.

Não que ser feminista fosse uma má ideia. Nem um pouco. Novo só presumia que possuir um par de ovários provavelmente significava que seu interesse era maior nesse jogo. Mas não importava.

Dito isso, a mesa foi tomada por comentários femininos beirando a orgasmos sobre os recém-chegados, todas dando risadinhas, sorrisos foram lançados como bombas de glitter, os sorrisos esbanjando jovialidade, enquanto os machos cumprimentavam as namoradas ou companheiras.

Afastada do burburinho, Novo resolveu mandar tudo às favas e se concentrar no seu antigo amor. O rosto dele estava rígido, mas talvez estivesse interpretando dessa forma. E parecia entediado, mas, de novo, suas próprias preferências poderiam estar lhe transferindo esse sentimento...

Oskar deu um passo para trás e foi então que ele passou os olhos pelo ambiente – e voltou para onde ela estava.

Sophy notou de imediato e encobriu as maquinações de seu olhar bem rápido. Com um sorriso ainda mais amplo, gesticulou em sua direção, evidentemente dizendo-lhe que fosse cumprimentar sua amada irmã.

Oskar enfiou as mãos no casaco e andou até ela de cabeça baixa, como um cachorrinho que levara uma jornalada no traseiro pelo mau comportamento. Quando se aproximou dela, pigarreou.

– Oi. – A voz dele ainda era a mesma. Suave, um pouco rouca. – Bom te ver, Novo.

Imaginara incontáveis vezes como se daria aquele reencontro. Como seria voltar a vê-lo, sentir sua essência, ouvi-lo falar. Sempre presumira que estaria dilacerada pela dor e em lágrimas, e esses detestáveis sinais de fraqueza embaçariam sua visão e inundariam suas bochechas. O coração dispararia, as palmas das mãos transpirariam...

Estou olhando para um menino, pensou.

Aquele não era um macho crescido parado diante dela, e a probabilidade era bem grande de que, independentemente da idade, ele sempre seria assim. Aquele era alguém que precisava de uma Sophy, alguém que ditaria o rumo de sua vida, lhe diria qual deveria ser o seu guarda-roupa, instruindo-o sobre como agir em determinadas situações ou não.

Novo, em sua ingenuidade, atribuíra-lhe qualidades demais.

A maturidade, adquirida através da experiência, dera conta de apagar isso.

– Bom te ver também – murmurou.

Os olhos dele perscrutaram os humanos ao redor.

– Ouvi dizer que está no programa de treinamento da Irmandade.

– Estou.

– Bem impressionante. Fiquei surpreso quando Sophy me contou. Como estão as coisas?

– É bastante trabalho. Mas é bom. Estou feliz.

Deteve-se ali por dois motivos: um, não achava que isso fosse da conta dele, e dois, não queria parecer na defensiva.

– Sempre soube que você faria grandes coisas. – Os olhos se desviaram para os seus e ali pararam. – Isto é, desde a primeira vez em que te vi... Você era diferente.

– Sophy tem suas próprias características. – Deu de ombros. – Cada qual a seu modo.

– Sim. Cada qual...

Fúria de sangue · 275

Quando Oskar deixou a frase incompleta, ela esperou que ele fosse se despedir rápida e desajeitadamente, voltando de pronto para a Mamãe, por assim dizer. Mas ele não fez isso. Só ficou olhando para ela.

Foi ela quem interrompeu o contato visual. E imaginem só quem já estava de saco cheio daquela tolice de reencontro?

Sophy se aproximou do seu macho e passou o braço pelo dele.

– Dance comigo, Oskar. Venha.

Novo se levantou.

– Já vou embora, Soph.

– Mas você não pode! Está na hora de dançar; fique um pouco mais. – Os olhos dela se estreitaram. – É o mínimo que pode fazer, já que Sheri teve que fazer todo o trabalho desta noite e da noite da cerimônia.

Dito isso, a fêmea deu uma pirueta ao se afastar, levando o peso morto consigo – depois de fazê-lo tirar o casaco e deixá-lo na mesa.

Novo voltou a se sentar. Pelo que sabia por experiência, poderia gastar mais trinta minutos à toa ali, ou o dobro disso ao telefone com ela mais tarde naquela mesma noite ou na seguinte. Pelo menos, sentada ali à mesa não precisaria conversar com ninguém.

Os cabelos loiros de Sophy reluziam sob as luzes da pista de dança, e o corpo magro no vestido esvoaçante fazia com que Oskar parecesse ainda mais alto e forte. Os dois formavam um belo retrato, um romance jovem capturado no precipício do resto de suas vidas.

Desde que você não olhasse com atenção.

Enquanto segurava sua fêmea nos braços, Oskar olhava por cima da cabeça dela com uma expressão neutra. Da parte dela, Sophy conversava com ele com uma urgência disfarçada por aquele seu sorriso clareado artificialmente, aquele que dizia quanto ela estava Feliz e Centrada em sua Vida. Evidentemente, havia problemas no paraíso. Mas, pensando bem, não era incomum que casais tivessem alguns problemas à medida que a cerimônia de vinculação se aproximava. Muito estresse, ainda mais se você insistisse em unir as tradições e ser a Rainha por uma noite...

– Que bom encontrar você aqui.

Novo se sobressaltou e se virou na cadeira.

– *Peyton?*

Era ele mesmo. O lutador estava de pé bem atrás dela, e estava vestido como se pronto para ir às boates de sempre, o terno elegante, a camisa

276 · J.R. Ward

de colarinho aberto sendo o tipo de coisa que você só consegue usar em Caldwell nesta época do ano se tiver um motorista à disposição.

— O que está fazendo aqui?

Ele olhou ao redor.

— Só pensei em dar uma passada para apreciar uma pseudoculinária francesa mal preparada a preços exorbitantes na companhia de humanos metidos e vampiros puxa-sacos, mas, olha que surpresa, te encontrei aqui. Este não é um dos seus lugares habituais, é?

— Não mesmo. E você só estava de passagem?

— Claro. Foi pura sorte.

— Não tem nada a ver com eu ter, por acaso, mencionado onde e quando este fiasco iria acontecer?

Peyton fez uma careta bem elaborada e uma imitação da moça com o bolo do noivo em *Flores de Aço*:

— Culpado!

Novo tentou engolir o riso, de verdade. Mas, maldição, estava feliz em vê-lo, mesmo não devendo estar.

Só que, em seguida, ele ficou sério.

— Na verdade, eu tinha algo pra te perguntar. É meio que... Bem, não queria fazer isso por telefone, e, além disso, não tinha certeza se você me atenderia.

Ela deixou de lado dessa última parte – porque não queria sequer pensar em todas aquelas vezes em que verificara o celular; ninguém precisava saber disso.

— O que queria me perguntar?

Aqueles olhos incríveis se abaixaram para o chão e ele pigarreou. Depois de um momento, ele pareceu ter se controlado e voltou a fitá-la.

— Que diabos é um "tribabaca"?

Novo ladrou uma gargalhada tão alta que fez a cabeça de alguns humanos sentados às mesas próximas virar, apesar da música. Mas não a de nenhuma das fêmeas daquela mesa. Essas já a encaravam antes.

E, puxa, ela não conseguia decidir se toda a surpresa delas era porque um macho conversava com ela ou porque Peyton era o retrato fiel daquilo que era: um filho privilegiado da *glymera*.

— E aí? – insistiu ele. – Tinha esperanças de conseguir uma boa definição.

— Não é um elogio – respondeu ela. – E é pior do que "babaca".

— Uma carga maior, hum? – murmurou ele com um sorriso lento.

— Basicamente. Porque é um agrupamento de babaquice tripla.

— Ei, esta cadeira aqui está ocupada? Tive que vir andando até aqui atrás e estou com uma bolha no pé.

— Sério? – disse zombeteira. – Vai seguir nessa linha?

Peyton se inclinou para ela.

— Está funcionando?

Ela desviou o olhar. Olhou para ele de novo. Deus, como queria parar de sorrir.

— Não sei.

— Vou considerar isso como um sim – disse ele ao se acomodar ao lado da cadeira dela. – E deixe-me dizer apenas isto: aleluia.

Peyton sabia que estava se arriscando muito ao ir para aquela honra de noiva ou como quer que os humanos chamavam aquilo. Jurara não importunar Novo e, sinceramente, tivera toda a intenção de manter esse juramento... pelo menos pelas primeiras vinte e quatro horas, mais ou menos. Infelizmente, não vê-la, nem falar com ela, se mostrara mais difícil do que antecipara e, no fim, pensara: *ao inferno com isso*. Negação plausível. Estava livre e desimpedido, à solta em Caldwell, e, veja só, se por acaso aparecesse no mesmo lugar em que ela talvez tivesse mencionado que estaria teoricamente no sábado à noite?

É a vida.

Lamento.

Na verdade, não lamentava nada.

E ali estava ela, mais linda do que qualquer outra mulher ou fêmea do lugar, com o couro preto agarrado ao corpo e a camiseta regata mostrando os ombros e os braços fortes, o corpo novamente como sempre fora.

Poderoso. Sexy.

Ah, Deus, só queria estar dentro dela de novo. Não se importava com os termos, com os motivos, com os lugares. Só mais uma vez.

— Quer comer alguma coisa? – ela lhe perguntou. – Ou os seus rapazes estão te esperando no carro?

— O Babacamóvel está vazio no momento. – Sorriu. – E eu...

— Não vai nos apresentar?

Ante o som da voz aguda feminina, Peyton olhou para a origem dele: um pirulito loiro com grandes dentes brancos num vestido de renda estilo Valentino e olhos juntos demais. E, veja, ela tinha um acessório. O macho no seu rastro podia muito bem ter uma correia ligada à coleira proverbial, sua expressão de cachorro rejeitado e a aura cultivada de *hipster* sendo o tipo de coisa que o faz pensar se ele tem ou não bolas.

Devia ter, Peyton concluiu. Mas estavam na bolsa da fêmea.

– Novo? – a fêmea insistiu. – Não sejamos rudes com nosso convidado.

Muito bem, aquele sorriso era tão falso quanto um prato descartável Dixie em comparação a porcelana de qualidade.

– Este é Peyton, filho de Peythone – murmurou ela. – Ele está no programa de treinamento comigo.

Houve uma pausa. E então, a Lulu da Pomerânia lançou um olhar para Novo e estendeu a mão.

– Ora. Que adorável. E permita-me me apresentar, já que minha irmã, Novalina, não parece inclinada a fazer isso. Sou Sophya.

Aqueles olhos o percorreram de alto a baixo, das pontas dos sapatos até o terno e as abotoaduras, e ele podia jurar ter ouvido o barulho de uma caixa registradora calculando, como barulho de fundo, enquanto ela estimava o valor monetário da coisa.

Pense em repulsa imediata. Ele não estava nada impressionado.

Portanto, continuou sentado e de braços cruzados diante do peito, deliberadamente.

– Oi.

– Você vai... hum, vai se juntar a nós para dançar? – Seu sorriso era forçado quando abaixou a mão. – Porque todos têm que dançar com a futura noiva, sabe?

Ele ignorou o comentário e se concentrou no macho parado atrás dela. Engraçado, para alguém que supostamente se vincularia em pouco tempo, não parecia muito interessado na fêmea com quem partilharia a cerimônia.

Não. Ele olhava para Novo.

Por um lado, Peyton entendia isso. Novo era sensual pra cacete, um Bugatti num estacionamento tomado por minivans. Por outro lado... Ele só queria mesmo era castrar o filho da puta e obrigá-lo a engolir o próprio pau.

E depois arrancar suas tripas na pista de dança.

Fúria de sangue · 279

Talvez esquartejá-lo com um serrote enquanto os humanos berravam e disparavam para a saída.

Em seguida, atear fogo ao cadáver.

Porque, convenhamos, precisamos sempre limpar a bagunça que fazemos.

– ... claro, sempre gostei de estilo. – A irmã de Novo parou para respirar. – O que quero dizer é que o casamento terá que ser exatamente...

– Esse é o seu futuro *hellren* – ele a interrompeu.

– Ah, sim! Sim, desculpe. – Ela se afastou para o lado como se fosse uma apresentadora de TV. – Peyton, este é Oskar.

Oskar.

O nome que Novo dissera em seu sono.

Um balde de água fria foi despejado em sua cabeça, e Peyton se levantou.

– Batizado em homenagem a um cachorro-quente. – Peyton estendeu a mão. – Uma tremenda honra, meu chapa. Ou você prefere salsichinha?

Todos paralisaram.

E, então, Novo voltou a gargalhar, tão forte que quase despencou da cadeira.

Capítulo 33

ERA RUDE GARGALHAR. Novo sabia disso. De verdade, sabia, sim. Mas aquela noite, que começara em baixa e depois afundara para além do porão, de repente se transformara – e agora estava mais para uma aventura do que uma competição de resistência.

– Desculpa, cara. – Peyton deu um tapa no ombro de Oskar. – Só estou brincando.

Sophy se recobrou com rapidez, colocando-se entre os dois machos.

– Sim, sim. Bem, Peyton... Você precisa me contar tudo a seu respeito. Vamos, venha se sentar aqui. Garçom! – Sophy chamou em voz alta. – Um cardápio para o meu convidado. – Chegou a estalar os dedos. E puxou uma cadeira para si e outra para Peyton. – Quero ouvir tudo sobre a Irmandade. Você deve ter histórias incríveis para contar.

E lá estava. O charme. O bater de cílios. O toque no antebraço do macho.

Em resposta, Peyton ficou olhando de Sophy a Oskar, mas Novo não sabia se ele estava encantado com sua irmã ou não. Deus, isso seria... uma merda, de verdade. Apesar de não ter direito algum sobre ele.

Um buraco se formou em sua barriga – só que, quase de pronto, pensou: *não*. Se Sophy pretendia repetir o que fizera com Oskar, a piada era ela. De jeito nenhum Peyton se vincularia a uma cidadã civil: apesar de Sophy ser linda, e ter a agressividade social necessária para tentar subir de status, não havia espaço para ela naquela escada.

Paradise era muito mais o estilo dele como filha do Primeiro Conselheiro do Rei.

– Peyton? – Sophy o chamou. – E então? Vai se sentar comigo ou não?

Hum... Deixando de lado as referências a salsichas, a noite mais uma vez levava um torpedo no casco, e Novo olhou por cima do ombro, mirando a saída. Hora de ir. E se Peyton desejava conhecer melhor sua irmã – inferno, se queria trepar com ela só porque podia? Bom pra ele...

– Não, não vamos ficar.

Erguendo as sobrancelhas, ela virou a cabeça de novo – para ver Peyton pegar sua jaqueta de couro do espaldar da cadeira.

– Venha, Novo – disse ele. – Vou te levar pra passear pela cidade.

– Você não pode ir – protestou Sophy. – Espere, não pode.

Peyton se inclinou para perto dela e a fitou bem nos olhos.

– Posso fazer a porra que eu bem quiser, doçura. E o que não vou fazer é dar corda para você enquanto ignora o filho da puta com quem vai se vincular e desrespeita sua irmã. Eu diria que foi um prazer te conhecer, mas parei de mentir há algumas noites, então não vai dar. E eu te desejaria uma vida feliz, mas não é esse o caminho que está tomando. – Encarou Oskar. – E nem você, meu chapa. Se te resta um mínimo de cérebro ainda, ou você a deixa ou o estoura. Boa sorte.

Novo estava tão atordoada que se deixou conduzir para fora. Mas, cara.

Cara!

Os dois passaram pelos humanos que jantavam e entraram na parte reservada ao chá. E logo estavam no frio do lado de fora.

Ela começou a rir assim que chegou ao ar noturno.

Levando o punho à boca, gaguejou:

– Isso foi incrível. Pra cacete.

Peyton indicou o caminho.

– Meu carro está ali.

Conduzindo-a pelo cotovelo, ele a levou até – hum, legal – um Range Rover de janelas escuras e abriu-o para que ela pudesse entrar na parte de trás.

– Meu Deus, você fez mesmo aquilo! – Ela ainda ria e falava com Peyton quando ele fechou a porta e deu a volta. – Fez mesmo, porra!

Havia um *doggen* atrás do volante, um jovem, e ele se virou para trás.

– Como disse, madame? O que fiz?

Ela cortou o ar, que tinha cheiro de carro novo, com a mão.

– Nada, nada. Eu só estava... falando com ele.

Peyton entrou e ordenou:

– Dirija.

– Aonde devo levá-los, senhor?

– Pra qualquer lugar, não importa.

Ao se afastarem da calçada, ficou claro que Peyton não estava se divertindo.

— O que foi? – perguntou ela.

— Quem é Oskar pra você?

Ora se isso não abafou sua alegria. Agora estava tão séria quanto ele.

Quando ela olhou de relance para o motorista, Peyton disse:

— Ele é discreto.

— Só porque seu criado não fala com ninguém não significa que estou disposta a discutir minha vida pessoal perto dele... ou de você.

— Então admite que você e Oskar estiveram juntos.

— Ciúmes?

— Sim. Ainda mais porque ele ficou te encarando o tempo inteiro. E ele vai se vincular com aquela fêmea dos infernos daqui a quantas noites mesmo? E só tem olhos para você. O que você fez, deu o pé na bunda dele quando ficou entediada e ele começou a namorar a outra porque isso era o mais próximo que podia ter de estar perto de você?

— Imagine o inverso – disse ela baixinho.

— *O quê?*

Ela se virou para a janela e olhou para fora. Passavam por restaurantes com donos próprios e gerenciados por eles; naquele bairro, não existiam cadeias comerciais mais próximas das saídas da Northway ou dos arranha-céus do centro da cidade. E, através das vitrines embaçadas pelo calor desses lugares, ela via humanos em encontros, famílias reunidas, garçons e garçonetes, bebidas e bandejas.

— Ele me deixou pra ficar com ela – ouviu-se dizer.

Ok, precisava parar...

— Mas que *porra* ele estava pensando?

Novo disse a si mesma para não se sentir lisonjeada. Inferno, Peyton devia estar dizendo isso agora com esperanças de se dar bem mais tarde.

— O que eu quero dizer é que sua irmã é uma oportunista – continuou. – Desculpe, sei que é parente sua, mas ela é uma das fêmeas mais óbvias que já conheci na vida, e sou da *glymera*, pelo amor de Deus. Nós inventamos esse tipo de horror.

Novo se virou na direção dele. Não pôde evitar.

Peyton estava afundado no banco, mas não a encarava. Olhava adiante, os olhos pareciam desfocados, como se estivesse revivendo a cena toda.

— Ela não mostra o mínimo de respeito por ele – disse. – Aquele é o futuro *hellren* dela. Ela deveria estar preocupada com ele, acima de qualquer um ali, especialmente um babaca como eu que ela nem conhece. Mas ela avaliou minhas roupas e decidiu... Ah, deixa pra lá. E Oskar merece o que acontecer com ele se escolheu ficar com aquilo em vez de uma fêmea como você. Quero dizer... Você é tão forte e bonita e inteligente. É uma pessoa de verdade.

Novo piscou de perplexidade. Duas vezes.

E resolveu que queria muito trepar com Peyton. Tipo, naquele instante.

Inclinou-se na direção do motorista.

— Leve-nos ao The Keys. Sabe onde fica?

O *doggen* meneou a cabeça.

— Não, madame. Lamento, mas desconheço.

— Vire à esquerda aqui. Eu lhe digo aonde ir.

O sangue de Peyton engrossou e seu pau ficou duro na mesma hora em que Novo disse "Keys", e ele acreditou não ter ouvido direito. Mas suas instruções precisas os levaram à entrada despretensiosa do mais notório clube de sexo de Caldwell.

Diabos, pelo que sabia, o lugar era bem conhecido em toda Nova York.

— Estou vestido como deveria? – perguntou quando o Range Rover parou.

— Conseguimos máscaras com os funcionários.

Novo saiu e ele fez o mesmo do seu lado. Inclinando-se para dentro do veículo, orientou o motorista a estacionar e esperar.

Não fazia ideia de quanto tempo ficariam ali dentro. Ou do que aconteceria em seguida.

Antes de se endireitar, ajeitou a ereção para que se achatasse na parte inferior do abdômen e fechou o paletó. Nesse meio-tempo, Novo deixara a jaqueta para trás, ficando só de regata e aquelas calças de couro... Deus, como a desejava.

Ainda mais quando ela foi andando na frente e as passadas a levaram à dianteira da fila que devia ter umas cinquenta pessoas.

Havia dois caras junto à porta não identificada e, quando ela mostrou uma chave, eles a deixaram entrar de imediato – e ele também teve a entrada liberada porque, evidentemente, era seu acompanhante. Lá dentro, conseguia sentir o cheiro de sexo, ouvir a música, mas não conseguia enxergar além das cortinas pesadas que delimitavam uma espécie de antessala.

Olá, mulher pelada.

Das sombras, uma humana com ambos os seios pintados de vermelho e nada na parte de baixo surgiu e lhes ofereceu máscaras pretas que o fizeram se lembrar de *O Fantasma da Ópera*. Assim que foram colocadas, Novo puxou a cortina e andou adiante.

Mais uma vez, Peyton a seguiu... Só para parar logo depois da cortina.

Hieronymus Bosch, pensou ele ao voltar a andar no interior do vasto e mal iluminado espaço. Foi só isso que lhe veio à mente.

Enquanto a música estourava os alto-falantes que ele não enxergava, seus olhos eram sobrecarregados por imagens de corpos nus se contorcendo. Alguns largados sobre bancos e sofás. Outros dentro de caixas transparentes. Havia uns buracos onde formas retorcidas viravam e se reviravam num misto de punhos humanos e filas de mulheres e homens com os rostos para cima ou para baixo sobre mesas com todo tipo de pessoas cobrindo-os.

Teria sido um lugar perfeito para ele há alguns anos.

Inferno, estivera vivendo aquilo numa escala menor poucas semanas antes.

Não que aquilo não lhe interessasse. Atraía-lhe saber como aquilo tudo funcionava, mas era apenas uma curiosidade superficial, não um impulso erótico.

Só havia uma pessoa com quem queria transar, e ela o levava cada vez mais para dentro do clube.

– Isso o excita? – Novo perguntou ao olhar para trás.

Já basta, pensou.

Pegando-a pelo braço, girou-a e atraiu o corpo dela para si.

– Você me excita – grunhiu.

Rolando o quadril, enterrou-se nela, e foi nesse momento que os olhos dela ficaram ardentes por trás da máscara. Não havia como deixar de reagir àquilo. Agarrou-a pela bunda – com força – e a empurrou contra uma parede. Prendendo-lhe a garganta com uma mão, apertou só o bastante para que ela tivesse que fazer força para respirar.

Fúria de sangue · 285

– É isso o que você quer? – perguntou com rispidez. – Quer com força e onde as pessoas possam te ver?

– Vai se foder. – Ela mostrou as presas e sibilou para ele. – E sim, eu quero.

A mão de Novo desceu entre eles e encontrou seu pau, mas ela não o afagou, e sim o agarrou. E ele *amou*.

Descendo a mão até a camiseta dela, puxou-a de modo a prender seus braços. Sem sutiã. Porra... sem sutiã. Manteve-a no lugar pela garganta e partiu para o mamilo, beliscando-o com a presa para poder chupar o sangue enquanto a sugava. Em resposta, os dedos dela mergulharam nos seus cabelos e uma das pernas se levantou e o envolveu pela bunda.

Por que *diabos* ela não estava de saia?

Ao inferno com as preliminares, os dois arquejavam. Por isso ele a virou de frente para a parede, empinou seu quadril e pegou um canivete que sempre carregava no bolso da frente do paletó.

– Não se mexa.

Quando Novo olhou para trás, ele soltou a lâmina e esperou até ela concordar. Em seguida, passou a mão livre pela fenda dela, esfregando o couro, afagando o sexo por cima das calças. Isso não demorou muito. Aproximando a lâmina, cortou rente à costura, bem no centro dela, guardou o canivete e deslizou dois dedos, um de cada lado, para dentro do buraco feito.

O rasgo foi perfeito.

Debaixo dele, o sexo desprovido de pelos, nu, estava aberto, pronto e molhado para ele.

Pegou o pau tão rápido que acabou quebrando o próprio zíper. E, então, penetrou-a num movimento único, potente, que a empurrou de cara na parede. Ela gritou alguma coisa, talvez o nome dele – por sob o barulho da música, não tinha como saber –, e sustentou o peso nos braços enquanto afastava mais as pernas.

Peyton a cavalgou como um animal.

Ao diabo com suas roupas elegantes. E ao inferno com as pessoas que os observavam também. Não estava nem aí com nada a não ser gozar dentro dela. Preenchendo-a. Repetiu isso vezes sem conta até verter dentro dela um rio de esperma.

Na metade do processo, porém, percebeu que a estava marcando.

De alguma maneira, no decorrer de tudo aquilo, vinculara-se a ela.

Capítulo 34

SAXTON CONTAVA OS MINUTOS para poder sair da Casa de Audiências. Seu senso de responsabilidade e de obrigação para com Wrath garantia que fizesse todo o seu trabalho, mas, assim que pôde, passou pela porta de trás e se desmaterializou até a casa de Minnie.

Entrou pela fresta da vedação, mas, ao fazer isso, percebeu um tanto de resistência. Assim que voltou à sua forma corpórea completa, entendeu o motivo.

A explicação estava deitada no chão, a cabeça enfiada debaixo da pia de Minnie, as longas pernas esticadas para fora, os braços dobrados trabalhando em algo ali dentro.

– Ora, ora, essa é uma das minhas fantasias – Saxton disse com sensualidade. – Quem poderia imaginar que eu gostaria de vê-lo dando uma de encanador?

Houve uma batida metálica e uma imprecação. Em seguida, seu encanador sexy se sentava e limpava a testa com o antebraço. Uau. Camiseta branca e jeans. Músculos por baixo. Tudo muito másculo, em toda parte.

Aquiete-se, meu coração, Saxton pensou.

– Já voltou? – Ruhn perguntou com um sorriso.

Saxton deixou a maleta na bancada e tirou o casaco de caxemira.

– Cheguei. E você está sujo e suado.

– Vou tomar um banho...

– Não ouse fazer isso.

Saxton se aproximou e se ajoelhou entre as pernas de Ruhn. Subindo as mãos pelas coxas musculosas, logo chegou ao zíper – para, em seguida, a boca se ocupar com aquilo em que estivera pensando a noite inteira.

A explosão da respiração de Ruhn foi seguida por uma série de batidas descoordenadas.

E o macho abaixou a chave inglesa.

Que pena.

– Saxton... – Outro arquejo. – Ah, isso, assim...

Saxton ergueu o olhar. Ruhn esfregava a cabeça como se a tivesse batido na beirada da bancada, mas o macho não parecia nem um pouco preocupado com o calombo na têmpora. Não, seus olhos estavam maravilhados e ardorosos. De fato, sempre parecia haver um grau de surpresa por trás da paixão de Ruhn, como se ele custasse a acreditar que seu corpo fosse capaz de sentir tais coisas. E Saxton adorava isso. A surpresa e a alegria, o instinto poderoso e a urgência – tudo ancorado na sensação de que aquilo era a primeira vez, toda vez.

Saxton voltou ao trabalho, sugando e lambendo, e sabia, pela movimentação dos quadris de Ruhn, subindo e descendo, que ele estava chegando perto...

– Olá! – disse uma voz alegre.

Erguendo a cabeça, Saxton olhou em pânico para a frente da casa. Depois saiu do chão enquanto Ruhn brigava com o zíper, tentando subi-lo.

Num movimento rápido, passou por cima de Ruhn e bateu a mão no pote de sabonete na pia, sabendo que a fragrância floral encobriria o cheiro de excitação masculina. Ligando a torneira, começou a lavar as mãos...

– A água não!

Um dilúvio apareceu debaixo da pia, ensopando as costas de Ruhn e o piso, bem quando Minnie entrava na cozinha. A fêmea parou onde estava.

– Olá! – Saxton a cumprimentou enquanto fechava a torneira com o cotovelo. – Como tem passado?

E ficou ali, de pé com as mãos ensaboadas e pingando na pia – enquanto Ruhn olhava ao redor, encharcado da cabeça aos ombros.

Minnie começou a rir.

– Vocês dois me fizeram lembrar de Rhysland e de mim. Não sei dizer quantas vezes ele se enfiou aí embaixo, para tentar consertar o cano. Ele sempre me pedia que abrisse a torneira.

Ruhn se levantou com o rosto num vermelho tão forte que era como se estivesse usando blush. Pegando as toalhas de papel, passou uma para Saxton e usou várias para secar as mãos e a nuca.

— Isso já se soltou antes?

— Ah, sim. — A fêmea mais velha se aproximou com uma sacola de lona. — Fiz pão para vocês. E também trouxe geleia. De morango. Tive que comprar. Os morangos do supermercado estavam verdes demais para mim. Ah, as luzes! Você trocou as lâmpadas no teto!

— Sim, senhora. — Ruhn se curvou. — Até mesmo a que estava presa no soquete.

— Aquela ali? — Quando Minnie apontou para o outro lado da cozinha, ele assentiu e ela voltou a sorrir. — Isso sempre acontece. Usou uma batata para tirá-la?

Foi a vez de Ruhn de sorrir.

— Sim. Meu pai me ensinou o truque. Assim como foi ele quem me ensinou a consertar canos. E sabia que o vaso sanitário de cima está com um vazamento?

— Não, não tinha percebido.

— Preciso ir à Home Depot para comprar uma vedação nova. Mas posso fazer isso amanhã, assim que anoitecer.

— Eu lhe darei o dinheiro...

— Não — Saxton a interrompeu. — Não fará isso.

Enquanto ela olhava de um para o outro, sua alegria se dissolveu em outra emoção, algo que tocava o coração. E, quando os olhos marejaram, ela revolveu o bolso do casaco até encontrar um lenço para enxugar as lágrimas.

— Esta casa é tão grande — disse ela. — Precisa de tantos cuidados... com tudo. Tento cuidar dela, de verdade. Mas sou só eu e não sou tão forte quanto costumava ser.

Ruhn se moveu como se quisesse abraçar a mulher. Mas não chegou a tanto, pois sua timidez o imobilizou.

— Tomaremos conta dela para você. E, quando voltar, toda vez que algo estiver quebrado e precisar de alguém que conserte, pode me chamar. Eu virei para consertar.

Com uma fungada determinada, Minnie marchou até junto do macho e passou os braços ao redor dele. Por um instante, Ruhn só continuou parado, parecendo à beira do pânico. Mas, em seguida, passou os enormes braços ao redor da estrutura frágil da fêmea anciã e lhe deu o mais gentil dos abraços. Em seguida, Minnie foi para junto de Saxton.

Ele retribuiu o abraço de imediato e, quando se afastaram, tirou um lenço do bolso do quadril.

— Tome, senhora.

Minnie assoou o nariz e enxugou o rosto de novo.

— Não sabia quanto a decadência daqui estava me incomodando até a solução aparecer. Eu não sabia... o fardo que estava carregando. Sentia como se... como se estivesse desapontando Rhysland.

— Bem, nós temos uma solução. — Saxton olhou de relance para Ruhn. — E nos certificaremos de que nunca mais terá que se preocupar com a casa, certo?

Quando Ruhn olhou para ele e assentiu, Saxton sentiu um calor se espalhando no meio do peito.

— Vocês dois estão apaixonados, não é? — Minnie disse de supetão.

De pronto, Saxton pigarreou, sem saber se isso seria ou não um problema.

— Madame, nós somos...

Só amigos? Essa era uma mentira que não diria. Mas Ruhn cruzara os braços diante do peito e parecia querer que o chão se abrisse para engoli-lo.

— Estão apaixonados — Minnie repetiu ao segurar uma das mãos de cada um. — Sabem, o amor é o maior presente que a Virgem Escriba deu à sua espécie. Estou feliz em vê-lo nesta casa de novo. Rhysland e eu tivemos tantos anos dele juntos aqui.

A respiração de Ruhn veio acompanhada do relaxamento dos braços. E ele começou a sorrir.

Lembrarei isto pelo resto da minha vida, Saxton pensou. *Esta cozinha com a porta debaixo da pia aberta, do cabelo dele ainda molhado, de Minnie radiante como se fosse uma noite de festa.*

Foi o instante em que, de fato, se deixou levar.

O riquinho se revelou um exibicionista tarado e destemido.

Enquanto dançava ao encontro de uma fêmea alta vestida em látex, Novo só tinha olhos para Peyton. Ele estava de pé, ali ao lado, observando-lhe as mãos, que resvalavam o corpo da mulher, e seus quadris se moverem, e sua bunda, quando a virou para ele.

Estava ávido por ela. Mesmo depois de todo o sexo que tinham feito, ele estava pronto para mais uma... mas só com ela.

Outras mulheres – e homens – o abordaram, dançando na frente dele, oferecendo-lhe todo tipo de coisa, mas ele os dispensou com impaciência. E alguns deles eram simplesmente lindos.

Peyton não estava nem aí. Parecia ver somente ela.

Para uma fêmea que fora deixada em preferência por outra, era uma revelação. Na verdade, não sabia que precisava tanto se sentir assim – mas também sabia que essa coisa bem podia ser uma armadilha. Você não deveria nunca se sentir centrada por causa de outra pessoa. Porque, quando essa pessoa fosse embora, e, no fim, ela sempre iria, ela levaria consigo aquela parte sua que a preenchera, deixando-a oca de novo.

Mas naquela noite? Apenas naquela noite?

Ela se sentia inteira, de uma maneira que achava que nunca voltaria a se sentir.

E ficou na cara que Peyton já estava farto de vê-la nos braços de outra pessoa. Andou até ela e faltou pouco para empurrar a outra para longe. Em seguida, começou a beijá-la, a boca exigente, o corpo rijo novamente, as mãos duras e vorazes.

Do que se deu conta em seguida? De estar curvada sobre algo – não sabia o que, nem se importava com isso. E ele a penetrava de novo, bombeando, puxando a trança como se fossem rédeas, a coluna dela se curvando com essa pressão. Seu orgasmo foi tão intenso que ela cerrou os molares e sentiu uma fisgada até o topo da cabeça.

Fechando os olhos, abriu-se para todas as sensações: a fraqueza nos músculos das coxas, o material áspero sob a bochecha, a compressão nos seios, as pancadas úmidas em seu sexo.

Lágrimas se formaram debaixo da máscara.

Em desespero, ela tentou capturar a trilha de emoções e arrastá-las de volta à jaula, mas não conseguiu levar a melhor.

Foi como se o gozo tivesse aberto o caixão de tudo o que ela mantinha preso dentro de si, a velha dor vertendo para fora como um cadáver, o cheiro, a visão de tudo aquilo grande demais para ser ignorado.

Chorou na escuridão, dentro da máscara, no sexo de desconhecidos e na música alta.

Abrindo a boca, libertou a dor com um grito, lançou o passado para o anonimato do clube, usou Peyton como uma maldita rampa de saída.

E ninguém ficou sabendo.

Foi algo completamente particular.

No fim, Peyton se deixou cair em suas costas, o peso uma âncora maravilhosa que a levou de volta à terra, os arquejos ríspidos em seu ouvido uma confirmação de que ele estivera ali enquanto ela atravessara a terra dos fantasmas, de que não estivera sozinha, mesmo que ele não tivesse a noção de tê-la ajudado.

Movendo o braço para trás, tateou à procura de sua mão. Quando a encontrou, virou a palma para cima... e beijou a linha da vida.

Era o mais próximo que podia chegar para agradecer pelo presente que ele nunca saberia ter lhe dado.

O processo de cura enfim tinha começado.

Capítulo 35

– VOLTE COMIGO PARA minha casa.

Quando abriu a porta da boate para Novo, Peyton rezou para que ela dissesse sim. Não queria que a noite acabasse. Não desejava passar o dia em qualquer lugar que não fosse junto a ela. Tampouco queria acordar sozinho, sem ela.

– O que seu motorista vai pensar de nós? – ela perguntou com a fala arrastada.

– Eu o mandei embora há duas horas. Volte comigo.

Quando ela parou e ergueu o olhar para o céu, ele a imitou. Uma nuvem pesada tomara conta de tudo, e havia uma umidade de inverno no ar. Mais neve estava para cair.

Quem se importava com o tempo?

– Meu pai está fora da cidade cuidando de negócios – informou. – Teremos a casa para nós. Ele levou o mordomo junto e os outros criados ficam felizes em ter um dia de folga. Confesso, pedi ao motorista que liberasse a casa ou seria demitido.

Novo se virou.

– Onde você mora?

– Isso é um sim.

– Não. É uma pergunta a respeito de onde você mora.

Ele sorriu.

– Você nunca cede nada, não? Meu sangue está em você. Siga o rastro. Depois que treparmos na banheira, eu preparo a Última Refeição para você na cozinha.

Fez-se um longo silêncio. Ao longe, uma sirene passou soando. Uma buzina tocou. Três pessoas saíram cambaleando do clube, o grupo de humanos segurando uns aos outros, gargalhando.

— Tudo bem — disse ela.

Peyton segurou-lhe a mão e deu uma apertada.

— Obrigado.

Quando ela puxou a mão, ele deixou. Depois fechou os olhos e se desmaterializou. Quando retomou sua forma no gramado da frente da mansão do pai, ele não fazia a mínima ideia se Novo de fato apareceria ou não. Ela era assim. Quente e fria.

Seu coração acelerou enquanto ele permanecia ali na neve, o vento fustigando e assobiando em meio à vegetação perene nos limites da propriedade.

Havia luzes acesas no interior e, por um momento, observou a mansão através dos olhos de Novo. Ela gostaria daquele lugar antigo?

De algum modo, isso não importava, e não porque não se preocupasse com a opinião dela. Era só que, pela primeira vez na vida, o fato de que nada daquilo era seu o atingiu. A vida do pai, as expectativas da linhagem, as exigências da esfera social... ele não tinha que aceitar nada daquilo, e talvez seus vícios tivessem representado sua luta para chegar a esse entendimento.

Naquele exato instante, Novo apareceu ao seu lado.

— Bem-vinda ao meu humilde lar — murmurou ao fazer um gesto amplo abarcando a imensa casa.

— Sabe, achei que fosse maior. — Quando ele se retraiu, ela o acertou com um soco no braço. — Te peguei. Tá de brincadeira? Este lugar mais parece um maldito castelo.

Atraindo-a para perto, ele a beijou no topo da cabeça — e se surpreendeu quando ela permitiu. Em seguida, conduziu-a até a frente da casa. Ao empurrar a porta com o quadril, surpreendeu-se de novo ao ver quanto estava tenso.

Ela avançou com aquelas calças rasgadas e o corpo atlético, movendo-se com determinação e cabeça alta enquanto olhava os arredores.

Os olhos não pareciam perder nada das antiguidades e da grandiosidade, dos lustres de cristal, do relógio de pêndulo e das tapeçarias.

Virando-se de frente para ele, disse em um tom seco:

— Nunca mencionou que morava no museu Smithsonian.

— Detesto me gabar, sabe disso. — Ele chutou a porta para fechá-la e o som da batida ecoou pelo pé-direito alto. — É brega pra cacete. Venha. Quero te apresentar à minha banheira.

Enquanto subiam, ela lhe perguntou quantos cômodos havia ali; ele hesitou.

– Qual é – ela caçoou. – Não sabe contar até esse número?

– É verdade que não sou bom em matemática. – Virou à esquerda no topo da escadaria, percorrendo um corredor repleto de portas. – Vou chutar uns cinquenta ou sessenta. Talvez mais. Há partes deste lugar em que nunca me dei o trabalho de entrar.

– Moro num cômodo só. Não, perdão, tenho dois cômodos: um banheiro e todo o restante.

– Tem que me mostrar um dia desses.

– Não prenderia a sua atenção mais do que uma caixa de Kleenex.

Ele parou diante da porta da sua suíte.

– É sua casa. Portanto, me interessa muito.

Foi Novo quem virou a maçaneta, provavelmente para quebrar a intensidade que ele lhe lançara. Essa era outra coisa que ele estava aprendendo sobre ela: Novo era ótima em digressões, e isso não era surpresa alguma. A fêmea evitava proximidade em cada esquina, fazendo-o pensar num pássaro pousando e alçando voo ante a mínima provocação.

No entanto, ela parecia sempre voltar à palma de sua mão.

Deus, ela era tão diferente. Imprevisível. Fascinante.

Com um assobio baixinho, Novo entrou no vasto espaço, dando uma espiada na cama, na TV de tela de cinema, nos sofás, e no banheiro mais além.

– Aconchegante, certo?

Ela riu.

– Se estiver comparando com o lobby de um hotel, sim, claro.

Ele se aproximou do quarto de vestir, com as portas se abrindo sozinhas graças à presença de sensores. Lá dentro, despiu-se junto ao cesto de roupas sujas.

Quando voltou a sair, estava nu.

– Você está vestida demais.

– E você já não tem esse problema.

Os olhos de Novo brilhavam quando ela chutou as botas, se desarmou, tirou a regata e as calças arruinadas. Então, parou diante dele como veio ao mundo. O corpo dela... era maravilhoso. Esguio, musculoso... incrivelmente sexy.

– Porra – ouviu-se dizer. – Você é a fêmea mais linda que já vi na vida.

Fúria de sangue · 295

– Pra sua informação, já estou garantida esta noite. Não precisa ficar me elogiando...

– Cala a boca. – Ele se aproximou e a segurou pela mão. – Até você sair desta casa ao anoitecer, só me deixa dizer o que eu quiser e ser quem eu sou com você, está bem? Não estou pedindo que finja ser uma daquelas fêmeas capachos em vestidos, com os dedos mindinhos erguidos acima de uma xícara de chá. Mas, pelas próximas horas, deixe-me em paz com as reprimendas, está bem?

Ela desviou o olhar. Voltou a fitá-lo.

– Muito justo.

Com isso estabelecido, ele a puxou para dentro do banheiro e abriu a torneira da banheira. Através dos espelhos, observou-a olhando ao redor, investigando pias e toalhas, roupões e janelas. Ela era tão incrivelmente atraente que ele quase deixou a banheira transbordar.

– Isto é uma piscina – anunciou ela. – Não uma banheira.

– Espere – ele disse quando Novo levantou uma perna para entrar. – Seu cabelo.

Com um movimento gracioso, ela se virou para ele.

– O que tem ele?

Peyton se aproximou devagar e pegou a ponta da trança na qual estava o elástico.

– Tire isto.

Antes que ela conseguisse balançar a cabeça, ele sussurrou:

– Por favor. Só quero vê-lo solto. Uma vez.

Quando uma expressão atormentada passou pelos olhos dela, Peyton se preparou para um não.

Em vez disso, Novo puxou a trança dos dedos dele.

– Deixe que eu cuido disso.

De costas, ela puxou a trança para a frente e um estalo se ouviu quando puxou o elástico... Em seguida, começou a desfazer a trança, libertando hectares de lindos cabelos negros.

Quando terminou, virou-se de frente e os empurrou por cima dos ombros, de modo que ele só conseguia ver a parte em que a cintura se afunilava. De olhos baixos e corpo tenso, era como se ela se preparasse para levar um tapa.

Estendendo a mão, Peyton devolveu o cabelo para a frente.

— Você me deixa sem ar — disse com suavidade ao observar as ondas derramando-se abaixo dos seios, quase chegando ao sexo. — Hoje... e para sempre.

Era só um maldito cabelo, pelo amor de Deus, Novo pensou.

Mas a verdade era que ninguém a vira de cabelos soltos depois de Oskar. E, no fim, o único modo de soltá-lo foi se lembrar, repetidamente, que aquilo seria só pelo dia que se seguiria. Assim que o sol se pusesse no horizonte, voltaria a prendê-lo e se ajeitaria. Tudo estaria abotoado, trançado e preso, e suas emoções voltariam a ficar impenetráveis.

Enquanto Peyton falava, ela ouvia mais o tom que as sílabas, e, sim, ele lhe dizia coisas que, em seu coração solitário e castigado, ela desejava ouvir e nas quais queria acreditar — mas que seu instinto de autopreservação lhe dizia para desconsiderar.

Contudo, não conseguia ignorar o modo como ele a fitava.

Ou o fato de ter se ajoelhado.

As mãos eram como uma brisa de verão trafegando pelas suas coxas, quadris... seios. E os lábios eram como veludo quando os resvalou no baixo-ventre. Quando Peyton enganchou um braço debaixo da perna e a passou para cima do ombro, Novo cedeu, permitindo acesso ao que ele queria. A boca em seu sexo era gostosa, deliciosa demais, umidade ao encontro de umidade, calor contra calor.

Olhando além dos bicos dos seios, observou-o pôr mãos à obra, a língua lambendo livremente enquanto ele a fitava. Os olhos do macho estavam em fogo, a veneração sexual em seu sangue transmitida em sua expressão.

Ela gozou uma vez. Duas.

Em seguida, estava de costas no tapete macio enquanto ele montava em cima, o pau duro projetando-se com imponência do quadril quando ele se abaixou em sua direção.

Novo fechou os olhos para não o ver, para poder fingir que era algum outro macho, qualquer outro. O distanciamento e o isolamento que essa mentira fornecia pareciam cruciais.

Só que seu corpo sabia que era ele.

E, Deus, ah...

... sua alma sabia também.

Capítulo 36

SENTADO AO LADO DE Ruhn na caminhonete algumas noites depois, Saxton não tinha certeza se minutos tinham se passado desde que Minnie interrompera o encontro deles debaixo da pia... ou se haviam sido anos, décadas, séculos. De fato, o tempo se tornou um elástico, esticando-se e se afrouxando entre extremos: momentos e a eternidade parecendo ser uma única coisa, indistinguível.

– É por aqui – disse ele. – À direita. Número dois mil cento e cinco.

– Esta aqui?

– Sim, esta. A vitoriana.

Saxton estava muito ciente da queimação no estômago ao se preparar para virar a cabeça e se deparar com seu antigo lar. E, na verdade, ficou completamente nauseado quando os olhos enxergaram a pintura em verde, cinza e preto, e as cúpulas, varandas e janelas fechadas. Na paisagem coberta de neve, parecia algo saído de um cartão-postal de Natal na Nova Inglaterra: pitoresco, perfeito e lindo como qualquer retrato.

– Ela é linda – disse Ruhn ao colocar a marcha em ponto morto e desligar o motor. – Quem mora aqui?

– Eu. Quero dizer, eu costumava morar aqui. – Abriu a porta. – Venha comigo.

Saíram juntos e avançaram pela entrada coberta de neve até a varanda da frente. Pegando uma chave de cobre, Saxton destrancou a porta e, em seguida, empurrava-a, com ela emitindo gemidos sutis nas dobradiças.

Ruhn bateu as solas das botas para tirar a neve, e Saxton seguiu seu exemplo, batendo seus Merrells antes de passar pela soleira. Lá dentro, a temperatura era mais alta do que do lado de fora, mas não estava acolhedora. Deixara os termostatos em dezessete graus no feriado de Colombo ainda em outubro, quando fora até ali para se certificar de que a calefação estava em ordem. Mas, a não ser por isso, ninguém mais estivera ali.

O cheiro ainda era o mesmo. Uma bela e antiga residência. Não mais um lar, porém.

Fechou-os no interior e deu uma olhada ao redor.

Como algo saído de um filme de Vincent Price, toda a mobília, que era de época, estava coberta por lençóis, e ele, andando a esmo pela sala da frente, ergueu uma ponta de uma das coberturas *king size*. Por baixo dela, um sofá vitoriano clássico, repleto de entalhes pesados e mogno envernizado, o tecido de um tom escuro de vinho.

Ruhn se aproximou por trás.

– Por quanto tempo morou aqui?

– Um bom tempo, na verdade. Eu amava esta casa.

– O que o fez mudar de ideia?

Saxton deixou o lençol cair de volta.

– Este lugar era... Bem, Blay e eu costumávamos vir aqui.

– Ah.

– Depois que nos separamos, não suportava ficar nestes cômodos. – Foi adiante, entrando na biblioteca. – Lembranças demais.

Atrás dele, Ruhn o seguia e, quando ele se virou, a expressão do macho estava distante.

– Motivo pelo qual quis trazê-lo aqui hoje... – Ao som de uma batida à porta, Saxton olhou por cima do ombro do macho. – Espere aqui, eu já volto.

Saxton andou até a entrada, e precisou de um instante para se recompor antes de conseguir abrir a porta. Mas inspirou fundo e fez o que era preciso.

Do outro lado da porta, uma fêmea vampira bem-arrumada, com uma maleta em mãos e cabelo cortado no estilo tigelinha, sob um guarda-chuva aberto, aguardava atenta.

– Saxton, estou feliz que tenha me telefonado, querido.

Beijo, beijo, em ambas as faces. Tapinha, tapinha nos braços.

– Fiquei surpresa, mas muito feliz em ter notícias suas – disse ela ao entrar. – Fico feliz que tenha... Ah, mas quem é esse?

Saxton fechou a porta.

– Este é meu... este é Ruhn.

– Ora. – Ela marchou direto para ele, estendendo a mão. – É um prazer, Ruhn. Saxton tem um gosto impecável, e vejo que ele o pôs em prática mais uma vez. Sou Carmichael.

Ruhn piscou de perplexidade e olhou para ela em pânico, como se uma ave exótica, ainda não treinada a ficar num ambiente fechado, tivesse pousado em seu ombro.

– Mencionou ter um comprador para esta casa? – Saxton apaziguou a tensão.

A distração funcionou às mil maravilhas. Carmichael de imediato se concentrou no assunto.

– Eu lhe disse meses atrás que tinha. Quando comprou aquela cobertura sem mim. Uh-hum. Muito rude de sua parte, mas está perdoado se me deixar vender esta.

– Você vai vender? – Ruhn perguntou com suavidade.

– Sim. – Saxton fixou o olhar do macho. – Descobri que estou pronto para abrir mão dela.

– Muito bem. – Faltava pouco para Carmichael começar a dançar sapateado ali. – Uma notícia espetacular. Tenho um formulário aqui para você assinar.

Com admirável eficiência, ela conseguiu pegar um documento e uma caneta de dentro da pasta sem apoiá-la: equilibrou-a num joelho, destrancou a trava, e *voilà*... um papel e uma Bic.

– Aqui está. Vamos acabar com isto e os trarei aqui daqui a uma hora.

Com o coração acelerado, Saxton pegou o papel e a caneta barata.

– Enquanto assina, só preciso confirmar umas medidas. – Para isso ela abaixou a maleta, tirou uma fita métrica e seu iPhone, e saiu da sala. – Você é advogado. Sabe onde assinar.

Quando seus passos vibrantes ressoaram na direção da cozinha, Saxton olhou para Ruhn.

O macho estava perto, as mãos cruzadas frouxamente, os olhos calmos, porém preocupados.

– Não parece confortável fazendo isso.

E foi então que aconteceu. Uma sensação de paz absoluta se apossou dele, tão inesperada quanto uma bênção clamada por um agnóstico. E sua fundação estava nos olhos castanho-claros de Ruhn.

– Eu te amo – Saxton declarou de repente.

Aquele lindo olhar se acendeu, e o branco ao redor das pupilas reluziu como o luar.

Saxton fez um gesto no ar com os papéis em mãos.

– Esta casa, este... templo? Eu o mantinha como testemunho de algo que pensei que nunca mais encontraria. E percebo agora que não preciso mais dele. Estou abrindo mão disto assim como abri mão de Blay, e de tudo por sua causa. – Estendeu a mão livre. – O que não quer dizer que tenha que retribuir o sentimento. Eu o trouxe aqui porque...

Ruhn silenciou a torrente de palavras.

– Eu te amo também.

Saxton começou a sorrir.

E não parou. Mesmo enquanto usava as costas largas de Ruhn como apoio para sua assinatura.

A fim de seguir adiante, você tem que abandonar o passado – às vezes, isso equivalia a mudanças de pensamentos em um processo interno... enquanto em outras ocasiões isso acontecia no mundo físico.

Com frequência, as duas coisas estavam inter-relacionadas.

Com Ruhn em sua vida, ele agora estava infinitamente mais interessado no futuro do que no passado.

Que é como deve ser, pensou ao colocar a tampa na caneta. A vida, afinal, era muito mais do que nostalgia e arrependimentos.

Graças a Deus.

Parada no ginásio do centro de treinamento, Novo apontou para Peyton.

– Eu quero ele.

O Irmão Rhage juntou as mãos num tapa.

– Muito justo. Então serão vocês dois, Craeg e Boone, e Paradise enfrentará Payne. Eu fico com Axe. Cada um num canto agora, pessoal.

Novo escondeu o sorriso ao assumir uma pose de ataque, as pernas dobradas, as mãos estendidas, os ombros tensos como se estivesse pronta para socar. Peyton, por sua vez, não se deu o trabalho de ser discreto. Sorria como um babaca ao assumir a mesma postura.

– Na contagem até três – Rhage ladrou. – Um... dois... *três*.

Quando o apito soou, Novo desceu no tatame, girou as duas pernas num círculo amplo e pegou Peyton nas canelas. O macho caiu como uma árvore numa floresta, todo aquele peso em queda livre fazendo o rosto quicar. Sem pausa, sem trégua. Depois dessa dura aterrissagem, não lhe deu um segundo sequer para se recobrar.

Saltou sobre as costas dele, pegou-o pela garganta com a dobra do braço e depois rolou, as pernas abertas envolvendo-o pela bunda, segurando com todas as suas forças. Peyton grunhiu e se debateu, moveu-se para tentar ficar por cima dela e se soltar da pegada que obstruía a passagem de ar. Apertando, puxando... Ela começou a suar, a queimação nos braços e ombros e coxas fazia parecer que os ossos estavam em fogo.

Toda vez que ele mudava para cá e para lá, ela o enlaçava com a perna, de um lado, depois do outro. Em seguida, segurou o próprio pulso e apertou, puxou...

Peyton desacelerou.

Mais devagar.

Cedendo.

E estendeu o braço, batendo no tatame com a palma uma vez... duas...

Na terceira batida, ela o soltou e rolou de costas. Arfava tão forte que via estrelas; os pulmões eram dois vulcões gêmeos dentro do peito...

Começou a rir. E deixou que o som feminino saísse, porque, diabos, acabara de derrotar um macho com o dobro do seu tamanho.

Peyton rolou e arfou fundo umas duas vezes, como se fosse passar mal, a cabeça pensa, os braços esticados para frente.

E também começou a rir, rolando de costas.

Quando se fitaram ao longo do tatame azul, o riso se intensificou.

Foi só quando Novo se levantou que percebeu... Ah, muito bem. Todos da turma tinham parado de fazer o que estavam fazendo para encará-los.

Os dois vinham passando as horas do dia juntos na casa dele desde a noite do chá de panela – e sua parte subversiva amava passar sorrateira pela escada de serviço, evitando contato com o pai dele e os empregados. Adorava a ideia de transar com Peyton debaixo do teto do macho que nunca, jamais aprovaria alguém como ela.

E também houve outro ponto positivo, talvez até esperado. Graças ao fiasco da festa de solteira/chá de panela, ela fora expulsa da festa de casamento/vinculação, tendo tido seu título de madrinha revogado pela irmã. O que foi ótimo. No entanto, ainda estava na lista de convidados.

Só restava esperar para ver quanto tempo aquilo duraria. E também se decidiria ir ou não.

Deitada ao lado de Peyton durante esses dias, começou a se questionar sobre por que deveria ir a esse evento de vinculação entre Sophy e Oskar. Claro, família e blá-blá-blá. Mas ela não era tratada como da família. Era uma vergonha para os pais por não ser feminina o bastante, nem ser o saco de pancada para a irmã usar quando quisesse se sentir bem.

Quem precisava disso?

Na verdade, quanto mais pensava, mais se perguntava por que parentes consanguíneos recebiam tanta importância nas vidas das pessoas. A loteria genética, para a qual ninguém se voluntariava, cuspia as pessoas onde quer que elas caíssem, sem atenção para compatibilidade, e, mesmo assim, supunha-se que você deveria imbuir esse acidente de todo tipo de emoções e significados – apenas porque seus pais tinham sido capazes de mantê-lo vivo até você conseguir sair correndo da casa deles.

Portanto, não. Não achava que iria.

E, de repente, não deu a mínima para o fato de toda a turma de trainees e dois professores saberem que ela e Peyton andavam estudando anatomia juntos.

– Toca aqui – disse para ele ao estender a palma. – Da próxima, você consegue.

Quando ele bateu a palma na dela, deu de ombros.

– E, mesmo que não conseguir, vou sempre gostar da tentativa.

A piscada ousada era a cara dele. Assim como o modo como se pôs de pé e ajudou a se levantar.

Sempre um cavalheiro. Mesmo no modo mais relaxado ou sensual, ele nunca deixava de lado a educação aristocrática – e, de alguma maneira, isso não a incomodava mais.

Era apenas mais uma faceta dele.

– Vamos encerrando por hoje – anunciou Rhage. – Chuveiro pra todo mundo. O ônibus sai em vinte. Amanhã, sala de pesos na primeira metade. Depois, prática de tiro e revisão de venenos na segunda.

Todos saíram conversando até os vestiários, os machos na frente, antes de Paradise e ela entrarem no vestiário feminino e seguirem para os cubículos individuais dos chuveiros. Livrar-se das roupas suadas foi um ato libertador; em seguida, soltou a trança. O paraíso.

Água quente. Oba. Exceto...

Fúria de sangue · 303

– Ei – disse ela por cima do barulho da água –, pode me emprestar seu xampu? O meu acabou e me esqueci de trazer mais.

Quando ela se inclinou na cortina, Paradise olhou pela beirada da sua.

– Sempre achei que detestasse o cheiro do meu.

Novo deu de ombros.

– Não é tão ruim.

– Sim, claro. Tudo o que é meu é seu.

– Obrigada.

Com eficiência, a embalagem de xampu trocou de mãos, e Novo voltou para baixo do jato para ensaboar os cabelos.

– Precisa de volta? – perguntou.

– Não. Já estou no condicionador. Eu te passo por baixo da cortina.

– Você é o máximo.

– Então... – Houve uma pausa na partição ao lado. – Parece que você e Peyton estão se dando bem.

Enquanto se arqueava debaixo do jato de água e começava o processo de dez minutos de tirar toda a espuma dos cabelos, Novo sentiu o estômago se contrair.

– Eu o vi sorrindo para você lá no ginásio – Paradise insistiu debaixo da corrente de água.

Seria ciúme?, Novo se perguntou. *Deus, não permita que isto fique esquisito.*

– Ele é um cara de boa – murmurou.

Pela parte de troca de roupa do vestiário o condicionador apareceu, e Novo o segurou, mesmo que não estivesse na hora de usá-lo. Ainda enxaguava os cabelos quando a outra fêmea fechou a torneira e, quando apareceu de toalha, Paradise já estava trocada na frente do espelho da pia, com um secador cor-de-rosa ligado.

Indo para os armários, Novo se enxugou e vestiu calças de couro e regata limpas. Começava a pentear os cabelos para trançá-los quando Paradise esgueirou a cabeça pela quina dos armários.

– Muito bem, estou morrendo aqui.

Novo ergueu as sobrancelhas.

– Sério? Porque sua cor me parece boa e não vejo sinais de desconforto respiratório.

– O que está acontecendo entre vocês dois?

– Por que não pergunta para ele?

– Eu poderia fazer isso. Poderia.

Quando a outra fêmea continuou parada ali, parecendo uma página saída da *Vogue* com aqueles cabelos loiros patrícios e roupas elegantes, caras e no estilo "sou tão rica quanto ele", Novo começou a trançar os cabelos. E, no processo, estudou a outra fêmea. Não havia raiva nem sentimento de posse ali. Apenas curiosidade franca e surpresa.

Não disse nada até prender a ponta com um elástico.

– Você é mesmo só amiga dele, não é?

Paradise assentiu.

– Sempre só amigos. – A fêmea sorriu. – Mas ele é um bom macho. E eu adoro o jeito como ele olha para você. É o que sempre desejei que encontrasse.

– Não estamos juntos nem nada assim. Quero dizer. Você entende. Não estamos num relacionamento, nem nada parecido.

Merda, parecia na defensiva. Mas, pensando bem, jamais esperava ter esse tipo de conversa – por um monte de motivos de merda.

Paradise sorriu.

– Às vezes, os relacionamentos te pegam de surpresa. Sentimentos e emoções são como ninjas, sorrateiros e...

– Mortais. Eles são mortais.

Paradise franziu o cenho.

– Não. Eu ia dizer que eles aparecem do nada.

– Bem... Olha só, não tenho muito a dizer sobre isso.

– Desculpe. – As sobrancelhas perfeitamente arqueadas de Paradise se ergueram nos cantos, revelando preocupação. – Não deveria ter tocado no assunto. Não é da minha conta.

– Não, tudo bem. Tudo bem com a gente.

Quando a fêmea pareceu francamente aliviada, Novo teve a necessidade inesperada de abraçá-la – mas se deteve de imediato.

Estaria derretendo ou algo assim? Mas que diabos?

– Te vejo no ônibus – disse Paradise ao colocar a mochila no ombro. – E não vou contar nada a ninguém, nem para o Craeg.

– Tudo bem. – E o mais interessante era que era verdade. – Não tenho nada a esconder, porque não há nada de emocional acontecendo.

Depois que Paradise saiu do vestiário, ela ficou um instante perplexa. Normalmente esse tipo de conversa a irritaria. Não mais. Ou, pelo menos, não esta noite.

Fúria de sangue · 305

Estranho.

Juntando suas coisas e colocando-as na mochila, consultou o celular só por hábito...

Toda aquela despreocupação e relaxamento, aquela *vibe* de "*don't worry, be happy*" saiu voando pela janela quando viu quem lhe mandara uma mensagem.

Abrindo a mensagem, teve que ler duas vezes. Depois, guardou o celular e caminhou pelo corredor sem ver aonde ia.

Estava na metade do estacionamento quando uma voz em seu ouvido disse com sensualidade:

— Posso ter uma revanche, só que pelado?

Novo se sobressaltou e girou até ficar de frente para Peyton.

— Oi! Ah, desculpa... Claro. Pra onde você vai?

— Pra casa. E eu tinha esperanças de te encontrar.

— Ok. Eu só tenho que lavar uma roupa antes. Te encontro lá em uma hora?

— Ei. — Ele pousou uma mão em seu braço. — Tá tudo bem?

— Claro. — Ela se livrou do toque dele. — Meu ombro está dolorido e a minha casa está uma bagunça só. Preciso cuidar de umas coisas lá e depois eu vou.

— Entendido. — O olhar dele se distanciou. — Olha só, se você precisar de um tempo, eu entendo.

— Não. Tá tudo bem. — Ao balançar a cabeça, viu-se surpreendida pelo impulso de querer lhe dar um beijo rápido.

Como se ele sentisse isso, sorriu devagar e de soslaio.

— Leve o tempo que precisar. Sempre vou esperar por você.

Juntos, terminaram de andar pelo corredor e chegaram ao ônibus, sentaram-se cada um de um lado do corredor, de frente um para o outro, com as pernas esticadas e os tênis se encontrando. Quando o ônibus se moveu, Boone começou a ouvir as antigas do U2, e ela conseguiu discernir a playlist de *Joshua Tree* pelas batidas saídas de seus fones. Craeg e Paradise estavam nos fundos, um nos braços do outro, não namorando, só relaxando. E Axe começou a roncar.

Quando chegaram ao ponto final designado, todos desembarcaram, e Peyton levantou a mão num cumprimento antes de desaparecer no ar.

Novo esperou que todos se desmaterializassem, depois se dissipou no ar noturno... numa direção contrária daquela onde morava.

Quando retomou sua forma, foi diante de um pub irlandês chamado Paddy's, numa área da cidade à qual evitava ir há mais de dois anos.

Inspirou fundo ao empurrar a porta do pub. Ele estava basicamente vazio, mas havia um vampiro macho sentado num sofá *booth* ao fundo.

Ele se levantou assim que ela entrou. Depois de um instante, foi para perto dele.

– Olá, Oskar – disse diante dele. – Que surpresa.

Capítulo 37

DEPOIS QUE NOVO FALOU, houve um instante de constrangimento, e ela o utilizou sentando-se e ajeitando a mochila de modo a não dar chance para um abraço nem nada assim.

Oskar pigarreou e voltou a se sentar no sofá.

– Gostaria de beber alguma coisa?

Talvez uma cerveja, ela pensou. Costumava beber uísque, mas aquela não era uma situação habitual.

– Sim. Coors. – E acrescentou: – Light.

Ele levantou uma mão e, quando o barman se aproximou, disse:

– Duas Coors Light.

– Fechamos em meia hora.

– Ok. Obrigado.

O humano se afastou resmungando e logo voltou com as duas *long necks*.

– Quer pagar já?

Oskar assentiu e mudou de posição para tirar a carteira do bolso.

– Fique com o troco.

– Obrigado. Mas ainda vamos fechar daqui a trinta.

O cara ainda resmungava baixinho ao voltar para o bar, onde lavava copos na outra extremidade da bancada.

– Estou contente que tenha vindo – disse ele com suavidade.

Enquanto ela cutucava o rótulo da garrafa, sentia os olhos de Oskar inspecionando seu rosto, seu cabelo, seu corpo.

– Você parece diferente – murmurou ele. – Mais firme. Mais forte.

– É o treinamento.

– Não é só físico...

– Olha só, Oskar, não sei o que espera disto, mas não estou interessada em repassar o passado, ok? Já o vivi, e ele acabou. Você tocou a vida com a Sophy e eu também toquei a minha.

– Eu só... queria te ver.

– Pouco antes de se vincular, digo, se casar, com minha irmã. É sério? Para com isso. Que tipo de joguinho é esse?

– Eu sabia que você estava grávida.

As palavras foram baixas, mas a atingiram tal qual uma bomba, parando seu coração e sua respiração.

– Sabia?

– Sim. – Ele assentiu e abaixou os olhos para a própria garrafa. – Quero dizer... fiquei imaginando. Você andava enjoada no início da noite o tempo todo. Ou foi isso o que Sophy disse. Ela pensou que estivesse gripada. Não queria ficar também.

Claro que não queria.

Foi a vez de Novo estudá-lo. Ele estava mais magro. Havia bolsas debaixo dos olhos. A barba era como um jardim aparado no rosto. E os óculos? Eram lentes sem grau. Apenas mais um acessório no conjunto todo.

Quando se olha somente para a superfície, ela pensou, *os padrões são facilmente alcançados, e alterados.*

– O que aconteceu com o bebê? – ele perguntou, a voz rouca. – Quero dizer, aonde você foi para fazer o aborto?

Quando seu estômago se revirou, Novo empurrou a cerveja.

– O que o faz pensar que fiz um aborto?

– Eu a vi uns dez meses depois. Não estava mais grávida.

Ah, certo. Lembrava-se daquele alegre encontro. Fora jantar na casa dos pais, tendo sido convidada pela *mahmen*. Isso foi depois de ter se mudado de lá e estivera se sentindo culpada por não ter voltado mais. Então, sim, mãe, eu vou sorrir e suportar tudo por uma refeição.

E, naturalmente, a ocasião era a que Sophy levaria o novo namorado para "conhecer" a família. Evidentemente, a irmã escolhera essa refeição para contar aos queridos pais que havia existido uma troca de irmãs no cenário amoroso e chegara a insistir ser importante a presença de Novo, para que todos pudessem ficar à vontade com o resultado de tudo aquilo.

Novo voltara para casa e ficara três noites sem conseguir comer.

Sophy, por sua vez, ficou curtindo um "eu ganhei" por semanas depois daquilo.

Fúria de sangue · 309

— Quero dizer, era uma decisão sua — disse ele. — Eu não a teria impedido. Não estávamos prontos para ter um filho àquela altura.

— Sim, claro, porque estava trepando com minha irmã. Detalhes, meros detalhes.

Ele se retraiu com isso.

— Eu sinto muito. — Esfregou o rosto. — Eu só... Eu não sabia o que fazer.

Ficou na ponta da sua língua sugerir, de novo, que talvez não transar com a sua irmã teria sido um bom início. Mas só o encarou. Primeiros amores, por definição, são uma paixão com rodinhas de treino. Às vezes, você tem sorte e o futuro é uma longa descoberta gratificante de ambos os lados que só os aproximam cada vez mais. Porém, com muito mais frequência, você tem coisas demais a aprender sobre si mesmo.

Ele fora seu primeiro. Em todos os níveis que contam.

Mas comparado a certo aristocrata loiro? Que era um espertinho que estava pouco se fodendo com quase qualquer coisa?

Na verdade, não havia comparação alguma.

E, pensando nisso, o fato de Sophy ter interferido e interrompido a evolução natural das coisas não importava mais. A verdadeira tragédia não fora perder Oskar, mas sim ter perdido o bebê e sofrido a traição da irmã.

— Estou bem — deixou escapar. — Está tudo bem.

O que era uma verdade surpreendente.

— Estou feliz com isso — retrucou ele.

— Não disse essas palavras para você. — Tocou o coração. — Eu as disse para mim. Eu... estou bem.

Pelo menos em relação a perdê-lo. O bebê? Bem, isso era outra história, e não era da conta dele. Se o macho soube da gravidez e foi embora mesmo assim? Ele não merecia saber os seus segredos.

A verdade, assim como a confiança, tem que ser conquistada.

Oskar pigarreou e percorreu a barba com as unhas, como se a coisa coçasse. Tirou os óculos de armação grossa e deixou-os na mesa, para esfregar os olhos como se eles estivessem doendo.

Quando o silêncio se alongou, Novo balançou a cabeça.

— Concluiu que está cometendo um tremendo erro ao se vincular a Sophy e não sabe o que fazer.

Ele deixou as mãos caírem no tampo da mesa.

— Ela está me deixando louco.

– Não posso ajudá-lo com isso. Lamento.

– Ela é... É totalmente exigente. Quero dizer, nunca cheguei a pedir que se vinculasse a mim. Ela me levou a uma joalheria e, de repente, lá estava ela experimentando alianças, e acabei comprando uma que ela queria. Um diamante. Com um halo, ou algo assim, ao redor dele. Sei lá o que é aquilo. – Oskar voltou a cofiar a barba como se estivesse tentando apagar sua vida ao coçar o que, sem dúvida, Sophy o obrigara a deixar crescer. – Ela foi atrás de um apartamento. Não tenho como bancá-lo. Ela diz que não pode trabalhar por causa da cerimônia... casamento, quero dizer. Tem coisa espalhada por toda parte: lembrancinhas de festa, prendedores de guardanapo, centros de mesa. Ela começa uma coisa, para, grita comigo, tenta fazer com que as amigas ajudem. É um pesadelo, e o pior...

Novo ergueu a palma.

– Para. Só... para.

Quando ele a encarou, Novo deslizou pelo banco com a mochila.

– Isso não é da minha conta. E, francamente, não é legal você me pedir pra vir aqui só para poder reclamar da minha irmã. Vincule-se a ela ou não. Faça esse relacionamento dar certo ou não. Essa merda é sua, não minha.

– Eu sei. Desculpe. Não sei mais o que fazer.

Nesse momento, a fraqueza inerente de Oskar era evidente, e Novo se perguntou que diabos tinha achado atraente nele. E ela sabia exatamente o que aconteceria. Ele andaria pela nave, ou sabe-se lá como os humanos chamavam aquilo, e iria se vincular a Sophy, e teriam um ou dois filhos. Depois disso, ele passaria a vida inteira se perguntando como fora parar com uma *shellan* que não suportava, filhos de quem não gostava, e uma casa que não tinha condições de pagar. Seria um mistério impossível de solucionar, mesmo enquanto caminhasse em direção ao túmulo numa trilha escolhida por si só.

– Sabe, Oskar, ninguém está apontando uma arma pra sua cabeça.

– O quê?

– Você está escolhendo isso. Está optando por isso... E significa que, se não lhe parece certo, você não precisa fazer. – Balançou a cabeça de novo. – Mas a decisão é sua. Tudo isso... é você quem sabe.

– Não me odeie. Por favor.

— Sabe... Eu não te odeio. Nem um pouco... Sinto pena de você. — Acenou com a cabeça. — Adeus, Oskar. E boa sorte. De verdade.

Quando ela passou pelo meio do pub, o barman disse:

— Volte sempre.

Por cima do ombro, ela disse:

— Obrigada. Ele, com certeza, voltará, isso eu lhe asseguro.

Peyton já tinha saído do banho e vestia um roupão com monograma quando o celular tocou. Ao atender, não se deu o trabalho de ver quem ligava porque estava paranoico com a possibilidade de Novo estar cancelando.

— Alô?

— Peyton?

Ao reconhecer a voz feminina, fechou os olhos por um instante. Depois foi se sentar na beirada da banheira.

— Romina. Tudo bem?

Houve uma pausa.

— Escute, não sei se você está a par, mas nossos pais marcaram um horário na Casa de Audiências. Para ver o Rei.

Voltou a se levantar.

— O quê? Por quê?

— Acredito que um pagamento tenha sido estipulado e que as coisas... estejam progredindo.

— Não. De jeito nenhum, não. — Ao perceber que isso era um insulto colossal, apressou-se em dizer: — Veja bem, não é você...

— Claro que é. E não o culpo.

— Não, eu estou... — *Apaixonado por outra pessoa.* — ... saindo com outra pessoa.

Pareceu-lhe estranho e maravilhoso confessar isso. E também era como se estivesse desafiando o destino. Tivera a impressão de que as coisas andavam degelando do lado de Novo nas últimas noites, mas não era idiota. Ela ainda tinha problemas de confiança e, convenhamos, não estavam juntos há muito tempo.

E, tecnicamente, não estavam *juntos*.

— Estou feliz por você — disse Romina. — E, nesse caso, precisamos muito mesmo fazer algo para deter as coisas.

– Não podem nos forçar a consentir.

– Se seu pai aceitar o pagamento, o meu esperará que você obedeça ao acordo.

Franziu o cenho.

– Como é que é? Pode repetir?

– Seu pai estabeleceu um preço, e, se entendi direito, o meu aceitou pagar. Portanto, se o dinheiro trocar de mãos, o acordo está feito. São os Antigos Costumes.

Então ele estava sendo vendido? Como uma cabeça de gado?

Passando uma mão pelos cabelos úmidos, ficou tão chocado que não conseguia pensar.

– Que diabos, agora sei como as fêmeas se sentem – murmurou.

– Sinto muito mesmo. E eu tinha a impressão de que você não sabia. Acho que estão tentando fazer com que o Rei assine o acordo mesmo sem uma cerimônia. Nesse caso, não creio que possamos nos opor. A palavra de Wrath, filho de Wrath, é a lei. Estaríamos vinculados no mesmo instante.

– Filho da mãe...

Houve um barulho na ligação, e a voz de Romina se abaixou.

– Tenho que desligar. Você tem que deter isso. Trabalha para a Irmandade. De alguma forma, vai conseguir falar com o Rei. Não desejo isto para você.

– Nem para você.

– Não estou preocupada comigo.

Quando a ligação terminou, ele repassou a conversa mentalmente, questionando-se sobre se havia mais alguma coisa acontecendo a respeito da qual não tinha conhecimento. Isto é, financeiramente, em sua família. Mas não. Havia muitos funcionários na casa e o pai não parecia preocupado. O preço estabelecido sem dúvida era para recuperar o investimento malsucedido no filho herdeiro.

– Peyton?

Ante o som da voz de Novo no quarto, ele se virou. Merda, precisava cuidar daquele assunto. Neste instante. E também precisava contar à sua fêmea o que estava acontecendo.

– Aqui – chamou. – Olha só, eu vou ter que dar uma saída...

Quando ela apareceu na soleira do banheiro, ele soube de imediato que algo estava muito errado. E daí viu lágrimas em seus olhos.

– Novo? O que aconteceu?

Apressou-se para junto dela e abraçou-a. Os soluços que lhe escapavam eram tão violentos que o corpo todo tremia ao seu encontro, e ele a trouxe para dentro do banheiro, fechou a porta para que ninguém a ouvisse, resguardando a sua privacidade.

– Novo... – Segurou-lhe a cabeça e afagou-lhe as costas. – Novo, amor... O que aconteceu...?

No fim, ela emitiu um respiro sôfrego e se afastou dele.

Enquanto andava de um lado para outro no banheiro, ela segurava o ventre e se curvava sobre ele como se estivesse em plena agonia.

Quando parou e olhou para ele com olhos carregados de dor e sofrimento, ele mal conseguiu sustentar seu olhar.

– Perdi meu bebê... – Quando ela falou, a emoção se renovou, e o choro voltou. – Era uma menininha. Eu a segurei na palma da minha mão... depois que a perdi...

Capítulo 38

NOVO TINHA PENSADO QUE estava bem. Que estava saindo daquele pub e se afastando de Oskar e de toda aquela merda do passado em perfeitas condições mentais. E, naquele instante, conseguiu se desmaterializar sem problemas, retomando sua forma atrás da garagem da mansão da família de Peyton, entrando sorrateira pela porta da biblioteca da qual ele lhe fornecera a senha.

Até se divertira ao se esquivar do mordomo, aquele que Peyton tanto odiava.

Mas, em algum ponto ao longo do corredor do quarto dele, algo se desfez, um fio de sua essência interior se soltou e ficou preso pelo caminho, até ela se ver nua ao chegar à porta do banheiro dele.

E, quando Peyton a fitou e ela inspirou sua fragrância... a represa se rompeu de uma vez – de tal forma que ela lhe revelou a sua verdade, partilhou seu segredo, contou-lhe o que não contara a ninguém mais.

O choque e o horror na expressão dele fizeram com que ela desejasse fugir.

– Eu sinto muito – disse ela. – Não deveria ter vindo...

Em pânico, fez menção de sair, mas ele se adiantou e bloqueou seu caminho com o corpo.

– Me conta tudo – disse ele. – Conta o que aconteceu... Ah, Deus... Novo, eu não sabia...

Ela balançou a cabeça de um lado para o outro por muito tempo, as lágrimas caindo num semicírculo aos seus pés.

– Ninguém sabe. Ninguém sabia... – Fungou e estremeceu quando as imagens voltaram. E, bom Deus, as lembranças daquela casa fria, úmida e velha... – Não contei a ninguém.

– Oskar – Peyton disse num tom sepulcral. – Foi o Oskar.

Ela assentiu.

– Ele me deixou logo depois que passei pelo cio. Pensei que tivéssemos tomado cuidado, mas, evidentemente... Três semanas depois, quando não sangrei, eu soube. E mantive segredo. Saí da casa dos meus pais, alegando precisar do meu espaço. Só souberam mais tarde o que Sophy havia feito. Que Oskar me trocara por ela.

– Ei. Pegue isto.

Ela encarou o que ele segurava, sem entender o que era. Ah, uma caixa de lenços de papel. Tirou alguns de dentro e enfiou o restante debaixo do braço.

O nariz tocou como uma buzina quando ela o assoou.

– Eu estava de oito meses quando as dores começaram. Umas duas semanas mais tarde, eu estava na casa que alugara e... e comecei a sangrar e... – Assoou o nariz de novo e pressionou o lenço nos olhos quando a dor voltou. – Perdi o bebê. Ela saiu de mim... E era tão minúscula, tão perfeita. Minha filha...

A imagem do bebê estava gravada em sua memória, profunda como uma ravina, sem perder seus contornos pouco importando quantas vezes ela se lembrasse daquilo ou quantos anos tivessem se passado.

De repente, ela sentiu um calor ao seu redor, um corpo contra o seu. Peyton.

O choro voltou e ela se entregou, agarrando seu roupão, segurando-se como se as pernas fossem ceder.

– Estou aqui... – disse ele. – Estou com você.

– Nunca contei a ele. Ele imaginou que eu estivesse grávida... Mas nunca disse a ele o que aconteceu... – De repente, levantou os olhos. – Ele me ligou hoje e pediu que eu fosse encontrá-lo. Queria desabafar... sobre Sophy. Ele acha que eu fiz um aborto.

As sobrancelhas de Peyton se uniram.

– Espere um minuto... Ele sabia? Que você estava grávida de um filho dele? E ficou com a sua irmã?

– Enquanto falava hoje... – Afastou-se dele e tornou a andar de um lado para o outro. – Ele me perguntou aonde fui para fazer o aborto. Não contei a ele que tive um aborto espontâneo. – Baixou o olhar para a barriga achatada. – Enterrei a nenê sozinha. No quintal atrás da casa. Enquanto ainda sangrava. Eu... cobri o túmulo com pedras e plantei uma moita sem graça porque não queria que ela ficasse sem uma lápide ou algum tipo de marcação no lugar em que foi enterrada. – Balançou a cabeça. – Ele não merece saber o que aconteceu. Esta é a minha vida, o meu sofrimento particular. Ele não a quis e não me quis. Não acho que mereça... Ele não merece nenhuma de nós duas.

Fechou os olhos.

– Ela ainda está comigo, entende. Ela morreu antes de conhecer qualquer coisa do mundo, mas eu a mantenho aqui. – Tocou o peito na altura do coração. – Ela está aqui, comigo. Sempre.

De repente, olhou para ele.

– E você é o único que sabe.

Há tantas maneiras de se dizer "eu te amo".

Quando Peyton foi para junto de Novo e a puxou para seus braços mais uma vez, refletiu que essas três palavras certamente eram a forma mais comum de transmissão da emoção sagrada entre duas almas. Mas existiam outras maneiras. Gestos, presentes, a reconstrução de um celeiro após um incêndio, limpar a neve de um caminho, até mesmo algo simples como carregar a compra do carro para dentro de casa.

Novo lhe dizia que o amava ao partilhar essa terrível verdade, uma perda tão enorme que ele era incapaz de sequer imaginar como ela conseguira superar a tragédia ou por que seguira em frente depois disso. Ao convidá-lo a ser testemunha de sua história, do seu sofrimento, abrindo-se para ele dessa forma, coisa que não fizera com ninguém mais, ela proclamava que tinha amor por ele.

– Sofri por tanto tempo – ela disse quando se acalmou um pouco. – Mantive isso guardado por tanto, tanto tempo.

Ele a imaginou sozinha em algum lugar, sem auxílio médico, sem ninguém para segurar sua mão e tranquilizá-la de alguma forma. E, depois, enterrando a filha sozinha...

Fechou os olhos com força ao imaginar quanto isso demandara dela.

– Vem comigo – disse ao levá-la pela mão até o quarto. – Deita aqui. Deixa eu te abraçar.

Ela engatinhou pelo edredom com o monograma dele enquanto sentia dor em todo o corpo. E, quando Peyton se juntou a ela, passou um braço ao seu redor e se deparou com uma ponta da caixa de lenços, que ela agarrava como uma criança faz com um brinquedo em busca de conforto. Quando Novo estremeceu, ele a trouxe para ainda mais perto.

– Qual o nome dela? – ouviu-se perguntar.

Novo se moveu e olhou para ele.

– Eu não... dei um nome para ela.

Ele afastou umas mechas de cabelo que se soltaram do rosto avermelhado e quente.

– Você deveria lhe dar um nome. E deveria voltar lá e fazer uma lápide de acordo. Ela mora dentro de você. Ela existe.

– Pensei que talvez...

– O que você pensou? – sussurrou ao afastar o cabelo dela. – Conta pra mim.

– Fiquei pensando se deveria lhe dar um nome. Mas não tive certeza... Senti como se não merecesse isso... Eu a desapontei, eu a matei. Então, não sou a mãe de ninguém para dar um nome.

– Para – disse ríspido. – Você não fez nada errado. – Com uma descarga de hostilidade, seguiu em frente. – Que é mais do que posso dizer sobre outros. E você deveria, sim, lhe dar um nome. Você a manteve em seu coração, você é uma *mahmen*, e aquela alma inocente está lá no Fade, zelando por você. Sua filha é um anjo, e você deveria lhe dar um nome nem que só para se dirigir a ela quando estiver conversando com ela em sua cabeça.

– Como sabia? – Novo perguntou emocionada. – Que eu converso com ela?

Ele percorreu o rosto dela com os olhos e desejou suportar toda a dor por ela, carregar o fardo dos braços cansados e sustentá-lo pelo resto da vida.

– Como não poderia? Ela é sua filha.

Lágrimas renovadas se empoçaram, e ele pegou um lenço da caixa e secou cada uma. Quando elas pararam, Novo sussurrou:

– De repente fiquei tão cansada.

Ele resvalou sua bochecha com as pontas dos dedos.

– Durma. Velarei seu sono. Esta noite você não terá pesadelos.

– Promete?

– Prometo. – Abaixou as pálpebras dela. – Não vou te deixar. E não haverá pesadelos. Apenas descanse.

O corpo forte de Novo soltou toda a tensão com um tremor. Em seguida, ela se aninhou nele.

– Se eu soubesse cantar, eu a ninaria – disse com suavidade. – Cantaria sobre um lugar onde não existe perda nem sofrimento. Nenhuma preocupação. Mas sou desafinado.

– É a intenção que conta – murmurou ela.

Não muito depois disso, sua respiração se tornou constante e ritmada, leves tremores de uma mão ou de um pé sinalizavam que ela estava num sono muito, muito profundo.

Encarando-a em seus braços, ele soube que daria a vida pela dela sem arrependimentos. Mataria dragões e moveria montanhas por Novo. Conquistaria mundos seguindo suas ordens e morreria de fome só para garantir que ela tivesse alimento. Ela era não só seu sol e sua lua, mas sua galáxia.

– Eu te amo também – disse ao ouvido dela. – Hoje e sempre.

Capítulo 39

Novo despertou dez horas mais tarde. Sabia disso por causa do relógio na mesa de cabeceira, que, naturalmente, não era uma daquelas coisas digitais que se consegue na Amazon, mas uma antiguidade Cartier que parecia feita de mármore e tinha ponteiros com diamantes.

Durante o sono, dera as costas a Peyton, mas não ficaram separados. Ele se aninhara às suas costas, ainda de roupão, e os dois ficaram em cima do edredom, em vez de irem para baixo daqueles lençóis incríveis.

Caramba, precisava fazer xixi.

Ok, dificilmente aquela era a coisa mais importante em sua mente se fizesse uma comparação, mas em termos de urgência? E o fato de que uma simples caminhada até o banheiro resolveria o assunto?

#objetivos

Ao se afastar com cuidado dos braços de Peyton, ele emergiu brevemente do seu descanso para murmurar algo parecido com "aonde você vai?".

– Banheiro – respondeu baixinho. – Volte a dormir.

Ele assentiu contra o travesseiro e soltou um resmungo.

De pé, junto a ele, desejou ajeitar os cabelos loiros desalinhados e apagar os círculos pretos debaixo dos olhos. Estava disposta a apostar que ele ficara acordado grande parte do dia para velar seu sono, e detestou a posição em que o colocara.

Mas também estava contente. Estava... aliviada, semelhante ao modo como você se sente ao extirpar uma infecção. Doía pra caramba se livrar de um furúnculo, mas depois? A limpeza era como a luz do sol radiante no que antes fora um lugar úmido e escuro.

– Você é tão mais do que pensei que fosse.

E isso era verdade, não só porque o subestimara desde o início. Era porque ele tinha esse hábito de ficar perto dela, de enxergá-la, de apoiá-la sem sufocá-la.

Era um incrível comentário sobre quem ele era para ela... quando o macho com quem concebera a filha não era aquele a quem procurara para dividir seu luto. Não, fora Peyton.

Peyton fora o único que quisera. Em quem confiara. De quem precisara.

Apaixonara-se por ele.

E admitir isso não parecia assustador, na verdade. O que era uma surpresa.

– Vou dar um nome a ela e vou voltar para lá – disse com suavidade. – E talvez você possa ir comigo um dia para que eu possa apresentá-los.

Ao aceitá-lo em sua vida, queria que ele fosse lá com ela um dia. Não era apenas uma parte sua, mas fora o termo definidor pelo que lhe pareceu uma eternidade.

Indo nas pontas dos pés até o banheiro, fechou a porta, fez o que precisava fazer, lavou as mãos e secou-as. Ao ver seu reflexo no espelho, ficou surpresa que sua aparência fosse exatamente a mesma. Poderia acreditar que a transformação interna poderia ser traduzida em olhos de uma cor diferente ou outro estilo de cabelo.

Mas não, ainda era ela.

E esse era o objetivo, não? Desde o aborto, houve dois lados seus: o que lhe acontecera e o sofrimento, a perda, a dor que acompanhavam aquilo – e depois todo o restante. Esse último fora o responsável pela sua existência e por, de alguma forma, conseguir lidar com o mundo. O anterior fora essa entidade assombrada que a atormentara. E ela protegera esses dois lados dentro de uma carapaça dura.

Porque, ou mantinha todas essas contradições bem presas e seguras, ou não teria conseguido funcionar sem se partir ao meio, sem desabar.

Depois de contar a Peyton a sua história e chorar até não poder mais, as duas metades pareciam estar se desintegrando um pouco. Não sabia como explicar isso.

Quem poderia?

– Eu te vejo na aula – disse a Peyton ao sair do banheiro e calçar as botas.

Ele voltou a resmungar em seu sono, mas despertou o suficiente para fitá-la.

— Aula? Te vejo na aula?

— Isso. Na aula.

Ao se inclinar para beijá-lo, sentiu a necessidade de dizer "eu te amo" – um impulso tão forte que ela quase despejou as três palavras.

No fim, contentou-se com:

— Mal posso esperar.

— Eu também.

— Volte a dormir. Você ainda deve ter uma hora ou um pouco mais antes de ter que se levantar.

— Queria que você não tivesse que ir.

— Eu também – imitou-o.

Já na porta, olhou para ele uma última vez. Os cílios já tinham abaixado e ele soltou um longo e lento suspiro como se tudo estivesse bem em seu mundo.

Sentia-se da mesma forma.

No corredor, seguiu para as escadas a passos largos, a cabeça ao mesmo tempo embotada e límpida. Tantas coisas inesperadas, da parte dele e da sua...

Foi só quando chegou à escada que percebeu que cometera um erro. Em sua distração, virara à direita em vez de à esquerda e acabara não no topo da escadaria de serviço, mas na principal, a grandiosa.

— E quem seria você?

Virou-se. O macho que se dirigira a ela vestia um terno de três peças escuro como uma sombra. O cabelo, da mesma cor do de Peyton, começava a rarear, e as feições, aristocráticas, poderiam ser consideradas belas se sua expressão não fosse de completo desdém.

— E então? – ele exigiu saber ao se aproximar. – Responda.

Dali de perto ela viu que o pai de Peyton não era tão bonito quanto parecia ser de longe.

— Sou amiga de seu filho.

— Uma amiga. Do meu filho. Muito bem. Ele pagou pelos seus serviços ou está à procura da prataria a caminho da saída?

— O que disse?

— Você me ouviu.

— Não sou prostituta – rebateu.

322 · J.R. Ward

– Ah. Perdão – disse ele em um tom arrastado. – Então só passou o dia com ele de graça? Isso deve significar que tem esperanças de se tornar a *shellan* dele, mas permita-me acabar com suas aspirações. Ele está para se vincular a uma fêmea de linhagem adequada esta semana, portanto, lamento muitíssimo, minha cara, mas você não tem um futuro com ele.

– Vincular-se? – sussurrou ela. – O que está...

– Ele consentiu e já a conheceu. A menos que acredite que terá um papel coadjuvante, sinto que preciso desiludi-la. Vá vender suas mercadorias em outra praça. Vá agora. E boa noite.

Ela cambaleou para trás, as palavras não se traduziam em nenhum significado compreensível.

– Não por aí – ladrou o macho. – Você não merece a porta da frente. Deve usar a dos fundos...

Novo se virou e correu pelo enorme tapete vermelho e dourado, os pés voando enquanto o pai de Peyton continuava a berrar atrás dela. Na porta da frente, atrapalhou-se com a tranca, conseguindo abri-la bem quando um criado veio correndo de alguma outra parte da casa.

Irrompendo para o frio, escorregou e caiu na neve. Levantou-se e continuou a correr pelo gramado, deixando uma trilha desordenada na neve imaculada.

Seu coração estava acelerado e a cabeça, anuviada. Mas, sobretudo, estava ciente de que a dor voltara; o alívio sentido, a cabeça emergindo das águas turbulentas de um oceano proverbial, não durara quase nada.

No entanto, não chorou.

Foi o frio em seu rosto que provocou as lágrimas. Só o frio.

Capítulo 40

SAXTON ESTAVA ATRASADO PARA o trabalho. Ao subir apressado pela escada do porão da casa de fazenda, vestia o paletó do terno ao mesmo tempo em que tentava abotoar a camisa. O resultado não foi muito bom, a eficiência se perdendo na tentativa de fazer duas tarefas ao mesmo tempo.

– A torrada está pronta! – Ruhn o chamou junto à pia. – E coloquei seu café numa caneca térmica!

Saxton derrapou ao parar. O macho estava espetacularmente nu, e só o que ele conseguia pensar era como cavalgara... aquela região posterior... para seu grande prazer, por duas vezes durante o dia. Não, três vezes, incluindo o que tinham acabado de fazer no chuveiro juntos. Motivo do seu atraso.

– Como vou conseguir sair de casa com você assim?

Ruhn, sempre seguidor das regras, para variar não teve tempo para flertar.

– Vamos, você vai se atrasar! Não quero que seja culpa minha.

Saxton teria brincado com isso, mas seu amor era tão zeloso que tal leviandade poderia ser mal recebida, indiferentemente de sua intenção.

– Prometa que, quando eu voltar, você estará vestido exatamente assim?

– Saxton, coma.

Quando um prato foi empurrado na sua mão e a caneca foi balançada na frente do seu rosto, só ficou ali, parcialmente abotoado e de paletó retorcido.

P.S., que palavra maravilhosa... "retorcido". Era perfeita para a desordem que descrevia.

– Saxton...

– Prometa.

– Está bem! Estarei nu como você quer!

– Muito obrigado. – Curvou-se um pouco e rapidamente ajeitou o que estava desajeitado. – Vou aguardar nosso reencontro com a respiração em suspenso.

– Estarei aqui. – Ruhn sorriu. – Vou trabalhar no porão hoje.

– Você vai deixar este lugar novinho em folha quando chegar a hora de irmos embora.

– Esse é o plano.

Saxton fez uma pausa.

– Eu te amo.

O beijo que Ruhn lhe deu foi tal qual sua respiração, tranquila e necessária.

– Eu também te amo – respondeu o macho. – Agora vá. Espere! O casaco está ali na mesa!

– Não preciso dele. Terei você para me manter aquecido.

Minutos depois, Saxton se desmaterializava... e reassumia sua forma na entrada de trás da Casa de Audiências. De imediato, assim que entrou na cozinha, sabia que estava fora de sincronia. O *doggen* já preparara bandejas de bolinhos e ligara a cafeteira industrial, e havia vozes na frente, civis tendo já chegado para os horários marcados.

– Merda – disse ao passar pelas portas vaivém dos empregados e mergulhar no escritório como se fosse uma piscina.

A caneca foi apoiada na escrivaninha e só então ele percebeu que havia trazido o prato com a torrada. Também apoiou o prato e jogou a torrada dentro da boca, e apanhou as pastas que, graças a Deus, deixara organizadas na noite anterior antes de ir para casa para...

– Wrath vai se atrasar.

Saxton se virou. Blay estava na soleira, vestido para o turno de guarda com roupas casuais, um moletom largo de zíper escondendo todo tipo de armas. O cabelo ruivo ainda estava úmido, como se ele, também, tivesse acabado de chegar de casa, e o bolinho de cereja que segurava transportou Saxton de volta às tardes de domingo, quando acabavam de acordar.

Mas foi extraordinário.

A aparência do macho e a lembrança do passado não causaram sofrimento. Nem mesmo nostalgia, de fato. Estava mais para a parte de uma lista de compras dos eventos prosaicos que ele vivera, como quando adquirira um terno novo no alfaiate, ou a última vez em que comera um bolo como aquele ali na Casa de Audiências... Ou até mesmo o fato de que, sim, ele também estava com os cabelos úmidos.

A ausência de complicação foi uma paz na qual ele mergulhou.

Saxton tirou a torrada da boca.

– Estou tão feliz com isso. Também estou atrasado. Não consegui sair d... – Parou ali. – De toda forma, estamos com a agenda cheia. A que horas ele chegará?

Blay deu de ombros e deu a última mordida.

– Não tenho muita certeza. Todos que estão aqui para vê-lo têm sido compreensíveis. Acho que George vomitou o café da manhã, então Wrath chamou um veterinário para garantir que o pobrezinho não esteja mal.

– Ah, não. – Saxton tateou o terno à procura do celular. – Eu deveria ligar para a mansão. Não, melhor não interromper. Nada pode acontecer com aquele cachorro...

– Nada pode acontecer com aquele cachorro.

Ambos riram. E, então, Blay ficou sério.

– Escuta, meus pais estão muito gratos pelo que você... e Ruhn... têm feito pela Minnie. Acho que vocês já deram um jeito nos incorporadores? Minnie é uma fêmea incrível, e a situação dela vem preocupando *mahmen* e papai. Você sabe como ela é, sempre se preocupando.

Saxton deu a volta na mesa e se sentou.

– Você tem os melhores pais que já conheci.

– Eles amam você.

– E eu a eles.

Fez-se um instante de silêncio.

– A propósito, eles estão muito felizes por você e Ruhn – Blay disse com suavidade. – E espero que isso não soe estranho. Não foi essa a intenção.

– Eu, ah... Não sabia que as pessoas sabiam de nós. Não que estivesse deliberadamente mantendo segredo nem nada assim.

– Minnie contou aos meus pais.

Saxton inspirou fundo. Pegou a caneca de viagem, abriu a tampa e sorveu um gole. O café estava do jeito que gostava, doce e não muito forte.

De alguma forma, o fato de Ruhn tê-lo preparado colocava-o ali naquele ambiente.

– Posse ser franco? – perguntou Saxton.

– Sempre. Claro.

Ergueu o olhar para seu antigo amante.

– Também estou feliz por mim. Tem sido muito difícil.

Blay entrou um pouco mais no escritório.

– Sei que sim. Não sabia como ajudar, o que fazer. Eu odiava vê-lo sofrendo. Aquilo me matava.

– Tentei não mostrar muito. Achei que estivesse me saindo bem nisso.

– Mas eu conheço você.

– Sim, você conhece. – Saxton percorreu a lateral metálica da caneca com a ponta do dedo. – Não estava esperando por ele. Por Ruhn. Nada disso. Não achava que um dia voltaria... a me sentir assim, e isso muda tudo. Ele é... Isto vai soar brega, mas... ele é minha outra metade. Aconteceu tão rápido que a minha cabeça ainda está tonta e isso é aterrorizante às vezes. Mas, acima de tudo, me trouxe tanta alegria e felicidade.

– Só é preciso um instante – murmurou Blay. – Quando é real, é como apertar um interruptor. *Clique*, e tudo fica iluminado.

– Sim, é isso mesmo. – Saxton se viu sorrindo para o macho. – Estou em paz. Eu estava considerando ir embora, sabe.

– De Caldwell? Verdade?

– Não tinha nada pela frente. Quero dizer, montar tudo isto – gesticulou para o ambiente – foi uma grande distração. Mas, quando tudo começou a funcionar bem e se tornou menos exigente, fiquei à deriva. No entanto, parece que um porto se fez presente de novo.

– Ele é um bom macho. Eu não sabia que ele era gay.

– Nem ele.

Blay deu uma risada.

– Você sabe ser irresistível. Sei disso por experiência própria.

– Sinto-me lisonjeado, meu gentil senhor. – Saxton levou a mão ao coração. – Muito.

Os dois riram, mas, nesse momento, um *doggen* passou pelo corredor puxando um aspirador de pó, cuja mangueira ficou quicando no chão.

– Ah, não... – Saxton murmurou ao se levantar e atravessar o escritório. – É melhor o banheiro não ter entupido de novo. – Enfiou a cabeça para fora do corredor. – O que aconteceu?

Os dois criados pararam e se curvaram, e o da esquerda respondeu:

– O vaso sanitário de cima.

— Nós consertamos — o segundo garantiu. — Mas há água no chão.

— Farei com que aquilo seja substituído. Obrigado. Podem ir.

O par de *doggens* corados e felizes seguiu em frente enquanto Saxton voltava ao escritório. Fitando os olhos de Blay, sorriu.

— Está tudo bem.

— Está tudo bem, de verdade — disse o macho ao estender o braço e apertar o ombro de Saxton. — Muito bem...

— Ah, desculpem. Não quis interromper.

Saxton ergueu o olhar. Um dos trainees, Peyton, filho de Peythone, estava parado na soleira da porta com uma expressão de urgência, o peso do corpo passando de um dos coturnos ao outro, como se somente a parte de cima dele soubesse que tinha parado.

— Não é um problema. — Saxton recuou. — Por favor, entre. Precisa de algo?

— Tenho uma questão a tratar.

Blay bateu a palma da mão contra a do trainee e depois olhou para Saxton.

— Eu aviso assim que Wrath chegar.

— E quando souber algo de George.

— Pode deixar.

Saxton assentiu, assim como Blay, e, então, ele se aproveitou de um instante para avaliar esse novo lugar em sua vida, aquele novo endereço proverbial, que era uma melhora em relação ao anterior.

De fato, tudo está bem quando acaba bem.

Em seguida, voltou ao presente e se sentou à mesa.

— Conte-me o que está acontecendo e como posso ajudá-lo.

Peyton acordara sozinho, mas se lembrava de Novo ter se despedido dele, e logo se levantou porque não percebera o alarme tocando e dormira demais. Nem se dera o trabalho de se barbear. Só tomou banhou, vestiu-se e, entreabrindo uma janela, desmaterializou-se para a Casa de Audiências.

Embora fosse se atrasar para o horário de embarque, provavelmente perdendo o ônibus para o centro de treinamento, tinha que cuidar daquilo primeiro.

— Posso fechar a porta? — perguntou.

Saxton, o advogado do Rei, assentiu.

– Claro.

Depois que estavam fechados no escritório, Peyton ficou andando no espaço estreito entre o arquivo e a estante.

– Meu pai quer que eu me vincule a uma fêmea, mas nem eu nem ela consentimos. Conversamos a respeito. Estou apaixonado por outra pessoa, e ela... – Não achou que fosse apropriado partilhar a história de Romina. – Ela deseja permanecer solteira. O problema é que... nossos pais chegaram a um acordo financeiro e tememos que executem esse acordo, ao qual ficaremos presos.

– Seu pai, então, está pagando um dote.

– Não, ele está sendo pago.

Saxton revelou sua surpresa.

– Verdade? Muito bem.

– Meu pai vem tentando se livrar de mim há anos – Peyton afirmou em um tom de voz seco. – Parece uma liquidação de primavera. Só que imagino que minha etiqueta tenha um valor superior a cinco dólares.

– Só para que fique claro, tanto você quanto a fêmea não deram seu consentimento. Ela também tem certeza de que não quer isso.

– Sim. Mas, pelo que me contou na noite passada, nossos pais marcaram um horário com o Rei. Eles vêm para cá. Não sei quando, mas deve ser logo. O meu esteve na Carolina do Sul, onde a outra família vive, já algumas vezes.

– Peythone é o nome do seu pai?

– Isso.

Saxton inseriu a senha no laptop e, depois de algumas tecladas, recostou-se.

– É verdade que eles têm um horário marcado.

– Quando?

– Isso não posso lhe informar. – Quando Peyton começou a protestar, Saxton ergueu a mão. – Por motivos éticos, tenho que ter o cuidado de não violar a confidencialidade de ninguém. Mas isso não significa que não possa ajudá-los.

– Podemos impedir isso?

– Estou presumindo que a fêmea já tenha passado pela transição. – Quando Peyton assentiu, Saxton continuou: – Ótimo. Isso quer dizer que vocês dois são adultos. Meu pensamento inicial é que vocês sequer são a terceira parte desse contrato. Dois adultos que concordam num assunto podem chegar a um acordo, mas tal acordo não pode envolver nenhuma outra pessoa que não tenha um interesse nos termos.

Peyton esfregou os olhos.

– Não estou entendendo.

– Os pais de vocês podem concordar com qualquer coisa entre eles. Mas esse acordo não pode ser usado para obrigar você ou a fêmea a medidas que não tomariam de livre e espontânea vontade. A menos que você ou a fêmea tenha aceitado parte do pagamento?

– Não. Quero dizer, não que eu saiba. Não vi o contrato, nem ela viu. Mas nossos pais não costumam zelar pelos nossos interesses, se entende o que quero dizer.

– A única parte espinhosa disso são as Antigas Leis e como elas se relacionam com considerações financeiras às vezes pagas nas vinculações. Preciso rever essa parte. Mas não se preocupe. Cuidarei disso.

Peyton relaxou visivelmente.

– Obrigado. Graças a Deus, *obrigado*. E, escute, de minha parte, não é que a fêmea seja má nem nada assim. É só que...

– Você ama outra pessoa. – O sorriso do advogado pareceu o de um ancião, e muito, muito sábio. – Entendo perfeitamente. O coração quer aquilo que quer.

– Exato. E, de novo, muito obrigado, você é um verdadeiro salvador.

– Não o salvei ainda. Mas farei isso. Pode confiar em mim.

– Já me sinto melhor a respeito disso tudo. Tenho que ir para minha aula agora.

– Cuide-se – disse Saxton.

– Prometo.

Na parte da recepção, Peyton chamou o ônibus e praguejou quando lhe disseram que demoraria mais uma hora. Mas o que lhe restava fazer...

– Ei – Blay o chamou. – Está procurando um meio de ir para a aula? Temos uma van aqui e um dos *doggens* pode te levar.

Duas vezes numa mesma noite, pensou. Cara, as coisas estavam indo bem para ele. Até que enfim.

– Seria perfeito – disse ao guerreiro. – Mesmo.

Porque a verdade era que, por mais que quisesse cumprir suas obrigações, o que queria mesmo era rever Novo. O quanto antes.

E nunca, jamais, sair do lado dela.

330 · J.R. Ward

Capítulo 41

ENQUANTO FICAVA SENTADA NO futton, olhando adiante, Novo não pensava em nada de especial, e isso era uma bênção, ela supôs. No entanto, do que tinha ciência era que o peso estava de volta, maior do que nunca, aquela sensação de vazio no meio do peito fazendo com que fosse difícil respirar e se mover.

Acima, conseguia ouvir pessoas andando, humanos se acomodando para a noite. Um relance para o relógio lhe disse que já passava das dez, e foi impossível não pensar no tempo em relação às aulas e o que, em circunstâncias normais, estaria fazendo – se não tivesse avisado que estava doente.

Era para estarem na sala de pesos no início da noite. Depois iriam para a sala onde supostamente receberiam suas novas tarefas de campo.

Teria que pedir que não formasse dupla com...

Teria que ir a campo somente com Paradise, Craeg, Axe ou Boone.

Puxando as pernas para junto do corpo, prendeu os braços abaixo dos joelhos e apoiou o queixo no punho. Deus, como pudera ter sido tão estúpida...

Não, resolveu. Não faria aquela coisa de culpar a si mesma. Definitivamente não se repreenderia pelo fato de algum macho ter se revelado um bosta. Além do mais, já passara por esse tipo de reabilitação cardíaca. Só precisava encarar aquilo como outra variação do mesmo tema. O coração estava partido. Dê os pontos. Fique forte novamente.

Era simples assim.

Enquanto refletia sobre essa necessidade, soube que tentava se convencer de uma verdade na qual, contudo, não acreditava, mas que diferença fazia. Era seu único modo de se realinhar com tudo aquilo:

no dia seguinte, ao cair da noite, ela voltaria ao programa, e estaria usando sua máscara.

De jeito nenhum desistiria só porque um romance que nunca deveria ter começado explodiu bem na sua cara.

Isso era o que uma garota faria. E ela era uma fêmea, não uma garota.

Era uma guerreira...

A batida à porta fez com que levantasse a cabeça. Não era o primeiro dia do mês, portanto não podia ser seu senhorio. E não era Peyton, isso ela conseguia sentir.

— Pois não? – disse em voz alta.

— É o doutor Manello.

Com a testa crispada, levantou-se e atravessou sua sala. Abrindo a porta, disse:

— Oi, o que está fazendo aqui?

— Atendimento domiciliar. – O humano passou por ela. – Como você está?

Sem nenhum motivo aparente, ela olhou para o corredor para ver se ele levara reforços. Nadinha.

Fechando a porta, passou a trança por cima do ombro.

— Não estou entendendo.

Quando o cirurgião colocou a maleta preta de médico na mesa para dois na qual ela se sentara apenas uma vez, ela notou que a parte de baixo dele vestia uniforme. A de cima estava coberta por uma jaqueta. Ele usava um boné dos Mets e, uau, tênis de corrida amarelo neon e azul.

— Você avisou que estava doente – disse ele –, falou que estava nauseada. Por isso vim ver como estava.

Engolindo a frustração, Novo balançou a cabeça em negativa.

— Olha só, por mais que aprecie a preocupação, não é nada de mais, só não estou me sentindo muito...

— Você acabou de passar por um ferimento cardíaco muito sério...

— Isso foi há um século.

— Dias, na verdade.

Jesus. Parecia que tinha sido em outra existência.

— Mas estou bem.

— Certo. Então, vamos acabar com isso rapidinho, está bem? – Puxou uma das cadeiras despareadas e a girou. Quando deu um tapinha no assento, disse: – Se está mesmo bem, não vai demorar mais do que um instante.

Ela cruzou os braços diante do peito.

– Estou bem.

– Quando foi que você cursou a faculdade de medicina? – Ele revirou os olhos. – E, a propósito, tem ideia de quantas vezes tenho que dizer isso para as pessoas por aqui?

Quando o humano a encarou como se estivesse disposto a esperar que um deles caísse morto ali devido a causas naturais, ela praguejou e foi até a cadeira.

– Isto é totalmente desnecessário – murmurou ao se sentar.

– Espero que sim. Vômito?

– Não.

– Febre, calafrios?

– Não.

– Dor abdominal ou que irradie para qualquer um dos braços?

– Não.

– Sensação de tontura ou desmaio?

– Não.

Bem, pelo menos não desde que o pai de Peyton bateu o martelo pra cima dela naquele corredor. Desde então? Tudo moleza.

Dando a volta para ficar em frente a ela, o médico pegou o estetoscópio da maleta e o ajustou aos ouvidos.

– Vai ter que abaixar esses braços para eu auscultar seu coração.

Sem a menor graciosidade, Novo descruzou os braços e deixou-os pensos – logo ele foi fazendo aquela coisa do disquinho se movendo por todo o seu peito. Enquanto ele emitia uma série de uh-hums, ela deduziu que encontrara exatamente o que ela pensava.

Absolutamente nada estava errado. Fisicamente, pelo menos.

– Hora de verificar a pressão – disse ele com jovialidade. – O coração parece perfeito.

– Eu sei.

A cabeça dele apareceu na sua frente.

– Seus modos são terríveis, sabia disso?

– Esse problema não seria seu?

– *Touché*.

Enquanto o médico a examinava, ela voltou a encarar o nada adiante, a mente se retraindo de novo ao lugar em que, pelo menos ostensivamente, não havia nada. Na realidade, suspeitava que seu subconsciente estivesse armando para cima dela, planejando todo tipo de gritos despertadores, agendando pesadelos como se fossem pacientes na cadeira de um dentista.

– ... Novo? Oi?

Ela voltou ao presente.

– Desculpe. Pode repetir?

O doutor Manello a encarou por um instante. Depois se agachou.

– Quer me contar o que está de fato acontecendo aqui?

– Como já disse, nada. Só devo ter comido alguma coisa estragada.

– O que foi?

– Não me lembro. – Quando a expressão dele mudou para o território de quem sabia demais, ela se levantou e começou a andar. – Francamente, vou ficar bem amanhã.

– Sabe, se precisar conversar com alguém...

– Eu definitiva e positivamente *não* preciso conversar com ninguém.

– Ok. – Ele ergueu a mão, mostrando-lhe a palma. – Não vou me meter.

O doutor Manello devolveu os equipamentos à maleta e depois foi para a porta.

– Mas me ligue se começar a ter febre ou vomitar, ok?

– Isso não será necessário. – Ela o acompanhou para abrir a porta. – Obrigada por vir...

– Estou preocupado com você. E não do ponto de vista médico.

Por algum motivo, ela pensou naquele paciente da clínica, aquele que gritava o tempo inteiro. Pelo menos, se enlouquecesse, já teriam experiência em cuidar de loucos.

Mas aquilo não seria ela. Ela não aceitaria uma situação assim.

– Eu não estou – disse-lhe. – Não estou nem um pouco preocupada comigo.

Se tinha conseguido sobreviver ao que lhe acontecera antes? Então superar a realidade de Peyton ser exatamente quem ela acreditara que ele era não seria um problema. Já estava treinada para isso.

Onde diabos ela estava?

Quando Peyton entrou na sala de pesos do centro de treinamento quarenta minutos mais tarde, passou os olhos pelos vários corpos nas máquinas e tatames... e o resultado foi um ressonante Nada de Novo.

Com a testa franzida, aproximou-se do Irmão Qhuinn.

– Ei, você viu a Novo?

– Ela avisou que não vinha. Disse que não estava se sentindo bem.

O primeiro instinto de Peyton foi o de entrar num foguete espacial e correr até o outro lado da cidade. O problema com isso? Não tinha um foguete e não sabia o endereço dela, mas, espere, ele a tinha alimentado, não tinha?

– Ela disse qual era o problema?

– Não. Só que estava enjoada e que ficaria em casa. Parecia enjoada, mas não à beira da morte.

– Poderia ter algo a ver com o coração? Um problema por c...

– Eu contei ao Manny, por isso ele já foi lá dar uma olhada nela. Ele disse que deve ter sido alguma intoxicação alimentar e nada mais. Não há nada de errado. – Os olhos, um azul, outro verde, do Irmão o encararam. – Consegue pensar em alguma outra coisa que a esteja incomodando?

– Quando ela saiu ao cair da noite, eu... – Fechou a boca. – Não, não consigo.

– Talvez ela fosse gostar de receber uma mensagem ou um telefonema de um colega de classe? – disse o Irmão, sugestivamente. – Ou uma visita depois da aula?

– É. Pode ser uma boa. Pode me dar licença um instante?

– Sim. Mas depois você tem trabalho a fazer.

– Sem problemas.

Peyton seguiu direto para o vestiário e foi para o lugar em que largara a mochila no chão, sem ter se dado o trabalho de guardá-la num dos armários. Revirando-a em meio à troca de roupas e as armas, apanhou o celular. Nada vindo dela.

Sua primeira ligação caiu na caixa postal. A segunda... de novo, direto para a caixa de mensagens.

Mandou uma mensagem curta e fofa: *Td ok? Posso te levar alguma coisa?*

Esperou cinco minutos. Mas depois disso tinha de voltar para a aula.

Fúria de sangue · 335

Uma hora e meia mais tarde, no intervalo entre os exercícios na sala de pesos e a prática de tiros, verificou o celular novamente. Nada. Por isso ligou. E enviou outra mensagem.

E depois repetiu tudo isso noventa minutos mais tarde, antes de irem para a sala de aula. Nada. Nem mesmo quando ele voltou a ligar. E mandou outras mensagens.

E se ela tivesse desmaiado...

Estava à beira de dar o cano na aula e chamar o ônibus quando seu telefone tocou. Era uma mensagem dela: *Bem. Vejo todos amanhã.*

E só isso.

Os dedos voaram pelo teclado, digitando todo tipo de coisa: *passo aí, levo sopa, bolsa de água quente* etc. etc. etc.

Não teve nenhuma resposta.

– Tá tudo bem? – Craeg perguntou na porta que dava para o corredor. – Tá tudo bem com a Novo?

Peyton pigarreou.

– Tá, tá tudo bem. Ela está bem. Volta amanhã.

Embora os celulares fossem proibidos fora dos vestiários, ele levou o seu no bolso do blusão.

Que *diabos* estava acontecendo?

Ficar sentado na sala de aula foi um exercício de tortura, mas sentiu-se aliviado por, pelo menos, ele e Novo estarem formando dupla com Blay e Qhuinn na noite seguinte. Seriam a primeira equipe a ser levada de novo a campo – como se a Irmandade fosse dar um CTRL/ALT/DEL no incidente do beco e começasse uma nova ordem mundial a partir dali.

No ritmo em que iam as coisas, aquela seria a primeira oportunidade que teria para vê-la.

Quando o fim da noite afinal chegou, faltou pouco para atropelar as pessoas e entrar no ônibus – o que era uma estupidez. Isso não o faria sair da propriedade mais rapidamente. E, Cristo, seria possível o mordomo dirigir ainda mais devagar montanha abaixo?

Não acompanhou nenhuma das conversas que aconteciam ao redor, e as pessoas pareceram reconhecer que estava *in extremis* e o deixaram em paz.

No segundo em que o ônibus parou, estava na porta, mas, ao sair para a noite, percebeu que não sabia aonde estava indo. Fechando os olhos, deixou os instintos fluírem enquanto os colegas iam embora, um a um.

Localizou o sinal do seu sangue a oeste. E não muito distante dali.

Viajando em moléculas dispersas, retomou sua forma diante de um prédio de quatro andares sem porteiro numa parte meio caidinha da cidade. Não era um pardieiro, mas por certo não seria nenhum candidato à revista *Architectural Digest*. No porão... ele sentia a presença dela no porão. Mas como entrar?

Como que numa deixa, um humano abriu a porta de fora que dava para o vestíbulo, e Peyton subiu os sete degraus em dois passos.

– Ei! Consegue segurar a porta de dentro?

– Sem problemas. – O cara se inclinou para trás e manteve a porta interna aberta. – Esqueceu a chave?

– Da minha namorada.

– Já passei por isso. Até.

– Obrigado.

Peyton entrou e correu os olhos pelo lugar. Devia haver uma maneira de descer... Ah, ali. No canto oposto.

Não havia mais ninguém por perto, por isso ele podia apenas destrancar a porta mentalmente – droga, por que não tinha pensado nisso com a porta de fora?

Bem, porque seu cérebro estava uma confusão só, muito obrigado.

Aproximando-se dela, tentou o truque mental, mas não deu certo porque a fechadura era de cobre. Portanto, havia vampiros morando entre aqueles humanos.

Pensou em ligar para ela, mas a situação estava tão estranha que tinha a sensação de que Novo não o deixaria entrar. Mas talvez fosse apenas paranoia sua. Quem é que podia saber...

A porta se abriu e ele pulou para trás. Quando viu quem era, quase a abraçou.

– Novo! É você!

– O que está fazendo aqui?

Seu tom era desprovido de emoção, como uma voz computadorizada, e ela estava pálida como um fantasma, os olhos, mortiços.

– Você está bem? – perguntou, estendendo a mão.

Ela deu um passo largo para trás.

– Estou bem. O que está fazendo aqui?

– O que foi? O que... não entendo, o que está acontecendo?

– Não me senti bem, agora melhorei. Volto para a aula amanhã. Já te disse isso.

O cabelo dela estava trançado e passava por cima do ombro, os jeans e o blusão não estavam nada diferentes, calçava chinelos Adidas com meias grossas – como se ela fosse ficar tranquila em casa. Mas os olhos... Estavam baços como pedras antigas no leito de um rio.

– Onde você estava? – disse de chofre. – O que...

As mãos dela se ergueram.

– Já deu. Chega. Quero que vá embora. Não te convidei e não gostei que tenha usado o seu sangue em mim como uma forma de me caçar pela cidade.

– Te caçar pela cidade? Como é que é?

– Você ouviu direito. Não quero que volte aqui nunca mais.

Peyton cerrou os molares algumas vezes.

– Ok, vamos voltar um pouco. Até onde sei, quando você deixou a minha cama ao anoitecer, estava tudo bem entre a gente. Agora está agindo como se eu fosse algum perseguidor. Acho que me deve uma explicação...

A risada dela foi ácida.

– Ah, eu te devo? Claro. Porque tudo tem a ver com você.

– Do que está falando? – Conseguia ouvir sua voz se elevando, mas era incapaz de se conter. – O que há de errado com você?

– Comigo? Não tem nada de errado comigo. Nem com você. Você vai se vincular logo com uma bela fêmea de uma boa família, então está tudo uma maravilha no seu mundo. Parabéns. E, ei, quem sabe vocês dois e a minha irmã e o Oskar possam sair num encontro de casais como recém-casados? – Bateu palma. – Oba! *Selfie!*

Antes que ele conseguisse abrir a boca, ela se inclinou para perto.

– E não finja estar surpreso. Você sabia muito bem o que estava fazendo o tempo inteiro em que trepamos. Sabia que ia se vincular a outra, mas fez que... – interrompeu-se. – Deixa pra lá. Só me faça o favor de não me convidar para a cerimônia, está bem? Tenho quase certeza de que seria constrangedor para a futura *shellan*, e, por mais que a sua laia fique muito contente em ser cruel, não seria de bom-tom, seria? É, porque, sei lá, isso seria errado.

Um par de humanos, um homem e uma mulher, desceu pela escada da esquerda, e o fato de estarem gargalhando e de mãos dadas foi um verdadeiro chute no saco.

Peyton ficou de lado para abrir caminho e esperou até que tivessem deixado o vestíbulo para falar.

– Não é o que está pensando.

Novo riu novamente.

– Sério? De quantas maneiras você acredita que esse cenário esteja aberto a interpretação? Ou só porque sou uma cidadã comum de merda eu ficaria simplesmente muito grata por ser sua amantezinha pelo resto da vida?

Peyton deu um segundo passo para trás. E um terceiro.

– Então você já decidiu. Já chegou a uma conclusão.

– A conta não é muito difícil de fazer. E eu sou uma fêmea muito inteligente.

– Pra sua informação, você não me deixou dizer nada sobre o assunto.

– Por que eu faria isso? A sua versão não vai me importar. É só ar, sem substância. Assim como você.

Peyton sentiu as palavras o acertarem direto no meio do peito. Como consequência, pegou-se olhando para o chão. Vagamente, percebeu que o carpete estava úmido, resultado das pessoas vindo do frio com neve em botas e sapatos.

Pensou em como ela o deixara abraçá-la.

Convencera-se de que enfim estava em seu coração.

Mas deveria ter desconfiado.

Talvez em algum outro momento da vida dela, eles teriam tido uma chance melhor. Um relacionamento com ela, porém, seria como correr uma maratona com um pé fraturado. Existiriam acomodações a fazer, coisas a serem ditas e reexaminadas para garantir que ela se sentisse à vontade, mas, com o decorrer do tempo, a fraqueza fundamental de que ela jamais confiaria nele de fato acabaria desfazendo todo aquele esforço.

– Não consigo te consertar – murmurou.

– O que foi? – ela rebateu. – Que *diabos* você me disse agora?

Voltou a fitá-la nos olhos.

– Lamento muito que tenha sido magoada. De verdade...

– Isto não tem nada a ver com o Oskar! Não ouse mudar de assunto...

Fúria de sangue · 339

– Na verdade, tem, sim. Talvez você descubra isso um dia, talvez não. Mas, de todo modo, isso não é da minha conta, porque me recuso a ficar pagando pelos pecados de outro. Boa sorte pra você. Espero que encontre paz de alguma forma.

Virou-se e foi para as portas duplas e, quando ficou de frente para elas, viu o reflexo de Novo no vidro. Ela o encarava, o queixo erguido, os olhos faiscando, os braços cruzados diante do peito.

Diante do coração.

Se aquela não era a metáfora perfeita para quem ela era como pessoa, ele não sabia o que mais seria.

Saiu e desceu os sete degraus cobertos de neve, um depois do outro. Olhou para a esquerda. Para a direita.

Escolheu uma direção aleatoriamente e foi andando, enfiando as mãos dentro do blusão. Não se dera o trabalho de vestir uma parca e deixara a mochila no armário do vestiário sem querer. O frio não o incomodou.

Por algum motivo, enquanto seguia adiante, pensou num animal ferido que morde a mão daquele que está tentando salvar sua vida.

Tudo, porém, apenas parte da tragédia. Não é?

Capítulo 42

– Não. Foda-se essa merda. O par de cretinos pode ir se foder.

Enquanto Wrath fazia essa declaração, estava sentado na Casa de Audiências, na poltrona à esquerda, diante da lareira ardente. George estava enroscado nos seus braços com a mão do Rei afagando-lhe a cabeçorra loira, sentindo-se já consideravelmente melhor depois de, ao que parecia, ter tentado engolir uma bola de tênis amarela peluda.

Mas as coisas estavam se encaminhando bem. Não que Saxton estivesse perguntando que "coisas" estavam "se encaminhando".

Mas era possível deduzir.

– Meu senhor, seu jeito de expor assuntos é muito interessante – disse com um sorriso ao voltar a olhar para o tomo antigo que abrira com cuidado e consultara com muita deliberação. – E, neste caso, concordo completamente. Peyton e Romina têm o direito de determinar o curso de suas vidas, e, ao revisar o fraseado desta passagem antiga, podemos garantir que um dote sem consentimento não trará nenhum problema para nenhum dos sexos.

– Quer cancelar o horário? – Wrath ergueu a cabeça, os óculos escuros fazendo-o parecer pronto a atirar nos dois pais. – Porque, se eles vierem aqui, podem não apreciar meus modos delicados. Vender o próprio filho! Você só pode estar de brincadeira.

– Sim, meu senhor. – Saxton fez uma anotação na agenda. – Acredito que seja melhor se eu lhes explicar pelo telefone que não há um caminho legal para que cheguem aos seus objetivos. De outro modo, teríamos que usar limpadores de carpete, não é mesmo?

Wrath riu com suavidade.

– Formamos uma bela dupla, você e eu.

— Sinto-me lisonjeado pelo seu elogio e concordo sinceramente. — Saxton se curvou. — Farei uma revisão das Antigas Leis e a acrescentarei ao meu banco de dados on-line de modo que seja validado a partir desta noite. Tudo ficará bem.

— Esse é o último assunto da noite, certo?

— Sim, meu senhor. — Relanceou para o cachorro. — Mas, George, nada mais de bolas de tênis, combinado?

— É, não vamos mais repetir isso, certo, meu chapa?

Enquanto o golden emitia um grunhido, Saxton juntava a papelada, depois se levantou da mesa e se despediu. Na saída, acenou com a cabeça para Blay, que estava de guarda junto à porta.

— Creio que os dois estejam mais do que prontos para voltar para casa — sussurrou. — Wrath está exausto pela preocupação com seu segundo filho.

— E acho que todos estávamos mortos de preocupação de que algo pudesse acontecer...

— ... a esse cachorro.

— ... a esse cachorro.

Assentiram, e Blay entrou na Sala de Audiências para providenciar o transporte enquanto Saxton voltava para seu escritório. A tentação de voltar direto para casa era quase insuperável, mas, no fim, ele teve que seguir o protocolo. Demorou bem uma hora antes de poder ir embora, e quando, enfim, terminou tudo, quase atropelou dois *doggens* no caminho para a porta dos fundos.

Desmaterializando-se na porta da frente da casa de fazenda, parou para afrouxar os cadarços dos Merrells e estava assobiando ao entrar no...

O cheiro de sangue pesava no ar.

— Ruhn? — Largou a maleta e a caneca de viagem no chão. — Ruhn!

Quando um pânico absoluto inundou todas as suas terminações nervosas, disparou pelo corredor. A mobília havia sido derrubada, um abajur estava quebrado... os tapetes estavam fora de lugar, amontoados nos cantos.

— Ruhn! — exclamou.

Nenhum som. Nenhum gemido. Nenhum grunhido.

Mas o sangue não era humano.

Girando, correu para a cozinha e...

A poça de sangue estava ao lado da mesa, e Saxton quase tropeçou na pressa de chegar ali.

– Oh, Deus, não...!

Ruhn estava estatelado no chão, o rosto para baixo, havia sangue... em toda parte.

– Ruhn! Meu amor!

Saxton caiu de joelhos junto ao corpo, o estômago se revirava a ponto de ele passar mal, mas se recusou a ceder ao impulso e estendeu o braço para tocar o ombro e as costas.

– Ruhn...? Bom Deus, por favor, não permita que esteja morto...

Com mãos trêmulas e braços fracos, ele rolou o macho com cuidado até ele ficar de costas. O que viu era algo saído de um pesadelo: a garganta de Ruhn estava cortada; os olhos, fixos e sem piscar. Não parecia estar respirando.

Saxton berrou na casa vazia. E gritou ainda mais, dando vazão à dor ao perceber sobre o que Ruhn estivera deitado.

O macho moribundo tirara seu casaco de caxemira do encosto da cadeira onde estivera... e o segurara junto ao corpo enquanto sangrava como se buscasse conforto no amor que partilhavam.

– Por favor, não morra... acorde... *acorde...*

Capítulo 43

DE ALGUMA FORMA, SAXTON conseguiu pegar o celular e ligar... para alguém. Não sabia para quem. Mas, de repente, não estava mais sozinho. Estava cercado por pessoas... e alguém o puxava para trás para que outro alguém pudesse dar uma olhada em Ruhn...

Blay. Eram os braços de Blay ao redor do seu peito.

Ambos estavam ajoelhados no sangue de Ruhn.

– Não consigo ouvir nada – disse num rompante. – Alguém está dizendo alguma coisa?

– Pssssiu – disse a voz tranquilizadora de Blay. – Está tudo bem. Só estão examinando-o.

– Não consigo... o que há de errado com meus ouvidos? – Bateu na lateral da cabeça algumas vezes. – Não consigo... não estão funcionando.

Blay capturou a mão dele e a imobilizou.

– Precisamos descobrir se há...

– Ele está morto?

A essa altura, o dique ameaçava se romper, mas ele não tinha tempo para a cegueira que acompanhava as lágrimas nem a ausência da audição. Simplesmente soluçou sem chorar e tentou se concentrar em meio à tristeza dilacerante.

Quando teve que virar de lado para tentar vomitar, Blay lhe segurou a cabeça enquanto ele tinha acessos de ânsia sem resultado, conseguindo, vagamente, reconhecer a voz do macho falando com ele de novo. Mas, Deus, não conseguia pensar.

Então, Qhuinn se agachou ao seu lado. Os lábios do Irmão se moviam e os olhos despareados pareciam sinceros, preocupados, piedosos.

– Não consigo... – Saxton bateu na orelha de novo. – Não consigo ouvir o que está dizendo...

Qhuinn assentiu e apertou o ombro dele. Em seguida, o macho olhou para Manny e para a doutora Jane, que estavam inclinados sobre Ruhn.

Uma Escolhida. Havia uma Escolhida ali, Saxton percebeu.

Espere, eles não a teriam trazido se ele estivesse morto, certo? Certo?

– Alguém fale comigo! – berrou.

Todos se imobilizaram e olharam para ele. Em seguida, Rhage bloqueou o caminho e apontou para o outro cômodo.

– Não. – Saxton balançou a cabeça. – Não. Não vou... Não me tirem de perto dele, eu não...

O rosto de Rhage se colocou bem na frente do seu.

– Ele tem pulsação. Vão alimentá-lo agora e vão fechar o ferimento da faca. Vou levar você até a sala e nós vamos deixar que eles façam o trabalho deles...

– Não! Não, não me obrigue a deixá-lo...

– Quer que fiquem distraídos com você ou que trabalhem no Ruhn?

Saxton piscou. Dito dessa forma, a lógica bastou para calá-lo por ora.

Quando tentou se levantar, as pernas cederam, e ele se equilibrou, afastando os braços. Blay e Qhuinn acabaram ajudando-o a ficar de pé e o levaram até a sala de estar. Quando se largou no sofá, olhou para as palmas da mão. Os joelhos. A camisa.

Estava coberto de sangue.

Olhou de relance para a porta. E se ouviu dizer:

– Há uma câmera. Afixada no canto do beiral.

O Irmão Vishous apareceu sabe-se lá Deus de onde.

– Sabe onde estão as imagens?

Saxton pigarreou e falou com voz rouca.

– No porão... há um laptop. A senha é *Minnie*. Está tudo lá.

– Deixa comigo.

Quando o Irmão saiu com passos pesados da sala, foi como se estivesse numa missão pessoal, e Saxton abaixou a cabeça... e chorou.

Como seu amor podia lhe ser tirado tão cedo assim?

Do outro lado da cidade, Novo andava de um lado para o outro pelo apartamento. O que não queria dizer muita coisa: quatro passadas cobriam a distância até o banheiro. Outras quatro de volta ao *futton*.

Enxague, repita, por assim dizer.

Era tomada por uma intensa inquietação, como se o universo estivesse desmoronando em algum lugar em Caldwell, algum realinhamento cósmico acontecendo que ecoava em seu mundo. Mas, pensando bem, talvez só estivesse alucinando por não ter comido nada nas últimas vinte e quatro horas.

Estava muito melhor antes de Peyton ter aparecido ali.

Nenhuma novidade nisso.

Fora um choque enorme sentir o eco do sangue dele acima daquele buraco do porão, mas, considerando-se tudo, não podia estar surpresa por ele ter aparecido. E sentira-se tentada a ignorar a presença do macho, só que, cedo ou tarde, ele encontraria uma maneira de descer até ali – e quem é que precisa ficar esperando pelo inevitável?

Segurando o touro pelos chifres, marchara até o térreo e dissera o que precisava dizer.

Por isso, fato concluído. Ele era o babaca, e ela, a vítima que se recusava a ser vítima.

Blá-blá-blá.

A questão era que havia alguma coisa que não se encaixava ali. *Eu me recuso a ficar pagando pelos pecados de outro.*

– Apenas palavras, apenas malditas palavras – murmurou ao completar outro trajeto.

Outra rápida olhada no relógio digital junto aos travesseiros, e ela somou quantas horas faltavam até o amanhecer: duas. Tinha cerca de cento e vinte minutos antes de ter que ficar presa ali pelo restante do dia.

Só havia um lugar em que conseguia pensar em ir. E, infelizmente, era o último em que queria estar.

No entanto, algo a impedia de continuar ali.

Tal qual um pássaro desejando alçar voo, sentiu o ímpeto de sair, temendo que a mão do destino escolhesse fechar a porta da sua liberdade de escolha e a trancasse ali de vez.

Já na rua, andou rápido, seguindo as passadas de incontáveis humanos, e de alguns vampiros, que tinham caminhado antes sobre a neve compactada da calçada. Avançou mais do que precisava até encontrar um lugar para se desmaterializar, mas quis se dar a oportunidade de mudar de ideia.

No entanto, esse chamado não seria negado.

No fim, enfiou-se numa soleira sem luz acima... e, depois de algumas tentativas, viajou para longe do centro, passando pelo limite do subúrbio, entrando numa floresta de árvores e charcos.

Quando voltou a se materializar, encontrou-se num cenário conhecido e desconhecido.

A casa que em uma época alugara estava abandonada agora, as janelas estavam quebradas, havia um buraco no telhado, o jardim era um emaranhado de trepadeiras, moitas caóticas e tocos que logo seriam árvores. De fato, a propriedade inteira parecia ter se transformado numa floresta, os menos de três hectares de mato crescido impedindo a vista das outras casas na área.

A cobertura de neve, imperturbável a não ser pelas pegadas de alguns cervos, parecia ser a glória coroada da morte da casa. Como se fosse a terra jogada sobre a tampa de um caixão.

Devia ter sido a última pessoa a morar ali.

Talvez sua tragédia tivesse amaldiçoado a terra e a casinha.

Ou... talvez o proprietário simplesmente tivesse deixado de pagar a hipoteca e o banco tomara posse da propriedade e fora incapaz de alugá-la para outros... E uma estação se passou e o inverno chegou, e os canos quebraram... Depois de mais do mesmo, eis o resultado.

O equivalente imobiliário de um câncer metastático.

Andando adiante, não tinha pressa em dar a volta até a parte de trás... Mas, como em todas as jornadas, grandes ou pequenas, o fim sempre chegava.

Logo, viu-se fitando os charcos que pareciam não ter fim. Na verdade, havia mais de um quilômetro deles e, ao longe, colinas que se transformavam em montanhas que, no fim, davam para o lago Schroon do outro lado.

Mesmo sem manutenção alguma, ela sabia exatamente o lugar em que enterrara a filha. Era logo ali. Debaixo daquela moita que plantara, e que agora estava tão maior, e da pilha de pedras que fizera, que permanecera da mesma altura.

Havia um montículo sob a camada de neve.

A cada passo dado, o peso em seu coração aumentava... Até já não conseguir mais respirar. Em seguida, agachou-se e apoiou as mãos sem luvas na neve.

Virando as palmas, lembrou-se das bolhas.

Fúria de sangue · 347

A noite em que aconteceu fora fria como a de agora. Mas estivera determinada a cavar. Usara uma faca de cozinha para apunhalar a terra congelada e depois as unhas para soltá-la com as mãos nuas. Um metro de profundidade, e não conseguiu ir além porque as mãos estavam machucadas demais.

Voltara para dentro da casa.

A filha tinha sido enrolada num pano de prato – um limpo, sem buracos.

De volta à cova, inclinou-se para baixo e depositou o pacotinho na terra. Suas lágrimas foram a primeira coisa a encher o que ela cavara. E depois a terra, caindo em torrões que ela teve que pressionar, seu sangue se misturando ao barro.

Preocupada com a possibilidade de predadores encontrarem o local, voltou para a casa. Pedras abandonadas para algum tipo de projeto de terraço que não se realizara tinham sido empilhadas junto à porta dos fundos. Uma a uma, ela as carregou para formar o túmulo.

Em seguida, sentara-se no frio até começar a tremer devido à hipotermia.

Bem parecido com o que acontecia agora.

Só que o calor dos primeiros raios de sol a motivaram a entrar – e, mesmo naquela época, não recuara porque quisera viver, mas só porque estivera determinada a limpar o sangue do chão da cozinha.

E também por conta da lenda que dizia que você não entra no Fade se comete suicídio.

Ao cair da noite, ela desenterrara aquela moita e a replantara... e fora embora sem ter ideia para onde iria.

Passara os primeiros dias nas ruas, amparando-se do sol em becos atrás de coletores de lixo. Quisera acreditar que se encontraria com a filha no fim.

E ainda queria acreditar nisso.

Estranhamente, lembrava-se de como a cidade estivera cheia durante o dia. Tendo conhecido Caldwell apenas durante a noite, o volume do trânsito nas ruas da cidade, todos aqueles humanos andando e conversando e toda aquela agitação foram uma surpresa.

No fim, decidira que precisava fazer algo consigo mesma. Encontrara um trabalho como cozinheira numa lanchonete aberta vinte e quatro horas, assumindo o terceiro turno, que pagava relativamente bem, porque a maioria dos humanos não gostava de trabalhar de madrugada.

E, depois, vira a postagem num grupo fechado do Facebook que falava sobre o programa de treinamento da Irmandade.

Deixando-se cair de bunda, encarou as pedras depositadas uma em cima da outra.

– Serenity – disse em voz alta. – Seu nome será Serenity. Porque espero que tenha encontrado serenidade no Fade.

Capítulo 44

— Você é o amigo especial do meu tio.

Ao som da voz fina, Saxton deu as costas para a porta fechada da sala de operações. Bitty estava ao seu lado no corredor do centro de treinamento, com ambos os pais atrás de si e um tigre de brinquedo pendurado na mão. A menininha usava um vestido vermelho, os cabelos escuros se curvavam nas pontas e os olhos inocentes pareciam muito antigos.

Aquela ali conhecia sofrimento muito bem. Portanto, pensou ele, estava acostumada àquela tristeza, não?

Pigarreando, abaixou-se até fitá-la nos olhos.

— Sim, eu sou. Como sabia?

— Meu tio me contou tudo sobre você. Enquanto montávamos um quebra-cabeça na outra noite. Ele disse que você era o amigo especial dele e que o amava muito.

Saxton achava que já tinha chorado tudo: depois do trajeto na van cirúrgica, durante o qual Ruhn tivera duas paradas cardíacas, e depois ao ver a porta se fechar enquanto a doutora Jane e Manny entravam para enfiar uma espécie de tubo ou algo parecido na garganta do macho; ele achou que já estivesse seco.

Não.

Seus olhos começaram a marejar de novo.

— Eu também amo muito seu tio. Ele também é meu amigo especial.

— Pegue. — Ela ofereceu o tigre de pelúcia. — Este é o Mastimon. Ele sempre me protege. Você pode abraçá-lo agora.

Com mãos trêmulas, ele aceitou o presente precioso e, ao levá-lo para junto do coração, também atraiu a menininha para seu peito. Seus braços não conseguiam envolvê-lo por completo, mas ele extraiu forças dela.

Rhage parecia arrasado ao falar:

– Alguma novidade...?

Saxton se levantou e se surpreendeu quando Bitty continuou com os braços ao seu redor. Pareceu-lhe tão fácil manter a mão no pequenino ombro, pois os dois sofriam juntos.

– Ainda não – respondeu ao Irmão. – Eles estão aí dentro há uma eternidade.

– Sabem quem fez isso?

– Vishous está investigando. Não consigo me concentrar nisso agora. Só o que quero é que Ruhn... – deteve-se. – Nós vamos rezar para que o melhor aconteça, certo, Bitty?

– Isso. – A menininha assentiu.

– Podemos lhe trazer algo? – Mary ofereceu.

– Não. Mas obrigado.

Outros Irmãos apareceram, perguntaram como andavam as coisas, conversaram. Alguém lhe trouxe café, mas, ao experimentá-lo, só conseguiu pensar naquele que Ruhn lhe preparara meras doze horas antes.

Aquele café estivera perfeito. Todo o mais estava arruinado.

Nunca mais conseguiria beber aquilo.

Céus, parecia-lhe impossível que a vida estivesse seguindo num ritmo tão feliz... só para aquela parede de tijolos de horror dar de frente com ele...

Na ponta extrema do corredor, a porta de vidro do escritório se abriu e Wrath se aproximou a toda. O rosto do Rei revelava fúria, e sua Rainha, Beth, parecia puxá-lo para trás – sem bons resultados.

Quando Wrath parou bem na sua frente, Saxton teve dificuldade de sustentar o olhar do regente, embora ele fosse cego.

– Quem fez isso? – o Rei rosnou. – *Quem foi o filho da puta que fez isso?*

– Acho que foram os humanos que... – Saxton parou para inspirar fundo. – Ruhn e eu temos ficado na casa para ajudar a proprietária que estava sendo incomodada.

– Por que *diabos* você não chamou por reforços?

Quando a pergunta autocrática foi ladrada, Beth puxou o braço do seu *hellren*.

– Wrath! Pelo amor de Deus, pare com isso...

Fúria de sangue · 351

– Está tudo bem – Saxton disse, exausto. – Ele só está aborrecido por tudo isto ter acontecido e está se expressando mal. Passamos por isso no trabalho, ele e eu...

O braço do Rei se estendeu e o puxou com tanta força e tão rápido, que a cabeça de Saxton girou – pelo menos até se chocar com o peito de granito.

– Eu sinto muito – murmurou Wrath. – Não sabia que vocês estavam juntos.

De repente, Saxton se viu agarrando-se ao macho muito maior. A força, física e literal, inegável de Wrath era exatamente do que precisava naquele momento.

– Eu não sabia que ele era seu – Wrath disse emocionado. – Jamais o teria enviado com você caso soubesse disso.

– Ele não era meu na época – Saxton disse engasgado. – Quando começamos... ele ainda não era meu.

Naquele momento, Manny e a doutora Jane saíram da sala de operações, como se tivessem sido convocados por um decreto real. Os dois cirurgiões puxaram as máscaras em sincronia, e não foi difícil de interpretar pelas suas feições cansadas que as coisas não tinham acontecido exatamente como queriam.

– A situação é a seguinte – disse a doutora Jane. – Ele está estável, mas em condições críticas. Está tendo dificuldades para manter a pressão e os batimentos cardíacos estáveis.

– Ele teve outra parada – acrescentou Manny. – E, visto que não podemos fazer transfusões, a situação está difícil. O cérebro dele ficou sem oxigenação por alguns minutos, algumas vezes.

– Sinto muito – concluiu a doutora Jane –, mas não temos certeza de... se ele irá despertar.

Quando Bitty correu para junto dos pais, Saxton cobriu a boca para não começar a gritar de novo.

Quando conseguiu, perguntou:

– Posso vê-lo? Podemos, eu e ela, vê-lo?

A doutora Jane trocou um olhar com Rhage e Mary. Quando eles assentiram, a médica repetiu o gesto.

– Tudo bem. Mas só vocês dois. Conversem com ele, digam-lhe o quanto querem que ele lute. Não vamos removê-lo por agora, mas vocês não podem se demorar. Ele precisa descansar.

– Tudo bem. – Ele pegou a mão de Bitty e baixou o olhar para ela. – Está pronta?

Quando a menininha assentiu, Manny abriu a porta para eles.

Estava frio na sala de operações, muito mais frio do que estivera preparado para enfrentar. E havia um propósito em tudo aquilo que existia no espaço azulejado, desde os equipamentos médicos até as prateleiras de vidro repletas de instrumentos e suprimentos.

Seu único pensamento enquanto se aproximavam da mesa era o de não querer que Ruhn morresse naquele espaço clínico e horrível. Não assim, com todos aqueles fios entrando e saindo dele.

Ele estava tão pálido, quase acinzentado. E havia curativos ao redor de sua garganta.

– O que é esse som? – Bitty perguntou quando pararam.

– São as batidas do coração dele.

Céus, talvez não devessem deixar a menina ver aquilo, pensou quando os dois baixaram o olhar para ele. O rosto de Ruhn estava encovado, e com aquela cor inadequada, os cabelos escuros demais em contraste. Além disso, os olhos estavam fechados como se ele nunca mais fosse abri-los, e a respiração estava forçada de maneira nada natural.

Ah, sim. Ele estava num ventilador graças ao tubo que entrava pela base do pescoço.

– Tio, somos nós, Bitty e Saxton. Nós te amamos.

A menina tomou a mão do tio nas dela.

– Meu amor – disse Saxton ao se inclinar e beijar a testa do macho. – Volte para nós. Precisamos de você.

Havia tantas coisas a serem ditas, imploradas, suplicadas...

Saxton reconheceu que sua boca se movia e que ele continuava a falar. Mas aquela estranha surdez retornara, e sua habilidade de ouvir evaporara.

Quando uma mão pousou em seu ombro, sobressaltou-se.

Os olhos verde-floresta da doutora Jane estavam sérios.

– Sinto muito – disse com suavidade –, mas temos que pedir que saiam por um tempo.

Sair dali foi como arrancar a própria pele em tiras, mas ele se permitiu ser conduzido. Ao sair da sala cirúrgica, viu que Vishous, Blay e Qhuinn tinham se juntado ao grupo ali reunido.

A porta se fechou para seu amor.

Fúria de sangue · 353

No silêncio, enquanto todos olhavam para ele, algo se alterou em seu íntimo. A náusea e a tristeza e o medo sumiram. Tudo o que era fraco desapareceu como se nunca tivesse existido. Em seu lugar?

A ira de um macho vinculado.

Numa voz que não se assemelhava com a sua, ouviu-se dizer:

— Podem levar Bitty por um instante?

Rhage assentiu de imediato, reconhecendo exatamente o que estava acontecendo.

— Ei, Bit, estou com fome. Você e a Mary podem me acompanhar até a sala de descanso para comermos alguma coisa?

A menininha parou na frente de Saxton.

— Promete ir me buscar se ele acordar?

Saxton acariciou o rosto dela.

— Prometo. Com todo o meu ser, minha querida.

Ela lhe deu um abraço apertado e rápido – que o fez se lembrar de seu tio –, e depois segurou a mão do pai, conduzindo o Irmão e Mary pelo corredor.

Saxton esperou até que estivessem distantes o suficiente para se virar para Vishous.

— Diga quem fez isso com ele.

Vishous assentiu.

— Revi a filmagem da câmera de segurança das últimas duas semanas. Foram os mesmos dois humanos que apareceram numa caminhonete algumas vezes. Um deles agora está com um braço apoiado numa tipoia. Ruhn abriu a porta e eles o atacaram. A luta deve ter sido brutal porque o tempo de filmagem foi de quase trinta minutos.

— Eles saíram bem mal – Blay acrescentou. – Ruhn os machucou.

— Bastante – afirmou Qhuinn. – Como um verdadeiro lutador.

Numa voz de puro desejo de vingança, Saxton disse:

— Encontrem-nos. Tragam-nos para mim. Eu, somente eu, cuidarei disso.

Todos os três machos se curvaram profundamente, em deferência à sua posição de macho vinculado.

Em seguida, Vishous desembainhou uma das adagas que estavam presas com o cabo para baixo no peito. Abrindo a mão sem luva, segurou a lâmina e a puxou. O sangue se empoçou, pingando e aterrissando no piso de concreto.

Ele ofereceu a palma.

– Pela minha honra.

Saxton apertou o que lhe foi oferecido.

– Vivos. Eu os quero vivos.

Blay e Qhuinn também se cortaram e, em troca, Saxton apertou as duas palmas sangrentas.

E assim foi resolvido.

Quer Ruhn vivesse ou morresse, ele seria *ahvenged*.

Capítulo 45

ENQUANTO A NOITE SEGUINTE chegava, Novo reconheceu a descida do sol e seu desaparecimento pela queda de temperatura e pela diminuição da luz ambiente. Uma consulta rápida ao relógio lhe disse o que ela já sabia ser verdade, e se levantou num rastejo lento e enrijecido.

Passara o dia na casa fria, sentada no piso da cozinha, e as janelas fechadas aliadas ao céu nublado forneceram-lhe a proteção necessária.

Não dormira, a mente ficou dando voltas em coisas num ritmo lento e constante, que consumiu as horas.

Você está escolhendo isto. Tudo isto é escolha sua — e isso significa que, se não lhe parece certo, você não é obrigada a nada.

Tudo isto... depende de você.

Mais do que qualquer outra coisa, descobriu que as próprias palavras a atormentavam, palavras que dissera ao macho que a traíra e que a magoara.

Mas não pensava nelas no contexto de Oskar. Pensava nelas relacionadas a Peyton.

Ele estava certo. Não lhe dera a chance de se explicar. Estivera tão pronta a repassar o passado, voltar ao grupo dos que foram passados para trás, que resolvera de antemão o que havia acontecido. Aceitara como verdadeiro o que o pai dele lhe dissera. Acreditara de imediato.

E tudo aquilo fazia muito sentido.

Exceto quando pensava nos óculos novos de Oskar. Aqueles que eram apenas de fachada.

Aqueles que eram apenas aparência, nada verdadeiros, reais.

Saindo da casa pela porta em que entrara, voltou ao túmulo de Serenity e ficou ali no vento por um instante.

— Eu volto pra te visitar. Descanse em paz.

Dito isso, partiu, viajando até seu apartamento... Onde tomou banho, comeu alguma coisa com gosto de papelão e verificou o celular. Havia um punhado de mensagens no grupo dos trainees e ela as leu com rapidez.

As aulas da noite haviam sido canceladas. Alguma coisa tinha acontecido, mas os Irmãos não especificaram o quê. Todos responderam, porém. Até mesmo Peyton.

Ele não ligara para ela, nem lhe enviara uma mensagem direta, mas ela não esperava que ele fosse fazer isso.

Quando buscou o número de Peyton na lista de contatos, sabia que ele não atenderia, e começou a formular um recado na cabeça...

– Alô?

Por conta da surpresa, engasgou-se.

– Ah... Oi. Sou eu.

– É, é isso o que meu aparelho me disse.

– Olha só, eu... posso ir te ver?

– Estou um pouco ocupado no momento.

– Ah. Tá bem.

– Se não se importar em carregar umas coisas escada abaixo, porém, pode vir.

– Espere aí. Como é que é? Está de mudança?

– Isso mesmo. Bem, você sabe onde moro. Ou costumava morar. Venha se quiser.

Quando ele encerrou a ligação, ela quase perdeu a coragem. Mas era o que estava escolhendo, não? Iria escolher a profundidade, não a superfície. Iria... confiar no que seu coração sabia sobre o macho, em vez de como as coisas pareciam ser, baseadas numa interação de dois minutos com um pai que Peyton não respeitava.

Deixando os traumas de lado, devia ao macho a oportunidade de se explicar. E dali em diante... Bem, aconteceria o que teria que acontecer. Mas, pelo menos, ela não o estaria castigando pelos pecados que não cometera, como ele mesmo havia dito.

No lado de fora, já na rua, precisou de algumas tentativas antes de conseguir se desmaterializar e, quando retomou sua forma no gramado da mansão da família dele, ficou surpresa. Havia um grande caminhão branco da U-Haul com um leão-marinho e algumas imagens sobre o Maine na lateral, estacionado de ré para a grandiosa entrada principal.

Fúria de sangue · 357

Como se a bela propriedade fosse um dormitório de faculdade e aquele fosse o fim de um ano escolar.

Andando pela neve, parou para olhar dentro do baú do veículo. Havia um sofá ali. Caixas. Araras com cabides cheios de roupas. Sapatos em sacolas.

— Ei, consegue me dar uma mão aqui? — disse uma voz ao longe.

Virou-se. Peyton estava no fim das escadas internas, tentando empurrar uma namoradeira, todas as almofadas nos braços.

— Sim, claro.

Ela bateu os coturnos no capacho, não porque se importasse em deixar um rastro de sujeira na casa do pai dele, mas porque não queria escorregar e cair naquele mármore. Ao se apressar para dentro, foi difícil não sentir a fragrância de Peyton em seu nariz.

Ainda mais difícil foi ouvir suas palavras em sua mente, aquelas lançadas para ele como adagas.

Segurando a ponta da namoradeira, os dois grunhiram ao equilibrá-la entre eles; em seguida, foram andando de lado, como caranguejos, ao longo do átrio do Smithsonian, até a rampa que dava para o baú do caminhão.

— Onde quer colocar? — perguntou ela.

— Aqui está bom. Não vou levar muita coisa.

Quando se livraram do peso, ela disse:

— Então... Você está se mudando.

— É. — Ele bateu as palmas nos fundilhos dos jeans. — Já era hora. Meu pai e eu não temos mais jeito há muito tempo.

Ele se recusava a encará-la. Não parecia zangado. Parecia mais exausto de tanto drama.

Um desconforto a atravessou como veneno.

— Para onde você vai?

— Um amigo meu tem uma cobertura com um quarto extra. Vou ficar com ele por um tempo até encontrar um lugar só meu.

— Pelo menos vai ficar em Caldwell. E quanto ao programa de treinamento?

— Ah, não vou abandoná-lo. Por que faria isso? Não sou mais um desistente. — Ele olhou para seus pertences. Em seguida, concentrou-se nela. — Então. O que posso fazer por você?

Os modos dele eram calmos, centrados, não eram hostis nem emocionais. Bem como se estivesse falando com um desconhecido na rua: educado, mas sem se envolver.

O coração dela acelerou. E não por conta do esforço de terem carregado o móvel.

– Queria me desculpar.

– Tudo tranquilo. Não precisa. – Virou-se de costas. – Não vou ser estranho na aula, nem nada assim.

Ela esticou a mão e segurou-lhe o braço.

– Por favor. Me deixa falar.

Com um movimento deliberado, ele se desvencilhou dela – e Novo foi lembrada de todas as vezes em que fizera aquilo com ele, literal e figurativamente.

– Na verdade – entoou ele –, talvez seja melhor não fazer isso.

– Peyton, eu disse coisas que não quis dizer ontem à noite...

– Você me pareceu bem lúcida, para sua informação. E, olha só, você não é a primeira pessoa a me dizer que não tenho substância, que não sou nada. – De repente, o rosto dele ficou muito sério. – Mas você será a última. Isso eu prometo.

– Não quis dizer aquilo. Estava magoada e tirei conclusões precipitadas depois que eu...

– Ah, a propósito, lamento pelo que meu pai lhe disse. Quando voltei aqui depois que você e eu tivemos aquela conversinha, discussão, melhor dizendo, ele me disse o que tinha feito e nós brigamos. Quebrei o abajur Tiffany predileto dele, mas, pelo menos, não foi na cabeça do cretino. – Deu de ombros. – Por acaso, não que você se importe com isso, esse foi o motivo da minha mudança. Ele não vai me forçar a me vincular com ninguém, e estou de saco cheio de morar debaixo do mesmo teto de um macho capaz de acusá-la, e de te chamar na cara de ser uma maldita prostituta.

– Era tudo mentira, então?

– Sobre a fêmea? Por que pergunta?

– Você me acusou, com todo o direito, de não ter te dado uma chance de se explicar...

– Não, por que está perguntando se não vai acreditar na resposta? Tenho bastante certeza de que poderia falar até ficar roxo e mesmo assim você faria o que bem quisesse com as palavras. – Virou-se de costas e

Fúria de sangue · 359

foi em direção à casa. – Você sabe, remodelá-las ao seu bel-prazer. Jogar uma partida de xadrez e mexer nas peças até conseguir a resposta pela qual já havia se decidido...

Ela o alcançou na escada elegante.

– Fui ver Serenity.

Nisso, ele parou.

– Esse foi o nome que dei a ela. Passei o dia na casa. Na cozinha.

Pareceu demorar uma vida até Peyton lentamente se virar para ela.

E, ah, ela não desperdiçaria essa oportunidade. Falou rápido e com o tipo de urgência advinda do desespero.

– Você tinha razão. Venho punindo você e todos ao meu redor pelo que Sophy fez comigo e porque Oskar não foi forte o bastante para lutar contra isso. E também venho me castigando pelo aborto, apesar de não ter feito nada errado. Eu tenho uma... fúria em meu sangue que não consigo controlar. Sinto muito. Ontem você me disse que desejava que eu resolvesse isso sozinha e estou tentando, de verdade. Eu só... Eu te amo. Apesar de estar em farrapos, eu te amo. E não como amei Oskar. Fiquei com ele porque foi o primeiro macho que prestou atenção em mim, e fui tão idiota que não percebi a diferença entre esperança e realidade. Mas você... Você foi a única pessoa que se interessou quando chegou a hora de eu contar a minha verdade. Você foi o lugar para onde eu quis ir. Porque isto – apontou para o próprio coração – sabe mais do que isto.

Ao indicar a cabeça, rezou para que o tivesse sensibilizado.

– Faria qualquer coisa para retirar aquelas palavras que despejei em cima de você. Você não merecia nada daquilo. Você mais do que conquistou sua chance de explicar o que estava acontecendo com essa coisa de vinculação, mas, na minha raiva, não tive a capacidade de lhe dar isso. Sei que não mereço uma segunda chance, mas...

– Psiu. Só para de falar um minuto.

Ele apoiou a cabeça nas mãos e inspirou fundo. Depois se concentrou para além dela, olhando ao redor.

O coração de Novo batia com tamanha intensidade que rivalizava com uma sessão rítmica inteira.

– Deixa eu te perguntar uma coisa – ele disse depois de um longo tempo.

– Qualquer coisa. Não importa o que seja.

Ele desviou o olhar para ela.

— Você acha possível encaixar minha namoradeira e meu sofá no seu apartamento? Ou só a namoradeira?

Novo balançou a cabeça para clareá-la.

— Desculpe, o que...

— Quero dizer, qual é a metragem do seu apartamento? — Enquanto ela o encarava em total confusão, ele estendeu os braços e sorriu. — Qual é, a fêmea dos meus sonhos diz que me ama e depois acha que eu, um indigente sem teto, não vou tirar vantagem disso e me mudar para a casa dela? Acha mesmo? Fala sério! Mesmo que eu não te amasse também, você, com certeza, deve ser melhor colega de quarto do que o Nickle.

Novo não conseguia decidir se ria ou se chorava.

Então fez os dois e pulou nos braços amorosos de Peyton.

— Eu não mereço você — disse emocionada. — Não mesmo.

Quando segurou Novo nos braços, Peyton fechou os olhos e inspirou fundo.

— Me merecer? Bem, considerando a quantidade de pessoas que me consideram uma praga de proporções bíblicas...

Ela o empurrou.

— Quem disse isso? Eu acabo com essa pessoa.

— Meu pai, pra começar. Mas ele tem mau gosto.

Peyton lhe deu um beijo rápido. E outro, este um pouco mais demorado. Quando se afastou para respirar, enxugou as lágrimas do rosto dela.

— Você não tem que dizer — murmurou ele. — Eu já sei.

— Sabe o quê?

— Que você não quer que ninguém saiba desse seu lado doce. Por isso, só vou contar pra eles que veio aqui, me deu um chute nas bolas e pegou meu fígado quando o cuspi no chão. Tive que seguir você até em casa ou não conseguiria filtrar meu próprio sangue.

Ela riu, e depois perscrutou o rosto dele como se o memorizasse após uma longa viagem.

— Tudo bem. Não sinto mais como se tivesse que me proteger o tempo todo.

— Que bom. Porque eu cuido da sua retaguarda.

– E eu da sua. – Inclinou o pescoço para olhar além da porta aberta da mansão. – E acho que temos que deixar o sofá. O seu guarda-roupa já vai tomar mais espaço do que tenho à disposição.

– Beleza. Só vou tirar do caminhão e deixar no meio da entrada. Meu pai provavelmente vai querer carregar o maldito de volta para fora para atear fogo no jardim da frente só porque é meu. Mas, pelo menos, não fará o *doggen* carregá-lo para muito longe.

– Você é um filho muito atencioso.

– Sou, não sou?

Ela o beijou de novo.

– Mas, escuta... Minha casa é uma espelunca comparada com o que você está acostumado. É pequena, não tem janelas e os vizinhos às vezes sabem ser uma praga.

Peyton olhou para a grandiosidade em que crescera. O pai jurara tirá-lo do testamento e da árvore genealógica, portanto tudo aquilo ali pertenceria ao passado. E o mais incrível? Sentia-se plenamente à vontade com isso.

Coisas eram legais. O amor era melhor.

Voltando a se concentrar em Novo, disse:

– Prefiro estar numa cabana com você a viver num castelo com qualquer outra pessoa.

Quando ela o fitou, seu sorriso era tão resplandecente que ele se deleitou naquele momento. Depois, ergueu o indicador.

– E, quanto à praga dos seus vizinhos, tenho uma solução para isso. – Inclinando-se de lado, pegou um pedaço de papel dobrado do bolso. – Coloco isto na porta.

Desdobrando o papel, ele o virou de modo que ela conseguisse ler o bilhete escrito pelo doutor Manello, deixado na porta do quarto dela enquanto se recuperava.

– Ah... – ela sussurrou ao tocar o papel. – Você ia levar isso?

– Sou um bobalhão. Por você, quero dizer. – Sorriu para ela. – E cedo ou tarde eu acabaria cedendo e tentaria de novo com você. Pra mim, você é irresistível.

– Mesmo eu sendo uma megera às vezes?

Peyton deu uma daquelas suas piscadelas insolentes.

– Adoro um desafio, o que posso dizer?

Beijaram-se por uns instantes. Depois ele enroscou o braço dela no seu.

— Vamos descarregar o sofá e sair deste frio.

— Parece um plano perfeito.

Estava na metade do vestíbulo quando Novo disse:

— Ei, quer ir como meu acompanhante no casamento... na vinculação, ou o que quer que seja, da minha irmã?

Peyton parou e pensou a respeito.

— Sim, mas com uma condição.

— Qual?

— Vou poder bater nele?

— Em quem? No Oskar?

— Isso. Bem na boca. — Quando Novo revirou os olhos e começou a balançar a cabeça, Peyton ergueu as mãos. — Um soco só. Prometo. E, olha só, como sou um cara decente, faço isso só depois que tirarem as fotos. Vamos lá, você é a minha fêmea, preciso cuidar de você.

— Sei cuidar de mim — disse ela, séria.

— Verdade. Mas, admita, você adoraria ver isso. Admita. Vaaaaiii.

— Está bem — murmurou ela. — Eu adoraria. Mas você não vai bater nele.

— Nem um pouquinho? — perguntou ao saírem para o frio. — Que tal se eu grudar as bandas da bunda dele com fita adesiva? Zoar o lençol da cama dele? Colocar laxante no pudim de chocolate...? Tenho outras ideias, sabe...

Novo apoiou as mãos no quadril e tentou fazer cara de séria, mas cedeu e acabou gargalhando.

— Você está fora de controle.

Ele a agarrou e ela não se opôs.

— Não mais. Sei o que quero e onde quero estar. E a resposta é com você. Você é o meu lar, assim como eu sou o seu.

Ela o envolveu pelo pescoço.

— Temos que descarregar o caminhão antes de transarmos?

— Ao diabo com isso. — Deu um amplo sorriso. — Na verdade, estava planejando parar o carro e transar com você no banco da frente do outro lado da cidade.

— Gosto do seu modo de pensar — ela disse ao beijá-lo longa e demoradamente. — Você é um macho com grandes planos.

Fúria de sangue · 363

Capítulo 46

PASSAVAM EXATOS DOZE MINUTOS da meia-noite quando Saxton se materializou nos fundos da Casa de Audiências. Não entrou pela porta da cozinha. Em vez disso, deu a volta e se deparou com a garagem para quatro carros que ficava afastada da mansão. A van de vidros escuros da Irmandade estava estacionada ali, e, com uma calma que o teria surpreendido em outras circunstâncias, ele começou a caminhar pela neve até a escada externa que dava para o segundo andar da estrutura. Enquanto subia, sua respiração era tão compassada quanto um metrônomo, os batimentos cardíacos estavam firmes, os olhos não piscavam apesar do frio.

Do que sentia ser uma vasta distância, viu a mão girar a maçaneta. Empurrando a porta, entrou no ambiente pouco iluminado.

Os gemidos dos humanos estavam abafados pelas mordaças que lhes amarravam as bocas. Havia três homens, cambaleantes, as mãos presas às costas, o terror fazendo-os suar como carne deixada ao calor por tempo demais. Dois ele reconhecia do ataque nos fundos do restaurante. O outro ele nunca tinha visto antes, mas o camarada era do tipo previsível: grande, musculoso, corte de cabelo rente e rosto corado.

Vishous segurava um. Blay e Qhuinn, os outros.

Havia um saco plástico debaixo da bota deles.

Os humanos se debateram mais ao perceber sua presença e, enquanto repuxavam as cordas que os continham, ele foi lembrado de cascos batendo em estábulos, pois os corpos pesados agitados produziam o mesmo som.

Ninguém disse coisa alguma.

Vishous apenas apontou para uma bancada de trabalho com a cabeça. Havia uma única adaga ali. De lâmina preta. Perguntou-se se seria de V. ou de Qhuinn ao retirar as luvas.

Não era importante, concluiu ao atravessar o cômodo e espalmá-la com a mão direita nua.

Sem nenhum motivo em especial, correu os olhos pelo espaço aberto. Havia algumas janelas que chegavam ao telhado, mas todas elas estavam cobertas por cortinas pretas. Não havia vidro na porta. Nenhum dos vizinhos conseguiria ver aquilo.

Não se importava caso vissem.

Aproximou-se do primeiro, e o humano começou a lutar contra a pressão das mãos de Vishous, o nariz vertendo um líquido e as bochechas ao redor da mordaça inflando.

Como se o Irmão desejasse facilitar-lhe as coisas, Vishous mudou a pressão, de modo que a mão enluvada, aquela perigosa, estapeou a testa do homem e ele se retraiu, expondo a garganta.

Um fio de suor, como uma lágrima, rolou pela face do humano, que implorava por piedade. Saxton não deu ouvidos. Não, só o que enxergava era Ruhn no chão daquela cozinha, com seu precioso sangue derramado, o corpo sobre o casaco que lhe servira de único conforto enquanto jazia moribundo.

O braço de Saxton agiu antes que ele tivesse ciência de ter enviado um comando mental, erguendo a adaga e...

E, em seguida, talhou o pescoço frágil com a lâmina negra.

O sangue fluiu rapidamente, jorrando de modo a atingir o rosto de Saxton. E V. sustentou o humano acima do chão enquanto ele começava a ter espasmos, como se se encaminhasse para a morte a passos de sapateado.

Enquanto se movia para o segundo, Saxton se descobriu abrindo a boca e sibilando com os caninos completamente expostos. Depois, esticou a língua e lambeu a lâmina.

O humano que iria morrer em seguida viu aquilo tudo e gritou atrás da mordaça, lutando para se soltar de Qhuinn, não apenas porque seria morto, mas porque descobriu que havia algo muito, muito diferente no macho que seria seu carrasco. Em resposta, o Irmão segurou o tronco dele com ainda mais força e puxou-lhe os cabelos, levando a cabeça para trás.

Fúria de sangue · 365

Saxton lançou a adaga num arco amplo, bem na altura da garganta; o corte foi tão preciso quanto o primeiro.

E então restava o último, aquele que atacara Ruhn atrás do restaurante, cujo braço estava quebrado.

Os olhos de Blay eram frios como pedra quando ele ergueu o humano um pouco mais.

Dessa vez, Saxton não teve pressa. Inclinando-se por cima do homem, pressionou a ponta da adaga na pele em cima da jugular.

O homem enlouqueceu de medo, as pernas desferiam chutes como se ele estivesse sendo eletrocutado, e seu fedor era de pânico rançoso.

– Isto é pelo meu amor – rosnou. – Isto é pelo meu companheiro. Isto...

A cada frase, ele pressionava cada vez mais a ponta, até que um gêiser foi atingido.

– Isto é por aquilo que foi meu. Isto é pelo que você tentou tirar de mim.

Com isso, ele abaixou a adaga, recuou e mordeu a lateral da garganta com tanta força que atingiu o osso. Arrancando um naco de pele e músculos, ele cuspiu e observou o homem arquejar e arfar, sangrando até chegar ao fim.

Quando os três estavam imóveis, com as cabeças largadas de lado, os corpos já sem vida, com os débitos pagos, os guerreiros os deixaram cair no chão, um a um, com o rosto para cima.

Saxton limpou a boca com o dorso da manga do casaco. Depois cortou a palma, aquela que empunhara a adaga. Passando pelos cadáveres, parou acima dos olhos abertos e sem vida e marcou as faces com sua palma, evidenciando as mortes, como se fazia no Antigo País.

– O que farão com eles agora? – perguntou quando terminou.

Vishous disse:

– Vamos entregar os corpos ao patrão deles.

– E vamos ter uma conversinha com ele – prosseguiu Qhuinn.

Blay terminou por ele:

– E ele nunca mais incomodará a senhora Miniahna.

Saxton encarou os corpos por um instante.

– Que assim seja.

A caminho da porta, tomou o cuidado de limpar a adaga e colocá-la exata e precisamente onde estivera antes de seu uso.

Do lado de fora, o frio limpou suas narinas do cheiro cuprífero do sangue humano. Desceu as escadas e deu a volta na van sem problemas.

Mas, ao alcançar o lugar em que chegara, sentiu-se tomado pela náusea. Tropeçando e caindo à frente, agarrou a cerca de madeira que circundava o jardim de trás e vomitou nos sapatos.

Quando levantou o olhar, Blay estava diante dele.

– Não me sinto melhor – gemeu Saxton ao limpar a boca com um lenço. – Eu... não me sinto melhor.

– Vai se sentir. Mais tarde. Este é o equilíbrio necessário.

Quando Saxton cambaleou de lado, o macho o sustentou e depois lhe ofereceu um gole de água de uma garrafa que, de maneira absurda, notou ser da Poland Spring. A sua favorita.

Em seguida, Blay o abraçava.

– Você fez o que era certo. Fez o que era adequado.

Saxton abraçou o macho.

– Só quero que Ruhn...

– Ele acordou! – V. disse do segundo andar da garagem. – Saxton! Eles têm tentado falar com você. Ele acordou e está chamando por você.

Quando voltou o olhar atordoado para Blay, o outro macho começou a sorrir.

– Nunca tinha ouvido falar que um *ahvenge* trazia de volta um ente amado – disse. – Mas existe uma primeira vez para tudo! Vá! Depressa! Vá agora...

Quando a única pessoa que Ruhn mais queria ver entrou correndo em seu quarto de hospital, seu primeiro pensamento foi...

Por que havia sangue humano cobrindo o amor da sua vida?

Mas isso tudo foi logo esquecido quando Saxton se apressou e se jogou em cima do seu peito.

– Você está vivo! Ah, meu Deus...

Ruhn tentou falar, só que nada além de murmúrios saíram a princípio. Logo, porém, foi capaz de responder:

– Eu... não ia... te deixar...

Saxton recuou e pareceu procurar sinais de que ele estava falando sério quanto a ficar deste lado do Fade.

– Pensei que tivesse te perdido.

– Eu te ouvi... e Bitty... Vocês... falando comigo. – Puxa, como a garganta doía. – Quando estavam aqui... eu morri? Acho que sim.

Quando Saxton ficou calado, Ruhn se assustou.

– Morri?

– Você está aqui agora. É só o que importa.

– Garganta... dói...

– Eu sei, meu amor. – Os olhos de Saxton o percorreram como se estivesse procurando por ferimentos escondidos. – Você não tem que falar nada...

– O Fade. A porta. Para o Fade... Não quis abri-la.

– O quê? – Saxton se inclinou para perto dele. – O que disse?

– Eu vi a porta... Na neblina... Sabia que, se a abrisse... eu te deixaria. Muitas vezes ela chegou perto. Eu me recusei... Eu não ia... te deixar. Eu... te amo.

– Eu também te amo.

As lágrimas de Saxton desabaram como chuva, mas era do tipo que cai na primavera. Daquela que renova. E, quando as emoções de Ruhn também se empoçaram, ficaram ainda mais intensas no momento que Bitty entrou no quarto com Rhage e Mary.

– Tio!

Ruhn sorriu até as bochechas doerem, e tentou falar, mas não conseguiu. Gastara todas as suas forças – não que Bitty parecesse se importar. Ela saltitava, cheia de alegria, e isso era tão bom quanto as drogas que lhe tinham dado para aplacar a dor.

Enquanto a menininha continuava a falar um quilômetro e meio por minuto, ele percebeu Saxton indo para a porta. O macho ergueu o indicador, um sinal de que logo voltaria.

– ... e eu sabia que você ficaria bem! Eu sabia!

– Meu chapa – Rhage disse ao se aproximar e tocar na mão dele –, estou feliz por continuar com a gente. Posso lhe comprar outra caminhonete ou algo assim?

Quando Ruhn crispou a testa e começou a menear a cabeça – porque o Irmão era insano o suficiente para fazer uma coisa dessas –, Mary cutucou o companheiro com o cotovelo.

– Rhage. Não precisa comprar coisas só para mostrar como se sente.

– Sabe, você poderia ter uma enorme coleção de joias, só estou dizendo. – Rhage piscou para Ruhn. – Juro que minha fêmea é espartana.

Ruhn apenas relaxou e deixou a conversa para eles. Entendia a necessidade de se libertarem da tensão e da preocupação, ainda que não tivesse a energia para participar. Logo Saxton voltou, cheirando a sabonete e xampu, vestindo um uniforme hospitalar.

No fim, Ruhn não teve que perguntar onde ele estivera. Sabia que seu amor fora atrás dos homens... e agira como ele próprio teria feito caso Saxton tivesse sido atacado e deixado como morto na casa em que moravam. Ainda assim, ficou triste que seu adorável advogado tivesse sido obrigado a usar a espada em vez da caneta desta vez.

Mas não negaria ao seu amor a expressão da vingança. As coisas eram assim.

– Muito bem, que tal se agora dermos um pouco de privacidade ao seu tio e a Saxton? – Mary sugeriu. – Além disso, acho que já faz uns vinte minutos que seu pai não come nada.

Rhage olhou para a filha.

– Sabe, estou começando a sentir uma fominha.

– Vamos fazer tacos e trazer um para o tio!

Considerando-se a queimação na garganta? *Não, não*, Ruhn pensou. *Melhor começar com um pudim de baunilha. Daqui a uma semana, talvez.*

Depois que Bitty e os pais se despediram e saíram, ele olhou para Saxton.

– Não consigo... falar. Dói.

Saxton se sentou na cama.

– Você não tem que dizer nada.

– Te amo. Tanto.

Quando puxou a mão de Saxton, mesmo de leve devido à fraqueza, o advogado entendeu o que ele queria. Com um sorriso, Saxton se esticou e apoiou a cabeça no braço dele.

– Nunca me deixe de novo? – perguntou Saxton.

– Nunca. Prometo.

Quando fechou os olhos, Ruhn pensou... Teria que ligar para seu antigo patrão e dizer que não precisava mais se dar o trabalho de lhe procurar um emprego com moradia em Caldwell. De jeito nenhum sairia daquela casa.

Não a menos que fosse para morar com Saxton.

Mal sabia ele, porém, que uma surpresa ainda estava para acontecer...

Capítulo 47

UMAS DUAS SEMANAS MAIS tarde, a noite chegou e trouxe com ela uma maravilhosa lua de fevereiro. De fato, o firmamento estava tão claro e tão desprovido de nuvens que a face do maior diamante no céu parecia um espelho.

Saxton endireitava a gravata-borboleta no espelho retrovisor enquanto seu amor estacionava a caminhonete diante de...

— Espere. Isso é uma igreja? A vinculação vai acontecer numa igreja?

Ruhn assentiu enquanto também olhava pelo para-brisa com surpresa.

— Esse é o endereço correto de acordo com o GPS.

— Hum. Cada qual com o seu. Não que eu tenha algo contra a espiritualidade humana, é só que isso... parece estranho.

— Deixe-me abrir sua porta.

Enquanto Ruhn saía de trás do volante, Saxton teve que sorrir. O macho era um defensor das boas maneiras; como não cederia de bom grado? Ainda mais do modo como aqueles olhos reluziam toda vez que ele abria uma porta ou puxava uma cadeira, ou oferecia uma mão.

— Sabe — Saxton disse ao deslizar do banco alto —, às vezes acho que você gosta desta caminhonete só para poder me ajudar a sair dela.

Ruhn se inclinou para perto e sussurrou ao seu ouvido:

— Bem parecido com o que acontece com as suas calças.

Saxton riu e mordiscou a garganta que estava tão próxima da sua boca.

— Garoto levado.

— Você gosta de mim assim.

— Sempre.

Estavam se beijando sem nem se darem conta, mãos debaixo das roupas, o calor instantâneo e intenso – como se não tivessem se amado três vezes naquele chuveiro e mais uma vez depois enquanto vestiam os ternos.

– Melhor pararmos – Saxton sugeriu entre arquejos. – Ou vamos nos atrasar.

Ruhn recuou relutante, a expressão muito amuada.

– Espero que encontremos um lugar tranquilo no salão de festas... o que quer que seja isso.

– Mal posso esperar.

Atravessaram a rua de mãos dadas até a igreja humana. Entraram e alguém lhes mostrou a bancada em que se sentariam. Não, banco, banco de igreja, Saxton se corrigiu.

Quando se sentaram nos fundos e observaram os convidados, ficou claro que os outros vampiros – e havia pelo menos uma centena – também estavam pouco à vontade. Mas não importava. Quando você passa a noite ao lado de quem ama, quem se importa com o lugar?

– Sabe, detesto a ideia de nos mudarmos amanhã. – Ruhn ergueu o olhar para as vigas expostas. – Adoro aquela casa de fazenda.

– Eu também. – Saxton acariciou o pulso do seu amor. – Parece um lar.

– É um lar.

Fritz limpara os vestígios do ataque horrendo, e essa gentileza inesperada levara Saxton às lágrimas quando ele se preparara para ir lá e fazer o serviço ele mesmo. Mas não. Tudo estava em ordem, a mobília fora recomposta, quando necessário, as manchas do piso foram limpas, lixadas, e o verniz havia sido retocado no mesmo tom onde fora preciso.

O sangue fora lavado.

Houve outro motivo para Saxton querer cuidar da tarefa repulsiva: preocupara-se que Minnie voltasse inesperadamente e testemunhasse a violência ocorrida no amado lar dela e de Rhysland.

Mas, como sempre, a família de Saxton – a sua verdadeira, não aquela em que nascera – cuidara de tudo.

– Chegamos a conhecer o neto de Minnie? – perguntou Ruhn. – Qual é o nome dele?

– Oskar. É o que está no convite. E está se casando com a irmã de Novo. Conhece a Novo? A trainee?

– Ah, sim. Ela malha. Muito. É bem forte, não só para uma fêmea, mas em comparação a qualquer um...

– Vocês vieram!

Saxton se virou e se levantou.

– Minnie! – Passou os braços ao redor da fêmea anciã. – Mas você é avó do noivo, o que está fazendo aqui junto à congregação? Ou... o costume é esse? Estou tão confuso.

Minnie trajava um lindo vestido rosa-claro de renda, os cabelos brancos estavam presos e ela usava maquilagem. E sorria como se escondesse um segredo.

– Eu só queria cumprimentá-los antes que tudo começasse.

– Você parece bem – Ruhn disse ao abraçar a fêmea. – Muito bem, na verdade.

– Como está a minha casa? – perguntou ela ao se sentar na bancada... no banco com eles. – Está em perfeitas condições?

– Sim. – Ruhn se curvou e voltou a se sentar. – Fiz o último reparo na calefação ontem à noite.

– E temos plena certeza de que estará em segurança lá. – Saxton não conseguiu enfrentar o olhar da fêmea, e não porque estivesse preocupado com ela. Era mais porque sabia o que acontecera entre V., Qhuinn e Blay e o senhor Romanski. – Tivemos reuniões muito... produtivas... com o incorporador. E ele decidiu que não tem mais interesse na sua propriedade.

Na verdade, o desgraçado decidira sair do estado de Nova York. Vai entender?

– Isso é muito bom – Minnie entrelaçou os dedos –, porque decidi vender a propriedade para outra pessoa.

Uma pontada atravessou o peito de Saxton.

– Ah. Entendo. Não é uma notícia maravilhosa? Íamos sugerir nos mudarmos de lá amanhã à noite de qualquer maneira, então...

– Quero que vocês dois a comprem de mim.

Saxton sabia que tinha congelado. Depois olhou de relance para Ruhn.

– Desculpe... O que disse?

Minnie se esticou e segurou as mãos de ambos. Ao apertá-las, seus olhos brilharam.

– Aquela casa foi construída com amor... e precisa ser habitada por pessoas que se amem. Quero que seja de vocês. Podemos chegar a um preço razoável, e eu continuarei morando com minha neta. Gostei muito da experiência, conheci pessoas maravilhosas no prédio dela... vampiros e alguns humanos.

– Mas e quanto ao seu neto e à *shellan* dele? Não prefere que eles a comprem, talvez?

– Eles estão por conta própria – Minnie disse em um tom seco. – Para começar, ela odeia o interior, e se certificou de me dizer isso quando os convidei para jantar a fim de que eu a conhecesse melhor. Segundo, e isso é algo que me deixa triste, não tenho certeza de que seja amor o que os une. Meu neto... ele é diferente, sinto dizer, e ela também. Mas essa vida não é minha, e eu os apoiarei da melhor maneira possível. – Apertou a mão de ambos novamente. – Então, por favor, digam que aceitam. Eu ficaria tão feliz em saber que estariam cuidando do meu lar.

Saxton olhou de novo para Ruhn.

Maravilha, aquele sorriso radiante era a resposta, não?

– Com uma condição – disse Saxton. – A Última Refeição de cada domingo faremos juntos. E você levará sua neta quando e se ela quiser.

– Combinado – Minnie disse ao abraçá-los ao mesmo tempo. – Só queria que Rhysland os tivesse conhecido. Ele os teria amado.

Depois que a fêmea se afastou, Saxton só ficou ali na bancada – no *banco*, pelo amor de Deus – sentado, olhando para o altar com sua cruz e a imagem de um homem barbado de manto e lindo rosto que observava a congregação com compaixão. Havia machos perfilados à direita, sugerindo que a cerimônia estava para começar. Assim esperava.

– Acho que acabamos de comprar a nossa casa dos sonhos – ouviu-se dizer.

– Conseguimos! Conseguimos!

Enquanto Ruhn ria como uma criança, Saxton deu um beijo em seu amor. E, quando se afastava, duas pessoas se sentaram ao lado deles.

– Oi – disse a fêmea. – Podemos nos sentar com vocês? Sou Novo, do centro de treinamento...

– É claro! – Saxton os convidou enquanto se inclinava para sorrir para Peyton. – Nós adoraríamos ter a companhia de vocês...

– Maravilha, mas precisamos ficar do outro lado, junto à parede. Não no corredor.

– Ah... Tudo bem – disse Saxton ao se levantar para deixá-los passar. – Mas você não é a irmã da... Como chamam mesmo? Noiva? Você não vai fazer parte do casamento... vinculação, o que quer que isto seja?

— Fui expulsa, graças a Deus. — Cumprimentou Ruhn e depois fez Peyton se sentar ao lado dela perto da janela de vitral. — É uma longa história. Como estão?

— Acabamos de comprar uma casa! — exclamou Ruhn.

— Parabéns — disse Peyton, erguendo a palma para um cumprimento. — Isso é maravilhoso. Onde fica?

— Você nunca vai acreditar a quem pertence...

O grupo ficou conversando até um órgão começar a tocar e eles se aquietarem, como o restante da congregação. Pouco antes de tudo começar, Saxton segurou a mão de Ruhn e o macho o fitou com amor — também notando que o outro casal partilhava um beijo e um olhar demorado.

Em seguida, Novo se inclinava na direção deles.

— Escutem — sussurrou —, podem me ajudar num assunto?

— Diga o que — disse Saxton —, e será feito.

Peyton revirou os olhos.

— Só quero bater no noivo. Uma vez. É pedir demais?

Saxton ergueu as sobrancelhas.

— É alguma tradição humana para este tipo de cerimônia?

— Sim, claro — respondeu o macho. — Para dizer a verdade...

Novo cobriu-lhe a boca com a mão.

— Não, não é. E não importa como me senti em relação à minha irmã no passado, não quero que a noite especial dela seja arruinada, está bem?

Peyton murmurou um pouco mais. E, quando ela abaixou a mão, ele disse:

— Primeiro, eu me prontifiquei a fazer isso *depois* das fotos e, se for *muito importante mesmo* para você, posso acertá-lo na barriga, e não na cara. Estou disposto a chegar a um acordo.

Novo começou a gargalhar.

— Eu te amo.

— Sei que ama. — O macho a beijou. — Também te amo.

— O bastante para não bater nele? Que gentileza da sua parte. Estou emocionada.

O suspiro de Peyton merecia fazer parte dos livros de história.

— Está bem...

Saxton olhava de um para outro.

— Por que será que acho que existe mais por trás dessa história?

Ruhn o interrompeu.

– Psiu! Estão vindo pelo corredor.

Saxton deixou o assunto de lado e relaxou o melhor que pôde no assento, apoiando-se no ombro do seu macho. À medida que o volume da música foi aumentando, e um punhado de fêmeas em vestidos cor--de-rosa com laços na bunda passaram, ele só deu de ombros.

Cada qual com o seu, pensou ao beijar o dorso da mão do seu amor. Cada qual com o seu.

Ele com certeza tinha o seu.

Novo inclinou-se ao redor de Saxton e do seu companheiro, Ruhn, para ter um vislumbre de Sophy andando pela nave da igreja. A fêmea por certo parecia feliz, o rosto estando parcialmente escondido pelo véu branco e um vestido bufante também branco que a deixava bela como uma boneca.

– Você está bem? – Peyton perguntou baixinho.

Ela desviou o olhar para Oskar, que aguardava no altar. O macho estava enfiado num smoking, parado rígido e com olhar distante junto à fila de machos que também pareciam querer estar em qualquer outro lugar. Do lado oposto, todas as fêmeas da despedida de solteira usavam vestidos longos cor-de-rosa pouco atraentes, escolhidos a dedo para torná-las mais pesadas e menos resplandecentes que a noiva.

Bela sacada, Sophy, ela pensou.

– Sim, estou. – Apertou a mão dele e o fitou nos olhos. – Estou muito bem.

Morar com o "pobre menino rico", como Peyton começara a se chamar, mostrou-se ridiculamente fácil. Pareciam estranhamente compatíveis e, se havia discussões, eram sobre coisas sem importância como o som do alarme – cães latindo para ele, enquanto ela preferia o toque convencional de um telefone – ou quantas roupas pretas podiam ser colocadas numa máquina de roupas brancas – para ele: quantas estivessem sujas naquele momento; para ela: absolutamente NENHUMA.

Na verdade, tudo parecia mais fácil e mais completo. E, embora lamentasse ele estar de relações estremecidas com a família, isso por certo o fazia entender o motivo de ela não ter o menor interesse em apresentá-lo aos seus pais.

Fúria de sangue · 375

Talvez isso acontecesse mais para a frente. Talvez não.

Mas, nesse meio-tempo, Novo tinha nele toda a família de que precisava.

Já no altar, Sophy ficou de frente para o noivo/companheiro, sabe-se lá o que, e um humano numa roupa cerimonial começou a falar, lendo de um livro humano. Novo só conseguiu balançar a cabeça. Teriam ao menos uma cerimônia vampiresca? Provavelmente. Isso atrairia mais atenção.

– Eu te amo – disse Peyton.

Novo olhou de relance para ele. As emoções que sentia eram complicadas e... cansativas: tinha certeza de que desejava que a irmã se saísse bem com suas escolhas, e isso era uma mudança bem-vinda. Quanto a Oskar? Ela lhe dissera o que precisava ser dito no pub, e isso lhe bastava.

O mais importante? Tinha a própria vida de felicidade. E ninguém tiraria isso dela.

Nem ela própria.

– Quer pular a festa – disse com suavidade – e voltar para casa pra assistir Netflix e relaxar?

O grunhido que recebeu em resposta era exatamente o que queria, mas seu macho era assim mesmo. Peyton sempre aparecia quando ela mais precisava dele – normalmente com uma ereção.

Ok, isso tinha sido meio deselegante. Ainda que verdadeiro.

– Eu te amo tanto... – declarou – que não dói.

– Essa é a minha fêmea. É disso que estou falando.

Fez-se uma pausa. E de pronto aquele olhar dele apareceu.

– E se eu só amarrar os cadarços dos dois sapatos juntos?

– Peyton – ela sibilou.

– O que foi? Sabe, acidentes acontecem. E se, por acaso, ele acabar caindo por uma janela de vidro quando isso acontecer?

– Psiu. Antes que nos expulsem daqui.

– Sabia que devia ter trazido uma buzina...

Quando começou a rir, aninhou-se ao seu macho. O que quer que o futuro lhes reservasse, havia duas coisas das quais tinha certeza: uma, ficariam lado a lado no melhor e no pior, e número dois? Ela estaria rindo o tempo inteiro.

Viver era um deleite.

Agradecimentos

IMENSA GRATIDÃO AOS LEITORES da Irmandade da Adaga Negra! Também gostaria de agradecer a Kara Welsh e a todos da Ballantine. Muito obrigada ao Team Waud – vocês sabem quem são – e à minha amada família, tanto a de sangue quanto a escolhida.

E, claro, obrigada a Naamah, minha maravilhosa escritora-assistente!

Conheça os outros livros da série
Legado da Irmandade
da Adaga Negra

Os guerreiros da Irmandade da Adaga Negra marcam presença em uma nova série, repleta de aventura e romances muito quentes...

Paradise, filha do Primeiro Conselheiro do Rei, está pronta para se libertar da vida restritiva imposta às fêmeas da aristocracia. Sua estratégia? Entrar no programa do Centro de Treinamento da Irmandade da Adaga Negra para aprender a lutar por si mesma, a pensar por si mesma... Ser ela mesma. É um bom plano, até tudo dar errado.

As aulas são inimaginavelmente difíceis, seus colegas de sala são mais inimigos que aliados e está bem claro que o Irmão encarregado, Butch O'Neal, também conhecido como Dhestroyer, está atravessando sérios problemas em sua vida particular. E tudo isso antes mesmo de ela se apaixonar por um colega de turma.

Craeg, um cidadão comum, que não se parece em nada com o que o seu pai desejaria para ela, mas que é tudo o que ela poderia pedir em um macho. Quando um ato de violência ameaça pôr fim ao programa, e a atração erótica entre eles fica cada vez mais irresistível, Paradise é testada de maneiras que ela sequer poderia ter imaginado, o que a faz ponderar se é forte o bastante para reivindicar seu próprio poder... dentro do campo de batalha e fora dele.

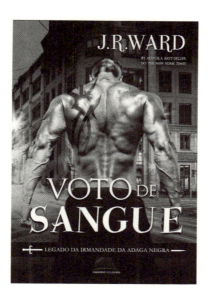

No volume 2 do spin-off da IAN, a Irmandade da Adaga Negra continua a treinar os melhores recrutas para a batalha mortal contra a Sociedade Redutora.

Entre os trainees do programa, Axe se revela um lutador perigoso e esperto – e também solitário, isolado por causa de uma tragédia pessoal. E, quando uma fêmea aristocrata precisa de um guarda-costas, Axe aceita o trabalho, embora esteja despreparado para a atração violenta que se acende entre ele e aquela a quem jura proteger.

Elise perdeu a prima num assassinato terrível, e o charme perigoso de Axe, o guarda-costas contratado por seu pai, é incrivelmente sedutor – e talvez funcione como distração do luto. No entanto, conforme investigam mais a morte da prima, e a atração física entre ambos se intensifica, Axe teme que os segredos dele e sua consciência torturada acabem afastando-os.

Enquanto isso, Rhage, o Irmão com mais sensibilidade, sabe tudo sobre autopunição, e quer ajudar Axe a atingir todo o seu potencial. Contudo, uma visita inesperada ameaça sua família, e ele se vê mais uma vez nas trincheiras lutando contra um destino que poderá destruir o que lhe é mais valioso.

Tanto as tribulações enfrentadas por Axe como as de Rhage vão exigir que os machos superem seus limites – e rezem para que o amor, em vez da raiva, seja as lanternas de ambos na escuridão.